D0541002

PANIQUE À LA MAISON BLANCHE

Clive Cussler est né le 15 juillet 1931 à Aurora, Illinois, mais a passé son enfance et la première partie de sa vie adulte à Alhambra, en Californie. Après des études au collège de Pasadena, il s'engage dans l'armée de l'air pendant la guerre de Corée et y travaille comme mécanicien avion. Ensuite il entre dans la publicité où il devient d'abord rédacteur puis concepteur pour deux des plus grandes agences de publicité américaines, écrivant et produisant des spots publicitaires pour la radio et la télévision, qui reçoivent plusieurs récompenses tels le New York Cleo et le Hollywood International Broadcast, ainsi que plusieurs mentions dans des festivals du film, y compris le Festival de Cannes.

Il commence à écrire en 1965 et publie en 1973 un roman, *The Mediterranean Caper*, dans lequel apparaît pour la première fois son héros Dirk Pitt. Ce roman sera suivi en 1975 par *Iceberg*, puis *Renflouez le Titanic!*, en 1976, *Vixen 03* en 1978, *L'Incroyable secret* en 1981, *Pacific Vortex* en 1983 et *Panique à la Maison Blanche* en 1984.

Collectionneur réputé de voitures anciennes, il possède vingt-deux des plus beaux modèles existant de par le monde.

Cussler est aussi une autorité reconnue internationalement en ce qui concerne les épaves puisqu'il a découvert trente-trois sites de naufrages connus historiquement. Parmi les nombreux navires qu'il a retrouvés, on compte le *Cumberland*, le *Sultana*, le *Florida*, le *Carondelet*, le *Weehawken* et le *Manassas*.

Il est président de l'Agence nationale maritime et sous-marine (National Underwater and Marine Agency : NUMA), membre du Club des explorateurs (Explorers Club) et la Société royale géographique (Royal Geographic Society), président régional du Club des propriétaires de Rolls-Royce, chevalier de la Chaîne des Rôtisseurs, et président de la Ligue des auteurs du Colorado.

Il est marié depuis vingt-huit ans à Barbara Knight, ils ont trois enfants : Teri, vingt-six ans; Dirk, vingt-trois ans; Dana, vingt ans; et deux petits-enfants.

CLIVE CUSSLER

Panique
à la
Maison Blanche

ROMAN

TRADUIT DE L'AMÉRICAIN
PAR MICHEL LEDERER

GRASSET

L'édition originale de cet ouvrage a été publiée par Simon and Schuster, New York, 1984, sous le titre :

DEEP SIX

Au Tubby's Bar & Grill à Alhambra, au Rand's Roundup sur Wilshire Boulevard, au Black Night à Costa Mesa, et au Shanner's Bar à Denver, disparus mais pas oubliés.

© Clive Cussler Enterprises, Inc, 1984.
© Éditions Grasset & Fasquelle, 1985, pour la traduction française.

PROLOGUE

LE SAN MARINO

15 juillet 1966,
océan Pacifique.

La jeune femme, se protégeant les yeux du soleil, regarda un grand pétrel planer au-dessus du pont du navire. Elle admira quelques instants le vol gracieux de l'oiseau, puis, lassée, elle se redressa, décollant son dos bronzé des lattes du vieux transat de bois.

Rajustant le soutien-gorge de son bikini, elle chercha des yeux un membre de l'équipage, mais tout le monde semblait avoir disparu.

Sa peau, dans l'atmosphère chaude et humide, était moite. Elle effleura du bout des doigts son ventre plat perlé de transpiration et, calme, détendue, se rallongea dans le fauteuil où, bercée par le ronronnement des moteurs du cargo, elle s'assoupit au soleil.

La peur qui la tenaillait lorsqu'elle était montée à bord s'était atténuée. Elle ne se réveillait plus la nuit, le cœur battant, ne s'imaginait plus lire de soupçons dans tous les regards qu'elle croisait et ne s'attendait plus à entendre le capitaine lui annoncer froidement qu'il la mettait aux arrêts. La pensée de son crime cessait petit à petit de la hanter et elle recommençait à envisager l'avenir. Elle était soulagée de constater qu'après tout les sentiments de culpabilité finissaient, eux aussi, par s'évanouir.

Elle surprit l'éclat blanc de la veste du steward

oriental qui débouchait d'une coursive. Il s'approcha timidement, les yeux baissés, comme gêné de contempler son corps presque nu.

« Excusez-moi, Miss Wallace, dit-il. Le capitaine Masters vous prie de lui faire l'honneur de dîner ce soir en sa compagnie et celle de ses officiers... à condition, bien sûr, que vous vous sentiez mieux. »

Estelle Wallace rougit sous son hâle. Elle avait feint d'être malade depuis qu'elle avait embarqué à San Francisco et avait pris tous ses repas dans sa cabine afin de se soustraire aux conversations avec les officiers du navire. Mais cela ne pouvait pas durer éternellement. Il était temps d'apprendre à vivre dans le mensonge.

« Dites au capitaine que je me sens beaucoup mieux. Je serai ravie de dîner à sa table.

– Il en sera enchanté, répliqua le steward avec un sourire dévoilant des incisives largement écartées. Je vais demander au cuisinier de se surpasser. »

Il pivota et prit congé sur une courbette qui parut quelque peu obséquieuse à la jeune femme.

Satisfaite de sa décision, elle laissa son regard errer au-dessus de la superstructure du *San Marino*. Le ciel était d'un bleu limpide, troublé seulement par le panache de fumée craché par la cheminée du bateau.

« Un solide navire », avait affirmé le capitaine en la conduisant à sa cabine. Il lui avait fait l'historique du *San Marino*, cherchant à la rassurer comme si elle s'apprêtait à franchir des rapides à bord d'un canoë.

Construit en 1943, ce cargo de la classe des *liberty ships* avait traversé, imperturbable, toutes les vicissitudes de la guerre et, même torpillé, s'était obstinément refusé à couler. Ensuite, il avait sillonné les mers du globe sous divers pavillons et, sa carrière de vieux et fidèle serviteur des océans presque achevée, il se préparait à finir dans un chantier de démolition.

Avec sa coque criblée de rouille, le *San Marino* ressemblait à une épave, mais aux yeux d'Estelle Wallace, il possédait toute la grâce d'un yacht de luxe.

Le passé de la jeune femme déjà se brouillait. Chacun des toussotements des moteurs essoufflés élargissait encore le fossé entre l'existence terne d'Estelle et ce rêve si longtemps caressé.

La première étape de la métamorphose d'Arta Casilighio en Estelle Wallace se produisit à Los Angeles lorsqu'elle découvrit un passeport égaré sur le fauteuil d'un bus pris dans les embouteillages du soir. Sans savoir pourquoi, Arta le glissa dans son sac et rentra chez elle.

Elle ne rendit pas le document à sa propriétaire. Des heures durant, elle feuilleta les pages surchargées de visas du monde entier. Elle était intriguée par le visage représenté sur la photo. Quoique mieux maquillé, il ressemblait étrangement au sien. Les deux femmes étaient à peu près du même âge, séparées à peine par quelques mois. Les yeux marron étaient identiques et, à l'exception de la coiffure et de quelques points de détail, elles auraient pu passer pour des jumelles.

Elle commença alors à s'identifier à Estelle Wallace, un double qui, du moins par la pensée, pouvait s'évader dans tous ces endroits exotiques interdits à cet être timide et effacé qu'était Arta Casilighio.

Un soir, après la fermeture de la banque où elle travaillait, elle se surprit à contempler les liasses de billets neufs livrés l'après-midi par la Banque de réserve fédérale située au centre de Los Angeles. Depuis quatre ans qu'elle occupait son emploi, elle avait fini par s'habituer à manipuler ces grosses

11

sommes d'argent, phénomène qui touche tôt ou tard tous les caissiers. Pourtant, cette fois-ci, les piles de billets verts semblaient la fasciner. Inconsciemment, elle se mit à imaginer qu'ils lui appartenaient.

Ce week-end, Arta resta chez elle, cloîtrée dans son appartement, afin de fortifier sa résolution et préparer le vol qu'elle avait l'intention de commettre, répétant chaque geste jusqu'à l'accomplir presque machinalement. La nuit du dimanche, elle demeura éveillée, baignée de sueur froide, mais bien déterminée à aller jusqu'au bout.

L'argent arrivait tous les lundis par fourgon blindé. Généralement entre 600 000 et 800 000 dollars. Les billets étaient recomptés puis enfermés pour être distribués le mercredi aux succursales disséminées autour de Los Angeles. Arta avait décidé d'agir le lundi soir pendant qu'elle rangerait sa caisse dans la salle des coffres.

Le lundi matin, donc, après s'être douchée et maquillée, la jeune femme enfila un collant puis attacha autour de ses cuisses un rouleau adhésif double face, dissimulant le tout sous une ample jupe longue qui lui tombait jusqu'aux chevilles.

Ensuite, elle glissa dans un grand sac en bandoulière de fausses liasses composées de bons sans valeur coincés entre deux billets de cinq dollars flambant neufs et maintenues par une authentique bande de papier bleu et blanc de la Banque de réserve fédérale. Un stratagème suffisant pour abuser un profane.

Arta se plaça devant une glace, se répétant inlassablement : « Arta Casilighio n'existe plus. Tu t'appelles maintenant Estelle Wallace. » La méthode avait du bon. Elle sentit ses muscles se détendre et sa respiration devenir plus régulière. Sur un dernier regard, elle rejeta ses épaules en arrière et partit travailler.

Dans son désir de ne pas attirer l'attention, elle arriva à la banque avec dix minutes d'avance, un événement surprenant pour qui la connaissait bien mais qui, dans la confusion d'un lundi matin, passa inaperçu. Dès qu'elle se fut installée derrière son guichet, chaque minute lui sembla durer une éternité. Elle était comme dans un autre monde, mais décidée à persévérer dans son hasardeux projet. Dieu merci, elle ne se laissait pas gagner par la panique.

Lorsque enfin arrivèrent dix-huit heures et que l'un des vice-présidents alla fermer les lourdes portes d'entrée de la banque, elle se débarrassa rapidement de sa caisse et se dirigea d'un pas tranquille vers les toilettes. Là, elle ôta le papier protecteur de l'adhésif et le fit disparaître dans la cuvette des W.-C. Puis elle disposa les fausses liasses autour de ses cuisses, tapant des pieds pour s'assurer qu'elles ne risquaient pas de tomber.

Après avoir vérifié que tout était en ordre, elle regagna le hall où elle resta à traîner jusqu'à ce que ses collègues fussent partis, leur caisse déposée dans la salle des coffres. Elle avait calculé qu'il lui suffirait de se retrouver seule l'espace de deux minutes dans cette alcôve toute d'acier étincelant. Elle eut ses deux minutes, pas une seconde de plus.

Elle remonta sa jupe et, avec des gestes précis, échangea les fausses liasses pour des vraies. Lorsqu'elle sortit de la salle des coffres et que, souriante, elle souhaita le bonsoir au vice-président qui lui indiquait de passer par une petite porte, elle ne parvenait pas encore à croire qu'elle avait réussi.

Dès qu'elle eut regagné son appartement, elle ôta sa robe, détacha les liasses de billets collées à ses jambes et se mit à les compter. 51 000 dollars.

C'était loin d'être assez.

La déception l'envahit. Il lui faudrait au moins le

double pour quitter le pays et s'assurer un niveau de vie convenable tout en accroissant ses revenus par des placements judicieux.

La facilité avec laquelle s'était déroulée l'opération la rendait euphorique. Allait-elle oser faire une seconde incursion dans la salle des coffres? L'argent avait déjà été vérifié et ne serait pas distribué aux succursales avant mercredi. Le lendemain était un mardi. Elle avait encore une chance d'agir avant que le vol ne fût découvert.

Pourquoi pas?

Ce soir-là, elle se procura une vieille valise d'occasion et la munit d'une sorte de double fond. Elle y rangea l'argent puis quelques affaires et prit un taxi pour l'aéroport international de Los Angeles. Elle laissa sa valise dans une consigne automatique et réserva une place pour San Francisco sur un vol du lendemain en fin d'après-midi. Il ne lui restait plus qu'à rentrer chez elle et à se coucher. Elle dormit comme une souche.

Elle ne rencontra pas plus de problèmes que la veille. Trois heures après avoir quitté pour la dernière fois sa banque, elle recomptait sa fortune dans la chambre de l'hôtel de San Francisco. 128 000 dollars au total. Ce n'était pas énorme avec l'inflation, mais amplement suffisant pour couvrir ses besoins.

Ce fut ensuite assez simple. Elle regarda dans les journaux les mouvements de bateaux annoncés et choisit le *San Marino*, un cargo qui devait lever l'ancre le lendemain matin à six heures trente pour Auckland, Nouvelle-Zélande.

Une heure avant le départ, elle montait la passerelle. Le capitaine prétendit qu'il prenait rarement des passagers, mais il consentit néanmoins à l'accepter à bord moyennant une somme rondelette qui, soupçonna Estelle, alla directement dans son portefeuille plutôt que dans les coffres de la compagnie.

Estelle s'arrêta un instant sur le seuil du carré des officiers, soutenant les regards admiratifs des six hommes installés autour de la table.

Ses longs cheveux cuivrés cascadaient sur ses épaules dorées. Elle portait une longue robe T-shirt rose qui soulignait ses formes pleines et, pour tout bijou, un bracelet d'ivoire. Les officiers se levèrent pour la saluer, frappés par l'élégance et la simplicité de sa tenue.

Le capitaine Irwin Masters, un homme grand aux cheveux grisonnants, s'avança pour lui prendre le bras.

« Miss Wallace, déclara-t-il avec un chaud sourire, je suis heureux de vous voir enfin rétablie.

— Je crois que le pire est passé.

— Je dois avouer que je commençais à m'inquiéter. Vous n'avez pas quitté votre cabine pendant cinq jours et, comme nous n'avons pas de médecin à bord, je ne sais pas ce que nous aurions fait si votre état avait empiré.

— Merci », dit-elle doucement.

Il la considéra d'un air surpris :

« Merci pour quoi?

— De vous être inquiété à mon sujet. Il y a bien longtemps que personne ne l'a fait. »

Il hocha la tête et lui adressa un petit clin d'œil :

« C'est le rôle des capitaines. »

Puis, se tournant vers ses officiers, il reprit :

« Messieurs, permettez-moi de vous présenter Miss Estelle Wallace qui nous honore de sa gracieuse présence jusqu'à notre arrivée à Auckland. »

Ils lui serrèrent tous la main à l'exception de

l'officier mécanicien, un individu trapu au cou de taureau et à l'accent slave, qui s'inclina avec raideur pour lui baiser le bout des doigts.

Le second se tourna vers le bar en acajou derrière lequel se tenait le steward.

« Que désirez-vous boire, Miss Wallace?

– Pourrais-je avoir un daiquiri?

– Mais certainement. Le *San Marino* n'est peut-être pas un paquebot de luxe, mais nous avons les meilleurs cocktails sous cette latitude.

– Pour être honnête, intervint le capitaine avec bonne humeur, vous avez oublié de mentionner que nous sommes sans doute le seul navire à naviguer actuellement sous cette latitude.

– Simple détail, répliqua le second. Lee, préparez donc un de vos fameux daiquiris pour notre invitée. »

Estelle regarda l'Asiatique confectionner le cocktail en expert. Le daiquiri était excellent et elle eut du mal à résister à l'envie de vider son verre d'un trait.

« Lee, vous êtes un as.

– C'est bien vrai, approuva Masters. Nous avons eu de la chance de le trouver. »

Estelle dégusta une nouvelle gorgée.

« Vous semblez avoir beaucoup d'Orientaux parmi votre équipage.

– Des remplaçants, expliqua le capitaine. Dix de nos hommes ont profité de l'escale de San Francisco pour disparaître. Heureusement, Lee et neuf de ses compatriotes coréens nous ont été envoyés par le bureau maritime juste avant l'heure prévue pour notre appareillage.

– Tout ça, c'est bizarre, si vous voulez mon avis », grommela le second.

Masters haussa les épaules :

« Les marins désertent au port depuis que

l'homme de Cro-Magnon a construit son premier radeau. Il n'y a rien de bizarre là-dedans.

– Un ou deux, peut-être, mais pas dix! Le *San Marino* est un bon bateau et vous, commandant, vous êtes un homme juste. Il n'y avait aucune raison à cet exode massif.

– Les lois de la mer, soupira Masters. Les Coréens sont d'excellents marins. Je ne les échangerais pas contre la moitié de notre cargaison.

– Ça ferait cher le marin, marmonna l'officier mécanicien.

– Serait-il indiscret de vous demander ce que vous transportez? fit Estelle.

– Pas du tout, répondit aussitôt l'élève officier, presque un adolescent. A San Francisco, nous avons chargé...

– Des lingots de titane, le coupa le capitaine.

– D'une valeur de 8 millions de dollars, ajouta le second en lançant un regard noir en direction du jeune homme.

– Un autre, je vous prie », fit Estelle en tendant son verre vide au steward.

Puis, se tournant vers Masters, elle reprit :

« J'ai entendu parler du titane, mais j'ignore totalement à quoi il sert.

– Sous sa forme la plus pure, le titane est plus résistant et plus léger que l'acier; il est donc très recherché par les fabricants de moteurs d'avion à réaction. On l'utilise aussi dans la fabrication de peintures, de rayonne et de plastiques. Je crois même qu'il y en a des traces dans vos produits de maquillage. »

Le cuisinier, un Asiatique d'aspect anémié vêtu d'un tablier d'un blanc étincelant, se pencha par une porte et adressa un signe à Lee qui fit tinter une cuillère contre une coupe :

« Le dîner est servi », annonça-t-il avec un fort

accent anglais, exhibant ses dents largement écartées.

Ce fut un repas fabuleux, un repas qu'Estelle se promit de ne jamais oublier. Entourée de six hommes en uniforme aux petits soins pour elle, sa vanité de femme était comblée.

Après le café, le capitaine Masters s'excusa pour monter sur la passerelle. Puis, un à un, les officiers allèrent prendre leur poste tandis qu'Estelle se dirigeait vers le pont en compagnie de l'officier mécanicien. Il lui raconta, des légendes de la mer parlant de monstres des profondeurs puis lui livra des anecdotes sur la vie à bord qui la firent beaucoup rire.

Il la raccompagna à sa cabine et, à nouveau, lui baisa galamment la main. Elle accepta de prendre le petit déjeuner du lendemain en sa compagnie.

Elle entra, alluma le plafonnier et referma la porte au verrou. Puis elle tira soigneusement les rideaux devant le hublot avant de sortir sa valise de dessous le lit et de l'ouvrir.

Elle la vida puis, à l'aide d'une lime à ongles, souleva le double fond. Elle se redressa avec un soupir de soulagement. L'argent était toujours là, rangé en liasses maintenues par les bandes de la Banque de réserve fédérale. Elle n'avait pratiquement rien dépensé.

Elle se leva et ôta sa robe, puis, entièrement nue car elle avait eu l'audace de ne rien porter en dessous, elle s'allongea sur le lit, les mains croisées derrière la nuque.

Elle ferma les yeux, s'imaginant l'expression de ses chefs lorsqu'ils avaient découvert que l'argent ainsi que la petite Arta Casilighio si digne de confiance s'étaient tous deux envolés. Elle les avait bien possédés!

Elle eut un frisson, de plaisir presque, à la pensée que le F.B.I. allait la mettre sur la liste des criminels les plus recherchés. Les enquêteurs interrogeraient tous ses amis, ses voisins, vérifieraient auprès de milliers de banques si quelqu'un n'avait pas fait récemment des dépôts importants, mais ils ne trouveraient rien. Arta, *alias* Estelle, avait disparu.

Elle ouvrit les paupières et examina les murs de cette cabine qui lui était maintenant familière. La pièce, étrangement, semblait lui échapper. Les objets se brouillaient. Elle voulut se lever pour aller dans la salle de bain, mais son corps refusa de lui obéir. Elle était comme paralysée. Alors la porte s'ouvrit et Lee, le steward, entra en compagnie d'un autre Asiatique.

Lee ne souriait pas.

Ce n'est pas possible, se disait-elle. Ce garçon n'oserait pas violer ainsi mon intimité alors que je suis couchée, nue, sur mon lit. Ce devait être un rêve, un cauchemar.

Elle se sentait détachée de son corps, comme si elle observait la scène depuis un autre coin de la cabine. Lee la prit doucement dans ses bras et la transporta sur le pont.

Là, il y avait plusieurs des matelots coréens, leurs visages ovales illuminés par les projecteurs. Ils empoignaient de gros ballots qu'ils faisaient passer par-dessus bord. L'un des ballots, soudain, parut s'animer et la regarder. Elle entrevit les traits livides du jeune officier, les yeux fous de terreur. Puis il disparut à son tour dans la nuit.

Lee était penché sur elle, lui tripotant les pieds. Elle n'éprouvait rien, sinon une totale léthargie. Lee attachait une chaîne rouillée à ses chevilles.

Pourquoi fait-il ça? se demanda-t-elle vaguement. Indifférente, elle constata qu'on la soulevait. Puis on la lâcha et elle flotta dans les ténèbres.

Elle heurta violemment quelque chose. Le choc lui coupa le souffle. Une main glacée se referma autour d'elle. Une force irrésistible l'entraînait vers le fond. Un étau gigantesque l'enserrait.

Ses tympans explosèrent et, dans un éclair de souffrance, elle comprit tout. Ce n'était pas un mauvais rêve. Sa bouche s'ouvrit sur un hurlement hystérique.

Nul son n'en jaillit. La pression lui broya la cage thoracique. Son corps sans vie s'enfonça dans l'abîme, 3000 mètres plus bas.

PREMIÈRE PARTIE

LE PILOTTOWN

1

DE gros nuages noirs menaçants, venus de l'île Kodiak, filaient au-dessus de la mer qui avait pris une teinte plombée. Le soleil orange disparut. D'habitude, les orages du golfe lançaient des vents de 100 kilomètres à l'heure et plus, mais là, seule soufflait une légère brise. L'averse se mit à tomber de plus en plus dru pour se transformer en un véritable déluge fouettant les vagues.

Sur la passerelle du garde-côte *Catawba*, le capitaine de corvette Amos Dover s'efforçait de percer le rideau de pluie à l'aide de jumelles. La visibilité n'excédait pas 400 mètres. Les gouttes glacées s'écrasaient sur son visage et se glissaient dans son cou malgré le col relevé de son blouson. Il finit par jeter sa cigarette trempée pour se réfugier dans la chaleur du poste de timonerie.

« Radar! grogna-t-il.

– Contact à 650 mètres droit devant. Se rapproche », répondit l'opérateur sans quitter son écran des yeux.

Dover défit son blouson et s'essuya la nuque. Il était intrigué.

Il était rare en effet qu'un bâtiment de pêche ou de plaisance se trouvât en difficulté au milieu de l'été. C'était en hiver que le golfe devenait impitoyable. La rencontre de l'air froid arctique et de la masse chaude du courant d'Alaska provoquait des vents d'une incroyable violence et d'énormes vagues qui broyaient les coques et gelaient les superstructures avant d'expédier les navires par le fond.

Ils avaient reçu un S.O.S. d'un bateau qui s'était identifié sous le nom d'*Amie Marie*. Un bref appel de détresse suivi du relevé de leur position et de ces quelques mots : « ... tous en train de mourir... »

Ils avaient envoyé des messages réclamant des précisions, mais la radio de l'*Amie Marie* était demeurée muette.

Il n'était pas question de mener des recherches aériennes par ce temps. Tous les bateaux dans un rayon de 100 milles s'étaient détournés de leur route et fonçaient à toute vapeur pour se porter au secours du navire en perdition. Grâce à sa vitesse, le *Catawba* allait arriver le premier sur les lieux. Dover en était sûr.

Le capitaine était un véritable colosse, un vétéran des sauvetages en mer. Il avait passé douze ans dans ces eaux nordiques à déjouer avec obstination tous les pièges de l'Arctique. Il avait les traits durs, burinés, une démarche lente et maladroite, mais il possédait une calculatrice dans la tête. En moins de temps qu'il n'en avait fallu pour programmer les ordinateurs du garde-côte, il avait évalué la force du vent et des courants pour déterminer la position où devait se trouver l'*Amie Marie*, ou du moins son épave et les survivants, s'il y en avait. Et il ne s'était pas trompé.

Les moteurs tournaient à plein régime. Tel un chien de chasse, le *Catawba* était lancé sur la piste. Tous les membres d'équipage, sans se soucier du grain, étaient alignés sur le pont ou la passerelle.

« 400 mètres », annonça l'opérateur radar.

Soudain, un marin placé à l'avant tendit le bras en criant :

« Là! »

Dover se pencha hors du kiosque de timonerie et demanda dans un porte-voix :

« Il flotte encore?

– Comme un canard dans une baignoire », hurla en réponse le matelot.

Dover se tourna vers l'officier de quart :

« Réduisez la vitesse.

– Vitesse réduite d'un tiers », acquiesça l'officier en manœuvrant une série de leviers sur la console de navigation.

L'*Amie Marie* émergea du rideau de pluie. Tous s'attendaient à la trouver prête à sombrer, mais elle dérivait paresseusement sur les vagues sans paraître le moins du monde en danger. Il régnait autour d'elle un silence surnaturel, fantomatique. Les ponts étaient déserts et les appels du garde-côte restaient sans réponse.

« Equipée pour la pêche au crabe, on dirait, murmura pour lui-même le capitaine. Probablement sortie d'un chantier naval de La Nouvelle-Orléans. »

Le radio lui annonça alors :

« Un message du bureau maritime, monsieur. Le patron de l'*Amie Marie* est un certain Carl Keating. Port d'attache Kodiak. »

Dover empoigna à nouveau son mégaphone pour s'adresser au bateau sur lequel régnait un calme étrange, appelant le patron par son nom. Toujours rien.

Le *Catawba* s'approcha lentement et, parvenu à une centaine de mètres du bâtiment de pêche, coupa ses moteurs.

Sur le pont désert, les nasses étaient soigneusement empilées et le mince panache de fumée qui s'élevait de la cheminée indiquait que les diesels, au point mort, continuaient à tourner au ralenti. On ne distinguait aucun mouvement par les hublots ou les vitres de la timonerie.

Deux officiers furent désignés pour monter à bord, l'enseigne Pat Murphy et le lieutenant Marty Lawrence. Sans un mot, ils endossèrent les combinaisons destinées à les protéger du froid au cas où, accidentellement, ils tomberaient à l'eau. Ils ne comptaient plus le nombre de fois où ils avaient arraisonné des bâtiments étrangers qui s'étaient aventurés à l'intérieur des 200 milles marquant la zone de pêche des côtes de l'Alaska, mais, aujourd'hui, ils n'avaient nullement le sentiment de se livrer à une opération de routine. Ici, pas un seul membre d'équipage pour les accueillir. Ils prirent place dans un petit Zodiac et s'éloignèrent du garde-côte.

L'après-midi touchait à sa fin. La pluie avait fait place au crachin, mais le vent s'était levé et la mer moutonnait. Un pesant silence s'était abattu sur le *Catawba*. Tous se taisaient.

Ils virent Murphy et Lawrence amarrer leur canot au bateau, se hisser sur le pont et disparaître à l'intérieur.

Plusieurs minutes s'écoulèrent. De temps à autre, l'un des deux officiers apparaissait pour se glisser aussitôt par une écoutille. Dans la timonerie, on n'entendait que les crachotements de la radio réglée à plein volume sur une fréquence d'urgence.

Soudain, avec une netteté qui fit sursauter Dover lui-même, la voix de Murphy jaillit :

« *Catawba*, ici *Amie Marie*.

– Parlez, *Amie Marie*, répondit le capitaine dans le micro.

– Ils sont tous morts. »

Les mots étaient si froids, si cliniques que personne ne réagit.

« Répétez.

– Pas le moindre signe de vie. Ils sont tous morts, même le chat. »

Les deux hommes étaient montés à bord du vaisseau de la mort. Le corps de Keating, le patron, était affalé à côté de la radio. Les cadavres des autres marins gisaient à l'intérieur, sur les couchettes, dans le carré. Les visages portaient les marques d'effroyables souffrances et les membres étaient tordus de façon grotesque. La peau des morts avait pris une curieuse teinte noire et leurs vêtements étaient imbibés de sang. Le chat siamois du bateau était recroquevillé près d'une couverture qu'il avait réduite en lambeaux au cours de son agonie.

Les traits de Dover reflétèrent plutôt la surprise que l'horreur à la description de Murphy.

« Pouvez-vous déterminer les causes de leur décès? demanda-t-il.

– Je n'en ai pas la moindre idée, répondit Murphy. Aucune trace de lutte. Pas de marques sur les cadavres et pourtant ils saignent comme des cochons égorgés. On dirait qu'ils ont tous été atteints en même temps.

– Restez à l'écoute. »

Dover examina les visages qui l'entouraient et son regard s'arrêta sur celui du médecin du bord, le capitaine de corvette Isaac Thayer.

Doc Thayer était l'homme le plus populaire du *Catawba*. C'était un vieux de la vieille qui avait depuis longtemps abandonné le confort douillet et les hauts revenus de son cabinet pour se consacrer au sauvetage en mer.

« Qu'en pensez-vous, Doc? » demanda Dover.

Le médecin haussa les épaules avec un sourire :

« Je crois que je ferais mieux d'aller jeter un coup d'œil. »

Dover arpenta nerveusement la passerelle tandis que Doc Thayer se dirigeait vers l'*Amie Marie* à bord d'un second Zodiac. Il ordonna à l'homme de barre de préparer le *Catawba* à prendre le bateau de pêche en remorque. Il surveillait la manœuvre lorsque le radio s'approcha de lui :

« Un appel vient d'arriver, monsieur. Du pilote d'un avion livrant du matériel à une équipe de scientifiques sur l'île Augustine.

– Pas maintenant, fit sèchement Dover.

– C'est urgent, capitaine, insista le radio.

– Okay, allez-y, mais en vitesse.

– « Savants tous morts. » Puis une phrase inintelligible et quelque chose comme : « Sauvez-moi. »

Dover le dévisagea d'un air interdit.

« C'est tout ?

– Oui, monsieur. J'ai essayé de le contacter, mais je n'ai pas obtenu de réponse. »

Le capitaine n'avait pas besoin d'étudier une carte pour savoir qu'Augustine était une île volcanique inhabitée située seulement à 30 miles au nord-est de leur position actuelle. La vérité lui apparut en un éclair. Il arracha le micro et hurla :

« Murphy ! Vous m'entendez ? »

Rien.

« Murphy... Lawrence... vous êtes là ? »

Toujours rien.

Il regarda par la vitre et vit Doc Thayer enjamber le bastingage de l'*Amie Marie*. Il empoigna un porte-voix et se précipita sur le pont.

« Doc ! Revenez ! Quittez ce maudit bateau ! »

Trop tard. Thayer avait déjà disparu par une écoutille.

Les marins du *Catawba*, stupéfaits, virent leur capitaine foncer à nouveau vers la timonerie avec une expression désespérée pour s'emparer du micro.

« Doc, ici Dover, vous me recevez ? »

Deux minutes passèrent, deux très longues minutes, tandis qu'il s'efforçait en vain de contacter ses hommes à bord de l'*Amie Marie*.

Enfin, la voix de Thayer résonna sur la passerelle du garde-côte dans le haut-parleur. Elle était d'un calme étrange :

« J'ai le regret de vous informer que l'enseigne Murphy et le lieutenant Lawrence sont morts. Leur pouls a cessé de battre. J'ignore la cause de leur décès, mais je sais que je vais être frappé à mon tour. Vous devez mettre ce bateau en quarantaine. Vous comprenez, Amos ? »

Dover ne parvenait pas à réaliser qu'il était sur le point de perdre son vieil ami.

« Je ne comprends pas, mais j'obéirai.

– Bien. Je vais décrire les symptômes au fur et à mesure qu'ils apparaissent. Légers étourdissements. Pouls à 150. J'ai peut-être été contaminé par simple contact épidermique. Pouls à 170... »

Thayer s'interrompit, puis il reprit d'une voix de plus en plus faible :

« ... Nausées. Jambes... ne... ne me... portent plus. Sensation de brûlure intense... au niveau des sinus. Organes internes... comme prêts à... exploser. »

Tous les hommes présents sur la passerelle du *Catawba* s'étaient penchés sur le haut-parleur, incapables d'admettre que cet homme qu'ils connaissaient et respectaient était en train de mourir à quelques mètres d'eux.

« Pouls... plus de 200. Douleur... atroce... ténèbres... (Un gémissement audible.) Dites... dites à ma femme... »

Le haut-parleur se tut.

Dover se tourna lentement vers ce tombeau flottant du nom d'*Amie Marie*, les mains tordues de désespoir et d'impuissance.

« Mais que se passe-t-il ? murmura-t-il d'une voix blanche. Mon Dieu, qu'est-ce qui peut avoir tué ainsi tous ces gens ? »

2

Agé d'une quarantaine d'années, Oscar Lucas aurait pu passer pour un dentiste ou un libraire. Il était en réalité agent spécial responsable de la sécurité présidentielle. Durant ses vingt années d'activité au sein des Services secrets, son apparence anodine avait trompé beaucoup de monde, depuis les présidents qu'il protégeait jusqu'aux assassins potentiels qu'il avait arrêtés. Dans son travail, il était agressif et hyperconsciencieux, mais chez lui il se montrait généralement détendu et enjoué.

Il finit son café et se leva de table. Ses deux fillettes venaient de partir pour l'école. Il ouvrit sa veste et glissa son Smith & Wesson 357 Magnum modèle 19 dans son étui. Il lui avait été remis par le service quand, après avoir achevé sa période de formation, il avait débuté à Denver dans une section chargée de la lutte contre les faussaires. Il n'avait eu à faire usage de son arme qu'en deux occasions, mais il n'en continuait pas moins à s'entraîner régulièrement au tir.

Carolyn, sa femme, se tenait près du lave-vaisselle. Il s'approcha d'elle, repoussa une cascade de cheveux blonds et lui déposa un baiser sur la nuque.

« Je m'en vais.

– N'oublie pas le barbecue ce soir chez les Harding.

– Je serai rentré à temps. Le patron ne doit pas quitter la Maison Blanche aujourd'hui. »

Elle leva les yeux et lui sourit.

« Je compte sur toi pour qu'il ne sorte pas.

– J'informerai le Président que mon épouse ne

supporte pas de me voir faire des heures supplémentaires. »

Carolyn éclata de rire et posa un instant la tête sur son épaule.

« Six heures pile.

– D'accord, tu as gagné », capitula-t-il.

Il se dirigea vers le garage, s'installa au volant de sa voiture de fonction, une luxueuse conduite intérieure Buick, et prit le chemin du centre ville. Il appela le quartier général des Sercices secrets par radio :

« Crown, ici Lucas. Je suis en route pour la Maison Blanche.

– Bon voyage », répondit une voix métallique.

Il commençait déjà à transpirer. Il brancha l'air conditionné. Cette chaleur humide durait tout l'été à Washington.

Il s'arrêta au poste de contrôle sur West Executive Avenue et repartit lorsque le garde en uniforme lui eut fait signe de passer. Il gara sa voiture et entra à la Maison Blanche.

Au P.C. des Services secrets, nom de code W-16, il bavarda un instant avec les hommes installés devant les divers appareils de communication électroniques, puis il monta l'escalier conduisant à son bureau situé au premier étage de l'aile est.

Chaque matin, après s'être assis à son bureau, il commençait par vérifier l'emploi du temps du Président et parcourir les rapports des agents chargés de la sécurité.

Lucas relut une seconde fois le dossier contenant les « mouvements » à venir du Président. Une expression consternée se peignit sur son visage. Il y avait eu un changement, et quel changement! Il repoussa les papiers avec irritation et, faisant pivoter son fauteuil, fixa le mur devant lui.

La plupart des Présidents étaient des hommes d'habitudes qui s'en tenaient strictement à leurs programmes. On aurait pu régler les pendules d'après les allées et venues de Nixon. Reagan et Carter modifiaient très rarement leur emploi du temps. Mais ce n'était pas le cas du nouvel occupant du Bureau ovale. Il considérait les exigences des Services secrets comme une gêne et, pis encore, il était plus imprévisible que le diable en personne.

Pour Lucas et ses agents, c'était un casse-tête permanent que de tâcher de prévoir les mouvements du « patron », de deviner où il pourrait brusquement décider de se rendre et quels visiteurs il allait convoquer sans leur laisser le temps de prendre les mesures de sécurité nécessaires. C'était un petit jeu auquel Lucas perdait souvent.

Il dévala les escaliers et, trente secondes plus tard, il était dans l'aile ouest devant le secrétaire général de la Maison Blanche, Daniel Fawcett.

« Bonjour, Oscar, lança Fawcett en l'accueillant avec un sourire amical. Je m'attendais à vous voir faire irruption dans mon bureau.

— Il semble qu'il y ait eu un changement de programme, lança Lucas un peu sèchement.

— Désolé, mais il va y avoir un vote important du Congrès sur l'aide aux pays du bloc de l'Est et le Président veut user de son charme auprès du sénateur Larimer et de Moran, le président de la Chambre des représentants, pour obtenir leur soutien.

— Et il les amène faire un petit tour en bateau?

— Pourquoi pas? Tous les présidents depuis Herbert Hoover ont utilisé le yacht présidentiel pour y tenir des conférences à haut niveau.

— Je ne discute pas les raisons, répliqua Lucas, mais la date. »

Fawcett lui jeta un regard innocent :

« Vendredi soir ne vous convient pas?

— Vous savez très bien que non. Il ne reste que deux jours.

— Et alors?

– Pour une croisière sur le Potomac avec halte d'une nuit à Mount Vernon, mon équipe a besoin de cinq jours. Il faut installer un réseau complet de communications et d'alarmes, fouiller le bateau pour d'éventuels explosifs et systèmes d'écoute, ratisser les rives. Sans compter que les gardes-côtes demandent un délai pour détacher une vedette d'escorte sur le fleuve. Nous ne pouvons pas faire de bon boulot en deux jours. »

Fawcett était un homme énergique doté d'un nez pointu, d'un visage carré et d'un regard pénétrant. Il semblait toujours à l'affût de quelque chose.

« Vous ne croyez pas que vous exagérez, Oscar? Les assassinats se produisent en pleine rue ou au théâtre. Vous avez déjà entendu parler d'un chef d'Etat assassiné sur un bateau?

– Ça peut arriver n'importe où et n'importe quand, riposta Lucas d'un ton ferme. Vous avez oublié ce type que nous avons arrêté et qui avait l'intention de détourner un avion pour le faire s'écraser sur la Maison Blanche? En réalité, la plupart des tentatives d'assassinat ont lieu quand le Président se déplace hors de ses endroits habituels.

– Le Président tient à cette date. Et tant que vous travaillerez pour lui, vous ferez ce qu'on vous ordonnera de faire, comme moi. S'il veut aller tout seul à la rame jusqu'à Miami, c'est son affaire. »

Fawcett avait dit ce qu'il ne fallait pas. Le visage de Lucas se durcit et il se pencha vers le secrétaire général de la Maison Blanche :

« D'accord, par décret du Congrès, je ne travaille pas pour le Président, mais pour le département du Trésor. Il ne peut donc pas m'envoyer sur les roses et agir comme bon lui semble. Mon devoir est de le protéger en empiétant le moins possible sur sa vie privée. Quand il prend l'ascenseur pour regagner ses appartements, mes hommes et moi restons en bas. Mais dès l'instant où il pose le pied au premier étage, il est entre les mains des Services secrets.

Fawcett connaissait bien les gens qui entouraient le Président. Il comprit qu'il avait été trop loin et il se montra assez avisé pour faire marche arrière. Il savait que Lucas était consciencieux et tout dévoué à l'occupant du Bureau ovale. Certes, ils ne deviendraient jamais des amis intimes, mais comme aucune rivalité ne pouvait les opposer, ils ne deviendraient pas non plus des ennemis.

« Ne vous énervez pas, Oscar. Je reconnais avoir eu tort. Je ferai part au Président de vos réserves. Mais je doute qu'il change d'avis. »

Lucas soupira :

« Nous ferons de notre mieux avec le temps qui nous reste. Mais il faut absolument qu'il comprenne qu'il est impératif pour lui de coopérer avec les gens chargés de sa sécurité.

– Que voulez-vous que je vous dise? Vous savez mieux que moi que tous les hommes politiques se croient immortels. Pour eux, le pouvoir est plus qu'un aphrodisiaque, c'est une véritable drogue. Rien ne les excite plus et ne gonfle plus leur ego qu'une foule les acclamant et se précipitant pour leur serrer la main. C'est pour ça qu'ils ne sont jamais à l'abri d'un assassin résolu.

– Comme si je ne le savais pas, fit Lucas. J'ai joué les bonnes d'enfants auprès de quatre présidents.

– Et vous n'en avez perdu aucun.

– J'ai bien failli. Deux fois avec Ford et une fois avec Reagan.

– On ne peut jamais tout prévoir.

– Peut-être pas. Mais après toutes ces années dans ce boulot, on finit par avoir des pressentiments. Et cette histoire de croisière ne me plaît pas. »

Fawcett sursauta.

« Vous croyez que quelqu'un s'apprête à le tuer?

– Il y a toujours quelqu'un qui s'apprête à le tuer. Nous enquêtons sur une vingtaine de fous par jour et nous avons des dossiers sur plus de deux mille personnes que nous considérons comme dangereuses ou capables de meurtre. »

Fawcett posa sa main sur l'épaule de Lucas.

« Ne vous en faites pas, Oscar. La presse ne sera informée de cette balade de vendredi qu'au tout dernier moment. Je peux au moins vous promettre ça.

– Merci, Dan.

– Et puis, que pourrait-il arriver sur le Potomac?

– Peut-être rien. Peut-être l'inattendu, répondit Lucas d'une voix étrange. C'est l'inattendu qui me donne des cauchemars. »

Megan Blair, la secrétaire particulière du Président, leva la tête de sa machine à écrire et aperçut Dan Fawcett qui se tenait sur le seuil de son petit bureau.

« Bonjour, Dan. Je ne vous avais pas vu.

– Comment est le patron, ce matin? demanda-t-il comme chaque jour avant d'entrer dans le Bureau ovale.

– Fatigué. La réception en l'honneur de l'industrie du cinéma s'est terminée après une heure du matin. »

Megan était une belle femme d'une quarantaine d'années qui se montrait toujours amicale. Elle avait les cheveux bruns coupés court. Grande et mince, elle débordait d'énergie et n'aimait rien de plus au monde que son travail et son patron. Elle arrivait tôt, partait tard et ne prenait pratiquement jamais de week-ends. Elle était célibataire et cette vie lui plaisait. Fawcett se demandait toujours comment elle parvenait à la fois à tenir une conversation et à taper à la machine.

« Je vais marcher sur la pointe des pieds et tâcher de limiter ses rendez-vous au minimum pour qu'il puisse se reposer.

– C'est trop tard. Il est déjà en conférence avec l'amiral Sandecker.

– Qui?

– L'amiral James Sandecker. Le directeur de la National Underwater and Marine Agency[1]. »

Un air de contrariété apparut sur le visage de Fawcett. Il prenait très au sérieux son rôle de gardien du temps du Président et se froissait de toute intrusion dans son territoire. C'était une atteinte à son pouvoir. Comment Sandecker avait-il fait pour passer au-dessus de lui?

Megan avait déchiffré ses pensées.

« C'est le Président qui a convoqué l'amiral, expliqua-t-elle. Je crois qu'il vous attend pour participer à la réunion. »

Un peu rassuré, Fawcett entra dans le Bureau ovale. Le Président était assis sur un divan, examinant des papiers éparpillés sur une table basse. Un petit homme mince à la barbe taillée en pointe et aux cheveux roux était installé en face de lui.

Le Président l'aperçut.

« Dan, je suis content que vous soyez là. Vous connaissez l'amiral Sandecker?

– Oui. »

Sandecker se leva et, sans un mot, échangea une brève poignée de main avec le nouveau venu. Ce n'était pas de l'impolitesse de sa part. L'amiral était un homme froid et sec qui allait toujours droit au but. Il était détesté et envié à Washington, mais universellement respecté car il n'appartenait à

1. *N.U.M.A.* : « Agence nationale sous-marine et maritime. »

aucun clan, se contentant d'accomplir sans commentaires inutiles les missions qu'on lui confiait.

Le Président invita son secrétaire général à prendre place à côté de lui.

« Asseyez-vous, Dan. J'ai demandé à l'amiral de me fournir des précisions au sujet d'une affaire dramatique qui a éclaté au large de l'Alaska.

– Je n'en ai pas entendu parler.

– Ce n'est guère étonnant, expliqua le Président. Le rapport m'est parvenu il y a une heure à peine. (Il s'interrompit et désigna de la pointe de son stylo une zone cerclée de rouge sur une grande carte marine.) Toute cette région à 180 milles au sud-ouest d'Anchorage, autour du golfe de Cook, est sous la menace d'un poison indéterminé qui détruit tout organisme vivant.

– Une marée noire?

– Beaucoup plus grave, intervint Sandecker. Nous sommes en face d'un agent inconnu qui provoque la mort chez les humains et les animaux marins en moins d'une minute.

– Mais comment est-ce possible?

– La plupart des substances toxiques agissent par ingestion ou inhalation, mais là elle agit par simple absorption épidermique.

– Pour être si active, elle doit certainement être concentrée sur une toute petite zone, non?

– A condition que vous appeliez « petite » une zone qui couvre presque la moitié du golfe d'Alaska. »

Le Président afficha un air stupéfait.

« Je n'arrive pas à imaginer qu'il puisse exister un produit aussi dangereux. »

Fawcett se tourna vers l'amiral :

« Quels sont les éléments dont nous disposons?

– Un garde-côte a découvert un bateau de pêche de Kodiak en train de dériver. Tous les marins étaient morts. Les deux hommes envoyés à bord ainsi qu'un médecin ont également péri. Par ailleurs, tous les membres d'une équipe de géophysiciens stationnée sur une île située à une trentaine de milles ont été trouvés morts par un pilote qui a été frappé à son tour en expédiant un message de détresse. Quelques heures plus tard, un chalutier japonais a signalé la présence d'une bande d'une centaine de baleines flottant le ventre en l'air. Puis le chalutier a disparu. On a complètement perdu sa trace. Des colonies de phoques ont été de même décimées. Et ce n'est que le début, il y a sans doute d'autres désastres dont nous n'avons pas encore été informés.

– Si le fléau continue à s'étendre, quelles en seront les conséquences?

– La disparition virtuelle de toute la faune marine du golfe d'Alaska. Et s'il parvient jusqu'au courant du Japon et se dirige vers le sud, il pourrait tuer tous les hommes, animaux et oiseaux contaminés le long de la côte ouest, jusqu'au Mexique. Les pertes en vies humaines pourraient se chiffrer à plusieurs centaines de milliers. Les pêcheurs, les baigneurs, quiconque se promène au bord des plages touchées, quiconque mange un poisson atteint... Ce serait comme une réaction en chaîne. Je n'ose même pas imaginer ce qui arriverait si le produit s'évaporait dans l'atmosphère et retombait avec les pluies à l'intérieur des terres! »

Fawcett était abasourdi.

« Mais de quoi s'agit-il?

– Il est trop tôt pour le dire, répondit Sandecker. L'Agence pour la protection de l'environnement a sur ordinateur les caractéristiques de plus de mille composés chimiques. En quelques secondes, ses techniciens peuvent déterminer les effets produits sur l'environnement par n'importe quelle substance dangereuse en cas de fuite, de même que son appellation commerciale, sa formule, ses principaux fabricants et modes de transport. La situation en Alaska ne correspond à rien qui figure dans leur fichier.

– Mais ils doivent bien avoir une idée?

– Non, monsieur. Pas la moindre. Il y a certes une possibilité, mais sans les rapports d'autopsie, ce n'est qu'une pure hypothèse.

– J'aimerais quand même savoir », fit le Président.

Sandecker prit une profonde inspiration :

« Les trois substances les plus dangereuses que nous connaissons sont le plutonium, la Dioxine et une certaine arme chimique. Les deux premières ne cadrent pas. Quant à la troisième, du moins à mes yeux, c'est le suspect numéro un. »

Le Président dévisagea Sandecker avec une expression horrifiée.

« L'agent S? » demanda-t-il lentement.

L'amiral hocha la tête en silence.

« Voilà donc pourquoi l'Agence pour la protection de l'environnement n'a rien dans ses dossiers, fit le Président d'une voix songeuse. La formule est ultra-secrète.

– Je crains de ne pas bien comprendre..., intervint Fawcett.

– L'agent S est un composé diabolique que nos chimistes ont mis au point il y a une vingtaine d'années dans l'arsenal des montagnes Rocheuses, expliqua le Président. J'ai lu les rapports à ce sujet. Il peut tuer en quelques secondes après avoir touché la peau. Il semblait constituer l'arme idéale face aux masques à gaz et combinaisons protectrices. Il s'accrochait à tout ce qu'il effleurait. Mais ses propriétés étaient trop instables et il représentait un danger autant pour ceux qui l'utilisaient que pour ceux auxquels il était destiné. L'armée a abandonné les essais et a enterré les fûts dans le désert du Nevada.

— Je ne vois pas le rapport entre le Nevada et l'Alaska, fit Fawcett.

— Durant le transport par chemin de fer depuis l'arsenal situé près de Denver, un wagon contenant près de 4 000 litres d'agent S a disparu, lui apprit Sandecker. On ne l'a toujours pas retrouvé depuis.

— S'il s'agit bien de ce produit, comment pourra-t-on l'éliminer quand on aura localisé l'origine de la fuite? »

L'amiral haussa les épaules :

« Malheureusement, dans l'état actuel des techniques de lutte contre la pollution et compte tenu des propriétés physico-chimiques de l'agent S, on ne peut plus faire grand-chose une fois qu'il a été déversé dans l'eau. Notre seul espoir est de neutraliser la fuite avant que tout le poison ne se soit répandu dans l'Océan pour le transformer en un gigantesque cloaque.

— Aucune idée de l'endroit d'où cela peut provenir? demanda le Président.

— Selon toutes probabilités, d'un bateau qui a coulé entre l'île Kodiak et la côte de l'Alaska, répondit Sandecker. Notre première tâche est de repérer les courants et de dresser une carte pour les recherches. »

Le Président se pencha au-dessus de la table basse et fixa quelques instants la zone cerclée de rouge. Puis il leva la tête et déclara :

« En tant que directeur de la N.U.M.A., amiral, je vous charge de ce sale boulot. Vous avez toute autorité pour exiger le concours des différents ministères ou services gouvernementaux, que ce soit l'armée, les gardes-côtes ou l'Agence pour la protection de l'environnement. »

Pensif, il s'interrompit, puis demanda :

« Quels sont exactement les effets de l'agent S dans l'eau de mer? »

Sandecker, les traits tirés, avait l'air épuisé.

« Une seule cuillerée à café suffit à tuer tous les organismes vivants dans quelque chose comme une quinzaine de millions de litres d'eau de mer.

– Alors nous avons intérêt à le trouver, fit le Président avec une note de désespoir dans la voix. Et vite ! »

3

Dans les eaux troubles du James, au large de Newport News en Virginie, deux plongeurs, luttant contre le courant, se débattaient au milieu de la boue recouvrant la coque rouillée de l'épave.

La visibilité était pratiquement nulle et ils tâtonnaient pour installer un tuyau destiné à aspirer la vase et à la déverser dans une barge flottant à une vingtaine de mètres au-dessus de leurs têtes. Ils n'étaient éclairés que par la faible lueur de projecteurs sous-marins montés au bord du cratère qu'ils avaient péniblement creusé dans les jours précédents.

Ils avaient du mal à s'imaginer qu'il existait là-haut un ciel clair, des nuages et des arbres frissonnant sous la brise estivale. Au cœur de ce cauchemar de limon et de ténèbres, les trottoirs animés d'une petite ville paraissaient appartenir à un autre monde.

Certains prétendent qu'on ne peut pas transpirer sous l'eau, mais les deux hommes auraient pu témoigner du contraire. Ils n'étaient là que depuis huit minutes, et déjà la fatigue commençait à se faire sentir.

Centimètre par centimètre, ils se dirigeaient vers une brèche ouverte sur tribord devant, une large plaie déchiquetée qui semblait l'œuvre d'un poing gigantesque. Ils découvrirent les premiers artefacts, une chaussure, la charnière d'un vieux coffre, un compas de cuivre, des outils divers et même un morceau d'étoffe. C'était une étrange sensation de toucher ainsi des objets demeurés par le fond depuis cent vingt-sept ans.

L'un des plongeurs s'interrompit pour vérifier le niveau d'air des bouteilles. Il calcula qu'ils avaient encore de quoi rester dix minutes tout en gardant une marge de sécurité suffisante.

Ils fermèrent la valve de la pompe, stoppant l'opération d'aspiration pour laisser le courant emporter les nuages de boue. Un silence irréel régnait à présent. L'épave leur apparaissait mieux. Les poutres du pont étaient brisées. Des rouleaux de cordages étaient lovés dans la vase comme autant de serpents fossilisés. L'intérieur de la coque dégageait une lueur blafarde, sinistre. On croyait presque deviner les fantômes errants des marins qui avaient sombré avec le navire.

Soudain, les deux hommes perçurent un étrange bourdonnement. Ce n'était pas le bruit d'un moteur de bateau, plutôt celui d'un avion. Ils écoutèrent quelques instants. Cela provenait de la surface et ne les concernait donc pas. Ils se remirent au travail.

Une minute plus tard, le tuyau de la pompe heurtait une masse solide. Ils s'empressèrent de refermer la valve pour fouiller fébrilement la boue avec les mains. Ce n'était pas du bois qu'ils avaient touché, mais quelque chose de beaucoup plus dur, tout couvert de rouille.

Pour l'équipe de la barge ancrée au-dessus de l'épave, le temps semblait s'être inversé. Immobiles, les hommes admiraient un vieil hydravion, un Catalina P.B.Y. qui, après avoir décrit un large cercle, se posait sur les eaux du fleuve avec toute la grâce d'un grand oiseau. Le fuselage bleu marine étincelait sous les rayons du soleil et les lettres *N.U.M.A.* apparurent tandis que le Catalina glissait lentement vers le bateau. Les moteurs se turent et le copilote émergea pour lancer un film.

Une femme alors sortit à son tour de l'appareil et bondit avec légèreté sur le pont de bois vermoulu. Elle était mince, élégamment vêtue d'un long T-shirt serré à la taille par une ceinture et d'un pantalon de velours vert glissé dans de courtes bottes de cuir. Agée d'une quarantaine d'années, elle était grande, blonde et bronzée. Elle avait un beau visage aux pommettes hautes, celui d'une femme qui ne se fond dans aucun moule autre que le sien.

Elle s'avança au milieu d'un enchevêtrement de câbles, ne s'arrêtant que lorsqu'elle se trouva entourée d'un cercle de regards masculins reflétant à la fois la perplexité et l'admiration. Elle ôta ses lunettes de soleil et examina ces inconnus de ses yeux violets.

« Lequel d'entre vous est Dirk Pitt? » lança-t-elle sans préambule.

Un type rude, plus petit mais deux fois plus large d'épaules qu'elle, se détacha du groupe et, tendant le bras, répondit :

« Il est là-dessous. »

Elle se tourna vers le fleuve. Une grosse bouée orange se balançait dans le courant et, environ dix mètres plus loin, les bulles d'air des plongeurs crevaient la surface.

« Il doit remonter quand?

— D'ici à cinq minutes.

— Je vois, fit-elle, réfléchissant quelques secondes. Albert Giordino est avec lui?

— Non. Il est devant vous. »

Ses tennis troués, son jean effiloché, son T-shirt

déchiré s'accordaient parfaitement à ses longs cheveux bruns et frisés ébouriffés par le vent et à sa barbe de deux semaines. Il ne correspondait certes pas à l'image que la jeune femme se faisait d'un directeur adjoint des projets spéciaux de la N.U.M.A.

Elle semblait cependant plus amusée que choquée.

« Je m'appelle Julie Mendoza, de l'Agence pour la protection de l'environnement. J'ai à vous entretenir tous deux d'un problème urgent, mais je ferais peut-être mieux d'attendre que Mr. Pitt refasse surface. »

Giordino haussa les épaules.

« Comme vous voulez. »

Puis son visage se fendit sur un sourire amical et il reprit :

« Ce n'est pas un palace ici mais nous avons au moins de la bière fraîche.

— Merci, avec grand plaisir. »

Giordino prit une boîte de Coors dans un seau rempli de glace et la tendit à la jeune femme.

« Qu'est-ce qu'un type... euh... une femme de l'A.P.E. fabrique dans le coin avec un avion de la N.U.M.A.?

— Simple suggestion de l'amiral Sandecker. »

Elle ne donna pas d'autres détails et Giordino ne lui en demanda pas.

« Sur quel projet travaillez-vous? l'interrogea-t-elle.

— Le *Cumberland*.

— Un bâtiment de la guerre de Sécession, non?

— Oui. Et historiquement très important. C'était une frégate nordiste coulée en 1862 par le cuirassé confédéré, le *Merrimack*, ou le *Virginia*, comme on l'appelait dans le Sud.

— Si je me souviens bien, elle a été coulée avant la

bataille du *Merrimack* et du *Monitor*, ce qui en fait le premier bateau détruit par un cuirassé.

– Vous connaissez votre histoire! s'exclama Giordino, sérieusement impressionné.

– Et la N.U.M.A. va la renflouer?

– Non. Trop onéreux. Nous cherchons seulement l'éperon.

– L'éperon?

– Oui. Ça a été un sacré combat, expliqua Giordino. L'équipage du *Cumberland* s'est battu jusqu'à ce que l'eau noie les canons et pourtant leurs boulets rebondissaient sur le blindage des Sudistes comme des balles de ping-pong. Le *Merrimack* a fini par éperonner le *Cumberland*, l'envoyant par le fond. Mais en se dégageant, son éperon est resté coincé dans la frégate et s'est brisé. C'est lui que nous voulons récupérer.

– Mais quelle valeur peut bien représenter un vieux morceau de ferraille?

– Bien sûr, rien à voir avec le trésor d'un galion, mais sur le plan historique, c'est inestimable. Une partie de l'héritage naval des Etats-Unis. »

Julie Mendoza allait demander d'autres précisions lorsque son attention fut attirée par deux têtes qui émergeaient près de la barge. Les plongeurs firent quelques brasses, grimpèrent les barreaux d'une échelle rouillée et se débarrassèrent de leur lourd équipement. Les gouttes d'eau scintillaient sur leurs combinaisons.

Le plus grand des deux ôta son casque et se passa la main dans ses cheveux noirs et drus. Son visage était très bronzé et ses yeux du vert le plus éclatant que la jeune femme eût jamais vu. Il avait l'apparence d'un homme qui souriait souvent, qui défiait sans cesse l'existence et qui acceptait la victoire comme la défaite avec une égale indifférence. Il se redressa. Il mesurait près de 1,90 mètre et ses muscles jouaient en souplesse sous la combinaison. Julie Mendoza sut qu'elle était devant Dirk Pitt.

Il se tourna vers les membres de l'équipe et annonça avec un large sourire :

« Nous l'avons trouvé.

– Bravo! » s'exclama Giordino en lui assenant une grande claque dans le dos.

Tout le monde se mit à poser aux deux plongeurs un tas de questions auxquelles ils répondirent entre deux gorgées de bière. Giordino finit par se souvenir de la présence de la jeune femme et il lui fit signe d'avancer.

« Je te présente Julie Mendoza, de l'A.P.E. Elle veut nous parler. »

Dirk Pitt lui tendit la main en lui décochant un regard appréciateur :

« Si vous voulez bien me laisser une minute pour enlever cette combinaison et me sécher...

– Je crains que nous n'ayons pas le temps, l'interrompit-elle. Nous pourrons parler dans le Catalina. L'amiral Sandecker a pensé que l'avion serait plus rapide que l'hélicoptère.

– Je ne vous suis plus.

– Je n'ai pas le temps de vous expliquer. Nous devons partir immédiatement. Tout ce que je peux vous dire, c'est que vous avez été désigné sur un nouveau projet. »

Elle avait une voix un peu rauque qui intriguait Pitt.

« Pourquoi toute cette hâte? demanda-t-il.

– Je ne peux pas vous donner d'autres détails », fit-elle en examinant les visages curieux des hommes qui les entouraient.

Pitt se tourna vers Giordino :

« Qu'en penses-tu, Al? »

Celui-ci feignit de réfléchir.

« Je ne sais pas. La dame me paraît plutôt déterminée. D'un autre côté, j'ai trouvé ici une famille et j'hésite beaucoup à m'en séparer. »

Julie Mendoza, comprenant que les deux hommes se moquaient d'elle, rougit de colère.

« Je vous en supplie, chaque minute compte.

– Vous pourriez peut-être nous dire au moins où on va?

– A la base aérienne de Langley, où un avion militaire nous attend pour nous conduire à Kodiak, en Alaska. »

Elle aurait pu tout aussi bien leur annoncer qu'ils devaient se rendre sur la Lune. Pitt la dévisagea, cherchant à déchiffrer son expression. Il n'y lut que la résolution et la gravité.

« Je crois que je ferais mieux quand même mieux de contacter l'amiral pour confirmation.

– Vous pourrez le faire sur le chemin de Langley, répliqua-t-elle d'un ton ferme. Je me suis occupée de vos affaires personnelles. Vos vêtements et tout ce dont vous avez beson pour une opération d'une durée de deux semaines se trouvent déjà à bord. (Elle s'interrompit et le fixa droit dans les yeux.) Assez de bavardages maintenant, Mr. Pitt. Pendant que nous traînons ici, des gens sont en train de mourir. Croyez-moi sur parole. Si vous êtes bien l'homme dont on m'a parlé, vous allez cesser de faire l'idiot et embarquer immédiatement sur cet hydravion!

– Eh bien, vous savez ce que vous voulez, vous, au moins!

– En général, oui. »

Un silence pesant s'installa. Puis Pitt prit une profonde inspiration et se tourna vers Giordino :

« Il paraît que l'Alaska est superbe en cette saison. »

Son adjoint affecta un air rêveur :

« Avec un tas de bistrots à visiter. »

Pitt s'adressa alors à l'autre plongeur qui finissait de se débarrasser de sa combinaison :

« Je te confie la suite, Charlie... Tu récupères l'éperon du *Merrimack* et tu le livres au labo.

– D'accord. »

Pitt hocha la tête puis, en compagnie de Giordino, se dirigea vers le Catalina. Les deux hommes parlaient entre eux comme si Julie Mendoza n'existait pas.

« J'espère qu'elle n'a pas oublié mes cannes à pêche, fit Giordino avec le plus grand sérieux. Ça doit regorger de saumons là-bas.

– Moi, j'ai l'intention de faire du caribou, poursuivit Pitt sur le même ton. Il paraît qu'ils galopent plus vite qu'un cheval. »

Julie Mendoza les suivait tandis que les paroles de l'amiral Sandecker lui revenaient à l'esprit : « Je ne vous envie pas d'avoir à travailler avec ces deux zèbres, surtout Pitt. Il arriverait à convaincre un requin de devenir végétarien. Et je ne parle pas des femmes ! »

4

James Sandecker était considéré comme l'un des plus beaux partis de Washington. Célibataire endurci, sa seule véritable maîtresse était son travail et il n'entretenait que peu de relations suivies avec les femmes, se contentant de brèves liaisons. Il n'était guère porté sur l'amour et le romantisme et, dans une autre vie, aurait fort bien pu être ermite.

Il avait dépassé la cinquantaine et conservait une forme parfaite grâce à la pratique régulière du sport. Il était petit, musclé, et ses cheveux ainsi que sa barbe rousse ne présentaient pas le moindre fil argenté. C'était un homme réservé, bourru, qui plaisait aux membres du sexe opposé.

Il dînait dans un luxueux restaurant de Washington en compagnie de l'une de ses récentes conquêtes et ils attaquaient le dessert lorsqu'un homme à la carrure de boxeur entra dans la salle, regarda autour de lui et, repérant l'amiral, se dirigea vers leur table.

« Excusez-moi, madame, de vous déranger », fit-il avec un sourire à la jeune femme.

Puis il se pencha pour souffler quelque chose à l'oreille de Sandecker. Celui-ci hocha la tête et lança un regard navré à son invitée.

« Il faut que vous me pardonniez, mais je dois absolument partir.

— Une affaire concernant le gouvernement ? »

Il acquiesça.

« Eh bien, fit-elle avec résignation. Au moins, nous aurons eu le temps de terminer le repas. »

Il se leva et lui déposa un baiser sur le front :

« Ce n'est que partie remise. »

Il régla l'addition, demanda au maître d'hôtel d'appeler un taxi pour la jeune femme, puis quitta le restaurant.

La voiture de l'amiral s'arrêta à l'entrée spéciale du tunnel menant au Kennedy Center. Un homme au visage impassible, en tenue de soirée, lui ouvrit la portière.

« Si vous voulez bien me suivre, monsieur.

— Services secrets ?

— Oui, monsieur. »

Sandecker ne posa pas d'autres questions. Il descendit et suivit l'agent le long d'un couloir vers les ascenseurs. La cabine les déposa au niveau des loges de l'opéra et ils se dirigèrent vers une petite salle de réunion.

Daniel Fawcett, les traits de marbre, accueillit Sandecker d'un simple geste de la main.

« Désolé d'avoir gâché votre soirée, amiral.

– Le message précisait que c'était urgent.

– Je viens juste de recevoir un nouveau rapport de Kodiak. La situation s'est aggravée.

– Le Président est au courant?

– Pas encore. Il vaut mieux attendre l'entracte. S'il quittait brusquement sa loge au milieu du deuxième acte de *Rigoletto*, ça déclencherait un tas de rumeurs. »

Un employé du Kennedy Center apporta du café. Sandecker se versa une tasse tandis que le secrétaire général de la Maison Blanche arpentait nerveusement le plancher. L'amiral refoula son envie d'allumer un cigare.

Environ dix minutes plus tard, le Président apparut, vêtu d'un smoking noir dont la veste était ornée d'une pochette bleue. Les applaudissements du public leur parvinrent par la porte restée un instant ouverte.

« Je voudrais pouvoir dire que je suis content de vous voir, amiral, mais chaque fois que nous nous rencontrons, c'est en pleine période de crise.

– Il semblerait bien, en effet », fit Sandecker.

Le Président se tourna vers Fawcett.

« Alors, ces mauvaises nouvelles, Dan?

– Le capitaine d'un ferry a enfreint les ordres des garde-côtes et a emprunté sa route normale pour relier Seward sur le continent à Kodiak. Le ferry a été retrouvé il y a quelques heures échoué sur l'île Marmot. Tous les passagers et les membres d'équipage ont péri.

– Bon Dieu! s'exclama le Président. Combien de morts?

– Trois cent douze.

– Voilà qui flanque tout par terre, constata l'amiral. Ça va être l'enfer quand les médias vont avoir vent de cette catastrophe.

– Nous ne pouvons plus rien faire, ajouta Fawcett avec résignation. L'information tombe déjà sur les télex. »

Le Président s'effondra dans un fauteuil. Sur les écrans de télévision, il semblait assez grand et se comportait lui-même comme un homme grand alors qu'il mesurait tout juste cinq centimètres de plus que Sandecker. Ses cheveux grisonnants étaient clairsemés et son visage étroit affichait un air résolu et solennel, une expression qu'il laissait rarement paraître en public. Il jouissait d'une énorme popularité, servi par une personnalité chaleureuse et un sourire communicatif qui désarmait les plus hostiles de ses interlocuteurs. Les fructueuses négociations qu'il avait menées en vue de la fusion des Etats-Unis et du Canada[1] avaient contribué à lui forger une image à l'abri de toute critique partisane.

« Nous ne pouvons plus tergiverser, déclara-t-il. Il faut mettre tout le golfe d'Alaska en quarantaine et évacuer les populations côtières.

– Je dois vous exprimer mon désaccord, fit calmement Sandecker.

– J'aimerais entendre vos raisons.

– Pour autant que nous le sachions, la contamination s'est cantonnée à la haute mer. Nous n'en avons relevé aucune trace sur le continent. L'évacuation de la population exigerait beaucoup de temps et de moyens. Les habitants de l'Alaska sont des gens rudes, particulièrement les pêcheurs. Je doute fort qu'ils acceptent facilement de partir, surtout si l'ordre émane du gouvernement fédéral.

1. Voir *L'Incroyable Secret*, du même auteur, éd. Grasset.

– Des têtes de mule!

– Oui, mais pas des idiots. Les associations de pêcheurs ont toutes donné leur accord pour laisser les bateaux au port et les conserveries ont commencé à enterrer les poissons et crustacés pêchés au cours des dix derniers jours.

– Il faudra leur accorder une aide économique.

– Ils y comptent bien.

– Et que proposez-vous?

– Les garde-côtes n'ont pas assez d'hommes ni de bâtiments pour patrouiller dans le gofle entier. Il faut que la Navy intervienne.

– Cela pose un problème, réfléchit le Président. Si l'on augmente les effectifs, on augmente également les risques.

– Pas nécessairement, répliqua l'amiral. L'équipage du garde-côte qui a découvert les premiers morts n'a pas été affecté car le bateau de pêche avait dérivé loin de la zone mortelle.

– Et les deux hommes qui sont montés à bord? Ils sont bien morts. Le médecin aussi.

– La contamination s'était déjà répandue sur le pont, le bastingage, sur presque toutes les parties du bateau. Dans le cas du ferry, toute sa zone centrale était conçue pour le transport des voitures. Les passagers et l'équipage n'étaient pas protégés. Les navires modernes, en revanche, sont construits pour pouvoir être isolés en cas de radioactivité engendrée par une attaque nucléaire. Ils peuvent donc sillonner la région contaminée avec un degré de risque acceptable.

– D'accord, acquiesça le Président. Je vais donner l'ordre au ministère de la Marine de prêter assistance aux garde-côtes. Mais je n'abandonne pas l'idée d'un plan d'évacuation. Pêcheurs entêtés ou pas, il y a aussi des femmes et des enfants en cause.

– Ce que je voudrais également vous demander,

monsieur le Président, c'est un délai de quarante-huit heures avant de déclencher l'opération. Ce sera peut-être suffisant à mon équipe pour découvrir la source de la contamination. »

Le Président garda un instant le silence, considérant Sandecker avec un regain d'intérêt.

« Quels sont donc les membres de cette équipe?

– Le coordinateur et responsable sur le terrain est le docteur Julie Mendoza, une biochimiste de l'A.P.E.

– Ce nom ne me dit rien.

– C'est la meilleure spécialiste américaine de pollution marine, expliqua l'amiral sans hésiter. Quant aux opérations de recherche de l'épave renfermant l'agent S, comme nous le pensons, elles sont dirigées par mon directeur des projets spéciaux, Dirk Pitt. »

Le Président ouvrit de grands yeux.

« Je connais Mr. Pitt. Il s'est révélé très précieux dans cette affaire canadienne il y a quelques mois[1]. »

Il vous a sauvé la mise, oui, pensa Sandecker avant de reprendre :

« Environ deux cents autres experts ont été appelés en renfort. Tous les spécialistes de l'industrie privée ont été consultés en vue de permettre l'assainissement des eaux polluées. »

Le Président regarda sa montre.

« Je dois abréger maintenant. Le troisième acte ne commencera pas sans moi. De toute façon, vous avez vos quarante-huit heures, amiral. Passé ce délai, j'ordonne l'évacuation et déclare toute cette zone sinistrée. »

1. Voir *L'Incroyable Secret, op. cit.*

Fawcett raccompagna le Président à sa loge. Il s'installa juste derrière lui afin de pouvoir converser à voix basse tout en feignant de s'intéresser au spectacle.

« Vous voulez annuler la croisière avec Moran et Larimer? »

Le Président secoua imperceptiblement la tête.

« Non. Mon projet d'aide aux pays satellites a la priorité absolue sur tous les autres problèmes.

– Je dois vous exprimer mes profondes réserves. Vous menez une vaine bataille pour une cause perdue.

– Vous me l'avez déjà dit au moins cinq fois depuis le début de la semaine, répliqua le Président en dissimulant un bâillement derrière son programme. Comment se présente le vote?

– Une vague d'oppositions conservatrices est en train de se créer. Il nous faudra trouver une quinzaine de voix à la Chambre des représentants et cinq ou six au Sénat pour faire passer le décret.

– Nous avons connu des situations plus désespérées.

– Certes, murmura tristement Fawcett. Mais cette fois-ci, si nous perdons, votre administration pourrait ne pas être reconduite pour un second mandat. »

5

Le jour, lentement, se levait. Devant l'hélicoptère, la grosse masse noire prit la forme d'un pic montagneux, symétrique et conique, entouré par la mer et éclairé encore par un mince croissant de lune. La lumière vira au bleu profond puis le soleil apparut dans une lueur orangée. Les pentes de la montagne étaient couvertes de neige.

Pitt jeta un coup d'œil en direction de Giordino. Il dormait. Il avait cette faculté de pouvoir se plonger dans le sommeil n'importe où et n'importe quand. Il dormait depuis leur départ d'Anchorage.

Pitt se tourna alors vers Julie Mendoza. Elle était assise derrière le pilote et son visage avait l'expression avide de celui d'un enfant à un spectacle de cirque. Son regard était fixé sur la montagne. Dans la pâleur de l'aube, ses traits semblaient s'être adoucis.

« Le volcan Augustine, expliqua-t-elle, inconsciente de l'examen dont elle était l'objet. Nommé ainsi par le capitaine Cook en 1778. On ne le dirait pas à le voir, mais ce volcan est l'un des plus actifs d'Alaska et il est entré en éruption six fois au cours du siècle passé. »

Pitt détourna à regret les yeux pour regarder en dessous de lui. L'île paraissait déserte. De longues coulées de lave sillonnaient les pentes du volcan jusqu'à la mer et un petit nuage flottait sur le sommet.

« Très pittoresque, fit-il avec un bâillement. On pourrait peut-être créer une station de sports d'hiver.

— N'y comptez pas, répliqua-t-elle en riant. Ce nuage que vous apercevez est en fait de la vapeur. L'Augustine ne se repose jamais. Sa dernière éruption en 1987 a surpassé celle du mont Saint Helens. Les retombées de cendres ont été mesurées jusqu'à Athènes.

— Et depuis? se sentit obligé de demander Pitt.

— Les études récentes confirment que la chaleur ne cesse d'augmenter près du sommet, annonçant probablement une éruption prochaine.

— Naturellement, vous ne pouvez pas prévoir la date.

– Naturellement, acquiesça-t-elle en haussant les épaules. Les volcans sont imprévisibles. Parfois, ils se réveillent sans le moindre avertissement et parfois ils manifestent tous les signes d'une spectaculaire éruption qui ne se produit jamais. Ces scientifiques dont je vous ai parlé et qui sont morts à cause de l'agent S étaient sur l'île pour étudier son activité.

– Où allons-nous nous poser?

– A environ 10 milles du rivage, répondit-elle. Sur le garde-côte *Catawba*. Ensuite, nous devrons nous séparer, du moins temporairement.

– Vous nous quittez?

– Al et vous resterez à bord du *Catawba* pour tâcher de localiser l'endroit où est immergé l'agent S; quant à moi, je vais sur l'île où se trouve déjà une équipe locale.

– Et une partie de mon boulot consistera à vous envoyer des échantillons d'eau de mer pour analyse?

– Effectivement. En mesurant la concentration du produit, nous pourrons diriger vos recherches.

– Comme le Petit Poucet?

– En quelque sorte.

– Et quand nous aurons trouvé?

– Dès que vous aurez remonté les fûts contenant l'agent S, l'armée les prendra en charge et ira les enterrer dans un puits sur un îlot près du cercle arctique.

– A quelle profondeur?

– 1 200 mètres.

– Rien que ça! » fit-il ironiquement.

La jeune femme reprit son air revêche pour lancer d'une voix coupante :

« Il se trouve que c'est la méthode la plus efficace.

– Vous êtes optimiste, en tout cas.

– Que voulez-vous dire?

56

– La récupération des containers. Ça pourrait exiger des mois.

– Nous n'avons même pas une semaine devant nous, répliqua-t-elle avec véhémence.

– Là, vous empiétez sur mon territoire. Les plongeurs ne peuvent pas prendre le risque d'évoluer dans des eaux où la moindre goutte sur la peau suffit à tuer. La seule solution raisonnable est d'utiliser des submersibles, un processus sacrément long et délicat. De plus, ils nécessitent des équipages très entraînés ainsi que des engins spéciaux pour servir de plates-formes de travail.

– Je vous ai déjà expliqué que nous avons carte blanche pour obtenir tout l'équipement désiré.

– Et ce n'est pas tout, reprit Pitt comme si de rien n'était. En dépit des indications que vous pourriez nous donner, repérer une épave revient à chercher une aiguille dans une meule de foin. Et ensuite, même si nous avons la chance de la trouver, il se pourrait que la coque soit brisée et la cargaison éparpillée, à moins que les fûts ne soient trop rouillés pour être transportés. Aucune affaire de ce genre n'est jamais réglée d'avance. »

Julie Mendoza rougit.

« Je voudrais vous faire remarquer...

– Ne vous donnez pas cette peine, l'interrompit-il. Je sais ce que vous allez dire. Alors épargnez-moi vos sermons et votre couplet sur les vies humaines qui sont en jeu. J'en suis parfaitement conscient et je n'ai pas besoin qu'on me le rappelle toutes les cinq minutes. »

Elle lui jeta un regard perplexe, sentant confusément qu'il cherchait à la mettre à l'épreuve.

« Vous avez déjà vu des gens touchés par l'agent S? demanda-t-elle.

– Non.

– Ce n'est pas un bien beau spectacle. Ils se noient dans leur propre sang tandis que tous leurs organes internes explosent littéralement. Le sang coule à flots par tous les orifices de leur corps, puis les cadavres deviennent tout noirs.

– Votre description est très réaliste.

– Vous prenez ça comme un jeu! explosa-t-elle. Moi pas! »

Il ne répondit rien, se contentant de désigner le *Catawba* qui venait d'apparaître devant eux.

Le pilote de l'hélicoptère, constatant aux fanions flottant aux drisses du bateau que celui-ci s'était placé face au vent, amena son appareil vers l'arrière et le posa sur l'aire d'atterrissage. Aussitôt, deux silhouettes vêtues des pieds à la tête d'une combinaison pareille à celle d'un astronaute s'avancèrent en déroulant un tube de plastique de 1,50 mètre de diamètre qui ressemblait à un énorme cordon ombilical. Ils l'ajustèrent puis frappèrent trois coups. Pitt déverrouilla la porte de l'hélicoptère et l'ouvrit. Les deux hommes lui tendirent des cagoules et des gants.

« Feriez mieux de mettre ça », déclara l'un d'eux d'une voix assourdie.

Pitt réveilla son adjoint d'une bourrade et lui lança son équipement.

« Qu'est-ce que c'est que ça? marmonna Giordino, émergeant des brumes du sommeil.

– Un cadeau de bienvenue du service de santé. »

Deux autres marins arrivèrent par le tunnel de plastique pour prendre leurs bagages. Giordino, encore à moitié endormi, sortit de l'appareil en titubant. Pitt hésita, puis se tourna vers Julie Mendoza, la regardant droit dans les yeux.

« Quelle sera ma récompense si je trouve votre poison en quarante-huit heures?

– Qu'est-ce que vous souhaiteriez?

– Etes-vous aussi dure que vous feignez de l'être?

– Plus dure, Mr. Pitt. Beaucoup plus dure.

– Alors à vous de décider. »
Il la gratifia d'un sourire ambigu et disparut.

6

Les voitures composant l'escorte présidentielle étaient alignées devant le portail sud de la Maison Blanche. Dès que le détachement des Services secrets fut en place, Oscar Lucas prononça quelques mots dans le minuscule micro dont le fil s'enroulait autour de sa montre pour remonter le long de la manche de sa veste.

« Dites au patron que nous sommes prêts. »

Trois minutes plus tard, le Président, accompagné de Fawcett, descendait les marches de la Maison Blanche d'un pas alerte et s'installait dans la limousine présidentielle. Lucas les rejoignit et le cortège de voitures s'ébranla.

Le Président, confortablement assis à l'arrière, regardait défiler les bâtiments par la vitre. Quant à Fawcett, il tenait un attaché-case sur ses genoux et griffonnait des notes. Après quelques instants de silence, il soupira, referma son attaché-case et le posa par terre.

« Voilà, fit-il. Les arguments des deux camps, les statistiques, les projections de la C.I.A. et les derniers rapports des experts économiques sur les dettes du bloc communiste. Tout ce dont vous aurez besoin pour convaincre Larimer et Moran.

– Les citoyens américains n'approuvent guère mon projet, n'est-ce pas? demanda tranquillement le Président.

– Effectivement, monsieur, répondit Fawcett. Le sentiment général est qu'on doit laisser les Russes se débrouiller avec leurs problèmes. La plupart des

Américains se réjouissent de voir les Soviétiques et leurs pays satellites au bord de la famine et de l'effondrement économique. Ils considèrent cela comme la preuve que le système marxiste n'est qu'une sinistre farce.

– Mais ce ne sera plus une farce le jour où les dirigeants du Kremlin, mis devant une impasse économique, décideront de frapper et d'envahir l'Europe.

– L'opposition du Congrès pense que ce risque est minimisé par la menace réelle de famine qui interdira aux Russes d'assurer le fonctionnement de leur machine militaire. Et certains comptent même sur les désillusions du peuple soviétique pour voir se créer un mouvement de résistance active contre le régime en place. »

Le Président secoua la tête.

« Le Kremlin, en dépit de toutes ses difficultés économiques, ne réduira jamais sa force militaire. Et inutile de tabler sur des soulèvements ou des manifestations massives. L'emprise du parti est bien trop forte.

– Cela n'empêche pas Larimer et Moran d'être farouchement opposés à ce que nous volions au secours de Moscou. »

Le visage du Président se plissa de dégoût.

« Larimer est un ivrogne et Moran un homme politique corrompu.

– Peut-être, mais il faudra malgré tout les gagner à votre point de vue.

– Je ne nie pas qu'ils aient leurs opinions, admit le Président. Pourtant, je suis convaincu que si les Etats-Unis sauvent les pays du bloc de l'Est de la faillite, ceux-ci se détourneront de l'Union soviétique et rejoindront le camp occidental.

– Beaucoup considèrent que vous prenez vos désirs pour des réalités, monsieur le Président.

60

– Les Français et les Allemands sont de mon avis.

– Bien sûr! Ils jouent sur les deux tableaux, comptant sur les forces de l'O.T.A.N. pour assurer leur sécurité tout en développant leurs liens économiques avec l'Est.

– Vous oubliez tous les électeurs américains qui soutiennent mon programme, répliqua le Président avec un geste résolu. Ils ont bien compris qu'il peut désamorcer la menace d'un holocauste nucléaire et définitivement lever le rideau de fer. »

Fawcett savait qu'il était inutile de discuter avec le Président quand il était ainsi fermement persuadé d'avoir raison. Il y avait une sorte de vertu à vaincre ses ennemis par la bonté, une tactique fort civilisée, digne d'émouvoir les consciences, mais Fawcett demeurait pessimiste. Il se plongea dans ses pensées et garda le silence tandis que la limousine venait se ranger le long d'un quai de l'arsenal de Washington.

Un homme à la peau mate, un Indien, s'avança alors vers Lucas qui descendait de voiture.

« Bonjour, George.

– Salut, Oscar. Le golf, ça marche?

– Pas brillant, répondit Lucas. Ça fait presque deux semaines que je n'ai pas joué. »

George Blackowl[1] était l'agent responsable des mouvements du Président. Il était à peu près de la taille de Lucas, de cinq ans plus jeune avec quelques kilos en trop. Il mastiquait sans cesse du chewing-gum et était à moitié sioux, ce qui lui valait de sempiternelles plaisanteries sur le rôle joué par ses ancêtres à Little Big Horn.

« Tout est en ordre? demanda Lucas.

– Le bateau a été passé au peigne fin. Les hom-

---

1. *Blackowl* : « hibou noir » (*N.d.T.*).

mes-grenouilles viennent juste de finir d'inspecter la coque et la vedette de surveillance est prête.

– Bien. Un garde-côte sera sur place quand vous arriverez à Mount Vernon.

– Okay. Je crois qu'on peut s'occuper du patron. »

Lucas examina une bonne minute les docks aux alentours, puis, ne remarquant rien d'anormal, il ouvrit la portière du Président. Les agents formèrent aussitôt un rideau autour de lui. Blackowl marchait en tête et Lucas, comme il était gaucher et avait besoin de sa liberté de mouvement au cas où il aurait à tirer son arme, était placé sur la gauche, légèrement en retrait. Quant à Fawcett, il traînait à quelques pas derrière, un peu à l'écart.

Arrivés à la passerelle, Lucas et Blackowl se mirent sur le côté pour laisser monter les autres.

« Okay, George, je te le confie.

– Veinard, fit Blackowl avec un sourire. Tu as ton week-end.

– Le premier depuis un mois.

– Tu rentres directement chez toi?

– Non, pas tout de suite. J'ai encore des papiers à examiner au bureau. Il y a eu quelques accrocs lors du dernier voyage à Los Angeles. Je voudrais revoir le programme. »

Ils pivotèrent de concert tandis qu'une voiture gouvernementale venait se garer le long du quai. Le sénateur Marcus Larimer en descendit pour se diriger vers le yacht présidentiel, suivi d'un secrétaire portant un sac de voyage.

Larimer était vêtu d'un costume trois-pièces marron. Il était toujours habillé ainsi et l'un de ses pairs avait suggéré qu'il était sans doute né comme cela. C'était un homme aux cheveux blonds toujours soigneusement coiffés. Grand et fort, avec un visage taillé à coups de serpe, il avait perpétuellement l'air d'un éléphant dans un magasin de porcelaines.

Il se contenta de saluer Blackowl d'un signe de tête et de lancer à Lucas un simple :

« Bonsoir, Oscar.

– Bonsoir, sénateur. Vous paraissez en pleine forme.

– Après un petit scotch, ça ira mieux », répliqua Larimer avec un rire tonitruant.

Il grimpa la passerelle et disparut dans le salon.

« Amuse-toi bien, fit Lucas à Blackowl avec ironie. Je ne t'envie pas cette croisière. »

Quelques minutes plus tard, franchissant le portail de l'arsenal, Lucas croisa une Chevrolet « compact » amenant Alan Moran. Il n'aimait pas le président de la Chambre des représentants. Moran était un type qui n'avait réussi ni par son intelligence ni par son bon sens mais en accordant plus de faveurs qu'il n'en demandait aux personnages influents des cercles politiques. Accusé d'avoir couvert une opération financière concernant des puits de pétrole sur des terrains publics, il avait échappé de justesse au scandale en invoquant son immunité parlementaire.

Il regardait droit devant lui et Lucas en déduisit qu'il devait penser à ce qu'il pourrait soutirer du Président.

Une heure plus tard, alors que l'équipage du yacht s'apprêtait à larguer les amarres, le vice-président Margolin montait à bord. Il hésita un instant puis aperçut le Président allongé à l'arrière dans un transat qui regardait le soleil se coucher sur la ville. Un steward s'avança pour débarrasser Margolin de son sac.

Le Président leva les yeux et le dévisagea un instant comme s'il ne le reconnaissait pas.

« Vince?

– Désolé d'être en retard, s'excusa Margolin. Mais l'un de mes secrétaires avait égaré votre invitation et je l'ai découverte il y a une heure à peine.

– Je n'étais pas sûr que vous puissiez venir, murmura le Président d'un air énigmatique.

– Tout s'est bien arrangé. Ma femme est chez notre fils à Stamford et elle ne rentrera pas avant mardi. Quant à moi, je n'avais rien de très important sur mon agenda. »

Le chef de l'Etat se leva avec un sourire forcé.

« Le sénateur Larimer et Moran sont là. Ils doivent être dans la salle à manger. Vous pourriez aller les saluer et boire un verre en leur compagnie.

– Un verre ne me fera pas de mal, en effet. »

Margolin se heurta à Fawcett sur le pas de la porte. Les deux hommes échangèrent quelques brèves paroles.

Les traits du Président étaient tordus de colère. Margolin et lui différaient autant par leur physique (le vice-président était grand et mince, bien proportionné, doté d'un visage séduisant aux yeux bleu clair et d'une personnalité chaleureuse) que par leurs options politiques.

Le Président conservait une cote de popularité élevée grâce à ses discours inspirés. Idéaliste et visionnaire, il se préoccupait surtout d'élaborer des plans dont les fruits ne seraient pleinement recueillis que dix ou quinze ans plus tard. Malheureusement ces plans, pour la plupart, ne s'accordaient guère aux réalités égoïstes de la politique intérieure.

Margolin, quant à lui, gardait un profil bas auprès du public et des médias, consacrant toute son énergie aux problèmes intérieurs. Il pensait qu'on ferait mieux d'utiliser pour les Etats-Unis l'argent destiné au programme d'aide aux pays communistes.

Le vice-président était un politicien-né. Il avait la Constitution dans le sang. Il avait gravi tous les échelons, commençant par le corps législatif de son

Etat, puis devenant gouverneur et enfin sénateur. Retranché dans son bureau du Russel Building, il régnait sur un aréopage de conseillers qui possédaient un don remarquable pour les compromis stratégiques et les concepts politiques novateurs. Alors que le Président proposait les lois, c'était Margolin qui orchestrait leur passage devant le dédale des commissions, faisant trop souvent ressembler les gens de la Maison Blanche à des amateurs, situation qui était loin de plaire au chef de l'exécutif et qui provoquait de graves dissensions internes.

Margolin aurait peut-être été le candidat du peuple à la présidence, mais il n'était pas celui du parti. Là, son intégrité et son dynamisme jouaient contre lui. Il refusait trop souvent de s'aligner sur les positions officielles. C'était une sorte de non-conformiste qui suivait les voies de sa propre conscience.

Le Président, dévoré de rage et de jalousie, regarda Margolin disparaître dans le salon.

« Qu'est-ce que Vince fabrique ici? lui demanda Fawcett avec nervosité.

— Comme si je le savais! répondit le Président d'un ton brusque. Il prétend avoir été invité. »

Le secrétaire général de la Maison Blanche ouvrit de grands yeux.

« Bon sang, quelqu'un a dû faire une connerie!

— De toute façon, c'est trop tard. Je ne peux pas lui dire que c'est une erreur et le prier de s'en aller.

— Je ne comprends pas, fit Fawcett, de plus en plus troublé.

— Moi non plus, mais nous sommes coincés.

— Il pourrait tout faire rater.

— Je ne crois pas. On peut penser ce qu'on veut de Vince, mais il n'a jamais fait une déclaration qui puisse ternir mon image. Il y a bien peu de présidents qui auraient pu en dire autant de leur vice-président. »

Fawcett parut se résigner à la situation.

« Il n'y a pas assez de cabines. Je vais lui céder la mienne et descendre à terre.

– Merci, Dan.

– Je pourrais peut-être rester à bord jusqu'à la nuit et m'installer dans un motel voisin.

– Compte tenu des circonstances, il vaudrait mieux que vous demeuriez à l'écart, fit lentement le Président. Avec Vince en plus, je ne voudrais pas que nos invités s'imaginent qu'on s'est ligué contre eux.

– Je vais déposer dans votre cabine tous les documents appuyant votre position, monsieur le Président.

– Merci encore, Dan. Je les étudierai avant le dîner. »

Il marqua une pause, puis demanda :

« A propos, avons-nous des nouvelles d'Alaska?

– Seulement que les recherches pour localiser l'agent S ont commencé. »

Le Président prit un air inquiet. Il hocha la tête et serra en silence la main de son secrétaire général.

Fawcett se retrouva sur le quai en compagnie des agents des Services secrets chargés de la sécurité du vice-président qui dissimulaient mal leur irritation. Tandis qu'il regardait le yacht blanc s'éloigner sur les eaux de l'Anacostia, il sentit son estomac se nouer.

Il n'y avait pas eu d'invitations écrites!

Cette histoire n'avait aucun sens.

Lucas allait quitter son bureau quand le téléphone relié au P.C. sonna.

« Lucas à l'appareil.

« – Ici Bateau ivre », annonça George Blackowl, donnant le nom de code de l'opération en cours.

C'était un appel inattendu. Lucas, aussitôt, craignit le pire.

« Je t'écoute, fit-il d'un ton brusque.

– Nous avons un problème. Rien de grave, je répète, rien de grave. Simplement quelque chose d'imprévu. »

Lucas poussa un soupir de soulagement.

« Raconte.

– Shakespeare est à bord, expliqua Blackowl, utilisant le nom de code du vice-président.

– *Quoi!* rugit Lucas.

– Margolin est arrivé brusquement et est monté au moment où on levait l'ancre. Dan Fawcett lui a donné sa cabine et est resté à terre. Quand j'ai interrogé le Président sur ce changement de dernière minute, il m'a dit de laisser courir. Mais je sens un coup fourré.

– Où est Rhinemann?

– Sur le bateau, à côté de moi.

– Passe-le-moi. »

Il y eut un court silence puis Hank Rhinemann, le responsable de la sécurité du vice-président, vint en ligne :

« Oscar, on a eu un pépin.

– Je sais. Comment c'est arrivé?

– Il est sorti en coup de vent de son bureau en déclarant qu'il avait un rendez-vous urgent avec le Président sur le yacht. Il ne m'a même pas dit qu'il devait y passer la nuit.

– Nom de Dieu!

– Shakespeare est encore moins bavard qu'une carpe. J'aurais dû le deviner en voyant son sac de voyage. Je suis désolé, Oscar. »

Lucas se sentit envahi par un sentiment de colère et de frustration. Bon sang, pensa-t-il, les dirigeants des grandes puissances se comportent comme des enfants quand il s'agit de leur propre sécurité.

« Ce qui est fait est fait, fit-il sèchement. On va tâcher de s'en tirer au mieux. Où sont tes hommes?

– Sur le quai.

– Dis-leur d'aller à Mount Vernon épauler l'équipe de Blackowl. Je tiens à ce que rien, pas même une anguille, ne puisse approcher de ce bateau.

– Compris.

– Et à la moindre alerte, vous m'appelez. Je passe la nuit au P.C.

– Tu crains quelque chose? demanda Rhinemann.

– Rien de particulier, répondit Lucas dans un souffle. Mais de savoir le Président et les trois personnages les plus importants de l'Etat après lui au même endroit et au même moment, ça me fout une trouille de tous les diables. »

7

« Nous sommes contre le courant, annonça Pitt d'une voix calme, presque mécanique, en examinant l'écran vidéo du sonar balayant les fonds marins. Augmentez la vitesse de deux nœuds. »

En jean délavé, col roulé et tennis, coiffé d'une casquette de marin, il semblait parfaitement à l'aise, affichant une indifférence blasée.

Le *Catawba*, fendant les vagues, allait et venait sur la mer comme un jouet mécanique, entraînant dans son sillage le détecteur du sonar émettant un signal que l'équipement vidéo traduisait en image détaillée.

On avait commencé les recherches par l'extrémité sud du golfe de Cook pour s'apercevoir que les traces résiduelles d'agent S augmentaient vers la baie de Kamishak. Des échantillons d'eau de mer étaient prélevés toutes les demi-heures et expédiés par hélicoptère au laboratoire installé sur l'île Augustine. Amos Dover, le capitaine, comparait leur entreprise à ce jeu de « Tu brûles » pratiqué par les enfants.

Tandis que le jour s'écoulait, la tension à bord du garde-côte devenait de plus en plus vive. L'équipage n'était pas autorisé à monter sur le pont respirer un peu d'air. Seuls les chimistes de l'A.P.E. avaient le droit de s'y rendre, protégés par des combinaisons étanches.

« Toujours rien? demanda Dover en se penchant par-dessus l'épaule de Pitt pour étudier l'écran à haute résolution.

– Rien qui ressemble à une épave, répondit Pitt. Le terrain est très accidenté, composé surtout de roches volcaniques.

– L'image est excellente. Cette masse sombre, c'est quoi?

– Un banc de poissons. Peut-être une colonie de phoques. »

Dover se tourna pour regarder par les vitres de la passerelle. Le pic volcanique de l'île Augustine n'était plus qu'à quelques milles devant eux.

« Il faudrait trouver bientôt. Nous approchons de la côte.

– Labo appelle *Catawba* », jaillit soudain par le haut-parleur la voix de Julie Mendoza.

Le capitaine saisit le récepteur.

« Je vous écoute, labo.

– Barre à zéro-sept-zéro. Les traces paraissent plus concentrées dans cette zone. »

Dover lança un regard inquiet en direction de l'île toute proche.

« Si nous tenons ce cap pendant vingt minutes, vous aurez le *Catawba* chez vous pour dîner!

– Approchez autant que vous le pouvez et prenez des échantillons, répondit la jeune femme. Selon mes estimations, vous êtes pratiquement au-dessus. »

Dover raccrocha aussitôt et demanda :

« Profondeur? »

L'officier de quart s'activa un instant sur la console de navigation puis annonça :

« 40 mètres. Le fond monte.

– Jusqu'à quelle distance fonctionne votre engin? demanda Dover à Pitt.

– Il transmet l'image des fonds sur 600 mètres de part et d'autre de la coque.

– Nous aurions déjà dû repérer ce bateau, fit le capitaine avec irritation. Nous l'avons peut-être raté.

– Inutile de s'énerver, répliqua Pitt en réglant l'image sur la console de l'ordinateur. Rien n'est plus insaisissable qu'une épave qui n'a pas envie qu'on la trouve. Découvrir l'assassin d'un roman d'Agatha Christie est un jeu d'enfant à côté. Il arrive qu'on ait de la chance, mais c'est rare. »

Il fixa un long moment la cloison devant lui, puis reprit :

« Quelle est la visibilité sous la surface?

– L'eau devient limpide à environ 50 mètres du rivage. A marée montante, on peut compter 30 mètres, même plus.

– J'aimerais vous emprunter votre hélicoptère pour prendre des photos aériennes de cette zone.

– Pourquoi vous compliquer l'existence? La devise des gardes-côtes n'est pas pour rien *Toujours prêt*. Nous avons des cartes détaillées de toute la côte d'Alaska fournies par les satellites. »

Pitt fit signe à Giordino de le remplacer devant l'écran du sonar puis il suivit le capitaine du

Catawba dans une salle bourrée de classeurs. Dover examina les étiquettes, ouvrit un tiroir, fouilla à l'intérieur et en tira une grande carte marine marquée : *Relevé satellite nº 2430A, côte sud de l'île Augustine.* Il l'étala sur la table.

« C'est ça que vous vouliez? »

Pitt étudia un instant la carte.

« Parfait. Vous avez une loupe?

– Sur l'étagère. »

Pitt examina plus attentivement la photo satellite. Le capitaine sortit et revint peu après avec deux tasses de café.

« Vous n'avez aucune chance de repérer quoi que ce soit au milieu de tout ce fatras géologique. Un bateau pourrait y rester caché pour l'éternité.

– Ce ne sont pas les fonds qui m'intéressent. »

Une étincelle de curiosité s'alluma dans les yeux de Dover mais, alors qu'il allait poser la question qui s'imposait, une voix jaillit par le haut-parleur situé au-dessus de la porte :

« Capitaine, brisants droit devant. (Le ton de l'officier de quart était tendu.) La sonde indique 9 mètres. Et ça grimpe à toute allure!

– Stoppez les moteurs! » ordonna aussitôt Dover.

Il hésita une fraction de seconde et reprit :

« Non. Arrière toute jusqu'à vitesse zéro!

– Dites-lui de ramener le détecteur du sonar avant qu'il ne racle le fond, intervint Pitt. Ensuite, je suggère que nous jetions l'ancre. »

Le capitaine lui lança un regard étrange, mais il s'exécuta. Le pont se mit à trembler sous leurs pieds tandis que le mouvement des hélices s'inversait, puis, un instant plus tard, la vibration cessa.

« Vitesse zéro, annonça depuis la passerelle l'officier de quart. Ancre mouillée. »

Dover s'installa sur un tabouret et, serrant sa tasse fumante entre ses mains, il dévisagea Pitt.

« Alors, où en êtes-vous?

– J'ai trouvé ce que nous cherchions, répondit Pitt lentement, détachant bien chaque mot. Il n'y a pas d'autre possibilité. Vous aviez tort sur un point, mais raison sur un autre. Notre mère nature fabrique rarement des formations rocheuses qui courent sur plusieurs centaines de mètres en parfaite ligne droite. Par conséquent, l'épave d'un bateau peut très bien être repérée sur des terrains accidentés. En revanche, vous aviez raison en affirmant que nos chances de la découvrir sur le fond étaient nulles.

– Ne tournez pas autour du pot, fit Dover avec impatience.

– L'épave est à terre.

– Vous voulez dire échouée sur les hauts-fonds?

– Non, je veux dire à terre. Au sec.

– Vous ne parlez pas sérieusement? »

Pitt ne releva pas, se contentant de tendre la loupe au capitaine et de prendre un crayon pour encercler une section des falaises surplombant le rivage.

« Voyez vous-même. »

Dover se pencha au-dessus de la carte.

« Je ne vois que des rochers.

– Regardez de plus près. En bas de la pente qui s'enfonce dans la mer.

– Oh! mon Dieu! Mais c'est l'arrière d'un navire! s'exclama le capitaine avec incrédulité.

– On distingue même le gouvernail.

– Oui, oui. Et une partie du rouf! s'écria Dover, maintenant tout à l'excitation de la découverte. Incroyable! Il est à moitié enfoui dans le rivage, comme sous une avalanche. D'après le gouvernail et la forme de l'arrière, je dirais que c'est un vieux *liberty ship*, l'un de ces cargos construits durant la guerre. (Il leva la tête avec une lueur d'intérêt dans le regard.) Je me demande s'il ne s'agirait pas du *Pilottown*.

– Ce nom me dit quelque chose.

– C'est l'un des plus étranges mystères de cette région. Le *Pilottown* a accompli d'innombrables aller et retour entre la côte ouest et le Japon jusqu'au jour où, il y a environ dix ans, un message a annoncé qu'il était en train de sombrer dans une tempête. Des recherches ont été entreprises, mais on n'a retrouvé aucune trace du bateau. Deux ans plus tard, un Esquimau est tombé sur le *Pilottown* pris dans les glaces à environ 90 milles au-dessus de Nome. Il est monté à bord et l'a découvert vide, sans aucune trace de l'équipage. Un mois après, quand il est revenu avec sa tribu pour s'emparer de tout ce qui pouvait représenter de la valeur pour eux, il avait à nouveau disparu. Deux autres années ont passé et il a été signalé dérivant en aval du détroit de Béring. Les garde-côtes ont été envoyés sur place mais ne sont pas parvenus à le localiser. Ensuite on est resté sans nouvelles pendant huit mois, puis l'équipage d'un chalutier l'a croisé au large et l'a accosté. Il était toujours en assez bon état, puis il a encore disparu et on n'a plus entendu parler de lui.

– Je crois avoir lu un article à ce sujet. Attendez... Ah! oui, *le Vaisseau fantôme*.

– C'est bien comme ça que les médias l'ont baptisé, acquiesça Dover.

– Ils vont avoir de quoi s'exciter en apprenant qu'il a dérivé pendant des années avec une cargaison d'agent S à son bord.

– Je n'ose pas penser à ce qui serait arrivé si la coque avait été brisée par les glaces ou s'était fracassée contre des rochers et si les fûts avaient été éventrés, ajouta Dover.

– Il faut absolument que nous puissions accéder aux cales. Contactez Mendoza, donnez-lui la position de l'épave et dites-lui d'expédier par avion une équipe de chimistes. Nous, nous arriverons par la mer.

– D'accord. Je m'occupe de la chaloupe », fit le capitaine.

Il se pencha au-dessus de la carte, fixa un instant la zone cerclée de rouge et murmura :

« Je n'aurais jamais imaginé que je poserais un jour le pied sur le pont du *Vaisseau fantôme*.

– Si vous ne vous êtes pas trompé, déclara Pitt, le *Pilottown* va donner sa dernière représentation. »

8

Lorsque la chaloupe du *Catawba* approcha de la côte désertique, la mer, jusqu'à présent calme, s'agita sous l'effet d'un vent furieux. L'écume, teintée de traces d'agent S, fouettait les vitres de la cabine avec la violence d'une tempête de sable. Heureusement, près de l'épave, les eaux étaient plus paisibles, abritées par de hauts rochers déchiquetés.

Le volcan Augustine, grandiose et serein, surplombait le paysage baignant dans le soleil de fin d'après-midi. C'était l'une des plus belles montagnes de tout le Pacifique, rivalisant de splendeur avec le mont Fuji au Japon.

Le puissant canot à moteur fendait les vagues, et Pitt, luttant contre le roulis, étudiait le rivage.

L'épave était inclinée à vingt degrés et son arrière était criblé de rouille. Le rouf était penché par tribord et deux pales de l'hélice, couvertes de coquillages, dépassaient du sable noir. Il était impossible de déchiffrer le nom du navire et celui de son port d'attache.

Pitt, Giordino, Dover, les deux chimistes de

l'A.P.E. et un jeune officier du *Catawba* étaient tous vêtus de sortes de scaphandres blancs pour se protéger des embruns mortels. Ils communiquaient à l'aide de minuscules émetteurs installés à l'intérieur des casques et respiraient de l'air filtré par un complexe appareillage attaché à la ceinture.

Tout autour flottaient des poissons morts. Deux baleines, ventre en l'air, se balançaient mollement au gré des flots, unies dans la décomposition aux cadavres de marsouins, d'otaries et de phoques. Des oiseaux par milliers dérivaient, frappés eux aussi, au sein de ce gigantesque cimetière marin. Rien de vivant n'avait ici échappé au fléau.

Dover dirigea adroitement le canot entre deux rochers, puis il ralentit, attendant le moment favorable. Il profita d'une grosse vague et, mettant les gaz à fond, échoua l'embarcation sur la petite langue de sable qui s'était formée à la base de l'épave.

« Beau travail, le félicita Pitt.

– Tout est dans la synchronisation, répondit le capitaine en souriant derrière son casque. Naturellement, c'est plus facile à marée basse. »

Ils levèrent la tête pour examiner la masse de tôles qui les dominait. Le nom du navire était maintenant visible. C'était bien le *Pilottown*.

« C'est presque dommage de mettre ainsi fin à une légende, fit Dover avec un peu de nostalgie.

– Je ne trouve pas », répliqua Pitt en pensant au contenu des cales.

On s'empressa de décharger l'équipement puis, le canot soigneusement amarré à l'hélice du *Pilottown*, les six hommes entreprirent d'escalader la falaise longeant le côté bâbord de l'épave. Pitt marchait devant, suivi de Giordino et des autres tandis que Dover venait en dernier.

Le sol était composé d'un mélange glissant de cendres volcaniques et de boue qui rendait leur progression très difficile. Ils soulevaient sous leurs pas une épaisse poussière qui se collait aux combinaisons et, essoufflés, ils commençaient à transpirer.

Pitt ordonna une halte sur une étroite corniche. Giordino, épuisé, se laissa tomber à terre, réajustant les courroies de la bouteille d'acétylène attachée sur son dos. Lorsqu'il eut repris sa respiration, il lança :

« Je me demande comment ce vieux tas de ferraille a pu arriver ici.

– Il a probablement dérivé dans ce qui était un petit goulet avant 1987, expliqua Pitt. D'après Mendoza, c'est l'année où a eu lieu la dernière éruption. Les gaz produits par l'explosion ont dû faire fondre les glaces, et des torrents de boue et de cendres ont dévalé la pente du volcan jusqu'à la mer, recouvrant le *Pilottown*.

– C'est pourtant bizarre qu'on n'ait pas repéré plus tôt son arrière.

– Pas tellement, répondit Pitt. Il dépasse si peu qu'on ne pouvait pas le voir d'avion et, à plus de un mille du rivage, il se confond aux rochers. Ce sont sans doute les dernières tempêtes qui l'ont dégagé. »

Dover se redressa et déroula une corde attachée à sa ceinture, dépliant un petit grappin noué à son extrémité.

Il se tourna vers Pitt :

« Si vous me tenez bien, je crois que je devrais réussir à lancer ce crochet par-dessus le bastingage. »

Pitt et Giordino aidèrent le capitaine qui s'avança tout au bord de la saillie, balança longuement sa corde puis lâcha le grappin.

Celui-ci décrivit un large arc de cercle et atterrit sur le pont de l'épave où il s'accrocha.

L'ascension n'exigea que quelques minutes. Ils étaient enfin à bord du *Pilottown*.

« Aucun signe de Mendoza, constata Dover.

– L'endroit le plus proche où poser un hélicoptère est à un bon kilomètre d'ici, expliqua Pitt. Ils ont dû faire le reste du trajet à pied. »

Giordino se pencha.

« Le poison doit s'échapper par la coque à marée haute, fit-il.

– Probablement entreposé dans la cale arrière, ajouta Dover.

– Les panneaux d'accès sont enfouis sous des tonnes de lave, fit Giordino avec une grimace. Il nous faudra une armée de bulldozers pour les dégager.

– Vous connaissez bien ce type de cargo ? demanda Pitt au commandant du *Catawba*.

– En principe oui. J'en ai inspecté suffisamment ces dernières années à la recherche de marchandises de contrebande. (Il s'agenouilla pour dessiner le plan du bateau dans la poussière.) Sous le rouf arrière, on devrait trouver une écoutille donnant sur un conduit de secours qui mène à la cage d'hélice. Il y a un petit renfoncement au fond et on a une chance d'accéder à la cale à partir de là. »

Dover termina et tous se turent. Ils auraient dû être soulagés et heureux d'avoir enfin localisé l'agent S, mais ils ressentaient plutôt une sorte d'appréhension, une peur instinctive à l'idée de cette menace tapie dans les entrailles du *Pilottown*.

« Nous... nous ferions peut-être mieux d'attendre les gens du labo, balbutia l'un des chimistes.

– Il n'y a pas une minute à perdre », répliqua Pitt en lui lançant un regard glacial.

Giordino prit un levier dans la trousse à outils sanglée sur le dos de Pitt puis, sans un mot, s'attaqua à la porte d'acier du rouf arrière. A sa grande surprise, elle céda aussitôt. Il pesa de tout son poids sur le battant, et les gonds rouillés grincèrent. La porte s'ouvrit. A l'intérieur, c'était vide.

« On dirait que les déménageurs sont passés par là, constata Pitt.

– Bizarre qu'il n'ait jamais été utilisé, ajouta Dover d'un ton songeur.

– Le conduit de secours? »

Le capitaine les précéda dans un autre compartiment, tout aussi vide que le premier. Il s'arrêta devant une écoutille circulaire. Giordino la força à l'aide de son levier puis se recula tandis que Dover braquait une torche vers les profondeurs.

« On peut laisser tomber, fit-il avec découragement. Le conduit est bloqué.

– Qu'est-ce qu'il y a sur le pont inférieur?

– Le servomoteur de gouvernail. Attendez... (Le capitaine réfléchit quelques instants.)... Juste devant le servomoteur, il doit y avoir un poste de timonerie arrière, une survivance des années de guerre. Il reste une petite possibilité pour qu'on puisse pénétrer à partir de là dans la cale. »

Ils revinrent sur leurs pas, se demandant ce qui était arrivé à l'équipage qui avait abandonné le bateau. Ils descendirent vers le servomoteur et se frayèrent un passage au milieu de la machinerie encore couverte de graisse en direction de la cloison avant. Dover examinait les parois à l'aide de sa lampe. Soudain, il s'immobilisa.

« Saloperie! jura-t-il. Le panneau est bien là, mais il a été condamné.

– Vous êtes sûr que nous sommes au bon endroit? fit Pitt.

– Absolument. De l'autre côté, c'est la cale 5. Et c'est sans doute dedans que se trouve le poison.

– Et les autres cales? lança l'un des chimistes.

– Elles sont trop à l'avant. La marée ne monte pas jusqu'à elles.

– Bon, dans ce cas au travail », ordonna Pitt avec impatience.

Ils assemblèrent rapidement le chalumeau et le branchèrent sur les bouteilles. Bientôt la flamme bleue attaquait la tôle chauffée au rouge. Une première fissure apparut.

Tandis que Giordino agrandissait l'ouverture, Julie et son équipe arrivèrent, traînant avec eux près de 200 kilos de matériel.

« Vous l'avez trouvé! s'exclama-t-elle.

– Nous n'en sommes pas encore certains, riposta Pitt, tempérant son enthousiasme.

– Mais tous nos tests indiquent que l'eau ici est bourrée d'agent S, protesta-t-elle.

– Il ne faut pas vendre la peau de l'ours avant de l'avoir tué. »

Giordino se recula et éteignit le chalumeau. Il le tendit à Pitt puis empoigna son fidèle levier.

« Ecartez-vous, lança-t-il. Ce truc est brûlant et sacrément lourd. »

Il glissa l'extrémité de la barre dans la brèche et poussa de toutes ses forces. La plaque de tôle se tordit puis s'écrasa sur le pont dans une gerbe d'étincelles.

Un profond silence se fit tandis que Pitt saisissait une torche et se penchait prudemment par l'ouverture. Le faisceau lumineux balaya la cale, perçant les épaisses ténèbres.

Une éternité parut s'être écoulée lorsque enfin il se redressa et se tourna pour faire face aux étranges silhouettes casquées qui se pressaient autour de lui.

« Alors? » lâcha Julie Mendoza anxieusement.

Pitt ne répondit que par un seul mot :

« Eurêka! »

9

A 6000 kilomètres de là, cinq heures plus tard
suivant le décalage horaire, le représentant soviétique à l'Organisation mondiale de la santé travaillait
encore à son bureau situé dans le bâtiment du
Secrétariat des Nations Unies à New York. La pièce
était très simplement meublée avec pour seule
fantaisie une petite aquarelle d'amateur figurant
une maison à la campagne.

La lumière rouge de sa ligne privée clignotait.
L'homme contempla un long moment le téléphone
avant de se décider à décrocher.

« Lugovoy à l'appareil, annonça-t-il.

— Qui?

— Alexeï Lugovoy.

— Est-ce que Willie est là? demanda une voix avec
ce fort accent new-yorkais qui écorchait les oreilles
du Russe.

— Il n'y a pas de Willie ici, répondit-il avec brus-
querie. Vous avez dû vous tromper de numéro. »

Puis il reposa violemment le récepteur sur son
socle.

L'expression de Lugovoy ne s'était pas modifiée,
mais il avait pâli. Il serra les poings, inspira profondément et regarda fixement l'appareil.

La lumière s'alluma à nouveau.

« Lugovoy.

— Vous êtes sûr que Willie n'est pas là?

— Non, Willie n'est pas là », répondit-il en imitant
l'accent de son correspondant.

Il raccrocha.

Les mains tremblantes, le regard vide, il lui fallut
une bonne minute pour digérer le choc. Il se passa
nerveusement les doigts sur son crâne chauve puis

ajusta ses lunettes cerclées d'écaille. Plongé dans ses pensées, il finit par se lever, éteindre soigneusement les lumières et quitter son bureau.

Il sortit de l'ascenseur, traversa le hall et passa devant l'œuvre de Chagall symbolisant la lutte de l'homme pour la paix sans même lui jeter un coup d'œil.

Il n'y avait pas de taxi à la station devant l'immeuble et il alla en chercher un sur la 1re Avenue. Il donna une adresse au chauffeur puis s'installa sur le siège arrière, trop crispé pour réellement se détendre.

Lugovoy ne craignait pas d'être suivi. C'était un psychologue respecté et admiré pour ses travaux sur les pays sous-développés. Ses communications étaient toujours largement commentées. Depuis six mois qu'il était aux Nations Unies à New York, il se tenait parfaitement tranquille, ne se livrant à aucune activité d'espionnage et n'entretenant aucun lien direct avec les agents du K.G.B. Une personne bien placée l'avait discrètement informé que le F.B.I. ne s'intéressait pas trop à lui, se contentant de quelques enquêtes de routine.

Lugovoy n'était pas aux Etats-Unis pour s'emparer de secrets militaires. Son objectif dépassait de loin tout ce que le contre-espionnage américain aurait pu imaginer dans ses pires cauchemars. Le coup de téléphone qu'il avait reçu signifiait que le plan élaboré sept ans auparavant avait été déclenché.

Le taxi s'arrêta devant l'hôtel Vista International. Lugovoy paya la course et traversa le hall luxueux pour ressortir au milieu de la foule. Il s'immobilisa et leva les yeux sur les imposantes tours jumelles du World Trade Center.

Le Russe se demandait souvent ce qu'il faisait dans ce pays aux gratte-ciel de verre, aux innombrables voitures avec ces gens toujours pressés et ces restaurants. Ce n'était pas le monde auquel il appartenait.

Il montra une pièce d'identité au garde placé devant un ascenseur privé de la tour sud et monta au centième étage. Il déboucha dans le hall des lignes maritimes Bougainville, dont les bureaux occupaient tout l'étage. Ses chaussures s'enfonçaient dans une épaisse moquette blanche. Les murs étaient lambrissés de bois de rose, décorés d'antiquités orientales. De délicates céramiques étaient exposées dans des vitrines tandis que de riches tapisseries japonaises tombaient du plafond.

Une belle femme aux yeux noirs, au délicat visage d'Asiatique et à la peau nacrée, l'accueillit avec un sourire.

« Puis-je vous être utile?

– Alexeï Lugovoy. J'ai rendez-vous.

– Effectivement, Mr. Lugovoy. Mme Bougainville vous attend. »

Elle prononça quelques mots dans son interphone et une grande Eurasienne aux cheveux de jais apparut sur le seuil d'une large double porte.

« Si vous voulez bien me suivre, Mr. Lugovoy. »

Le Russe était très impressionné. Il n'était guère familiarisé avec un tel luxe. La femme le précéda le long d'un couloir dont les parois étaient ornées de tableaux représentant des cargos au pavillon des Bougainville, voguant sur des mers turquoise. L'Eurasienne frappa doucement à une porte, l'ouvrit puis s'écarta pour faire entrer le visiteur.

Lugovoy se figea sous le coup de la surprise. La pièce était vaste avec un sol de mosaïque bleu et or et une immense table de conférence soutenue par des dragons sculptés qui semblait s'étirer indéfiniment. Mais c'étaient surtout les guerriers en terre cuite montés sur leurs chevaux qui l'avaient ainsi médusé. De grandeur nature, ils étaient installés dans des alcôves et resplendissaient sous la lumière tamisée diffusée par des projecteurs.

Le Soviétique avait immédiatement reconnu en eux les gardiens du tombeau de l'empereur Shi Huangdi, celui-là même qui avait fait construire la Grande Muraille. C'était incroyable. Il ne parvenait pas à comprendre comment ces trésors avaient pu quitter la Chine pour tomber entre les mains de particuliers.

« Je vous en prie, approchez, Mr. Lugovoy. »

Il avait été à ce point ébloui par les splendeurs de la pièce qu'il n'avait pas remarqué la petite femme frêle assise dans une chaise roulante. Devant elle, il y avait un fauteuil d'ébène couvert d'un coussin de soie et une petite table basse avec une théière et des tasses.

« Madame Bougainville, je suis ravi de vous rencontrer enfin », fit-il en s'inclinant.

La femme qui était à la tête de l'empire maritime Bougainville avait quatre-vingt-neuf ans et devait peser à peine quarante kilos. Ses cheveux argentés étaient tirés en chignon. Son visage était étrangement lisse mais son corps paraissait vieux et fragile. C'étaient ses yeux qui fascinaient Lugovoy. Ils étaient d'un bleu intense et brillaient d'une lueur de férocité qui le rendait mal à l'aise.

« Vous n'avez pas perdu de temps, fit-elle simplement d'une voix cristalline dépourvue de toute hésitation.

– Je suis venu dès que j'ai reçu l'appel téléphonique codé.

– Etes-vous prêt à mener à bien votre projet de lavage de cerveau?

– *Lavage de cerveau* est une expression que je n'aime guère. Je préfère *intervention mentale*.

– Les problèmes de terminologie ne sont pas de mise, répliqua-t-elle froidement.

– Mon équipe est réunie depuis plusieurs mois.

Avec le matériel nécessaire, nous pouvons commencer sous deux jours.

– Vous commencerez demain matin.

– Si vite?

– Mon petit-fils m'a informée que les conditions idéales étaient enfin remplies. Le transfert aura lieu cette nuit. »

Lugovoy regarda instinctivement sa montre.

« Vous ne me laissez pas beaucoup de temps.

– Il faut saisir l'occasion lorsqu'elle se présente. J'ai conclu un marché avec votre gouvernement et je m'apprête à m'acquitter de mes engagements. Tout repose sur la rapidité d'exécution. Vous avez dix jours pour vous acquitter des vôtres.

– Dix jours! s'exclama-t-il.

– Dix jours, répéta-t-elle. Pas un de plus. Passé ce délai, j'annule tout. »

Un frisson courut dans le dos du Soviétique. Il n'avait pas besoin d'un dessin. Il était évident que si tout ne se déroulait pas comme prévu, ses assistants et lui disparaîtraient sans laisser de trace, probablement dans les profondeurs de l'océan.

Le silence s'abattit dans la pièce. Mme Bougainville finit par se pencher dans son fauteuil roulant et demander :

« Vous prendrez bien une tasse de thé? »

Lugovoy détestait cette boisson fade mais il répondit :

« Volontiers, je vous remercie.

– C'est le meilleur mélange de thés de Chine. »

Le Russe prit la tasse qu'on lui tendait et but une petite gorgée avant de déclarer :

« Vous n'ignorez pas, je présume, que mes travaux n'en sont encore qu'au stade de la recherche. Les expériences n'ont réussi que onze fois sur quinze. Je ne peux pas garantir le succès avec un délai aussi court.

– Des esprits plus malins que le vôtre ont calculé

combien de temps les conseillers de la Maison Blanche parviendront à abuser les médias. »

Le psychologue sursauta :

« Je croyais que mon sujet devait être un simple parlementaire américain dont la disparition temporaire passerait inaperçue.

– On ne vous a pas dit la vérité, expliqua-t-elle froidement. Vos dirigeants ont estimé qu'il était préférable que vous ne connaissiez pas l'identité de votre sujet tant que nous n'étions pas prêts.

– Pourtant, si on m'avait laissé le temps d'étudier les traits de sa personnalité, j'aurais eu plus de chances de succès.

– Ce n'est pas à un Soviétique que je devrais donner des leçons sur les exigences de la sécurité, dit-elle en le fusillant du regard. Pourquoi croyez-vous qu'aucun contact n'a eu lieu avant ce soir? »

Ne sachant que répondre, Lugovoy souleva sa tasse pour la porter à ses lèvres.

« Il faut que je sache de qui il s'agit », finit-il par lâcher après avoir rassemblé tout son courage.

La réponse de la vieille femme lui donna un choc. Les yeux écarquillés, la gorge nouée, il avait le sentiment de tomber dans un abîme sans fond.

10

Ballottés pendant des années par les tempêtes, les fûts contenant l'agent S avaient brisé les chaînes qui les maintenaient sur les palettes et s'étaient éparpillés dans la cale. Leurs extrémités étaient concaves, et sur leurs flancs argentés étaient inscrites à la peinture vertes les lettres *G.S.* correspondant au code de l'armée.

« J'en ai compté vingt, déclara Pitt.

– C'est bien la totalité du chargement manquant », fit Julie Mendoza avec un soupir de soulagement.

Ils se trouvaient dans la cale du *Pilottown* à présent brillamment éclairée par des projecteurs alimentés grâce à un générateur portatif. Les fûts flottaient dans environ 30 centimètres d'eau.

L'un des chimistes de l'A.P.E. tendit soudain le bras et s'écria :

« C'est celui-là qui fuit! La valve est cassée.

– Vous êtes contente, maintenant? demanda Pitt à la jeune femme.

– Et comment! s'exclama-t-elle.

– Vous avez pensé à ma récompense?

– Votre récompense?

– Le marché que nous avons conclu, expliqua-t-il en s'efforçant de paraître sérieux. J'ai découvert votre agent S avec trente-six heures d'avance.

– Vous n'allez pas me faire de propositions malhonnêtes?

– Je serais idiot de ne pas en profiter. »

La jeune femme était reconnaissante à son casque de dissimuler la rougeur qui lui était montée aux joues. Ils communiquaient sur une fréquence ouverte et tous les hommes présents entendaient ce qu'ils disaient.

« Vous choisissez des endroits étranges pour vous livrer à vos tentatives de séduction, Mr. Pitt.

– Je pensais seulement à un petit dîner à Anchorage avec cocktails, saumon fumé, élan grillé. Ensuite...

– Ça suffira, l'interrompit-elle, de plus en plus gênée.

– Aimez-vous danser?

– Seulement quand la situation s'y prête, répliqua-t-elle. Et ce n'est pas le cas.

– Décidément, c'est le jour de chance de la

N.U.M.A., pas le mien, fit-il, feignant de s'avouer vaincu.

– Pourquoi la N.U.M.A.?

– La source de pollution est sur la terre ferme. Pas besoin de plongeurs. Nous pouvons donc rentrer chez nous.

– Ainsi, vous vous défilez en vous déchargeant du problème sur l'armée, Mr. Pitt.

– L'armée est au courant? demanda-t-il sérieusement.

– Le haut commandement d'Alaska a été alerté dès que vous avez trouvé le *Pilottown*. Une équipe de spécialistes des armes chimiques est en route pour récupérer les fûts.

– Bel exemple d'efficacité.

– Pour vous, bien sûr, ce n'est pas important?

– Si, naturellement, répondit Pitt. Mais mon boulot est terminé et, à moins que vous n'ayez une nouvelle fuite et de nouveaux cadavres, je boucle mes valises.

– Bel exemple de cynisme.

– Dites « oui ».

Attaque, parade, feinte, botte. Il assaillait son flanc le plus exposé. Elle se sentait acculée mais cela ne lui déplaisait pas.

« Oui », accepta-t-elle sans prendre le temps de réfléchir.

Un peu plus tard, Dover trouva Pitt penché au-dessus d'une petite écoutille, braquant sa torche sur les ténèbres.

« Qu'est-ce que vous préparez? demanda le capitaine.

– Je pensais aller explorer un peu.

– Vous n'irez pas loin par là.

– Ça donne où?

« – Dans la cage d'hélice. Mais elle est inondée. Il vous faudrait des bouteilles pour passer. »

Pitt examina les cloisons à l'aide de sa lampe. Le faisceau lumineux s'arrêta sur un panneau circulaire en haut d'une échelle.

« Et celui-là?

– Probablement dans la cale 4. »

Pitt se contenta de hocher la tête, puis il escalada les barreaux rouillés, suivi de Dover. Il ouvrit l'écoutille et se hissa dans la cale. Elle était vide.

« Le bateau devait naviguer avec ses ballasts pleins, réfléchit Pitt à haute voix.

– C'est probable.

– Et maintenant?

– Encore une échelle et on arrive dans la coursive entre les réservoirs d'eau potable et les cabines. »

Ils s'enfoncèrent lentement dans les entrailles du *Pilottown* avec l'impression d'être des pilleurs de tombes œuvrant dans un cimetière à minuit. Ils s'attendaient à chaque instant à découvrir les squelettes des marins disparus, mais il n'y avait rien. Les cabines auraient dû être jonchées de vêtements, d'objets personnels divers mais, au lieu de présenter tous les signes d'un navire abandonné à la hâte par son équipage, le *Pilottown* ressemblait à un labyrinthe de grottes désertes. Il ne manquait que les chauves-souris.

Les garde-manger étaient vides. Il n'y avait pas la moindre tasse, la moindre assiette sur les étagères du carré. Même le papier manquait dans les toilettes. Les extincteurs, les meubles, tous les objets présentant quelque valeur avaient disparu.

« Plutôt bizarre, murmura Dover.

– C'est bien mon avis, approuva Pitt. Le bateau a été systématiquement pillé.

– Il a dû être plusieurs fois visité au cours des années où il a dérivé.

– Les pillards laissent du désordre derrière eux, répliqua Pitt. Ici, au contraire, tout est parfaitement net. »

Ils poursuivirent leur exploration des coursives, projetant des ombres vacillantes sur les parois. Pitt ressentait le désir de se retrouver à l'air libre.

« Incroyable! grommela Dover toujours troublé par leur découverte. Ils ont même enlevé les valves et les jauges.

– Si j'étais joueur, fit Pitt pensivement, je parierais que nous sommes tombés sur une histoire d'escroquerie aux assurances.

– Ce ne serait pas le premier bâtiment porté disparu uniquement pour toucher la prime de la Lloyd's.

– Vous avez dit que l'équipage avait prétendu abandonner le *Pilottown* en pleine tempête. Ils l'ont bien abandonné, mais en ne laissant derrière eux qu'une épave sans valeur.

– Facile à vérifier, fit Dover. Il y a deux façons de saborder un navire en mer. Ouvrir les vannes de noyage pour qu'il sombre ou bien faire sauter la coque avec des charges explosives.

– Et vous, comment vous feriez?

– Avec les vannes, ça peut prendre vingt-quatre heures ou plus. Assez pour qu'un bateau croisant dans les parages vienne voir ce qui se passe. Je choisirais les explosifs. Ils l'enverraient par le fond en l'espace de quelques minutes.

– Quelque chose a dû les empêcher d'exploser.

– Ce n'est qu'une théorie.

– Question suivante, persista Pitt. Où les placeriez-vous?

– Dans les cales, la salle des machines, n'importe où le long de la coque, pourvu que ce soit audessous de la ligne de flottaison.

– Aucune trace d'explosifs dans les cales arrière,

réfléchit Pitt. Restent la salle des machines et les cales avant.

– Au point où nous en sommes, autant en avoir le cœur net, décida le capitaine.

– Ça ira plus vite si nous nous partageons le travail. Je m'occupe de la salle des machines. Vous connaissez ces cargos mieux que moi et...

– D'accord, je prends les cales avant », acheva le capitaine.

L'officier des gardes-côtes escalada une échelle et sa large silhouette éclairée par la lueur de la torche disparut.

Pitt commença à explorer le dédale des tuyaux reliant les chaudières aux vieux moteurs alternatifs à vapeur. La passerelle surplombant tout cet enchevêtrement était rouillée et il avançait avec précaution. La salle des machines semblait revivre dans son imagination. Il croyait encore entendre les cris, les grincements.

Il découvrit deux vannes de noyage. Les volants étaient verrouillés.

Cette théorie n'était donc pas la bonne, pensa-t-il.

Soudain, un froid glacial lui saisit la nuque puis gagna tout son corps. Il comprit aussitôt que les piles faisant fonctionner le système de chauffage à l'intérieur de la combinaison étaient presque à plat. Il éteignit un instant sa lampe. Il crut étouffer dans les épaisses ténèbres. Il ralluma et balaya l'espace autour de lui, s'attendant à voir surgir des spectres. Il n'y avait rien que les parois de tôle suintantes et la masse sombre des machines.

Il secoua la tête pour chasser les fantômes de son esprit et entreprit d'examiner systématiquement la coque en se faufilant au milieu d'un labyrinthe de tuyaux recouverts d'amiante. Il descendit une échelle, manqua un barreau et tomba dans près de deux mètres d'eau grasse. Il lutta pour se tirer des mains des cadavres qui, s'imaginait-il, cherchaient à l'attirer vers le fond. Enfin, sa combinaison noire d'huile, il parvint à se hisser sur l'échelle. Hors d'haleine, il lui fallut une bonne minute pour récupérer.

C'est alors qu'il remarqua un objet pris dans le faisceau de sa lampe, une caisse d'aluminium de la taille d'un jerricane, attachée à une poutrelle métallique soudée à la coque. Il avait souvent utilisé des explosifs au cours d'opérations de renflouage et il reconnut aussitôt le détonateur installé à côté. Un fil électrique courait sous la passerelle vers le pont supérieur.

Il transpirait à grosses gouttes en dépit du froid. Laissant les explosifs où il les avait trouvés, il remonta pour aller inspecter les moteurs et les chaudières.

Il ne découvrit aucune marque, aucun nom de fabricant. Les plaques d'identification avaient partout été arrachées et les lettres ou numéros gravés dans le métal limés. Après avoir vérifié partout, il était sur le point d'abandonner quand il sentit une petite protubérance sous sa main gantée : c'était une plaque de métal dissimulée par la graisse et vissée sous l'une des chaudières. Il l'essuya et braqua sa lampe pour lire :

> FABRIQUÉ PAR
> L'ALHAMBRA IRON AND BOILER COMPANY
> CHARLESTON, CAROLINE DU SUD
> NUMÉRO DE SÉRIE : 38874.

Il mémorisa le numéro puis rebroussa chemin. Il s'assit lourdement sur le pont et s'efforça de se reposer un peu malgré le froid qui lui glaçait les os.

Dover revint une demi-heure plus tard, portant sous son bras une caisse d'explosifs sans plus de précautions que s'il s'était agi d'un cageot de pêches. Il s'avança en jurant sur le sol glissant et s'installa à côté de Pitt.

« Il y en a quatre autres entre ici et l'avant, fit-il d'une voix lasse.

– Moi, j'en ai trouvé une à l'arrière.

– Je me demande pourquoi elles n'ont pas explosé.

– Le minuteur a dû déconner.

– Le minuteur? s'étonna le capitaine.

– L'équipage devait pouvoir quitter le bateau avant l'explosion. En suivant les fils, vous vous apercevrez sans doute qu'ils convergent tous vers un système d'horlogerie dissimulé quelque part sur le pont supérieur. Quand ils ont réalisé que ça n'avait pas fonctionné, il était probablement trop tard pour remonter à bord.

– Ou ils avaient trop peur que ça leur saute à la gueule.

– C'est possible, acquiesça Pitt.

– Et c'est ainsi que le *Pilottown* a entamé son légendaire voyage. Un cargo désert sur la mer immense.

– Comment identifie-t-on un bateau?

– Qu'avez-vous en tête?

– Simple curiosité. »

Dover se contenta de cette explication et, les yeux fixés sur les ténèbres, il répondit :

« Eh bien, on trouve un peu partout son nom. Sur les gilets de sauvetage, les canots ou encore gravé à l'avant et à l'arrière. Il y a aussi les plaques du constructeur, en général une à l'extérieur de la superstructure et une dans la salle des machines. Et puis le numéro d'immatriculation à la base des écoutilles avant.

– Je parierais un mois de salaire que, si nous parvenions à dégager le cargo, on découvrirait que

92

ces numéros ont été effacés et que la plaque a disparu.

– Il nous reste celle de la salle des machines.

– Volatilisée. J'ai vérifié.

– C'est vraiment bizarre, constata calmement Dover.

– Et comment! Il y a plus dans cette affaire qu'une simple escroquerie aux assurances.

– Je ne suis pas en état de résoudre les énigmes, fit le capitaine en se levant maladroitement. J'ai froid, j'ai faim et je suis crevé. Je propose qu'on rejoigne les autres. »

Pitt s'aperçut que Dover n'avait pas lâché la caisse d'explosifs.

« Vous l'emportez avec vous? demanda-t-il.

– Oui, comme preuve.

– Surtout, ne la laissez pas tomber », fit Pitt avec une pointe d'ironie.

Ils montèrent vers les cabines, pressés maintenant d'échapper aux ténèbres humides pour retrouver la lumière du jour. Pitt, soudain, s'immobilisa. Dover, qui le suivait à quelques pas, vint buter contre lui.

« Que se passe-t-il?

– Vous sentez? »

Le capitaine n'eut pas le temps de répondre. Le pont sous leurs pieds se mit à trembler et les tôles à gémir. Le bruit assourdi d'une explosion leur parvint, à laquelle succéda aussitôt une terrifiante onde de choc. Le *Pilottown* frémit et sa coque grinça sous une formidable pression. Les deux hommes titubèrent. Pitt réussit à tenir debout mais Dover, encombré par la lourde caisse, perdit l'équilibre et s'écrasa comme une masse sur le pont, protégeant de son mieux les explosifs avec son corps. Un cri de douleur jaillit de ses lèvres. Il s'était démis l'épaule et déchiré les ligaments du genou. Il s'assit péniblement et leva les yeux sur Pitt.

« Qu'est-ce que c'était? balbutia-t-il.

– Le volcan Augustine. Il a dû entrer en éruption.

– Mon Dieu! Qu'est-ce qui nous attend encore? »

Pitt aida son compagnon à se remettre sur pied. Il le sentit tressaillir à travers l'épaisse combinaison.

« Vous êtes blessé?

– Une petite foulure, mais je crois n'avoir rien de cassé.

– Vous pourrez marcher?

– Ça ira, répondit Dover en serrant les dents. Et les explosifs?

– Peu importe. Et foutons le camp d'ici en vitesse. »

L'un soutenant l'autre, ils s'engagèrent dans la coursive entre les cabines et les réservoirs d'eau potable.

Pitt avait l'impression que cet étroit couloir n'en finirait jamais. Son cœur cognait dans sa poitrine et il avait de plus en plus de mal à conserver son équilibre tandis que le vieux *Pilottown* oscillait sous les secousses du tremblement de terre. Ils atteignirent la cale 4. Dover tomba et Pitt dut le traîner vers l'échelle opposée.

A peine avait-il posé le pied sur le premier barreau qu'un véritable coup de tonnerre éclatait et qu'une lourde masse le frôlait pour aller s'écraser au sol. Il leva sa torche. A cet instant, le panneau d'écoutille vola en éclats et des tonnes de rochers et de débris se déversèrent dans la cale.

« Vite, grimpez! »

Pitt, le sang lui battant les tempes, propulsa les 110 kilos de Dover vers le haut de l'échelle.

Une voix jaillit. Un homme était penché par l'ouverture et tirait le capitaine dans la cale arrière. Pitt sut aussitôt que c'était Giordino. Il avait le don de se trouver toujours là au bon moment.

Pitt parvint à son tour en haut des barreaux et il

se glissa dans la cale renfermant l'agent S. Là, le panneau d'écoutille, heureusement, était encore intact. Lorsqu'il atteignit enfin le bas de l'autre échelle, des mains secourables aidaient déjà Dover à gagner le rouf arrière où il serait temporairement en sécurité. Giordino saisit le bras de Pitt.

« Il y a eu des pertes, fit-il sombrement.

– Beaucoup?

– Quatre blessés et un mort. »

Il hésita et Pitt comprit aussitôt.

« Mendoza?

– Un fût lui a écrasé la jambe, expliqua Giordino d'un ton grave. Provoquant une fracture ouverte. Un éclat d'os a percé sa combinaison. »

Il se tut.

« Et l'agent S l'a contaminée », acheva Pitt tandis qu'un profond désespoir s'abattait sur lui.

Son ami hocha la tête.

« Nous l'avons portée dehors. »

Pitt trouva Julie Mendoza étendue sur le pont arrière du *Pilottown*. Un gros nuage de cendres volcaniques dérivait vers le nord dans un ciel limpide.

La jeune femme gisait, seule dans un coin. Les hommes valides soignaient les blessés. On lui avait ôté son casque. Ses cheveux répandus sur le pont rouillé brillaient dans le soleil couchant. Ses yeux ouverts étaient fixés sur le néant et ses traits étaient tordus par les souffrances de l'horrible agonie qui avait été la sienne. Le sang qui avait coulé de sa bouche, de son nez et de ses oreilles s'était figé en ruisseaux écarlates. La peau de son visage avait pris une teinte noirâtre.

Pitt ressentit une rage froide. Il s'agenouilla à côté d'elle et, martelant la tôle de ses poings, il lâcha entre ses dents :

« Ça ne s'arrêtera pas là. Je ne le permettrai pas, je le jure. Les coupables paieront. »

11

Oscar Lucas fixait la surface de son bureau d'un air maussade. Tout le déprimait, le café tiède et acide, le mobilier bon marché, les longues heures de travail. Pour la première fois depuis qu'il avait la charge de la sécurité du Président, il se prenait à rêver de la retraite et de promenades à ski dans les montagnes du Colorado.

Il secoua la tête pour chasser ces sombres pensées et, pour la dixième fois peut-être, examina les plans du yacht présidentiel.

Construit en 1919 pour un riche homme d'affaires de Philadelphie, l'*Eagle* avait été acquis en 1921 par l'administration de Washington et, depuis treize présidents différents avaient arpenté son pont.

Herbert Hoover y avait fait de la culture physique, Roosevelt préparé des cocktails tout en discutant stratégie avec Winston Churchill, Harry Truman, tenu des parties de poker et joué du piano, John Kennedy fêté ses anniversaires tandis que Lyndon Johnson y avait accueilli la famille royale anglaise et Richard Nixon reçu Brejnev.

Le yacht, aménagé tout en acajou, déplaçait 100 tonnes, mesurait 33 mètres et filait 13 nœuds.

L'*Eagle* comportait cinq cabines principales, quatre salles de bain et un rouf vitré servant à la fois de salle à manger et de salon. L'équipage se composait de treize gardes-côtes dont les quartiers étaient situés à l'avant.

Lucas éplucha les dossiers des treize hommes, vérifiant à nouveau leurs états de service, leurs situations familiales et les résultats des tests psychologiques qu'ils avaient subis. Rien n'éveilla ses soupçons.

Il se radossa dans son fauteuil et étouffa un bâillement. Il était 21 h 20. L'*Eagle* avait accosté à Mount Vernon depuis maintenant trois heures. Le Président était un oiseau de nuit et un lève-tard. Il allait sans doute entretenir ses hôtes des affaires de l'Etat jusqu'à une heure très avancée sans penser à leur fatigue.

Lucas pivota pour regarder par la fenêtre. Le brouillard qui tombait le réconforta un peu. La visibilité réduite éliminait le risque d'un tireur embusqué, le cauchemar de tous les agents de sécurité. Lucas se persuada qu'il affabulait. Tout ce qui pouvait être fait avait été fait. S'il y avait une menace, elle était totalement imprévisible.

Le brouillard n'avait pas encore atteint Mount Vernon. La nuit d'été était claire et les lumières des rues proches se reflétaient à la surface de l'eau. Le fleuve, à cet endroit, était large de plus d'un kilomètre et ses berges à pic étaient couvertes d'arbres et de buissons. Un garde-côte était ancré à une centaine de mètres de la rive, l'étrave pointée vers l'amont, le radar en alerte.

Le Président, installé sur le pont dans une chaise longue, défendait son programme d'aide à l'Europe de l'Est devant Marcus Larimer et Alan Moran. Brusquement, il se leva et alla s'accouder au bastingage pour écouter les bruits de la nuit. Quelques vaches meuglaient dans un pré voisin. Le Président, pendant quelques instants, oublia les problèmes de la nation pour redevenir un enfant de la campagne, puis il finit par s'arracher à sa rêverie et se rasseoir.

« Désolé pour cette petite interruption, s'excusa-t-il avec un large sourire. L'espace d'une minute, j'ai presque été tenté d'aller chercher un seau et de nous tirer du lait frais pour le petit déjeuner.

– Les médias se seraient arraché une photo de vous en train de traire une vache au beau milieu de la nuit, fit Larimer en éclatant de rire.

– Ou, mieux encore, intervint Moran avec sarcasme, vous pourriez vendre le lait aux Russes pour un bon prix.

– Ce n'est pas aussi saugrenu qu'il y paraît, déclara Margolin qui se tenait un peu à l'écart. Le lait et le beurre ont pratiquement disparu des magasins de Moscou.

– C'est exact, monsieur le Président, confirma sérieusement Larimer. Les Russes sont au bord de la famine. Quant aux Polonais et aux Hongrois, ils sont encore plus mal lotis.

– Justement! s'écria le Président avec ferveur. Nous ne pouvons pas nous désintéresser de femmes et d'enfants qui meurent de faim sous le seul prétexte qu'ils vivent sous un régime communiste. Mon programme d'aide prouvera la générosité et la grandeur d'âme du peuple américain. Pensez aux conclusions qu'en tireront les pays du tiers monde. Pensez à ce qu'en diront les générations futures. Les bénéfices que nous en recueillerons sont incalculables.

– Permettez-moi de ne pas partager votre opinion, déclara froidement Moran. A mes yeux, votre plan est une hérésie, un véritable marché de dupes. Les milliards de dollars que les Russes dépensent à soutenir leurs pays satellites ont pratiquement ruiné leur économie. Je vous parie que l'argent qu'ils économiseraient grâce à votre programme irait tout droit alimenter leur budget militaire.

– Peut-être, mais si leurs ennuis s'aggravent, les Soviétiques représenteront un danger encore plus sérieux pour les Etats-Unis, se défendit le Président. Historiquement, les pays connaissant des problèmes économiques aigus ont toujours eu tendance à se lancer dans des aventures étrangères.

– Comme de prendre le contrôle du golfe Persique, fit Larimer.

– C'est une menace qu'ils font constamment planer sur notre tête. Mais il savent très bien que les puissances occidentales interviendraient s'ils tentaient de couper la route du pétrole. Non, Marcus, ils visent une cible beaucoup plus accessible et qui leur ouvrira une domination complète sur la Méditerranée.

– La Turquie? s'étonna le sénateur.

– Exactement.

– Mais la Turquie est membre de l'O.T.A.N., protesta Moran.

– Certes, mais la France entrerait-elle en guerre pour la Turquie? Et l'Angleterre ou l'Allemagne de l'Ouest? Et croyez-vous que nous-mêmes enverrions nos enfants mourir pour la Turquie? L'avons-nous fait pour l'Afghanistan? Non, la Turquie n'est pas assez importante pour qu'on se batte pour elle. L'armée russe pourrait occuper le pays en quelques semaines et l'Occident ne protesterait pas autrement que par des déclarations et des notes diplomatiques.

– Vous vous fondez sur de vagues possibilités, fit Moran. Pas sur des certitudes.

– Je suis d'accord avec vous, approuva Larimer. A mon avis, les risques d'expansionnisme soviétique sont minimes, compte tenu de la situation intérieure.

– Mais c'est tout à fait différent, affirma le Président. Une crise grave en Union soviétique aura nécessairement des répercussions sur les autres nations, en particulier sur celles d'Europe occidentale.

– Je ne suis pas un partisan de l'isolationnisme, monsieur le Président. Dieu sait que je l'ai prouvé au Sénat. Mais je commence à en avoir assez de voir les Etats-Unis soumis sans cesse aux caprices des Européens. Nous avons déjà laissé sur leur sol plus que notre compte de morts au cours de deux guerres. Alors si les Russes veulent dévorer le reste de l'Europe, qu'ils s'y cassent les dents, et bon débarras. »

Larimer se radossa, l'air satisfait. Il avait livré le fond de sa pensée, assenant des vérités qu'il n'avait jamais osé exprimer en public. Le Président, tout en étant en total désaccord avec lui, ne pouvait s'empêcher de se demander combien d'Américains partageaient ce point de vue.

« Soyons réalistes, fit-il. Nous savons tous les deux que nous ne pouvons pas abandonner nos alliés.

– Et nos électeurs? intervint Moran. Que vont-ils dire quand ils apprendront que leurs impôts vont servir à nourrir nos ennemis alors que nous connaissons déjà un déficit budgétaire record?

– Ils comprendront l'aspect humanitaire de notre position », répondit le chef d'Etat avec lassitude.

Il savait son combat voué à l'échec.

« Désolé, monsieur le Président, fit Larimer en se levant. Mais, en toute conscience, je ne peux pas approuver votre projet. Et maintenant, si vous le permettez, je crois que je vais aller me coucher.

– Moi aussi, déclara Moran en bâillant. Je n'arrive plus à garder les yeux ouverts.

– Etes-vous bien installés? s'inquiéta le Président.

– Oui, merci », répondirent en chœur les deux membres du Congrès.

Ils lui souhaitèrent une bonne nuit et disparurent dans l'escalier menant à leurs cabines. Dès qu'ils furent hors de portée de voix, le locataire de la Maison Blanche se tourna vers Margolin.

« Eh bien, qu'en pensez-vous, Vince?

– Pour être franc, monsieur, je pense que vous perdez votre temps.

– Vous considérez donc que c'est sans espoir?

– Voyons les choses sous leur véritable jour. Votre plan suppose l'achat massif de surplus de blé et autres produits agricoles pour les céder aux pays communistes à des prix inférieurs à ceux que nos agriculteurs trouvent sur les marchés d'exportation. Et dans le même temps, à cause des mauvaises conditions climatiques de ces deux dernières années et des coûts inflationnistes de l'énergie, le taux de faillites des exploitations agricoles est le plus élevé que nous ayons connu depuis 1934. Si vous tenez à faire voter un programme d'aide, je vous suggérerais respectueusement de le destiner aux Américains et non aux Russes.

– Charité bien ordonnée commence par soi-même. C'est bien cela?

– Effectivement. Et vous devez aussi considérer que le parti est en train de vous lâcher et que les sondages sont de plus en plus catastrophiques. »

Le Président secoua la tête :

« Je ne peux pas demeurer inactif pendant que des millions d'hommes, de femmes et d'enfants meurent de faim.

– Noble attitude, mais guère réaliste. »

Une expression de tristesse envahit les traits du chef d'Etat.

« Ne comprenez-vous pas que, si nous parvenons à montrer que le marxisme a échoué, plus aucun mouvement de guérilla au monde ne trouvera de justification à brandir cette bannière pour fomenter la révolution?

– Ce qui nous amène au dernier argument, fit Margolin. Les Russes ne veulent pas de notre aide. Comme vous le savez, j'ai rencontré récemment leur ministre des Affaires étrangères, Andrei Gromyko. Il m'a dit en termes clairs que si le Congrès

101

votait votre programme, tous les envois seraient stoppés aux frontières.

– Nous devons malgré tout essayer. »

Margolin poussa un petit soupir. Toute discussion était inutile. Le Président restait inébranlable.

« Si vous êtes fatigué, Vince, vous pouvez aller vous coucher. Ne vous croyez pas obligé de veiller pour me tenir compagnie.

– Je n'ai guère envie de dormir.

– Que diriez-vous alors d'un autre cognac?

– Excellente idée. »

Le Président appuya sur un bouton placé à côté de sa chaise longue et la silhouette blanche d'un steward apparut sur le pont.

« Vous désirez, monsieur le Président?

– Pourriez-vous nous apporter deux cognacs?

– Certainement, monsieur. »

Le steward allait s'éloigner lorsque le Président le retint :

« Un instant.

– Monsieur?

– Vous n'êtes pas Jack Klosner, le steward habituel.

– Non, monsieur le Président. Matelot de première classe Lee Tong, à vos ordres. Le matelot Klosner a été relevé de son poste à dix heures. Je suis de service jusqu'à demain matin. »

L'occupant de la Maison Blanche était l'un de ces rares hommes politiques toujours à l'écoute des gens. Il aimait sincèrement les contacts humains et les cultivait autant que possible.

« Vous êtes d'origine chinoise, Lee?

– Non, monsieur, coréenne. Mes parents ont immigré en 1952.

– Pourquoi avez-vous rejoint les gardes-côtes?

– Par amour de la mer, je pense.

– Et cela vous plaît de vous occuper de vieux bureaucrates comme moi? »

Le matelot Tong hésita, manifestement embarrassé.

« Eh bien... c'est-à-dire... si je pouvais choisir, je préférerais servir à bord d'un brise-glace.

– Moi, je ne crois pas que j'aimerais beaucoup, répliqua le Président avec un rire bon enfant. Rappelez-moi demain matin de demander votre nouvelle affectation au commandant Collins. Lui et moi sommes de vieux amis.

– Merci, monsieur le Président, balbutia le steward. Je vous apporte vos cognacs tout de suite. »

Le matelot Tong, avant de s'éloigner, eut un large sourire qui dévoila ses incisives largement écartées.

12

Un épais brouillard descendait sur l'*Eagle*, l'entourant d'un silence irréel. Les clignotants rouges d'une antenne radio dressée sur la rive opposée parvenaient à peine à percer le lourd manteau. Une mouette, quelque part, cria, un son étouffé, fantomatique, impossible à localiser. Le pont de teck suintait d'humidité et luisait faiblement dans le halo des projecteurs montés au-dessus des pilotis du vieil embarcadère grinçant.

Une petite armée d'agents secrets, stationnés aux points stratégiques autour de la colline menant à l'élégante demeure coloniale de George Washington, gardait le yacht maintenant presque invisible. Le contact était assuré par des radios miniatures à ondes courtes. Afin d'avoir les mains libres en permanence, les hommes étaient munis d'écouteurs et de minuscules micros au poignet.

Les agents changeaient de poste toutes les heures

pendant que les chefs d'équipe parcouraient le terrain pour s'assurer de l'efficacité du réseau de protection.

A l'intérieur d'un camion garé dans l'allée longeant le manoir historique, l'agent Blackowl était installé devant une rangée d'écrans de télévision. Un deuxième agent s'occupait des communications tandis qu'un troisième surveillait une série de voyants reliés à un complexe système d'alarme établi tout autour du yacht.

« La météo n'est même pas foutue de donner des prévisions correctes à dix kilomètres de la station, grogna l'Indien en buvant sa quatrième tasse de café de la nuit. Ils ont annoncé un « léger brouillard ». Si c'est ça qu'ils appellent un léger brouillard! »

L'agent chargé des communications se tourna vers lui en soulevant son casque :

« La vedette dit qu'ils ne voient pas à un mètre. Ils demandent l'autorisation d'accoster.

— On ne peut pas leur en vouloir, répondit Blackowl. Dites-leur que c'est d'accord. »

Il se leva, se massa la nuque et reprit :

« Je vais vous relayer. Allez vous reposer un peu.

— Vous devriez vous-même dormir depuis longtemps.

— Je ne suis pas fatigué et de toute façon on n'y voit plus rien sur les moniteurs. »

L'agent regarda une pendule digitale accrochée à la paroi.

« 1 h 50, annonça-t-il. Plus que dix minutes avant le changement d'équipe. »

Blackowl s'assit devant la console de communication. A peine avait-il mis les écouteurs qu'un appel lui parvenait du garde-côte ancré près du yacht présidentiel.

« Contrôle, ici garde fluviale.

104

– Ici contrôle, répondit Blackowl, reconnaissant la voix du capitaine.

– Nous avons un problème avec nos systèmes de balayage.

– Quel genre de problème?

– Un signal sur la même fréquence que notre radar gêne la réception. »

Une expression soucieuse traversa le visage de l'Indien.

« On cherche à vous brouiller?

– Je ne crois pas. On dirait une interférence accidentelle. Le signal apparaît et disparaît comme si on émettait des messages. J'ai l'impression qu'un radioamateur du coin est tombé sur notre fréquence par hasard.

– Vous avez des contacts sur l'écran?

– La navigation est nulle à cette heure de la nuit. Le seul écho qu'on ait eu au cours de ces deux dernières heures est celui d'un remorqueur tirant deux barges d'ordures vers la mer.

– Il est passé quand?

– Il n'est pas passé. L'écho s'est fondu à celui de la rive à quelques centaines de mètres en amont. Le capitaine du remorqueur a probablement accosté pour attendre que le brouillard se lève.

– Okay, garde fluviale. Tenez-moi au courant.

– D'accord, contrôle. »

Blackowl se radossa dans son fauteuil et fit le point de la situation. Avec une navigation pratiquement interrompue, il y avait peu de dangers de collision. Le radar du garde-côte, bien que brouillé par intermittence, fonctionnait néanmoins. Une attaque menée depuis la berge était exclue en raison de l'absence de visibilité. Finalement, ce brouillard était une véritable bénédiction.

L'Indien regarda l'heure. Il restait une minute avant la relève. Il relut rapidement le plan de sécurité récapitulant les noms des agents, les zones qu'ils devaient quadriller et les horaires correspondants. Il nota que l'agent Lyle Brock allait prendre le poste 7, c'est-à-dire le yacht lui-même, tandis que le dénommé Karl Polaski était affecté au 6, l'embarcadère.

Il pressa le bouton de l'émetteur et lança dans le minuscule micro incorporé à son casque :

« A toutes les stations. 2 heures. Prenez vos nouvelles positions. Je répète, prenez les positions prévues dans les instructions. »

Puis il changea de fréquence pour s'adresser au chef d'équipe, utilisant son nom de code :

« Scotch, ici contrôle. »

Un vétéran du service, l'agent Ed McGrath, répondit presque aussitôt :

« Ici Scotch.

– Ordonnez aux postes 6 et 7 de surveiller le fleuve de près.

– Ils ne vont pas voir grand-chose dans cette purée de pois.

– C'est comment autour des quais?

– Disons que vous auriez dû nous fournir des cannes blanches.

– Faites de votre mieux », conclut simplement Blackowl.

Un voyant clignota. L'Indien coupa la communication avec McGrath et répondit à l'appel :

« Contrôle.

– Ici garde fluviale. Je ne sais pas qui s'amuse avec nos signaux radar, mais il semble émettre continuellement maintenant.

– Vous voyez quelque chose? demanda Blackowl.

– L'image sur l'oscilloscope est occultée à 40 pour 100. Au lieu de blips, nous recevons une forme triangulaire.

– Bien, garde fluviale, je vais contacter l'agent responsable. Il arrivera peut-être à localiser la source des interférences et à faire cesser la transmission. »

Avant d'informer Oscar Lucas à la Maison Blanche de ce problème de radar, Blackowl se retourna pour décocher un regard intrigué aux moniteurs de télévision. Ils ne montraient pas d'images nettes, seulement des ombres qui ondulaient comme des serpents fantomatiques.

Une heure avait passé. L'agent Brock occupait maintenant le poste 8 tandis que Polaski était au 7 et un autre agent au 6.

Ed McGrath n'avait jamais vu un brouillard aussi dense. Il humait l'atmosphère autour de lui, cherchant à identifier cette étrange odeur qui flottait dans l'air. Il finit par conclure qu'il s'agissait tout simplement d'essence. Un chien, quelque part, aboya. McGrath s'arrêta pour écouter. Ce n'était pas un chien de chasse qui donnait de la voix, ni un bâtard effrayé qui jappait, mais un chien de garde qui réagissait à une présence étrangère. Pas très loin. A 75 ou 100 mètres au-delà du périmètre de sécurité, estima-t-il.

Il aurait fallu qu'un assassin soit fou ou inconscient pour se risquer ainsi en terrain inconnu par un temps pareil, pensa McGrath. Lui-même avait déjà trébuché par deux fois, s'était cogné à une branche, avait réussi à se perdre et avait bien failli se faire tirer dessus en tombant sur un poste de garde avant d'avoir signalé sa présence par radio.

Les aboiements cessèrent brusquement et McGrath en conclut que c'était sans doute un chat ou quelque animal sauvage qui avait excité le chien. Il rejoignit une allée gravillonnée et se dirigea vers la berge en aval du yacht présidentiel.

« Poste 8, annonça-t-il dans le micro accroché à son revers. J'arrive. »

Pas de réponse.

McGrath s'immobilisa.

« Brock, ici McGrath, j'arrive », répéta-t-il.

Toujours rien.

« Brock, tu me reçois? »

Le poste 8 demeurait étrangement silencieux et McGrath commença à éprouver un certain malaise. Il s'approcha avec précaution, appelant à voix basse. Aucune réaction.

« Contrôle, ici Scotch.

– Parlez, Scotch, répondit la voix fatiguée de Blackowl.

– Personne au poste 8.

– Aucun signe de l'agent? demanda l'Indien à présent en alerte.

– Aucun.

– Foncez au yacht. Je vous retrouve là-bas après avoir alerté le Q.G. »

McGrath se précipita aussitôt vers l'embarcadère.

« Poste 6, j'arrive.

– Ici Aiken, poste 6. Okay. »

McGrath avança à l'aveuglette sur le quai et distingua la silhouette floue de l'agent John Aiken sous un projecteur.

« Tu as vu Brock? lança-t-il.

– Tu rigoles, on ne voit plus rien depuis que ce putain de brouillard est tombé. »

McGrath repartit et lorsqu'il atteignit enfin l'*Eagle*, il se heurta à l'agent Polaski accouru de la direction opposée.

« Brock manque à l'appel.

– Je l'ai vu il y a environ une demi-heure quand nous avons changé de poste, répondit Polaski en haussant les épaules.

– Okay, reste ici. Moi, je vais jeter un coup d'œil à bord. Guette Blackowl, il descend du poste de contrôle. »

Lorsque Blackowl sortit du camion, le brouillard s'éclaircissait et quelques étoiles pointaient déjà. Il franchit les différents postes de garde et se mit à courir dans l'allée menant à l'embarcadère tandis que la visibilité s'améliorait. L'angoisse lui nouait l'estomac. Il pressentait une catastrophe. Les agents ne désertent pas leur poste sans raison.

Quand, enfin, il sauta à bord du yacht, le brouillard avait disparu comme par enchantement. Les lumières rouges de l'antenne radio brillaient dans la nuit limpide. Il passa devant Polaski et trouva McGrath seul dans le rouf, le regard absent.

Blackowl se figea.

Le visage de McGrath était d'une blancheur cadavérique et son expression reflétait une telle horreur que l'Indien craignit aussitôt le pire.

« Le Président ? lâcha-t-il d'une voix rauque.

McGrath le regardait fixement comme s'il ne le reconnaissait pas, incapable de parler.

« Pour l'amour du Ciel, le Président ?

– Disparu, balbutia l'agent.

– Qu'est-ce que vous racontez ?

– Le Président, le vice-président, l'équipage, tous disparus.

– Vous êtes cinglé !

– Je... je... c'est la vérité, fit McGrath d'une voix sans timbre. Voyez vous-même. »

Blackowl dévala l'escalier le plus proche et se précipita comme un fou vers la cabine du Président. Il ouvrit la porte sans frapper. La cabine était vide. Le lit était soigneusement fait. Il n'y avait pas de vêtements dans le placard, pas d'articles de toilette dans la salle de bain. Un étau glacial lui enserra la poitrine.

Saisi d'une terrible angoisse, il explora les autres

cabines. C'était partout pareil : même les quartiers de l'équipage étaient déserts.

Le cauchemar était bien réel.

Tous les occupants du yacht s'étaient volatilisés comme par magie.

DEUXIÈME PARTIE

L'EAGLE

13

29 juillet 1989,
Washington, D. C.

Au contraire des personnages d'un film qui mettent
une éternité à se réveiller pour répondre au téléphone posé à côté de leur lit, Ben Greenwald, le
directeur des Services secrets, émergea instantanément du sommeil et décrocha avant la seconde
sonnerie.

« Greenwald à l'appareil.

– Mes respects, fit la voix familière d'Oscar Lucas.
Désolé de vous réveiller mais je savais que vous
vouliez connaître le résultat du match de foot-
ball. »

Greenwald tressaillit. Toute communication des
Services secrets commençant par « Mes respects »
annonçait le début d'un rapport top-secret sur une
situation grave sinon critique. La phrase qui suivait
était sans importance, simple précaution pour le
cas où la ligne ne serait pas sûre, ce qui était tout à
fait possible depuis que l'administration Kissinger
avait laissé les Russes établir leur nouvelle ambassade sur une colline surplombant la ville, leur
permettant ainsi d'accroître considérablement leurs
facilités d'écoutes téléphoniques.

« Eh bien, quel est le score? demanda Greenwald
d'un ton aussi détaché que possible.

– Vous avez perdu votre pari. »

Pari aussi était un mot clef, indiquant que la phrase suivante allait être codée.

« Jasper College, un, reprit Lucas. Drinkwater, zéro. Trois joueurs de Jasper ont été sortis sur blessure. »

Le directeur des Services secrets se figea sous le choc. « Jasper College » signifiait l'enlèvement du Président, et la référence aux joueurs ayant quitté le terrain indiquait que les trois personnages de l'Etat venant ensuite dans l'ordre de succession avaient également disparu. C'était un message que Greenwald n'aurait jamais imaginé recevoir un jour, même dans ses pires cauchemars.

« Il n'y a pas d'erreur? demanda-t-il, craignant d'avance la réponse.

— Non, lâcha Lucas d'un ton tranchant.

— Qui d'autre au bureau connaît le résultat?

— Seulement Blackowl, McGrath et moi.

— Bien. N'en parlez à personne d'autre.

— A titre de précaution, j'ai passé en revue les remplaçants et les juniors », dit Lucas.

Greenwald traduisit aussitôt. Les enfants et les épouses des hommes enlevés avaient été localisés et protégés ainsi que les principaux responsables du pays.

Il s'efforça de réfléchir. Il fallait agir vite. Pourtant, si les Soviétiques avaient organisé ce kidnapping pour déclencher une attaque nucléaire, il était déjà trop tard. D'un autre côté, une action de cette envergure ne pouvait être que la phase d'un complot destiné à renverser le gouvernement.

Ce n'était plus le moment de perdre du temps avec les mesures de sécurité.

« Amen, fit-il, indiquant ainsi à Lucas qu'il abandonnait le langage codé.

— Compris. »

Une pensée terrifiante traversa l'esprit de Greenwald.

« Le bagagiste? lança-t-il d'une voix blanche.

– Disparu avec les autres.

– Mon Dieu! »

Les catastrophes se succédaient. « Bagagiste » était le surnom irrévérencieux donné à l'officier qui accompagnait jour et nuit le Président avec la serviette contenant les codes permettant de lancer les 10 000 têtes nucléaires stratégiques de la nation sur des cibles présélectionnées à l'intérieur du territoire de l'U.R.S.S. Inutile d'imaginer les conséquences si ces codes tombaient entre des mains étrangères.

« Alertez le chef d'état-major interarmées, ordonna Greenwald. Puis envoyez un détachement chercher le secrétaire d'Etat et le secrétaire à la Défense ainsi que le conseiller à la Sécurité nationale et réunissez-les dans la salle du Conseil de la Maison Blanche.

– Personne de l'entourage présidentiel?

– Bon, amenez Dan Fawcett, mais c'est tout. Moins il y aura de gens au courant de la disparition du patron, mieux ça vaudra.

– Dans ce cas, il serait peut-être préférable de choisir un autre endroit que la salle du Conseil, suggéra Lucas. Les journalistes surveillent la Maison Blanche en permanence et s'ils voient débarquer à pareille heure tous ces gens importants, ils vont s'abattre sur nous comme une nuée de sauterelles.

– Excellente idée, approuva Greenwald. Organisez ça à l'Observatoire.

– La résidence du vice-président?

– Oui. La presse n'y est pratiquement jamais.

– Je vais réunir tout le monde aussi vite que possible.

– Oscar?

– Oui?

– Brièvement, que s'est-il passé? »

Lucas hésita un instant avant de répondre :

« Ils ont tous disparu du yacht présidentiel.

– Je vois », fit Greenwald qui, manifestement, était incapable de comprendre.

Il raccrocha et s'habilla en hâte. Sur le chemin de l'Observatoire, son estomac se souleva, contrecoup de ces terribles nouvelles. Sa vue se brouilla et il lutta contre l'envie de vomir qui le tenaillait.

Il conduisait dans les rues désertes de la capitale comme à travers un épais brouillard. La circulation était pratiquement nulle et les feux aux carrefours clignotaient.

Il vit trop tard une balayeuse municipale opérer un brusque demi-tour. L'énorme masse du camion envahit son pare-brise. Le chauffeur, épouvanté, semblait pris dans le faisceau des phares de la voiture.

Il y eut un horriblement froissement de métal et une pluie d'éclats de verre. Le volant se plia, enfonçant la cage thoracique de Greenwald.

Le directeur des Services secrets resta cloué sur son siège tandis que l'eau s'échappait du radiateur crevé en jets brûlants. Ses yeux étaient grands ouverts, comme fixés avec indifférence sur les motifs abstraits du pare-brise éclaté.

Oscar Lucas, debout à côté de la cheminée dans le salon de la demeure du vice-président, racontait les événements de la nuit. Il ne cessait de regarder sa montre, se demandant ce qui avait pu retarder Greenwald. Les cinq hommes assis dans la pièce l'écoutaient avec une stupéfaction non dissimulée.

Le secrétaire à la Défense, Jesse Simmons, mordait le tuyau de sa pipe en écume qu'il avait oublié de rallumer. Il était simplement vêtu d'une veste et d'un pantalon d'été, de même que Dan Fawcett et Alan Mercier, le conseiller à la Sécurité nationale.

Le général Clayton Metcalf était en uniforme tandis que Douglas Oates, le secrétaire d'Etat, était en costume sombre et cravate.

Lucas finit son exposé et se prépara à répondre au déluge de questions qui allait suivre. Mais personne ne parla. Les cinq hommes restaient immobiles, comme incapables de prononcer la moindre parole.

Oates fut le premier à briser ce silence presque irréel.

« Mon Dieu! souffla-t-il. Comment une telle chose a-t-elle pu se produire? Comment ont-ils pu s'évaporer ainsi?

– Nous ne le savons pas, répondit Lucas avec un geste d'impuissance. Je n'ai pas encore envoyé d'équipe sur place pour des raisons de sécurité évidentes. Ben Greenwald a exigé le secret le plus absolu jusqu'à ce que vous, messieurs, soyez informés. En dehors de cette pièce, seuls trois agents des Services secrets, Greenwald inclus, sont au courant.

– Il doit y avoir une explication, intervint Mercier, le conseiller du Président à la Sécurité nationale en se levant. Vingt personnes ne peuvent pas s'évanouir comme par enchantement. Si, je dis bien *si* le Président et les autres ont disparu de l'*Eagle*, ce ne peut être qu'un complot bien organisé.

– Je vous assure, monsieur, que mon adjoint a trouvé le bateau totalement désert, répondit Lucas en le regardant droit dans les yeux.

– Vous dites que le brouillard était très épais? reprit le conseiller.

– C'est ce qu'a affirmé l'agent Blackowl.

– Auraient-ils pu sortir du périmètre de sécurité et, par exemple, partir en voiture?

– Même s'ils avaient réussi à échapper à mes hommes dans le brouillard, leurs mouvements auraient été détectés par les systèmes d'alarme installés tout autour de la propriété.

– Ce qui laisse le fleuve », déclara Jesse Simmons.

Le secrétaire à la Défense était un homme taciturne qui aimait à s'exprimer en style télégraphique. Il avait un visage bronzé de sportif. Il poursuivit :

« Supposez que l'*Eagle* ait été abordé par un autre bateau et que ses occupants aient été contraints de monter à bord ? »

Oates lui lança un regard ironique :

« A vous entendre, le responsable serait Barbe-Noire le pirate !

– Des agents patrouillaient sur le quai et la rive, expliqua Lucas. Si les passagers et l'équipage avaient été enlevés, nous aurions entendu quelque chose.

– Ils ont peut-être été drogués, suggéra Dan Fawcett.

– C'est possible, reconnut Lucas.

– Voyons les choses en face, intervint Oates. Plutôt que de nous livrer à des hypothèses sur les circonstances de l'enlèvement, je crois que nous devrions nous interroger sur les raisons et les auteurs éventuels en vue de préparer notre riposte.

– Je suis d'accord, approuva Simmons. (Il se tourna vers Metcalf.) Général, croyez-vous que les Russes soient derrière cette affaire avec l'objectif de nous désorganiser avant de frapper les premiers ?

– Si c'était le cas, leurs missiles stratégiques auraient déjà atteint les Etats-Unis depuis une heure.

– Ils sont peut-être en route.

– Rien n'indique qu'ils se préparent au conflit, répondit Metcalf. Nos informateurs du Kremlin n'ont rapporté aucun signe d'activité accrue autour des quatre-vingts postes de commandement souterrains de Moscou et notre réseau de surveillance par satellites n'a pas repéré de concentration de troupes le long des frontières des pays du bloc de l'Est. Sans oublier que le président Antonov est en visite officielle à Paris.

– La troisième guerre mondiale n'est donc pas pour aujourd'hui, fit Mercier avec soulagement.

– Nous n'en sommes pas pour autant à l'abri, déclara Fawcett. L'officier portant les codes désignant les cibles choisies à l'intérieur de l'Union soviétique a aussi disparu.

– Il n'y a pas lieu de s'inquiéter, expliqua Metcalf, souriant pour la première fois. Dès que Lucas m'a alerté, j'ai fait modifier les codes.

– Comment empêcher celui ou ceux qui ont les anciens de s'en servir pour déchiffrer les nouveaux?

– Dans quel dessein?

– Chantage, ou peut-être le projet insensé de frapper les Russes les premiers.

– Impossibles, répondit le général avec assurance. Il y a trop de garde-fous. Même le Président ne pourrait pas déclencher notre arsenal nucléaire dans un accès de folie. L'ordre doit être transmis conjointement par le secrétaire à la Défense et tous les chefs d'état-major. Il suffirait qu'un seul d'entre nous soit certain de sa non-validité pour que l'ordre soit annulé.

– Bien, fit Simmons. Ecartons donc pour le moment l'hypothèse d'une conspiration ou d'un acte de guerre des Russes. Qu'est-ce qui nous reste?

– Pas grand-chose », grogna Mercier.

Le général se tourna vers Oates :

« Telle que la situation se présente, monsieur le secrétaire vous êtes le successeur désigné par la Constitution.

– Il a raison, approuva Simmons. A moins qu'on ne retrouve le Président, Margolin, Larimer ou Moran vivants, vous êtes le nouveau Président du pays jusqu'aux prochaines élections. »

Le silence se fit dans le salon. La façade de Douglas Oates se lézarda et il parut d'un seul coup vieillir de cinq ans. Puis, tout aussi soudainement, il se reprit et une expression résolue apparut sur son visage.

« La première chose à faire est d'agir comme si rien ne s'était passé », dit-il d'une voix calme.

Mercier se renversa dans son fauteuil et, contemplant le plafond, déclara :

« Nous ne pouvons pas tenir une conférence de presse pour annoncer que nous avons perdu les quatre premiers personnages de l'Etat. Je n'ose pas penser à ce qui arrivera quand la nouvelle sera connue. En tout cas, nous ne pourrons pas la dissimuler plus de quelques heures à la presse.

– Qui sait si les ravisseurs ne vont pas lancer un ultimatum ou une demande de rançon par l'intermédiaire des médias », ajouta Simmons.

Le général Metcalf semblait peu convaincu.

« Je parierais plutôt qu'ils vont contacter discrètement le secrétaire d'Etat et que leurs exigences n'auront rien à voir avec l'argent.

– Votre raisonnement se tient, général, dit Oates. Mais notre priorité absolue n'en demeure pas moins d'essayer de taire ces événements tant que nous n'aurons pas retrouvé le Président. »

Mercier fit la grimace.

« Lincoln a déclaré un jour qu'on ne pouvait tromper tout le monde tout le temps. Il ne sera pas possible d'expliquer l'absence du Président et du vice-président au-delà d'une journée. Sans oublier Larimer et Moran, qui ont l'habitude de se montrer partout. Et il y a aussi l'équipage de l'*Eagle*. Qu'allez-vous raconter à leurs familles ?

– Jack Sutton! s'écria Fawcett comme s'il venait d'avoir une révélation.

– Qui? demanda Simmons.

– L'acteur, le sosie du Président qui interprète son personnage dans les spots publicitaires et les comédies.

– Je vois à quoi vous pensez, fit Oates en se redressant dans son fauteuil. La ressemblance est certes frappante, mais elle ne résistera pas à un examen attentif. Sutton est loin d'imiter parfaitement sa voix et quiconque connaît bien le Président découvrira aussitôt la supercherie.

– Peut-être, mais à trente pas sa femme elle-même s'y tromperait.

– Qu'avez-vous en tête? » demanda Metcalf à Fawcett.

Le secrétaire général de la Maison Blanche expliqua :

« Thompson, le porte-parole de la présidence, peut très bien publier un communiqué déclarant que le Président est parti pour son ranch du Nouveau-Mexique afin de réfléchir aux réactions du Congrès à son programme d'aide aux pays de l'Est. Les journalistes de la Maison Blanche seront tenus à l'écart, situation qui n'a rien d'exceptionnel quand le Président n'est pas d'humeur à répondre aux questions. Tout ce qu'ils verront, c'est le Président, en l'occurrence Sutton, monter de loin dans l'hélicoptère qui l'amènera à la base aérienne d'Andrews d'où il s'envolera pour le Nouveau-Mexique. Ils pourront suivre par un autre avion, naturellement, mais ils ne seront pas autorisés à pénétrer dans le ranch.

– Pourquoi ne pas trouver aussi un faux vice-président pour l'accompagner? suggéra Mercier.

– Ils ne peuvent pas prendre le même avion, lui rappela Lucas.

– Envoyons-le par un vol de nuit, dans ce cas,

insista Mercier. Les médias ne couvrent guère les déplacements de Margolin. On ne s'apercevra de rien.

— Je peux m'occuper des détails concernant la Maison Blanche, proposa Fawcett.

— Et de deux, fit Simmons. Il y a encore Moran et Larimer.

— Nous sommes dans une année impaire, réfléchit Mercier. Le Congrès est en vacances tout le mois d'août, c'est-à-dire à partir d'après-demain. Nous avons quand même un peu de chance dans notre malheur. Pourquoi ne pas inventer une petite partie de pêche réunissant nos deux amis dans quelque coin perdu?

— Impossible, affirma Simmons en secouant la tête.

— Pourquoi?

— Parce que tout le monde sait que Moran et Larimer s'entendent comme chien et chat.

— Peu importe, intervint Oates. Une petite conférence à deux dans un endroit isolé pour discuter des problèmes de politique étrangère paraîtra normale. Je vais faire publier un communiqué par le Département d'Etat.

— Qu'est-ce que vous raconterez à leur secrétariat?

— Nous sommes samedi. Ça nous laisse deux jours pour y penser. »

Simmons, qui prenait des notes dans un carnet, déclara alors :

« Ça fait quatre. Reste l'équipage de l'*Eagle*.

— Je crois avoir une solution, avança le général Metcalf. Je vais faire intervenir le commandant des gardes-côtes. Les familles de l'équipage seront informées que le yacht est parti pour une croisière imprévue en raison d'une réunion ultra-secrète touchant à la défense nationale. Nous n'aurons pas besoin de donner d'autres détails. »

Oates consulta du regard les hommes réunis dans la pièce :

« Bien, s'il n'y a plus de questions...

– Qui d'autre allons-nous mettre au courant ? » demanda Fawcett.

Ce fut le général Metcalf qui répondit :

« Il va sans dire qu'Emmett et le F.B.I. devront se charger de l'enquête sur le plan intérieur et que Brogan, le directeur de la C.I.A., devra s'occuper de l'aspect international.

– Vous venez de toucher un point sensible, général, fit Simmons.

– Pardon ?

– Supposez que le Président et les autres aient déjà quitté le pays ? »

L'hypothèse du secrétaire à la Défense ne provoqua pas de réactions immédiates. C'était une dramatique possibilité qu'aucun d'entre eux n'avait osé imaginer. Dans ce cas, les chances de les retrouver seraient considérablement réduites.

« Ils peuvent aussi être morts, ajouta Oates d'une voix contenue. Quoi qu'il en soit, nous agirons comme s'ils étaient vivants et détenus quelque part sur le territoire des Etats-Unis.

– Lucas et moi allons informer Emmett et Brogan de la situation » proposa Fawcett.

On frappa. Un homme des Services secrets entra et se dirigea vers Lucas pour lui murmurer quelques mots à l'oreille. Lucas pâlit tandis que l'agent quittait le salon en refermant la porte derrière lui.

« Des faits nouveaux, Oscar ? demanda Oates.

– Ben Greenwald, répondit Lucas d'un air absent. Il s'est tué il y a une demi-heure. Sa voiture a heurté de plein fouet un camion de la voirie. »

Le secrétaire d'Etat ne perdit pas de temps en condoléances :

« En vertu des pouvoirs qui me sont temporairement conférés, je vous nomme directeur des Services secrets. »

Lucas eut un geste de refus :

« Non, je ne crois pas...

– Il serait absurde de désigner quelqu'un d'autre, l'interrompit Oates. Que ça vous plaise ou non, Oscar, vous êtes le seul capable d'assumer cette tâche.

– Il ne me paraît pas juste d'être promu à ce poste pour avoir laissé enlever l'homme que j'ai précisément la charge de protéger, répliqua Lucas avec abattement.

– Je suis aussi responsable que vous, intervint Fawcett. Je vous ai contraint à assurer la sécurité de cette croisière alors que votre équipe n'était pas prête.

– L'heure n'est pas à l'autocritique, le coupa sèchement Oates. Nous avons tous du pain sur la planche. Alors, au travail.

– Quand nous réunissons-nous de nouveau? » demanda Simmons.

Le secrétaire d'Etat consulta sa montre :

« Dans quatre heures. Dans la salle du Conseil de la Maison Blanche.

– Nous risquons de nous faire remarquer si nous arrivons tous en même temps, dit Fawcett.

– Il y a un passage souterrain qui mène des sous-sols du bâtiment du Trésor à la Maison Blanche, expliqua Lucas. Certains d'entre vous pourraient peut-être l'utiliser pour plus de discrétion.

– Excellente idée, approuva le général. Nous viendrons en voitures officielles jusqu'au département du Trésor puis nous emprunterons le souterrain et ensuite l'ascenseur jusqu'à la salle du Conseil.

– La question est donc réglée, fit Oates en se levant. Si l'un d'entre vous a un jour rêvé de monter sur scène, il tient là l'occasion de sa vie. Et je n'ai pas besoin de vous préciser que si la pièce est un échec, le rideau pourrait fort bien descendre sur le pays tout entier. »

14

Après le froid de l'Alaska, l'atmosphère chaude et humide de la Caroline du Sud évoquait celle d'un sauna. Pitt passa un coup de téléphone puis loua une voiture à l'aéroport de Charleston. Il se dirigea vers le sud de la ville, en direction de la base navale. Il arriva bientôt devant un grand bâtiment de brique surmonté d'une vieille enseigne rouillée au nom de l'Alhambra Iron and Boiler Company.

Il se gara et franchit un portail de fer muni d'une plaque marquée *1861*. La réception le prit totalement au dépourvu. C'était un hall tout de chrome et de verre avec des meubles ultra-modernes. Il avait l'impression de se trouver devant une photo sortie d'une revue d'architecture.

Une adorable petite standardiste leva la tête, le gratifia d'un sourire tout aussi adorable et demanda :

« Vous désirez, monsieur? »

Pitt plongea un instant son regard dans les beaux yeux verts de la jeune fille avant de répondre :

« J'ai appelé depuis l'aéroport pour prendre rendez-vous avec Mr. Hunley. Mon nom est Pitt.

– Ah! oui, il vous attend, fit-elle sans cesser de sourire. Si vous voulez bien me suivre. »

Elle l'introduisit dans une pièce tout en nuances marron. Un petit homme replet se leva de derrière un immense bureau en arc de cercle, la main tendue.

« Mr. Pitt, Charlie Hunley.

– Merci de me recevoir, Mr. Hunley, fit Pitt en lui serrant la main.

– Je vous en prie. Votre coup de téléphone a piqué ma curiosité. Vous êtes la première personne à vous intéresser à nos chaudières depuis au moins quarante ans.

– Vous ne travaillez plus dans cette branche?

– Grand Dieu, non! Nous avons arrêté au cours de l'été 1951. La fin d'une époque, pourrait-on dire. Mon arrière-grand-père fabriquait des tôles blindées pour la flotte confédérée. Après la Seconde Guerre mondiale, mon père a estimé qu'il était temps de nous reconvertir. Il a modernisé l'usine et a commencé à fabriquer du mobilier métallique. Et, ma foi, l'avenir lui a donné raison.

– Est-ce que par hasard vous auriez conservé vos archives?

– Contrairement à vous autres Yankees, les gens du Sud gardent tout, y compris leurs femmes. »

Pitt rit poliment, sans prendre la peine de demander en quoi son origine californienne pouvait lui valoir le qualificatif de « Yankee ».

« Après votre appel, poursuivit Hunley, j'ai consulté nos dossiers. Vous ne m'avez pas donné de date, mais comme nous n'avons fabriqué que quarante chaudières pour les *liberty ships*, j'ai pu retrouver la facture se rapportant au numéro de série que vous m'avez communiqué. Malheureusement, elle ne vous apprendra rien que vous ne sachiez déjà.

– La chaudière a été expédiée à l'entreprise fabriquant les moteurs ou bien directement au chantier naval? »

Hunley prit le document jauni sur son bureau et l'étudia un moment avant de répondre :

« La facture précise que la chaudière est partie le 14 juin 1943 pour les chantiers navals de Géorgie à Savannah. (Il consulta un autre papier.) J'ai là le rapport de notre ingénieur qui a inspecté les chaudières après leur installation sur le cargo. La seule chose qui puisse présenter un intérêt pour vous, c'est le nom du bateau.

– Je l'ai déjà, fit Pitt. C'est le *Pilottown*. »

Hunley examina à nouveau le rapport avec une expression perplexe.

« Nous devons parler de deux navires différents. »

Pitt le dévisagea un instant.

« Une erreur a-t-elle pu se produire?

– Non. A moins que vous n'ayez mal noté le numéro de série.

– Impossible, j'ai fait bien attention.

– Dans ce cas, je ne sais quoi vous dire, fit Hunley en lui tendant la feuille de papier. Selon ce rapport, la chaudière nº 38874 a été montée sur un *liberty ship* baptisé *San Marino*. »

15

Loren Smith attendait dans le hall des arrivées de l'aéroport de Washington lorsque les passagers du vol en provenance de Charleston débarquèrent. Elle agita la main pour attirer l'attention de Pitt. Celui-ci sourit. Son geste était bien inutile. Ce n'était pas une femme qui passait inaperçue.

Elle était grande, plus de 1,70 mètre. Ses cheveux cannelle étaient longs mais bien dégagés autour du visage, soulignant ses pommettes hautes et le violet profond de ses yeux. Elle était vêtue d'une robe en tricot rose aux manches relevées, maintenue à la taille par une large ceinture ornée de motifs chinois.

On devinait sous son élégance et son aisance une hardiesse et une assurance de femme accomplie.

Elue de l'Etat du Colorado, Loren accomplissait son second mandat à la Chambre des représentants. Elle éprouvait une véritable passion pour son travail et ses collègues du Congrès la respectaient tant pour ses compétences que pour sa beauté. Elle préservait sa vie privée, évitant les cocktails et dîners qui n'étaient pas strictement nécessaires sur le plan politique. Sa seule fantaisie était une liaison intermittente avec Pitt.

Elle s'avança vers lui et l'embrassa légèrement sur les lèvres.

« Bienvenue à Washington, grand voyageur. »

Il lui enlaça la taille et ils se dirigèrent ensemble vers la livraison des bagages.

« Merci d'être venue me chercher.

— J'ai emprunté l'une de tes voitures. J'espère que tu ne m'en voudras pas.

— Ça dépend, répondit-il. Laquelle?

— Ma préférée, la Talbot-Lago bleue.

— Le coupé carrossé par Saoutchik? Tu as des goûts de luxe. Elle vaut plus de 200 000 dollars.

— Vraiment? Pourvu qu'elle ne se soit pas fait érafler dans le parking. »

Pitt lui lança un regard sérieux :

« Dans ce cas, l'Etat du Colorado aura bientôt un siège vacant. »

Elle se serra contre lui en éclatant de rire :

« Tu t'inquiètes plus de tes voitures que de tes petites amies.

— Les voitures ne rouspètent jamais.

— Il y a aussi quelques autres petites choses qu'elles ne font jamais », répliqua-t-elle avec un sourire mutin.

Ils attendirent quelques minutes parmi la foule, puis le tapis roulant se mit en branle et Pitt récupéra ses deux valises. Ils sortirent de l'aérogare. C'était un matin gris et moite. La Talbot-Lago 1948 les attendait dans le parking. Pitt s'installa sur le siège du passager tandis que Loren se glissait au volant. Le luxueux coupé était une conduite à droite et Pitt avait toujours du mal à s'habituer à rester inactif, assis sur le fauteuil de gauche.

« Tu as appelé Perlmutter? demanda-t-il.

– Oui, environ une demi-heure avant ton arrivée. Il a été fort aimable pour un homme qu'on tire du lit. Il m'a promis de chercher des renseignements sur les bateaux dont tu m'avais donné les noms.

– Si quelqu'un peut les trouver, c'est bien Julien Perlmutter.

– Il m'a donné l'impression d'un drôle de phénomène.

– C'est le moins qu'on puisse dire! Attends de faire sa connaissance. »

Pitt regarda le paysage sans parler. Ils traversèrent le Potomac en direction de Georgetown. Pitt n'aimait pas cette ville. Les mornes maisons de brique semblaient toutes sorties du même moule. Les voitures encombraient les trottoirs, les caniveaux débordaient d'ordures, les haies n'étaient pas taillées et pourtant le quartier où ils se trouvaient à présent n'était qu'à quelques rues de la zone résidentielle la plus prisée de la région. De petites maisons pleines de gros parvenus, se disait-il.

Loren trouva une place libre, se gara et coupa le contact. Ils fermèrent les portières à clef et se dirigèrent vers une demeure située au fond d'une allée. Pitt posait la main sur le lourd marteau de bronze en forme d'ancre lorsque la porte s'ouvrit sur un géant qui devait friser les 200 kilos. Ses yeux bleu clair pétillaient et son visage cramoisi était presque entièrement dissimulé sous une épaisse barbe grise qui se mêlait à ses cheveux. Il ressemblait à un monstrueux père Noël.

« Dirk! rugit-il. Où étais-tu passé? »

Julien Perlmutter était vêtu d'un pyjama de soie pourpre par-dessus lequel il avait passé une robe de chambre aux motifs rouges et or. Il étreignit Pitt, le soulevant de terre sans l'ombre d'un effort. Loren était abasourdie. Elle n'avait jamais rencontré Perlmutter et n'avait pas été préparée au spectacle de ce personnage hors du commun.

« Si jamais tu m'embrasses, fit Pitt, je t'envoie un coup de pied là où ça fait le plus mal. »

Perlmutter fut secoué d'un rire tonitruant et il relâcha les 90 kilos de son ami.

« Entre donc. J'ai préparé le petit déjeuner. Tu dois mourir de faim après tous tes voyages. »

Pitt lui présenta Loren. Le colosse lui baisa la main avec une courtoisie tout européenne avant de les conduire dans une immense pièce qui servait à la fois de salon, de chambre à coucher et de bureau. Des milliers de volumes s'entassaient sur les étagères qui s'élevaient du sol au plafond sur les quatre murs. Il y avait des livres partout, sur les tables, sur les chaises et même sur l'imposant *waterbed* qui occupait une alcôve.

Perlmutter possédait ce que les spécialistes s'accordaient à reconnaître comme la plus belle collection d'ouvrages historiques sur la marine. Il y avait au moins vingt musées qui espéraient se l'approprier lorsque les excès en tout genre auraient expédié son propriétaire actuel dans l'au-delà.

Il invita Loren et Pitt à prendre place autour d'une table faite d'un panneau d'écoutille sur laquelle était disposé un élégant service en argent et porcelaine frappé de l'emblème d'une ligne transatlantique.

« C'est magnifique! s'exclama la jeune femme avec admiration.

– Ça vient du fameux paquebot *Normandie*, expliqua Perlmutter. Je l'ai trouvé dans un entrepôt où il était resté depuis l'incendie qui a ravagé le navire dans le port de New York. »

Il leur servit un petit déjeuner allemand arrosé de

café et de schnaps avec du jambon de Westphalie, du pain de seigle et des croquettes de pommes de terre.

Lorsqu'ils eurent fini de manger, Pitt en vint au but de sa visite :

« Tu as trouvé des informations sur le *San Marino* et le *Pilottown* ?

– Quelques-unes. »

Le géant se leva pour aller chercher un volume poussiéreux traitant des *liberty ships*. Il mit des lunettes et l'ouvrit où il avait glissé un marque-page.

« Voilà, lut-il. Le *San Marino*, lancé en juillet 1943 par les chantiers navals de Géorgie. Numéro de coque 2356, classe cargo. A navigué en convois dans l'Atlantique jusqu'à la fin de la guerre. Endommagé par une torpille lâchée par le sous-marin U-573. A rejoint Liverpool par ses propres moyens pour y être réparé. Vendu après la guerre à la Bristol Steamship Company de Bristol en Angleterre. Vendu en 1956 à la Manx Steamship Company de New York, pavillon panaméen. Perdu corps et biens dans le nord du Pacifique en 1966.

– C'est donc ainsi qu'il a fini.

– Peut-être pas, fit Perlmutter. J'ai découvert un rapport dans un autre bouquin. Environ trois ans après la date où le *San Marino* a été porté disparu, un certain Rodney Dewhurst, correspondant de la Lloyd's à Singapour, a remarqué dans le port un bateau qui lui paraissait vaguement familier. Les mâts de charge avaient une forme particulière qu'il n'avait vue que sur un seul des cargos de la classe des *liberty ships*. Il a réussi à monter à bord et a aussitôt flairé une escroquerie. Malheureusement, c'était un jour férié et il lui a fallu plusieurs heures pour réunir les autorités portuaires et les convaincre de se livrer à une inspection. Mais lorsqu'ils sont arrivés sur les quais, le navire avait levé l'ancre depuis longtemps. Les douanes l'avaient enregistré sous le nom de *Belle-Chasse*, battant pavillon coréen, propriété de la Sosan Trading Company d'Inchon en Corée. Sa destination suivante était Seattle. Dewhurst a envoyé un câble pour alerter la police du port de Seattle, mais le *Belle-Chasse* n'est jamais arrivé.

– Qu'est-ce qui avait éveillé ses soupçons? demanda Pitt.

– Il avait inspecté le *San Marino* avant de l'assurer et il était absolument sûr que le *Belle-Chasse* et lui ne faisaient qu'un seul et même bateau.

– Mais le *Belle-Chasse* a bien dû relâcher dans un autre port? intervint Loren.

– Non, répondit Perlmutter en secouant la tête. Il a disparu pendant deux ans et, semble-t-il, a fini à la ferraille à Pusan en Corée. (Il s'interrompit un instant.) Est-ce que ces renseignements peuvent t'aider? »

Pitt but une gorgée de schnaps avant de répondre :

« Le problème, c'est que je n'en sais rien. »

Il expliqua brièvement comment ils avaient découvert le *Pilottown*, se gardant de mentionner l'agent S, puis il parla du numéro de série relevé sur la chaudière du cargo et de sa visite à Charleston.

« On a donc enfin trouvé le vieux *Pilottown*, fit le colosse avec un soupir de nostalgie. Il ne hantera plus les mers du globe.

– Oui, mais il reste encore des questions sans réponse, fit Pitt. Pourquoi était-il équipé d'une chaudière qui, selon le fabricant, avait été installée sur le *San Marino*? Il y a quelque chose de bizarre. Après tout, les deux cargos ont certainement été construits dans des cales voisines et lancés à peu près en même temps. L'inspecteur s'est sans doute trompé et a attribué la chaudière à la mauvaise coque.

– Désolé de te contredire, fit Perlmutter. Mais je pense que tu as tort.

– Il n'y a pas de rapport entre les deux bateaux?

– Si, mais pas ce que tu crois », dit le géant en lui lançant un regard amusé par-dessus ses lunettes.

Il reprit le livre et lut à haute voix :

« *Liberty ship Bart Pulver*, devenu le *Rosthena* puis le *Pilottown*, lancé par l'Astoria Iron and Steel Compagny de Portland, Oregon, en novembre 1942...

– Il a été construit sur la côte ouest? s'écria Pitt avec stupéfaction.

– A environ 4 000 kilomètres à vol d'oiseau de Savannah et neuf mois plus tôt que le *San Marino*. »

Perlmutter se tourna alors vers Loren pour lui demander :

« Désirez-vous encore du café, chère madame?

– Continuez à bavarder, fit-elle en se levant. Je m'en occupe.

– C'est du café express.

– Je sais me servir de la machine. »

Perlmutter adressa un clin d'œil égrillard à son ami, murmurant :

« Sacrée bonne femme! »

Pitt hocha la tête et poursuivit :

« Il n'est pas logique qu'un fabricant de chaudières de Charleston expédie sa production à l'autre bout des Etats-Unis alors qu'il a un chantier naval presque à sa porte à Savannah.

– Pas logique du tout, acquiesça Perlmutter.

– Qu'est-ce que tu as d'autre sur le *Pilottown*?

– Numéro de coque 793, lut le colosse. Type cargo. Vendu après la guerre à la Kassandra Phosphate Company Limited d'Athènes. Pavillon grec. Echoué avec sa cargaison de phosphates près de la

Jamaïque en 1954. Renfloué quatre mois plus tard. Vendu à la Sosan Trading Company...

– Inchon, Corée, acheva Pitt. Notre premier lien entre tous ces bateaux. »

Loren réapparut avec le café fumant qu'elle versa dans les tasses.

« Excellent, la complimenta Perlmutter. Et c'est bien la première fois que je me fais servir par un membre du Congrès.

– Pour en revenir au *Pilottown*, fit Pitt avec une note d'impatience. Qu'est-ce qui lui est arrivé ensuite?

– On ne trouve rien jusqu'en 1979 où l'on signale qu'il a sombré corps et biens au cours d'une tempête dans le nord du Pacifique. Après, il est revenu une espèce de légende en surgissant à diverses reprises le long de la côte de l'Alaska.

– Il a donc disparu dans la même région que le *San Marino*, fit Pitt pensivement. Une autre coïncidence...

– Tu te raccroches à du vent, affirma Loren. Je ne vois pas où tu veux en venir.

– Je suis d'accord avec elle, approuva Perlmutter. Il n'y a rien de concret dans tout ça.

– Moi, je crois que si, affirma Pitt. Ce qui paraissait n'être qu'une vulgaire escroquerie aux assurances est peut-être une couverture masquant des activités bien plus criminelles.

– Pourquoi t'intéresses-tu à cette affaire? demanda le colosse en regardant Pitt droit dans les yeux.

– Je ne peux pas te le dire.

– Une enquête gouvernementale?

– Non, j'agis seul, mais ça touche à un projet top-secret. »

Perlmutter abandonna avec bonne humeur.

« Okay, vieux, plus de questions indiscrètes. »

Il engloutit une nouvelle croquette puis poursuivit :

« Si tu soupçonnes le cargo enfoui sous le volcan d'être le *San Marino* et non le *Pilottown*, ça te mène où ?

– A Inchon, en Corée. La Sosan Trading Company détient peut-être la clef du mystère.

– Inutile de gaspiller ton temps. Cette société n'est sans doute qu'une façade, un simple nom sur un registre. Comme avec la plupart des compagnies de navigation, tes recherches pour découvrir les véritables propriétaires aboutiront à une vague boîte postale. A ta place, je laisserais tomber. C'est perdu d'avance.

– Tu ne ferais pas un bon entraîneur, répliqua Pitt en riant. Ton petit discours à la mi-temps dans les vestiaires découragerait n'importe quelle équipe.

– Sers-moi donc un autre schnaps, grogna Perlmutter en tendant son verre. Je vais te dire ce que je vais faire. Parmi mes correspondants, j'ai deux amis coréens. Je vais leur demander de se livrer à une petite enquête sur la Sosan Trading.

– Et aussi sur les chantiers navals de Pusan où le *Belle-Chasse* a été mis à la ferraille.

– D'accord, ça aussi.

– Merci de m'aider.

– Je ne te garantis rien.

– Je sais.

– Et maintenant, qu'est-ce que tu vas faire ?

– Publier des communiqués de presse. »

Loren, stupéfaite, leva la tête.

« Des quoi ?

– Des communiqués de presse, répéta tranquillement Pitt. Pour annoncer la découverte du *San Marino* et du *Pilottown* ainsi que les projets de la N.U.M.A. en vue d'inspecter les deux épaves.

– Et quand as-tu imaginé cette stupide combine ?
– Il y a environ dix secondes. »

Perlmutter considéra son ami avec l'expression d'un psychiatre placé devant un cas désespéré :

« Je ne vois pas ce que tu comptes en tirer.

– Personne au monde n'est à l'abri de la curiosité, expliqua Pitt avec une lueur machiavélique dans ses yeux verts. Il y aura bien quelques-uns des véritables propriétaires de ces bâtiments qui sortiront de l'anonymat des compagnies écrans pour vérifier mon histoire. Et à ce moment-là, crois-moi, ils le regretteront ! »

16

Quand Douglas Oates, le secrétaire d'Etat, entra dans la salle du Conseil de la Maison Blanche, les hommes assis autour de la table de conférence se levèrent. C'était une marque de respect à l'égard de celui qui portait maintenant sur ses épaules l'avenir incertain de la nation. C'était lui, et lui seul, qui allait prendre toutes les décisions importantes des jours, ou peut-être même des mois à venir. Certains, parmi ces hauts personnages réunis dans cette pièce, s'étaient méfiés de sa réserve, de l'image qu'il cultivait, mais ils faisaient maintenant abstraction de leurs sentiments personnels pour se ranger à ses côtés.

Oates s'installa dans le fauteuil placé en bout de table, invita les autres à se rasseoir puis se tourna vers Sam Emmett, le directeur du F.B.I., et Martin Brogan, celui de la C.I.A.

« Avez-vous été mis au courant, messieurs ? »

Emmett, désignant Fawcett d'un signe de tête, répondit :

« Dan nous a résumé la situation.

– L'un de vous possède-t-il des informations complémentaires ? »

Brogan réfléchit un instant.

« Nos sources de renseignements ne nous ont rien signalé qui puisse indiquer une opération d'une telle ampleur. Mais cela ne veut pas dire que nous n'ayons rien. Il faudra revérifier.

– Je nage autant que Martin, dit Emmett. Je n'arrive pas à comprendre que l'enlèvement du Président ait pu se produire sans que le F.B.I. ait eu le moindre indice. »

Oates s'adressa à Brogan :

« Avons-nous quelque chose qui conduise à soupçonner les Russes ?

– Le président Antonov ne considère pas, et de loin, notre Président actuel comme aussi dangereux que Reagan. Il sait qu'il courrait le risque d'un conflit majeur si jamais les Américains apprenaient que son pays avait joué un rôle dans cette affaire. Ce serait se fourrer dans un véritable guêpier. Je ne vois pas quels bénéfices les Soviétiques pourraient en tirer.

– Et vous Sam, qu'en pensez-vous ? Est-ce que des terroristes pourraient être derrière tout ça ?

– Non, c'est trop élaboré, répondit le directeur du F.B.I. Cette opération a exigé beaucoup de préparatifs et d'argent. Elle est d'une incroyable ingéniosité et aucune organisation terroriste n'aurait eu les moyens de la mettre sur pied.

– Des hypothèses ? demanda Oates aux autres.

– Je vois au moins quatre dirigeants arabes qui auraient des motifs pour faire chanter les Etats-Unis, déclara le général Metcalf. Kadhafi en premier.

– Ils possèdent sans aucun doute les ressources financières nécessaires, approuva Simmons, le secrétaire à la Défense.

– Mais pas les moyens techniques », répliqua Brogan.

Alan Mercier, le conseiller à la Sécurité nationale, prit alors la parole :

« A mon avis, ce complot est d'origine intérieure plutôt qu'étrangère.

– Qu'est-ce qui vous le fait croire ? demanda Oates.

– Nos systèmes d'écoutes couvrent toutes les transmissions radio et téléphoniques de la planète et ce n'est un secret pour personne ici que nos ordinateurs de la dixième génération sont capables de percer n'importe lequel des codes que les Russes ou nos alliés utilisent. Il paraît raisonnable de penser qu'une opération de cette envergure aurait nécessité un flot d'échanges de messages internationaux pour sa préparation et sa réussite. (Mercier s'interrompit un instant.) Or, nos analystes n'ont intercepté aucune communication étrangère présentant le moindre rapport avec cette inexplicable disparition. »

Simmons tira pensivement sur sa pipe.

« Il me semble qu'Alan nous a fait valoir de solides arguments.

– Bien, fit Oates. Ecartons donc pour le moment l'hypothèse d'une conspiration venue de l'étranger. Que pouvons-nous envisager sur le plan intérieur ? »

Dan Fawcett, qui était demeuré jusqu'à présent silencieux, répondit :

« Cela vous paraîtra peut-être farfelu, mais on ne peut pas éliminer la possibilité d'un complot préparé par des groupes de pression dans le but de renverser le gouvernement. »

Le secrétaire d'Etat plaqua ses mains sur la table.

« Pas si farfelu que ça. Le Président s'est attaqué aux institutions financières et aux multinationales.

Son programme fiscal les a privées d'une grosse part de leurs bénéfices. Depuis, elles alimentent les caisses du parti adverse pour la prochaine campagne plus vite que leurs banques n'impriment les chèques.

– Je l'ai bien averti des risques qu'il courait à vouloir ainsi aider les pauvres en taxant les riches, fit Fawcett. Mais il a refusé d'écouter. Il s'est aliéné les industriels de même que la classe moyenne. Décidément, les hommes politiques n'arrivent jamais à se mettre dans la tête qu'un grand nombre de familles américaines où la femme travaille sont dans la tranche qui paie 50 pour 100 d'impôts.

– Le Président a certes des ennemis puissants, admit Mercier. Toutefois, il me semble inconcevable qu'un lobby quelconque ait pu s'emparer de lui et des leaders du Congrès sans qu'aucun de nos services de renseignements n'en ait eu vent.

– Je suis d'accord avec vous, approuva le directeur du F.B.I. Trop de gens auraient été au courant et il se serait bien trouvé quelqu'un pour prendre peur et dénoncer le complot.

– Je crois que nous devrions cesser de nous livrer à des spéculations, intervint Oates. Revenons aux réalités. La première chose à faire est d'enquêter dans toutes les directions en vous efforçant par ailleurs d'assumer dans toutes les directions en vous efforçant par ailleurs d'assumer vos tâches habituelles. Utilisez toutes les couvertures que vous jugerez plausibles. Et, dans la mesure du possible, ne dites la vérité à personne, pas même à vos plus proches collaborateurs.

– Si nous installions un quartier général pour la durée de l'opération? suggéra Emmett.

– Nous continuerons à nous réunir ici toutes les huit heures pour faire le point et coordonner les recherches entre vos différents services. »

Le secrétaire à la Défense se pencha en avant pour déclarer :

« J'ai un problème. Je dois partir au Caire cet après-midi pour m'entretenir avec mon homologue égyptien.

– Surtout, allez-y, fit Oates. Il ne faut rien changer à vos activités normales. Le général Metcalf pourra vous remplacer au Pentagone.

– Et moi, déclara Emmett, je suis censé donner une conférence à Princeton demain matin. »

Oates réfléchit un instant.

« Dites que vous avez la grippe et que vous ne pouvez pas venir. (Il se tourna vers Lucas.) Oscar, si vous voulez bien me pardonner cette expression, vous êtes le plus corvéable d'entre nous. Allez-y à la place de Sam. Personne ne pourra jamais soupçonner l'enlèvement du Président si le nouveau directeur des Services secrets se permet de consacrer une partie de son temps à parler devant un groupe d'étudiants.

– J'irai, fit Lucas.

– Parfait. (Oates se leva.) Que tout le monde se retrouve ici à deux heures. Nous aurons peut-être du nouveau.

– J'ai déjà envoyé une équipe du labo sur le yacht, fit Emmett. Avec un peu de chance ils découvriront une piste.

– Espérons-le », conclut Oates d'une voix grave.

17

Blackowl observait depuis le quai la nuée d'agents du F.B.I. qui avaient investi l'*Eagle*. Ils travaillaient avec efficacité. Chaque homme était un spécialiste dans son domaine. Ils examinaient les plus infimes détails du yacht sans échanger de paroles inutiles.

Il y avait d'incessantes allées et venues entre l'embarcadère et les camions garés le long de la berge. Tout ce qui n'était pas boulonné au bateau, meubles, moquettes, etc., était soigneusement enveloppé dans du plastique et répertorié.

D'autres hommes arrivèrent, étendant les recherches dans un rayon d'un kilomètre autour de la propriété du premier Président des Etats-Unis, scrutant chaque centimètre carré de terrain. Près du yacht, des plongeurs exploraient les fonds boueux.

Le responsable de l'opération, remarquant Blackowl, s'avança vers lui :

« Vous avez l'autorisation de rester ici? » lança-t-il.

L'Indien se contenta d'exhiber sa carte officielle.

« Qu'est-ce qui amène les Services secrets à Mount Vernon en plein week-end?

— Mission d'entraînement, répondit Blackowl sur un ton détaché. Et le F.B.I.?

— Pareil. Le patron a dû estimer qu'on s'encroûtait un peu et il nous a collés sur un service prioritaire.

— Et vous cherchez quelque chose en particulier? demanda l'agent des Services secrets avec une feinte indifférence.

— Tout ce qu'on pourra dénicher sur les dernières personnes qui étaient à bord, empreintes digitales, etc. Enfin vous connaissez le topo. »

A cet instant, Ed McGrath déboucha de l'allée gravillonnée menant au quai. Il était rouge et transpirait à grosses gouttes. Il avait dû courir.

« Excusez-moi, George. Vous avez une minute? fit-il en reprenant son souffle.

— Bien sûr. (Blackowl se tourna vers l'homme du F.B.I.) Ravi de vous avoir rencontré.

— Moi de même. »

Dès qu'ils furent hors de portée de voix, l'Indien demanda :

« Qu'est-ce qui se passe, Ed ?

– Les types du F.B.I. ont découvert un truc que vous devriez aller voir.

– Où ?

– A envrion 150 mètres en amont, dissimulé au milieu des arbres. Je vais vous montrer. »

McGrath le conduisit par un sentier qui longeait le fleuve. Ils traversèrent une pelouse bien entretenue puis franchirent une clôture pour se frayer un chemin au milieu des broussailles. Ils tombèrent soudain sur deux agents du F.B.I. accroupis devant deux grands réservoirs reliés à ce qui ressemblait à des dynamos.

« Qu'est-ce que c'est ? » demanda Blackowl sans perdre de temps en formules de politesse.

L'un des hommes leva la tête :

« Des machines à brouillard.

– Des quoi ? fit Blackowl, stupéfait.

– Des générateurs à brouillard. La marine en utilisait sur les destroyers pendant la Seconde Guerre mondiale pour créer des écrans protecteurs.

– Nom de Dieu ! s'écria l'Indien. Voilà donc comment ils ont fait ! »

18

Washington, durant les week-ends, se transformait en ville fantôme. La machine gouvernementale s'arrêtait le vendredi à cinq heures pour ne repartir que le lundi matin. Après le passage des équipes de nettoyage, les grands bâtiments ministériels devenaient de véritables mausolées. Et, plus surprenant encore, toutes les lignes téléphoniques se taisaient.

C'était alors le royaume des touristes qui se pressaient autour du Capitole. D'autres encore, ce jour-là, se tenaient devant le portail de la Maison Blanche quand, vers midi, le Président sortit, traversa la pelouse et, après avoir salué la foule d'un geste de la main, monta à bord d'un hélicoptère. Il était suivi par une petite troupe de secrétaires et d'agents des Services secrets. Peu de journalistes étaient présents. La plupart d'entre eux étaient occupés soit à regarder la TV, soit à jouer au golf.

Fawcett et Lucas suivirent des yeux l'appareil qui s'envolait vers la base d'Andrews.

« Du travail rapide, fit Fawcett. Vous avez opéré la substitution en moins de cinq heures.

– Notre bureau de Los Angeles a trouvé Sutton et l'a fourré dans le cockpit d'un chasseur F-20 vingt minutes après avoir été alerté.

– Et Margolin?

– L'un de mes agents fait un assez bon sosie du vice-président. Il partira pour le Nouveau-Mexique dès la tombée de la nuit à bord d'un jet privé.

– Peut-on se fier à vos hommes pour garder le secret? »

Lucas lui lança un regard noir.

« Je suis sûr de mes hommes. S'il y a une fuite, elle ne pourra venir que de l'équipe présidentielle. »

Fawcett eut un sourire contraint. Il se savait en terrain glissant. Les indiscrétions dues à l'état-major de la Maison Blanche faisaient les délices de la presse.

« Ils ne peuvent pas raconter ce qu'ils ignorent, se défendit-il. Ce n'est que dans l'hélicoptère qu'ils se seront aperçus que l'homme qu'ils accompagnent n'est pas le Président.

– Ils resteront enfermés dans le ranch, déclara le nouveau directeur des Services secrets. Personne ne pourra sortir de la propriété et je ferai surveiller toutes les communications.

– Si jamais un journaliste apprenait la vérité, Watergate à côté ferait figure de conte pour enfants!

– Comment les épouses prennent-elles la chose?

– Elles coopèrent à 100 pour 100, répondit Fawcett. La première Dame et Mrs. Margolin ont proposé de garder la chambre en prétextant une grippe.

– Et maintenant, que pouvons-nous faire? demanda Lucas.

– Attendre. On continue jusqu'à ce que nous ayons retrouvé le Président. »

« J'ai l'impression que tous les circuits vont bientôt être surchargés », fit Don Miller, le directeur adjoint du F.B.I.

Emmett ne releva pas la remarque de son subordonné. Quelques minutes après avoir regagné le siège du F.B.I. au coin de Pennsylvania Avenue et de la 10e Rue, il avait déclenché une alerte générale suivie d'un appel prioritaire à tous les bureaux des cinquante Etats du pays et à tous les agents en mission à l'étranger. Il avait ensuite demandé à se faire communiquer les dossiers de tous les criminels et terroristes spécialisés dans les affaires d'enlèvement.

Aux six mille agents du F.B.I., il avait expliqué que les Services secrets avaient été mis au courant d'une tentative d'enlèvement sur la personne du secrétaire d'Etat et de quelques autres dirigeants qu'ils n'avaient pas nommés.

« Il s'agit peut-être d'une très vaste conspiration, déclara-t-il enfin, restant volontairement dans le vague. Nous ne pouvons pas tabler sur une erreur des Services secrets.

– Ils se sont déjà trompés dans le passé, fit Miller.

– Pas cette fois-ci. »

Son adjoint lui lança un regard perplexe.

« Vous nous donnez bien peu d'informations. Pourquoi ce mystère? »

Emmett ne répondit pas et Miller abandonna le sujet. Il lui tendit trois dossiers.

« Ce sont les derniers rapports sur les opérations de l'O.L.P., les activités de la Brigade Zapata et sur une histoire qui me paraît un peu bizarre.

– Vous ne pourriez pas être plus explicite?

– Je doute qu'il y ait un lien, mais comme c'est malgré tout étrange...

– Mais enfin, de quoi parlez-vous? s'écria avec irritation le directeur du F.B.I. en s'emparant de la chemise.

– Un représentant soviétique aux Nations Unies, un certain Alexeï Lugovoy...

– Un éminent psychologue, nota Emmett en lisant.

– Oui. Plusieurs membres de son équipe et lui travaillant pour l'O.M.S. ont disparu. »

Emmett leva les yeux.

« Nous les avons perdus?

– Oui. Nos agents en poste à l'O.N.U. ont constaté que les Russes avaient quitté l'immeuble vendredi soir et...

– Nous ne sommes que samedi matin, l'interrompit le directeur du F.B.I. Qu'y a-t-il donc de bizarre?

– Ils se sont donné beaucoup de mal pour échapper aux filatures. L'agent responsable du bureau de New York a effectué quelques vérifications et a découvert qu'aucun des Soviétiques n'avait regagné son appartement ou son hôtel. Ils paraissaient s'être tous envolés.

– Rien sur Lugovoy?

– Tout indique qu'il est régulier. Il semble se tenir à l'écart des agents du K.G.B.

– Et les membres de son équipe?

– Aucun d'eux n'a été surpris à se livrer à une quelconque activité d'espionnage. »

Emmett réfléchit quelques instants. Normalement, il aurait laissé tomber ou, à la rigueur, ordonné une enquête de routine. Mais il était tenaillé par un doute. Bien sûr, la disparition du Président et de ce Lugovoy au cours de la même nuit pouvait n'être qu'une simple coïncidence

« Qu'en pensez-vous, Don? demanda-t-il enfin.

– Difficile de se faire une opinion, répondit son adjoint. Il se peut qu'ils reviennent tous lundi matin aux Nations Unies comme si rien ne s'était passé. D'un autre côté, on pourrait imaginer que cette image un peu trop angélique cultivée par Lugovoy et son équipe ne soit qu'une couverture.

– Et avec quel objectif?

– Je n'en ai pas la moindre idée », répondit Miller en haussant les épaules.

Emmett referma le dossier.

« Mettez le bureau de New York sur cette affaire. Et tenez-moi au courant en priorité.

– Plus j'y réfléchis, plus ça me semble bizarre, fit Miller.

– Pourquoi?

– Je me demande de quel secret vital une bande de psychologues pourrait bien chercher à s'emparer. »

146

19

Les riches armateurs ont pour habitude de fré-
quenter les milieux dorés de la jet-set internationa-
le. De yachts luxueux en avions privés, de splendi-
des villas en superbes suites d'hôtel, ils parcourent
le monde dans leur quête incessante de pouvoir et
de richesse.

Min Koryo Bougainville, elle, n'avait pas ces
préoccupations. Elle passait ses journées dans son
bureau et ses nuits dans son appartement petit
mais confortable situé juste au-dessus. Elle avait des
goûts simples, sa seule faiblesse étant un penchant
pour les antiquités chinoises.

A douze ans, son père l'avait vendue à un Français qui exploitait une petite compagnie de navigation composée de trois tramps qui faisaient du
cabotage entre Pusan et Hong Kong. La compagnie
avait prospéré et Min Koryo avait donné trois fils à
René Bougainville. Puis la guerre avait éclaté et les
Japonais avaient envahi la Chine et la Corée. René
avait été tué au cours d'un bombardement et ses
trois fils avaient disparu quelque part dans le sud
du Pacifique après avoir été enrôlés de force dans
l'armée impériale du Japon. Seuls Min Koryo et l'un
de ses petits-fils, Lee Tong, avaient survécu.

Après la reddition du Japon, elle avait renfloué
l'un des bateaux de son mari qui avait été coulé
dans le port de Pusan. Lentement, patiemment, elle
avait constitué la flotte des Bougainville en rache-
tant de vieux cargos, ne les payant jamais plus que
leur valeur à la ferraille. Les bénéfices étaient
maigres ou inexistants, mais elle s'était accrochée.
Lee Tong avait terminé ses études à l'université de
Pennsylvanie et était venu la seconder. Alors,
comme par magie, la compagnie maritime Bougain-

ville s'était développée pour rivaliser bientôt avec les plus grandes flottes de la planète. Lorsque leur armada avait atteint cent trente-huit cargos et pétroliers, Lee Tong avait transféré les bureaux de la compagnie à New York. Selon un rituel bien établi, il venait tous les soirs discuter avec sa grand-mère des affaires de leur vaste empire.

Lee Tong avait l'apparence trompeuse d'un jovial paysan asiatique. Son visage rond était toujours orné d'un sourire qui paraissait sculpté dans l'ivoire. Si les autorités avaient pu mettre la main sur lui, elles auraient du même coup résolu la plupart des affaires maritimes crapuleuses demeurées impunies. Pourtant, chose étrange, personne n'avait de dossier sur lui. Il œuvrait dans l'ombre de sa grand-mère et ne figurait même pas parmi la liste du personnel de la compagnie. Mais c'était lui, l'anonyme de la famille, qui avait organisé toutes les combines illicites ayant contribué à l'essor de leur entreprise.

Trop méthodique pour placer sa confiance en des hommes de main, il préférait diriger lui-même les opérations clandestines. Il n'hésitait jamais à recourir au meurtre lorsque la situation l'exigeait. Il était aussi à l'aise dans un grand restaurant que dans n'importe quel coupe-gorge des docks.

Ce soir-là, il était installé à distance respectueuse du lit de Min Koryo, un fume-cigarette en argent planté entre ses dents inégales. Sa grand-mère désapprouvait cette habitude qu'il avait de fumer. Pourtant il tenait bon, pas tellement par plaisir, mais comme une manifestation d'indépendance.

« Dès demain, le F.B.I. saura comment le Président a disparu, déclara la vieille femme.

– J'en doute, affirma Lee Tong. Leurs spécialistes des analyses chimiques sont bons, mais pas à ce point. Je dirais plutôt trois jours. Et ensuite une semaine pour qu'ils découvrent le bateau.

– Assez pour effacer toutes les traces pouvant mener jusqu'à nous ?

– Largement, *ômoni*, la rassura Lee Tong en utilisant le mot coréen signifiant « mère ». Dors tranquille, toutes les pistes conduisent à la tombe. »

Min Koryo hocha la tête. L'allusion était claire : Lee Tong avait tué de ses propres mains les sept hommes qu'il avait engagés pour l'aider à enlever le Président.

« Toujours pas de nouvelles de Washington ? demanda-t-elle.

– Pas un mot. La Maison Blanche agit comme si rien ne s'était passé. En réalité, ils se servent d'un sosie pour le Président.

– Comment l'as-tu appris ?

– Par les informations de six heures. La télévision a montré des images du Président embarquant à bord de son avion pour son ranch du Nouveau-Mexique.

– Et les autres ?

– Ils semblent avoir aussi des doublures. »

Min Koryo but une petite gorgée de thé.

« Je trouve assez drôle que nous puissions nous reposer sur le secrétaire d'Etat Oastes et le Cabinet du Président pour jouer cette comédie jusqu'à ce que Lugovoy soit prêt.

– Ils n'ont pas d'autre solution, fit Lee Tong. Ils n'oseront faire aucune déclaration officielle avant de savoir ce qui est arrivé au Président. »

La vieille femme contempla un instant les feuilles de thé au fond de sa tasse.

« Je crois malgré tout que nous avons vu un peu trop grand.

– Je comprends, *ômoni*. Les membres du Congrès ont simplement été ramassés dans le même coup de filet.

– Mais pas Margolin. C'était ton idée de le faire venir à bord du yacht.

– C'est vrai, reconnut Lee Tong. Mais Alexeï Lugovoy nous a dit que ses expériences n'avaient marché que onze fois sur quinze. Donc, si jamais il échoue avec le Président, il aura un autre cobaye à sa disposition.

– Trois autres, tu veux dire.

– Si tu comptes Larimer et Moran dans l'ordre de succession, c'est juste.

– Et si Lugovoy réussit avec tous? demanda Min Koryo.

– Dans ce cas, tant mieux. Notre influence s'étendra plus loin que nous n'aurions osé le rêver. Mais, *ômoni*, je me demande parfois si tout cet argent vaut la peine que nous risquions ainsi la prison et la fin de notre compagnie.

– N'oublie pas, mon fils, que les Américains ont tué mon mari, ton père et ses deux frères pendant la guerre.

– C'est une vengeance qui pourrait nous coûter cher.

– Raison de plus pour protéger nos intérêts et veiller à ne pas nous faire doubler par les Russes. Le président Antonov fera tout pour ne pas nous payer notre dû.

– S'ils étaient assez stupides pour nous trahir à ce stade, ils perdraient tous les bénéfices du projet.

– Ce n'est pas ainsi qu'ils raisonnent, déclara Min Koryo avec gravité. Tous leurs actes s'appuient sur la méfiance. L'intégrité est un sentiment qu'ils ne comprennent pas et cela, mon fils, constitue leur talon d'Achille.

– Qu'envisages-tu de faire?

– Nous continuons à jouer notre rôle d'alliés honnêtes et naïfs... »

Elle s'interrompit, l'air pensif.

« Et quand le projet de Lugovoy sera achevé? » la pressa Lee Tong.

Elle leva la tête et un petit sourire naquit sur ses

traits parcheminés tandis qu'une lueur malicieuse s'allumait dans ses yeux.

« Alors, nous tirerons la couverture à nous », conclut-elle.

20

Les Russes, sur le ferry de Staten Island, furent pris en charge par les hommes des Bougainville. On les dépouilla de tous leurs papiers d'identité et de leurs montres puis on leur banda les yeux et on leur mit sur les oreilles des écouteurs qui diffusaient de la musique de chambre. Ils montèrent à bord d'un hydravion à réaction qui attendait sur les eaux noires du port.

Le vol parut long et ennuyeux à Lugovoy. L'appareil amerrit en douceur, tanguant à peine sur les flots. Le Soviétique en déduisit qu'ils s'étaient sans doute posés sur un lac. Ils empruntèrent ensuite une voiture pour un trajet d'une vingtaine de minutes, puis franchirent une passerelle métallique avant de prendre un ascenseur. On les conduisit alors à leurs chambres par un couloir recouvert de moquette et, enfin, on leur ôta les bandeaux et les écouteurs.

Lugovoy fut profondément impressionné par l'équipement que les Bougainville avaient mis à sa disposition. Le matériel électronique et celui de laboratoire dépassaient tout ce qu'il avait pu voir en Union soviétique. Les centaines d'appareils qu'il avait demandés étaient déjà en place. On avait également veillé au confort des hommes de son équipe. Chacun bénéficiait d'une chambre individuelle avec salle de bain tandis qu'au bout du couloir central se trouvait une élégante salle à manger sur laquelle régnaient un excellent chef coréen et deux serveurs.

Toutes les pièces, y compris la salle de contrôle, étaient décorées avec goût. Et pourtant, ce n'était rien d'autre qu'une prison de luxe. Les Russes n'étaient pas libres de leurs mouvements. Les portes de l'ascenseur demeuraient fermées en permanence et il n'y avait aucun moyen de les ouvrir. Lugovoy se livra à une inspection systématique mais il ne découvrit pas la moindre issue donnant sur l'extérieur. Aucun bruit ne filtrait du dehors.

Ses recherches furent interrompues par l'arrivée de ses sujets. Ils étaient à demi inconscients sous l'effet des sédatifs. Tous quatre avaient été installés dans des sortes de caissons individuels baptisés « cocons ». L'intérieur était entièrement capitonné, avec des angles arrondis qui ne permettaient à l'œil de se fixer nulle part. Une lumière indirecte éclairait les parois d'une teinte grise monochrome; elles étaient spécialement conçues pour arrêter tous les sons ou courants électriques qui pouvaient interférer avec les ondes de l'activité cérébrale.

Lugovoy, assis devant une console en compagnie de deux de ses assistants, étudiait la rangée de moniteurs vidéo qui le renseignaient sur l'état des sujets allongés dans les caissons. Trois d'entre eux étaient toujours comme en transes mais le quatrième manifestait des signes d'agitation mentale le rendant vulnérable à la suggestion. On lui injecta des produits destinés à paralyser tous ses mouvements corporels puis on lui recouvrit la tête d'une calotte de plastique.

Le psychologue russe avait encore du mal à croire à la réalité de ce pouvoir qu'il détenait. Il éprouvait une certaine angoisse à l'idée de se lancer dans l'une des plus importantes expériences de ce siècle. Ce qu'il était sur le point d'accomplir dans

152

les prochains jours allait changer le monde de façon aussi radicale que l'emploi de l'énergie atomique.

« Docteur Lugovoy? »

Le Soviétique sursauta au son de cette voix inconnue. Il se retourna et son regard étonné se posa sur un homme trapu au faciès slave et aux cheveux noirs hirsutes qui paraissait être sorti du mur.

« Qui êtes-vous? » lança-t-il.

L'étranger lui répondit à voix basse, comme s'il craignait d'être entendu :

« Souvorov. Paul Souvorov, agent de la sécurité. »

Lugovoy pâlit :

« Mon Dieu, vous êtes du K.G.B.! Comment êtes-vous arrivé ici?

– Pur hasard, murmura Souvorov avec sarcasme. Vous êtes sous la surveillance de mes hommes depuis que vous avez posé le pied à New York. Après votre visite suspecte aux bureaux de la compagnie Bougainville, j'ai pris moi-même votre filature en charge. J'étais sur le ferry quand vous avez été contacté par les hommes qui vous ont amené ici. Grâce à l'obscurité, je n'ai eu aucun mal à me glisser parmi les membres de votre équipe et faire le voyage avec vous. Depuis notre arrivée, je suis resté dans ma chambre.

– Savez-vous dans quoi vous êtes en train de fourrer votre nez? lâcha le psychologue d'un ton furieux.

– Pas encore, répliqua Souvorov, imperturbable. Mais mon devoir est de le découvrir.

– Cette opération relève des plus hautes autorités. Elle ne concerne en rien le K.G.B.

– C'est à moi d'en juger.

– Si jamais vous me gênez dans mes travaux, vous finirez vos jours en Sibérie! »

Souvorov parut légèrement amusé par l'irritation

de Lugovoy. Pourtant, il commençait à se demander s'il n'avait pas outrepassé ses fonctions.

« Je pourrais peut-être vous aider, proposa-t-il.

– Comment?

– Vous pourriez avoir besoin de certains de mes talents.

– Je n'ai pas besoin des services d'un tueur.

– Je pensais surtout à votre évasion éventuelle.

– Je n'ai aucune raison de m'évader. »

L'agent du K.G.B. était de plus en plus troublé.

« Il faut que vous compreniez ma position. »

Lugovoy se sentait à présent maître de la situation.

« J'ai bien d'autres problèmes que de me soucier de vos états d'âme de bureaucrate.

– Lesquels? répliqua Souvorov en englobant la pièce d'un geste de la main. Si vous me disiez ce qui se prépare ici? »

Le psychologue le considéra un moment avant de répondre puis, cédant à la vanité, il reconnut :

« Un projet d'intervention cérébrale.

– Quoi?

– Contrôle du cerveau, si vous préférez. »

Souvorov se tourna vers les écrans vidéo :

« C'est pour ça que cet homme a un petit casque sur la tête?

– Effectivement. Un module de circuit micro-électrique intégré contenant cent dix sondes mesure toutes les fonctions corporelles internes depuis le simple pouls jusqu'aux sécrétions hormonales. Il intercepte aussi les informations traversant le cerveau du sujet et les transmet aux ordinateurs situés dans cette salle. Le discours du cerveau, si j'ose dire, est ensuite traduit en clair.

– Je ne vois pas d'électrodes.

– C'est dépassé, répondit Lugovoy. Tout ce que nous désirons enregistrer l'est par télémétrie. On n'a plus besoin d'un enchevêtrement de fils.

– Vous pouvez vraiment comprendre tout ce qu'il pense ? » demanda l'homme du K.G.B. avec incrédulité.

Le psychologue hocha la tête.

« Le cerveau possède son propre langage et ce qu'il nous dit révèle tout des pensées de son propriétaire. Le cerveau parle sans cesse, nuit et jour, nous fournissant un schéma parfait des processus mentaux et nous permettant de savoir comment et pourquoi un homme pense. Les impressions sont subliminales, si fugitives que seul un ordinateur conçu pour opérer en picosecondes peut parvenir à les mémoriser et à les déchiffrer.

– J'ignorais que la science du cerveau en était arrivée à un tel niveau.

– Après avoir analysé et établi le graphique des rythmes cérébraux du sujet, poursuivit Lugovoy, nous sommes en mesure de prévoir ses intentions et ses mouvements physiques. Nous savons exactement ce qu'il s'apprête à dire ou à faire et, surtout, nous pouvons intervenir à temps pour l'arrêter si nécessaire. En l'espace d'une picoseconde, l'ordinateur est à même d'effacer son intention première et de rephraser sa pensée.

– Un croyant vous accuserait de violer les âmes, fit Souvorov avec un frisson.

– Comme vous, camarade Souvorov, je suis un membre dévoué du parti communiste. Je ne crois pas au salut de l'âme. Quoi qu'il en soit, dans le cas présent, il ne s'agit pas d'une conversion radicale. Il n'y aura aucune perturbation de ses schémas de pensée fondamentaux, aucun changement dans la structure de son discours ou de ses habitudes.

– Une sorte de lavage de cerveau contrôlé.

– Il ne s'agit pas de lavage de cerveau, répliqua Lugovoy avec indignation. Nos recherches vont bien au-delà de tout ce que les Chinois ont pu inventer. Ils s'imaginent encore qu'il faut détruire l'ego d'un sujet pour le rééduquer. Leurs expériences dans le domaine des drogues et de l'hypnose ont rencontré peu de succès. L'hypnose est trop vague, trop insaisissable pour avoir des effets à long terme. Quant aux drogues, elles se sont avérées dangereuses en entraînant parfois des modifications imprévisibles de la personnalité et du comportement. Quand j'en aurai fini avec mon sujet ici, il retournera à la réalité et à son mode de vie habituel comme si rien ne s'était passé. J'ai uniquement l'intention de modifier sa perspective politique.

– Qui est-ce?

– Vous ne le savez donc pas? Vous ne l'avez pas reconnu? »

Souvorov examina l'écran vidéo. Soudain, ses yeux s'écarquillèrent et, livide, il recula de deux pas en balbutiant :

« Le... le Président? C'est bien le Président des Etats-Unis?

– En chair et en os.

– Mais... comment...?

– Un cadeau de nos hôtes, se contenta d'expliquer Lugovoy.

– Et il n'y aura aucun effet secondaire? s'inquiéta l'homme du K.G.B. qui ne s'était pas encore remis du choc.

– Aucun.

– Il ne se souviendra de rien?

– Seulement de s'être couché. Il se réveillera d'ici dix jours.

– Vous pouvez vraiment faire ça? Vraiment? demanda Souvorov.

– Oui, répondit le psychologue avec assurance. Et bien plus encore. »

21

Deux faisans s'envolèrent dans un battement d'ailes, filant dans le ciel pâle du petit matin. Le numéro un soviétique, Georgi Antonov, épaula son Purdey et pressa les deux détentes. Les coups de feu résonnèrent dans la forêt baignée de rosée. L'un des oiseaux, touché de plein fouet, tomba au sol.

Vladimir Polevoï, chef du Comité pour la sécurité de l'Etat, attendit un instant, puis, assuré qu'Antonov l'avait manqué, il abattit le second faisan d'une seule cartouche.

Antonov se tourna vers son directeur du K.G.B. et lui lança d'une voix sèche :

« Alors, Vladimir, on cherche encore à faire honte à son patron? »

Polevoï interpréta correctement la feinte colère du président :

« Votre coup était difficile, camarade Président. Le mien était facile.

— Vous auriez dû vous occuper d'affaires étrangères plutôt que de police secrète, répliqua Antonov en éclatant de rire. Vous êtes aussi diplomate que Gromyko. »

Il s'interrompit un instant puis demanda :

« Où est notre hôte français? »

— Le président L'Estrange est à une centaine de mètres sur notre gauche. »

La phrase de Polevoï fut ponctuée par une volée de coups de feu jaillis des broussailles.

« Bien, fit Antonov. Nous avons quelques instants pour parler. »

Il tendit le Purdey à Polevoï qui le rechargea. Puis le chef du K.G.B. s'approcha et déclara à voix basse :

« Il vaudrait mieux ne pas aborder de sujets

délicats. Les services français de renseignements ont installé du matériel d'écoute dans tous les coins.

– Les secrets ne restent plus longtemps des secrets de nos jours », soupira Antonov.

Polevoï eut un sourire entendu.

« Je sais. Nos agents ont enregistré la rencontre entre L'Estrange et son ministre des Finances la nuit dernière.

– Des révélations utiles?

– Rien de bien intéressant. Presque toute la conversation a tourné autour de la nécessité de vous convaincre d'accepter le plan d'aide financière du Président américain.

– S'ils sont assez stupides pour croire que je ne vais pas profiter de la générosité naïve du Président, ils sont encore plus stupides de s'imaginer que j'ai accepté cette visite officielle pour en discuter.

– Soyez tranquille, les Français ignorent totalement la véritable raison de votre présence.

– Des nouvelles récentes de New York?

– Seulement que Huckleberry Finn a dépassé nos espérances.

– Tout se déroule comme prévu?

– Pour le moment, oui.

– Ainsi cette vieille sorcière a réussi ce que nous estimions impossible.

– Effectivement. Mais comment elle a fait, c'est un mystère. »

Antonov le dévisagea :

« Comment! Nous ne le savons pas?

– Non. Elle a refusé de nous mettre dans la confidence. C'est son fils qui a couvert l'opération. Nous ne sommes pas encore parvenus à pénétrer leur réseau. Ils sont plus imperméables que le mur du Kremlin.

– Salope de Chinoise! cracha Antonov. Qu'est-ce

qu'elle s'imagine? Qu'elle traite avec des amateurs?

– Je crois qu'elle est d'origine coréenne, le reprit Polevoï.

– Peu importe. (Antonov s'assit lourdement sur une souche.) Où l'expérience a-t-elle lieu?

– Nous ne le savons pas non plus, répondit le chef du K.G.B.

– Vous n'êtes plus en communication avec le camarade Lugovoy?

– Ses hommes et lui ont quitté l'île de Manhattan par le ferry de Staten Island vendredi soir. Ils ne sont pas arrivés à destination et depuis nous avons perdu tout contact.

– Je veux savoir où ils sont, déclara Antonov calmement. Je veux connaître l'endroit exact où se déroule l'opération.

– J'ai mis mes meilleurs agents sur l'affaire.

– Nous ne pouvons pas la laisser nous tenir ainsi à l'écart, surtout quand il y a en jeu l'équivalent d'un milliard de dollars de nos réserves en or. »

Polevoï lui lança un regard malicieux :

« Vous avez l'intention de la payer?

– Est-ce que la Volga fond en janvier? répliqua le numéro un soviétique avec un grand sourire.

– Ce ne sera pas facile de la doubler. »

Des bruits de pas approchaient dans les fourrés. Le regard d'Antonov se porta un instant sur les gardes forestiers qui avançaient avec les faisans abattus puis revint à Polevoï.

« Contentez-vous de trouver Lugovoy, murmura-t-il. Et le reste ira tout seul. »

A environ six kilomètres de là, dans un camion, deux hommes se tenaient devant un récepteur à micro-ondes. A côté d'eux, un magnétophone enregistrait la conversation d'Antonov et de Polevoï.

C'étaient des agents du S.D.E.C.E. spécialisés dans la surveillance électronique. Ils parlaient six langues, y compris le russe. Ils soulevèrent en chœur leurs écouteurs pour échanger un regard perplexe.

« Qu'est-ce que c'est que cette histoire? » lança l'un d'eux.

Son compagnon haussa les épaules :

« Qui sait? Probablement une sorte de langage codé.

— Je me demande si un analyste pourra en tirer quelque chose.

— De toute façon, nous, on ne le saura jamais. »

L'homme remit son casque, écouta un instant, puis le reposa en déclarant :

« Ils parlent avec le président L'Estrange maintenant. On n'aura rien d'autre.

— Dans ce cas, on plie bagage et on expédie les bandes à Paris. J'ai un rencard à six heures. »

22

Il était environ deux heures de l'après-midi quand l'amiral Sandecker franchit un portail de l'aéroport de Washington réservé aux lignes intérieures. Il gara sa voiture devant un hangar apparemment désert situé dans une zone écartée, loin des bâtiments des compagnies aériennes. Il se dirigea vers une petite porte à la peinture écaillée et pressa un bouton placé à l'opposé d'un gros cadenas rouillé. La porte s'ouvrit en silence.

Les murs étaient laqués en blanc et les rayons du soleil filtraient par les immenses verrières du toit. On aurait cru se trouver dans un musée des transports. Quatre rangées de vieilles voitures occupaient le sol de béton, la plupart rutilantes, comme neuves. Quelques-unes étaient en restauration. Sandecker s'attarda devant une majestueuse Rolls-Royce Silver Ghost 1921 carrossée par Park-Ward et une grosse Isotta-Fraschini 1925 rouge carrossée en torpédo par Sala.

Les deux pièces maîtresses de la collection étaient un vieil avion Ford trimoteur et un wagon Pullman du début du XXe siècle avec *Manhattan limited* peint en lettres dorées sur ses flancs.

L'amiral monta un escalier en spirale donnant sur un appartement vitré qui surplombait le hangar. Le living était décoré d'antiquités marines, et, sur des étagères, étaient alignés des modèles réduits de bateaux dans des vitrines.

Sandecker trouva Pitt devant la cuisinière, préparant une étrange mixture dans une poêle. Il portait un short kaki, de vieux tennis et un T-shirt barré par ces mots : *Renflouez le Lusitania.*

« Vous arrivez juste pour déjeuner, amiral.

— Qu'est-ce que vous faites ? demanda Sandecker en jetant un regard soupçonneux sur le contenu de la poêle.

— Rien d'extraordinaire. Une simple omelette mexicaine.

— Je me contenterai d'une tasse de café et d'un demi-pamplemousse. »

Pitt les servit sur la table de la cuisine. L'amiral brandit alors un journal, les sourcils froncés :

« Vous avez droit à la page 2.

— J'espère avoir eu les mêmes honneurs dans les autres quotidiens.

— Qu'est-ce que vous cherchez à prouver ? Tenir ainsi une conférence de presse et affirmer que vous avez retrouvé le *San Marino,* ce qui est faux, et le *Pilottown,* ce qui est censé être top secret. Vous avez perdu la tête ? »

Pitt avala une bouchée d'omelette avant de répondre :

« Je n'ai pas parlé de l'agent S.

– Encore heureux que l'armée l'ait discrètement enterré hier.

– Eh bien, c'est parfait. Maintenant que le *Pilottown* est vide, ce n'est plus qu'une épave rouillée comme les autres.

– Le Président ne verra pas les choses sous cet angle. S'il n'était pas au Nouveau-Mexique, on serait tous les deux en train de se faire passer un savon à la Maison Blanche. »

Sandecker fut interrompu par une petite sonnerie. Pitt se leva et abaissa une manette sur un panneau.

« Quelqu'un à la porte ? » s'enquit l'amiral.

Pitt acquiesça.

« C'est un pamplemousse de Floride, grogna Sandecker en recrachant un pépin.

– Et alors ?

– Je préfère ceux du Texas.

– J'en prends note, fit Pitt avec un grand sourire.

– Pour en revenir à vos salades, j'aimerais bien savoir ce qui vous a pris. »

Pitt le lui expliqua.

« Pourquoi ne pas laisser le département de la Justice s'en occuper ? demanda l'amiral lorsqu'il eut fini. Ils sont payés pour ça. »

Le regard de Pitt se durcit et il agita sa fourchette d'un air menaçant :

« Parce qu'on ne les laissera jamais enquêter. Le gouvernement n'est pas près de reconnaître que plus de trois cents morts ont été provoquées par une arme chimique volée qui n'est pas censée exister. Les procès dureraient des années, sans parler des conséquences sur l'image de l'administration. Ils ne cherchent qu'une chose, c'est à étouffer l'affaire. L'éruption du volcan Augustine est arrivée à point. Cet après-midi, la Maison Blanche va faire publier un communiqué bidon mettant ces morts sur le compte de nuages de gaz sulfurique. »

Sandecker le considéra un instant puis demanda :

« Qui vous a dit ça?

– Moi », annonça une voix féminine depuis le seuil de la cuisine.

Loren affichait un sourire désarmant. Elle était sortie faire du jogging et portait un short rouge avec un maillot assorti tandis que ses cheveux étaient maintenus par un bandeau. Elle transpirait légèrement et était encore essoufflée. Elle s'épongea le visage à l'aide d'une petite serviette nouée à sa taille.

Pitt fit les présentations :

« Amiral James Sandecker, Loren Smith, représentante du Colorado au Congrès.

– Nous avons déjà eu l'occasion de siéger ensemble à des commissions de la marine », fit la jeune femme en lui tendant la main.

Sandecker n'avait pas besoin d'être voyant pour deviner quelles étaient les relations entre Pitt et Loren Smith.

« Maintenant, je comprends pourquoi vous avez toujours appuyé les demandes de subvention de la N.U.M.A. », fit-il.

Si la jeune femme se sentit embarrassée par cette insinuation, elle n'en manifesta rien.

« Dirk sait se montrer très persuasif, se contenta-t-elle de répliquer.

– Tu veux du café? lui proposa Pitt.

– Non merci. J'ai trop soif. »

Elle se dirigea vers le frigo et se servit un verre de lait.

« Vous êtes au courant du communiqué que Thompson, le porte-parole de la Maison Blanche, s'apprête à publier? lui demanda Sandecker.

– Oui. Mon secrétaire et sa femme sont des amis des Thompson. Ils ont dîné ensemble hier soir et Thompson a raconté que la Maison Blanche souhaitait enterrer cette malheureuse affaire de l'Alaska, rien d'autre. Il n'est pas entré dans les détails. »

L'amiral se tourna vers Pitt :

« Si vous persistez dans votre désir de vengeance, vous allez déranger pas mal de gens.

– Je ne renoncerai pas, affirma gravement Pitt.

– Et vous, madame?

– Loren.

– D'accord, Loren. Puis-je vous demander quel est votre rôle dans cette histoire? »

Elle hésita une fraction de seconde, puis répondit :

« Disons qu'en tant que parlementaire je m'intéresse à un scandale possible au niveau du gouvernement.

– Vous ne lui avez pas dit ce qui se cachait derrière votre petite partie de pêche en Alaska? demanda Sandecker à Pitt.

– Non.

– Je crois que vous feriez mieux de la mettre au courant.

– Ai-je votre autorisation officielle? »

L'amiral acquiesça :

« Une alliée au Congrès pourra toujours nous être utile.

– Et vous, amiral, quelle est votre position? » demanda Pitt.

Sandecker dévisagea longuement son directeur des projets spéciaux, étudiant ses traits burinés comme s'il les voyait pour la première fois et s'interrogeant sur cet homme qui était toujours prêt à aller au-delà des limites normales sans chercher de récompenses personnelles. Il ne lut dans son regard qu'une détermination farouche, une expression qu'il lui avait souvent vue depuis toutes ces années qu'il le connaissait.

« Je vous soutiendrai jusqu'à ce que le Président exige votre tête, déclara-t-il enfin. Après, ce sera à vous de jouer. »

Pitt poussa un petit soupir de soulagement. Tout était pour le mieux.

Min Koryo contempla le journal étalé sur son bureau.

« Que penses-tu de ça ? »

Lee Tong se pencha par-dessus son épaule et lut à haute voix :

« *Dirk Pitt, directeur des projets spéciaux de la N.U.M.A., a annoncé hier que deux navires portés disparus depuis plus de vingt ans venaient d'être retrouvés. Il s'agit du* San Marino *et du* Pilottown, *deux cargos de la classe des* liberty ships *construits durant la Seconde Guerre mondiale, qui ont été découverts gisant par le fond au large de l'Alaska.*

– Du bluff! s'écria Min Koryo. Probablement quelqu'un du département de la Justice qui n'avait rien d'autre à faire et qui a envoyé un ballon d'essai. Ils sont dans le brouillard.

– Je crois que tu te trompes, *ômoni*, fit pensivement Lee Tong. Je soupçonne que la N.U.M.A. en enquêtant sur la cause de ces décès en Alaska est tombée sur le bateau contenant l'agent S.

– Et ce communiqué de presse ne serait qu'un appât destiné aux véritables propriétaires du cargo », ajouta la vieille femme.

Lee Tong acquiesça :

« Le gouvernement espère que nous nous trahirons en cherchant à mener notre propre enquête. »

Min Koryo soupira :

« Quel dommage que le bateau n'ait pas sombré comme prévu. »

Lee Tong retourna s'asseoir dans un fauteuil.

« Une véritable malchance, fit-il en y repensant. Quand je me suis aperçu que les charges n'avaient pas explosé, la tempête s'est levée et je n'ai pas pu remonter à bord.

– Tu n'es pas responsable des caprices de la nature, fit la vieille femme, impassible. Les vrais coupables sont les Russes. S'ils ne s'étaient pas dérobés et avaient acheté comme convenu l'agent S, nous n'aurions pas eu besoin de saborder le bateau.

– Ils craignaient que le composé ne soit trop instable pour être transporté à travers la Sibérie jusqu'à leurs arsenaux chimiques de l'Oural.

– Ce qui m'intrigue, c'est comment la N.U.M.A. a pu faire le rapprochement entre les deux cargos.

– Je l'ignore, *ômoni*. Nous avons pourtant pris soin d'enlever tout ce qui pouvait permettre leur identification.

– Peu importe, fit Min Koryo. Un fait demeure : cet article est un piège. Nous devons garder le silence et ne rien faire pour compromettre notre anonymat.

– Et cet homme qui a fait publier le communiqué? demanda Lee Tong. Ce Dirk Pitt? »

Le petit visage lisse de la vieille femme prit une expression glacée, menaçante, tandis qu'elle répondait :

« Tâche de savoir quels sont ses motifs et surveille ses mouvements. Il faut découvrir quel est son rôle dans cette affaire. Et s'il représente un danger pour nous, supprime-le. »

Le soir gris tombait sur Los Angeles. Les lumières s'allumaient et le bruit de la rue se glissait par la fenêtre à guillotine scellée par des dizaines de couches de peinture successives. Elle n'avait pas été ouverte depuis trente ans. Dehors, un climatiseur rouillé grinçait.

L'homme était assis dans un fauteuil pivotant en bois patiné et son regard vide était fixé sur la vitre sale. Il avait des yeux durs, tristes aussi, des yeux qui contemplaient le monde depuis soixante ans. Il était en manches de chemise. La crosse d'un automatique 45 dépassait du holster de cuir râpé plaqué sur son flanc gauche. C'était un individu large et trapu. Ses muscles s'étaient avachis au fil des ans mais il pouvait encore soulever un homme de 100 kilos pour le coller contre un mur.

Le fauteuil craqua tandis qu'il se tournait pour se pencher au-dessus d'un bureau criblé de brûlures de cigarettes. Il prit un journal plié et, pour la dixième fois peut-être, relut l'article annonçant la découverte des épaves des deux cargos. Il ouvrit un tiroir, en tira un dossier tout écorné et resta un long moment à en contempler la couverture. Il y avait longtemps qu'il connaissait le contenu par cœur. Il le glissa avec le journal dans une serviette élimée.

Il se leva, se dirigea vers un lavabo installé dans un coin de la pièce et se passa la figure à l'eau froide. Puis il enfila un manteau, coiffa un feutre graisseux, éteignit la lumière et sortit.

Pendant qu'il attendait l'ascenseur dans le couloir, il fut assailli par les odeurs du vieil immeuble. Les effluves de moisi et de pourri semblaient chaque jour devenir plus forts. Trente ans au même endroit, c'était long, se disait-il. Trop long.

Ses pensées furent interrompues par le bruit de la porte qui s'ouvrait. Le garçon d'ascenseur devait avoir plus de soixante-dix ans. Il sourit, dévoilant des chicots jaunis.

« Terminé pour ce soir? fit-il, aimable.

— Non. Je prends le vol de nuit pour Washington.

— Une nouvelle affaire?

– Une ancienne. »

Ils se turent. Arrivé dans le hall, l'homme se tourna, adressa un signe de tête au vieillard en disant :

« A bientôt, Joe. »

Puis il franchit la porte et se fondit dans la nuit.

23

Pour tout le monde, il s'appelait Hiram Yaeger. Certains, cependant, le surnommaient aussi Pinocchio pour sa fâcheuse habitude de fourrer son grand nez dans les réseaux d'ordinateurs avec l'objectif avoué de pirater leurs logiciels. Son domaine était le dixième étage du siège de la N.U.M.A., celui des communications.

Sandecker l'avait engagé pour réunir et stocker tout ce qui avait été publié dans le monde sur les océans, données scientifiques ou historiques, faits établis ou théories. Yaeger s'était attelé à cette tâche avec enthousiasme et, en moins de cinq ans, il avait constitué une formidable banque de données.

Yaeger travaillait selon des horaires fantaisistes. Il se montrait rarement aux réunions mensuelles obligatoires et pourtant l'amiral le laissait tranquille car, entre autres talents, il possédait celui de pouvoir percer les codes de sécurité donnant accès à presque tous les systèmes informatiques disséminés à travers le monde.

Toujours en jean, il avait de longs cheveux blonds, parfois ramenés en queue de cheval. Avec sa barbe qui lui mangeait le visage et ses yeux inquisiteurs, il ressemblait à un prospecteur perpétuellement en quête d'eldorado.

Il était installé devant un terminal d'ordinateur monté dans un coin, à l'écart des fouillis d'appareils électroniques divers de la N.U.M.A. Debout à côté de lui, Pitt regardait s'inscrire les lettres vertes sur l'écran.

« C'est tout ce qu'on obtiendra du système de l'administration maritime, fit Yaeger.

– Rien de neuf là-dedans.

– Et maintenant?

– Vous pouvez pirater le réseau du quartier général des gardes-côtes?

– Enfantin », répondit Pinocchio avec un sourire.

Il consulta un épais carnet noir, trouva le code qu'il cherchait et le composa sur un téléphone à touches relié à un modem. L'ordinateur des gardes-côtes accepta le mot de passe et répondit : *Formulez votre demande.*

Yaeger interrogea Pitt du regard.

« Demandez un résumé de la carrière du *Pilottown.* »

L'informaticien s'exécuta et les renseignements désirés apparurent sur l'écran. Pitt les étudia, notant toutes les transactions dont le cargo avait fait l'objet depuis son lancement, les noms de ses différents propriétaires tant qu'il avait battu pavillon américain et les hypothèques qui avaient été prises sur lui. Rien ne manquait, mais le *Pilottown* avait cessé d'être répertorié après avoir été vendu à l'étranger, en l'occurrence à la Kassandra Phosphate Company d'Athènes.

« Vous trouvez? demanda Yaeger.

– Encore un coup pour rien.

– Et la Lloyd's? Elle a sûrement quelque chose dans ses dossiers.

– On peut toujours aller voir. »

Pinocchio compulsa à nouveau son carnet puis pénétra dans le système de la grande compagnie d'assurances maritimes. Les données arrivèrent à la vitesse de quatre cents caractères par seconde. L'histoire du *Pilottown* était cette fois beaucoup plus complète, mais il ne semblait rien y avoir d'intéressant. Soudain, une ligne en bas de l'écran attira l'attention de Pitt.

« Je crois qu'on tient une piste.

– Je ne vois rien, fit Yaeger.

– Regardez. Après Sosan Trading Company.

– Ils figurent en tant qu'affréteurs. Nous le savions déjà.

– Non. Ils étaient classés comme armateurs, pas comme affréteurs. Ce n'est pas la même chose.

– Qu'est-ce que vous espérez en tirer? »

Pitt se redressa, l'air pensif.

« Si les armateurs utilisent ce qu'on appelle des pavillons de complaisance, c'est pour échapper aux coûteuses licences de navigation, aux impôts et à certaines lois réglementant l'exploitation. Et également parce qu'ils se mettent ainsi à l'abri de toute enquête. Il leur suffit de créer une compagnie fantôme dont le siège est une vulgaire boîte postale située, dans le cas qui nous occupe, à Inchon en Corée. Par contre, s'ils passent par un affréteur qui se charge de la cargaison et de l'équipage, il y a obligatoirement transfert d'argent, donc recours aux banques. Et les banques ont des archives.

– Oui, mais je ne comprends pas. Si j'étais à leur place, pourquoi irais-je utiliser un intermédiaire quelconque alors qu'on peut retrouver ma trace par le canal des banques? Je ne vois pas l'intérêt.

– Une escroquerie aux assurances, expliqua Pitt. L'affréteur fait le sale boulot et les armateurs empochent l'argent. Prenez par exemple le cas d'un pétrolier grec il y a quelques années. Un tramp appelé le *Trikeri*. Il est parti de Surabaya en Indonésie avec ses citernes remplies à ras bord. Après être arrivé au Cap, en Afrique du Sud, il s'est rendu discrètement à un pipeline offshore où il a vidé tout son chargement à l'exception de quelques milliers de litres. Une semaine plus tard, il sombrait mystérieusement au large de la côte africaine. On a alors présenté une demande d'indemnité pour le bateau et une pleine cargaison. Les enquêteurs étaient persuadés qu'il avait été coulé intentionnellement, mais ils n'avaient aucun moyen de le prouver. L'affréteur du *Trikeri* a été longuement interrogé puis s'est tranquillement retiré des affaires. Les armateurs déclarés ont ramassé l'argent de l'assurance et l'ont fait parvenir par l'intermédiaire d'un réseau de sociétés écrans aux véritables propriétaires et organisateurs de l'escroquerie.

– Ça arrive souvent?

– Plus souvent qu'on ne le croit, répondit Pitt.

– Vous voulez examiner le compte bancaire de la Sosan Trading Company? »

Pitt jugea inutile de demander si c'était possible. Il se contenta de hocher la tête.

Pinocchio se leva et se dirigea vers un classeur. Il revint avec un gros livre de comptabilité.

« Les codes de sécurité bancaires », fit-il simplement.

Il se mit au travail et pénétra le système informatique de la banque de la Sosan Trading en moins de deux minutes.

« Je l'ai! s'exclama-t-il. C'est la succursale d'Inchon d'une banque de Séoul. Le compte a été soldé il y a six ans.

– Les opérations figurent encore? »

Sans répondre, Yaeger tapa le code nécessaire puis, se radossant dans son fauteuil, attendit. Le numéro de compte s'inscrivit sur l'écran, suivi d'une question concernant les relevés mensuels désirés. Il interrogea Pitt du regard.

« De mars à septembre 1976 », précisa celui-ci.

L'ordinateur coréen s'exécuta.

« C'est curieux, fit Pinocchio en étudiant la réponse. Il n'y a eu que douze transactions en sept ans. La Sosan Trading devait payer ses frais généraux et ses employés en liquide.

– D'où viennent les dépôts? demanda Pitt.

– D'une banque de Berne, en Suisse.

– On brûle.

– Oui, mais là ça se complique. Les codes de sécurité bancaires suisses sont beaucoup plus difficiles à percer. Et si ces Coréens sont aussi secrets et malins qu'ils le paraissent, ils doivent jongler avec les numéros de compte.

– Je vais faire du café pendant que vous commencez à chercher. »

Yaeger considéra un instant Pitt d'un air pensif.

« Vous n'abandonnez donc jamais?

– Jamais. »

L'informaticien fut surpris par la soudaine sécheresse du ton. Il haussa les épaules :

« D'accord, mais je ne garantis rien. Ça prendra peut-être toute la nuit et je ne suis même pas sûr d'y arriver. Il va falloir que j'envoie différentes combinaisons chiffrées jusqu'à ce que je tombe sur le bon code.

– Vous avez quelque chose de mieux à faire?

– Non, mais puisque vous vous occupez du café, j'aimerais bien aussi manger un morceau. »

La banque de Berne ne leur apprit rien. Toutes les pistes s'arrêtaient là. Ils vérifièrent auprès de six autres établissements suisses, tablant sur le hasard. En vain. Le problème devenait presque insoluble. Il fallait essayer auprès de toutes les grandes banques européennes et il y en avait plus de six mille.

« Je commence à désespérer, fit Yaeger cinq heures plus tard.

– Moi aussi.

– Je continue?

– Si ça ne vous dérange pas. »

L'informaticien s'étira dans son fauteuil.

« Moi, ça m'excite. Mais vous, vous avez l'air crevé. Allez donc dormir un peu. Si je déniche quelque chose, je vous appelle. »

Pitt quitta avec soulagement l'immeuble de la N.U.M.A., laissant Yaeger poursuivre ses recherches, et il reprit le chemin de l'aéroport. Il arrêta la Talbot-Lago devant son hangar, tira un petit émetteur de sa poche et appuya sur un code présélectionné. Les systèmes d'alarme furent aussitôt neutralisés et la porte massive bascula. Il gara la voiture, refermant la porte et rebranchant les systèmes d'alarme à l'aide de la télécommande, puis il monta l'escalier, entra dans le living et alluma la lumière.

Un inconnu était installé dans son fauteuil favori, les mains croisées sur une serviette posée sur ses genoux. Il semblait attendre avec patience, les lèvres étirées sur une ébauche de sourire indifférent. Il était coiffé d'un feutre démodé et son manteau coupé sur mesure pour dissimuler l'arme qu'il portait était entrouvert, dévoilant la crosse d'un automatique 45.

Les deux hommes se dévisagèrent un long moment sans parler, comme deux adversaires qui se jaugent.

Ce fut Pitt qui se décida à briser le silence.

« Je suppose que je dois maintenant vous demander qui vous êtes et ce que vous faites là? »

Le sourire de l'étranger s'élargit.

« Je suis un détective privé, Mr. Pitt. Je m'appelle Casio. Sal Casio. »

24

« Vous n'avez pas eu de problèmes pour entrer?

– Votre système de sécurité est bon, pas parfait, mais suffisant pour décourager la plupart des cambrioleurs et des vandales.

– Vous me recalez alors?

– Non. Disons que je vous accorde la moyenne. »

Pitt se dirigea lentement vers une vieille glacière de chêne qu'il avait transformée en bar. Il ouvrit la porte et demanda :

« Vous désirez boire quelque chose, Mr. Casio?

– Un Jack Daniel's avec de la glace, s'il vous plaît.

– Vous avez de la chance, j'en ai justement une bouteille.

– J'avais regardé avant, fit Casio. Oh! à propos, j'ai pris la liberté d'ôter le chargeur.

– Le chargeur? demanda Pitt innocemment.

– Oui, celui du Mauser automatique calibre 32, numéro de série 92237A, astucieusement scotché derrière la bouteille de gin. »

Pitt lui lança un regard intrigué.

« Combien de temps ça vous a pris?

– Pour tout fouiller? »

Pitt ouvrit le frigo pour prendre de la glace.

« Environ trois quarts d'heure, répondit Casio.

– Et vous avez trouvé les deux autres revolvers que je garde ici?

– Trois, en fait.

– Vous avez bien travaillé.

– Rien de ce qui est caché dans une maison ne peut m'échapper. Simple question de technique. »

Casio ne se vantait pas. Il se contentait d'affirmer une évidence.

Pitt versa le bourbon et l'apporta dans le living sur un plateau. Casio saisit le verre de la main droite. Pitt lâcha alors brusquement le plateau, braquant un petit automatique calibre 25 sur la tempe du détective.

Celui-ci ne réagit que par un mince sourire.

« Bravo, approuva-t-il. Il y en avait donc cinq en tout.

– Dans un carton de lait vide.

– Bien joué, Mr. Pitt. Et surtout d'avoir attendu que j'aie la main droite occupée. Ça prouve qu'il vous arrive de réfléchir. Je vais devoir réviser votre note. »

Pitt remit le cran de sûreté et baissa son arme.

« Si vous étiez venu ici pour me tuer, Mr. Casio, vous l'auriez déjà fait. Quel est donc le but de votre visite ? »

Casio désigna sa serviette d'un signe de tête :

« Je peux ?

– Je vous en prie. »

Il posa son verre, ouvrit la serviette et en tira un dossier maintenu par des élastiques, expliquant :

« Une affaire sur laquelle je suis depuis 1966.

– Ça fait un bail. Vous devez être un homme tenace.

– Je déteste abandonner en cours de route, admit Casio. C'est comme de ne pas terminer un puzzle ou un bon bouquin. Un jour ou l'autre, tout privé tombe sur une affaire qu'il ne parvient pas à résoudre. Et celle-ci, Mr. Pitt, me touche personnellement. Tout a commencé il y a vingt-trois ans quand une fille, une caissière de banque du nom d'Arta Casilighio a volé 128 000 dollars dans un succursale de Los Angeles.

– En quoi cela me concerne-t-il ?

– La dernière fois qu'on l'a vue, elle embarquait à bord d'un cargo appelé le *San Marino*.

– Je comprends. Vous avez lu l'article parlant de la découverte de l'épave.

– Effectivement.

– Et vous pensez que la fille a disparu avec le *San Marino*?

– J'en suis certain.

– Dans ce cas l'affaire est réglée. Le voleur est mort et l'argent perdu à jamais.

– Ce n'est pas si simple, fit Casio en contemplant son verre. Il ne fait aucun doute qu'Arta Casilighio soit morte, mais l'argent, lui, ne s'est pas perdu à jamais. Arta avait pris des billets neufs. Les numéros de série étaient notés. Il était donc facile de les retrouver. (Il s'interrompit pour lever la tête et fixer son interlocuteur droit dans les yeux.) Il y a deux ans, l'argent a refait surface. »

Une lueur d'intérêt s'alluma dans le regard de Pitt. Il s'installa dans un fauteuil en face du privé.

« Tout? » demanda-t-il.

Casio acquiesça :

« Oui, mais pas d'un seul coup. 5 000 dollars à Francfort, 1 000 au Caire, toujours dans des banques étrangères. Rien aux Etats-Unis, sauf un billet de 100 dollars.

– Alors c'est qu'Arta n'est pas morte avec le *San Marino*.

– Si. Aucun doute, elle a bien sombré avec le bateau. Le F.B.I. a fait le rapprochement entre elle et un passeport volé appartenant à une certaine Estelle Wallace. Grâce à ça, ils ont pu suivre sa trace jusqu'à San Francisco où ils l'ont perdue. J'ai continué à enquêter et j'ai fini par tomber sur une sorte de vagabond auquel il arrive de conduire un taxi quand il a besoin d'argent pour se soûler. Il s'est rappelé l'avoir déposée devant la passerelle du *San Marino*.

– Vous pouvez vous fier à la mémoire d'un ivrogne?

– Arta l'a payé avec une coupure de 100 dollars flambant neuve. Il n'avait pas la monnaie et elle lui a dit de tout garder. Croyez-moi, il n'a eu aucun mal à se souvenir de cet événement.

– Le vol de billets provenant de la Réserve fédérale relève du F.B.I. Quel est donc votre rôle dans cette affaire? Pourquoi vous obstiner à poursuivre une criminelle si vous êtes sûr qu'elle est morte?

– Avant d'avoir abrégé mon nom pour des raisons professionnelles, je m'appelais Casilighio. Arta était ma fille. »

Un silence pesant s'établit dans la pièce. Par les fenêtres surplombant le fleuve leur parvint le grondement d'un jet qui décollait. Pitt se leva pour aller dans la cuisine. Il versa du café froid dans une tasse et la glissa dans un four à micro-ondes.

« Un autre verre, Mr. Casio? proposa-t-il.

– Non, merci.

– Donc, je présume que pour vous il y a quelque chose d'étrange dans la disparition de votre fille?

– Ni elle ni le bateau ne sont arrivés au port. Et pourtant l'argent qu'elle a dérobé a réapparu d'une manière suggérant qu'on l'a blanchi petit à petit. Ça ne vous semblerait pas étrange à vous, Mr. Pitt?

– Je dois reconnaître que vous avez raison. (Le four émit une petite sonnerie et Pitt en retira une tasse fumante.) Mais je ne comprends pas ce que vous attendez de moi.

– J'ai quelques questions à vous poser. »

Pitt alla se rasseoir. Il était maintenant plus qu'intéressé.

« N'espérez pas que je vous livre tous les détails.

– Je vois.

– Allez-y, je vous écoute.

– Où avez-vous retrouvé le *San Marino*? Dans quelle région du Pacifique?

– Près de la côte sud de l'Alaska, répondit Pitt, restant dans le vague.

– Ce n'est pas tout à fait la route d'un bateau allant de San Francisco en Nouvelle-Zélande.

– Effectivement, reconnut Pitt.

– Il a donc dévié de 2 000 milles?

– Quelque chose comme ça. (Il prit une gorgée de café et fit la grimace. Il était beaucoup trop fort.) Mais avant de continuer, je dois vous préciser que vous n'aurez pas ces renseignements pour rien. »

Casio lui lança un regard étonné :

« Vous ne m'avez pourtant pas donné l'impression d'un homme à se faire payer.

– J'aimerais seulement avoir les noms des banques européennes par où est passé l'argent volé.

– Pourquoi? fit le détective sans dissimuler sa surprise.

– Je ne peux pas vous le dire.

– Vous n'êtes pas très coopératif. »

Pitt allait répondre lorsque le téléphone placé en bout de table se mit à sonner.

« Allô!

– Dirk, Yaeger à l'appareil. Vous ne dormiez pas?

– Merci d'appeler. Comment va Sally? Elle est sortie de la salle de réanimation?

– Vous ne pouvez pas parler?

– Pas vraiment.

– Mais vous pouvez écouter?

– Aucun problème.

– Mauvaises nouvelles. Je ne trouve rien. Autant chercher une aiguille dans une meule de foin.

– Je peux peut-être vous aider. Attendez une minute. »

Il se tourna vers Casio.

« Alors cette liste? »

Le privé se leva, se servit un autre Jack Daniel's et déclara enfin :

« Un marché, Mr. Pitt. Le nom des banques contre ce que vous savez sur le *San Marino*.

– La plupart des informations à ce sujet sont top secret.

– J'en ai rien à foutre! Elles pourraient être tatouées sur les fesses du Président, ce serait la même chose. Ou on fait affaire ou je plie bagage.

– Comment saurez-vous que je vous dis la vérité?

– Ma liste pourrait être bidon.

– Il faut donc que nous nous fassions mutuellement confiance, dit Pitt avec un petit sourire.

– Mon œil! grogna Casio. Mais ni vous ni moi n'avons le choix. »

Il prit une feuille de papier dans le dossier et la tendit à Pitt qui communiqua aussitôt les renseignements à Yaeger.

« Et maintenant? lança le détective privé.

– Maintenant, je vais vous dire ce qui est arrivé au *San Marino*. Et au petit déjeuner je serai peut-être en mesure de vous apprendre qui a tué votre fille. »

25

Un quart d'heure après le lever du soleil, les lampadaires des rues de Washington s'éteignirent.

Sam Emmett, traversant le passage souterrain, percevait le bourdonnement du trafic matinal. Il était venu seul, sans escorte, comme les autres. Depuis qu'il avait laissé sa voiture dans le garage en sous-sol de l'immeuble du Trésor, il n'avait rencontré qu'un garde de la Maison Blanche. Dans le couloir menant à la salle du Conseil, il fut accueilli par Alan Mercier.

« Vous êtes le dernier » lui annonça celui-ci.

Le directeur du F.B.I. regarda sa montre. Il était pourtant en avance de cinq minutes.

« Tout le monde est là? demanda-t-il.

– Oui, sauf Simmons qui est en Egypte et Lucas qui donne cette conférence à Princeton à votre place. »

Lorsqu'il entra, Oates, le secrétaire d'Etat, lui désigna un fauteuil à côté du sien tandis que Dan Fawcett, le général Metcalf, Martin Brogan et Mercier s'installaient autour de la table.

« Je suis désolé d'avoir dû vous convoquer si tôt, déclara alors Oates, mais Sam m'a informé que ses enquêteurs ont découvert comment l'enlèvement a été organisé. »

D'un geste du menton, il demanda au directeur du F.B.I. de poursuivre.

Celui-ci distribua un dossier à chacun des hommes présents dans la pièce, puis il se leva, se dirigea vers un tableau et, à l'aide d'une craie, entreprit de dessiner le fleuve, la région de Mount Vernon et le yacht présidentiel amarré à l'embarcadère. Il ajouta quelques détails puis, satisfait, se tourna pour expliquer :

« Nous allons prendre les événements dans l'ordre chronologique. Je vais vous résumer la situation et vous pourrez vous reporter à mon rapport pour plus de précisions. Certains faits ont été établis et prouvés. D'autres ne sont que des hypothèses et nous devrons combler les lacunes de notre mieux au fur et à mesure. »

Il commença à écrire dans le coin supérieur gauche du tableau :

« *18 h 25 :* l'Eagle *arrive à Mount Vernon* où les Services secrets ont installé leurs réseaux de sécurité. La surveillance démarre. *20 h 15 : le Président et ses invités s'installent pour dîner*. A la même heure, les officiers et l'équipage mangent dans le carré. Les seuls hommes de service sont le chef cuisinier, son aide, et le steward. Cet élément est très important car nous pensons que c'est pendant le repas que le Président, ses invités et l'équipage du yacht ont été drogués.

– Drogués ou empoisonnés? demanda Oates.

– On ne leur a pas donné de poison, répondit Emmett. Probablement juste un somnifère léger qui a été glissé dans la nourriture par le chef ou le steward.

– Ça semble logique, intervint le directeur de la C.I.A. Il fallait éviter que tout le monde s'écroule brusquement sur le pont. »

Emmett reprit :

« L'agent des Services secrets qui était en poste sur le yacht avant minuit a signalé que *le Président et le vice-président ont été les derniers à se retirer. Il était 23 h 10.*

– C'est bien trop tôt pour le Président, fit Dan Fawcett. Je l'ai rarement vu se coucher avant deux heures du matin.

– *0 h 25 : la brume arrive du nord-est, suivie à 1 h 35 par un épais brouillard* provoqué par deux vieux générateurs à brouillard de la marine dissimulés parmi les arbres à 160 mètres en amont de l'*Eagle.*

– Et c'était suffisant pour toute cette zone? demanda Oates.

– Avec les conditions atmosphériques appropriées, dans ce cas, l'absence de vent, les deux réservoirs laissés sur place par les ravisseurs peuvent couvrir environ un hectare.

– Mon Dieu, cette opération a dû exiger une véritable armée », s'exclama Fawcett avec effroi.

Le directeur du F.B.I. secoua la tête :

« Selon nos estimations, ils étaient au minimum sept et au maximum dix.

– Mais les agents des Services secrets auraient dû fouiller la forêt entourant Mount Vernon avant l'arrivée du Président! s'étonna le secrétaire général de la Maison Blanche. Comment ces machines à brouillard ont-elles pu leur échapper?

– Elles n'ont été installées qu'après dix-sept heures le soir de l'enlèvement, expliqua Emmett.

– Comment les hommes chargés de les faire fonctionner pouvaient-ils voir dans le noir? insista Fawcett. Pourquoi n'ont-ils pas été repérés et pourquoi n'a-t-on pas entendu le bruit des générateurs?

– Des équipements de vision à infrarouges suffisent à répondre à votre première question. Quant au bruit, il était couvert par les meuglements. »

Brogan eut une moue dubitative.

« Qui aurait pu penser à ça?

– Eux, répliqua Emmett. Ils ont abandonné le magnétophone et l'ampli à côté des réservoirs.

– Les rapports indiquent que les agents ont noté une légère odeur d'essence.

– C'est exact, acquiesça le patron du F.B.I. Les générateurs marchent en chauffant un type de kérosène désodorisé et en le pulvérisant en fines gouttelettes qui forment le brouillard.

– Passons à la suite, intervint Oates.

– *1 h 50 : la vedette s'amarre au quai* en raison du manque de visibilité. Trois minutes plus tard, le garde-côte informe l'agent Blackowl qu'un signal perturbe leur réception radar. Ils précisent également que le seul contact clair qu'ils ont noté sur leur oscilloscope est celui d'un remorqueur des services sanitaires et de ses trois barges à ordures qui se sont immobilisés près de la rive pour atteindre la dissipation du brouillard. »

Le général Metcafl leva la tête :

« A quelle distance?

– A 200 mètres en amont.

– Le remorqueur se trouvait donc au-dessus de la zone de brouillard artificiel.

– Effectivement. Et c'est un point crucial. Nous y reviendrons. »

Emmett se tourna à nouveau vers le tableau et recommença à écrire tandis qu'un silence attentif se faisait dans la pièce.

« *2 heures :* les agents prennent leurs nouveaux postes. L'agent Lyle Brock monte à bord de l'*Eagle* après avoir été relevé par l'agent Karl Polaski à l'entrée de la jetée. N'oubliez pas que pendant tout ce temps le yacht est dissimulé à son regard par la nappe de brouillard. Polaski, un peu plus tard, s'approche de la passerelle et parle à un homme qu'il prend pour Brock. Celui-ci, à ce moment-là, était déjà soit inconscient, soit mort. Polaski n'a rien remarqué de suspect sinon que Brock semblait avoir oublié où il devait aller ensuite.

– Il ne s'est pas rendu compte qu'il avait affaire à un étranger ? s'étonna Oates.

– Ils étaient à une dizaine de pas l'un de l'autre et s'exprimaient à voix basse pour ne pas déranger les passagers du yacht. *A 3 heures, Brock s'est simplement fondu dans le brouillard.* L'agent Polaski affirme qu'il n'a distingué qu'une vague silhouette. *C'est à 3 h 48 que l'agent Edward McGrath a découvert que Brock n'était pas à son poste.* Il en a aussitôt informé Blackowl qui l'a rejoint sur l'*Eagle* quatre minutes plus tard. Le yacht a été fouillé et il n'y avait personne à bord à l'exception de Polaski qui était venu remplacer Brock. »

Emmett posa le morceau de craie et s'essuya les mains avant de conclure :

« Quant à la suite, vous la connaissez. Les recherches infructueuses sur le fleuve et autour de Mount Vernon... les barrages routiers sans plus de résultats..., etc.

– Quelle était la position du remorqueur et des barges après l'alerte ? demanda le général Metcalf avec une soudaine lueur dans le regard.

« – On a retrouvé les barges amarrées à la berge, lui répondit Emmett. Le remorqueur, lui, avait disparu.

– Voilà pour les faits, intervint le secrétaire d'Etat. Maintenant, la question est de savoir comment une vingtaine d'hommes ont pu s'envoler du yacht sous les yeux d'une armée d'agents des Services secrets et passer au travers d'un réseau de systèmes de sécurité aussi perfectionné.

– La réponse, monsieur, c'est qu'ils ne se sont pas envolés.

– Qu'est-ce que vous racontez? »

Emmett, notant l'expression de Metcalf, répondit :

« Je crois que le général a compris.

– J'aimerais bien qu'on m'explique », fit Fawcett.

Le directeur du F.B.I. respira un bon coup avant de lâcher :

« Le yacht que les agents Blackowl et McGrath ont visité n'est pas le même que celui qui a conduit le Président et ses invités à Mount Vernon.

– Nom de Dieu! s'exclama Mercier.

– C'est difficile à croire », murmura Oates d'un air sceptique.

Emmett reprit sa craie pour dessiner tout en expliquant :

« Environ un quart d'heure après la tombée du brouillard, les ravisseurs ont émis sur la fréquence du radar du garde-côte, le mettant hors circuit. En amont, le remorqueur qui, en l'occurrence, n'était pas un remorqueur mais un yacht en tout point identique à l'*Eagle* s'est éloigné des barges, que nous avons d'ailleurs trouvées vides, et a commencé à descendre lentement le fleuve. Son radar, bien entendu, fonctionnait sur une autre fréquence que celui du garde-côte. »

Le directeur du F.B.I. traça le parcours du yacht puis poursuivit :

« Quand il est arrivé à une cinquantaine de mètres de l'embarcadère de Mount Vernon et de l'arrière de l'*Eagle*, il a coupé ses moteurs et s'est laissé dériver au fil du courant qui, à cet endroit, a une vitesse de 1 nœud. Puis les ravisseurs...

— J'aimerais bien savoir comment ils ont fait pour grimper à bord », l'interrompit Mercier.

Emmett haussa les épaules :

« Nous l'ignorons. Pour l'instant, nous en sommes réduits à supposer qu'ils s'étaient auparavant débarrassés du personnel des cuisines pour y mettre des hommes à eux grâce à de faux papiers et ordres de mission des gardes-côtes.

— Je vous en prie, continuez, fit Oates.

— Donc, une fois à bord, les ravisseurs ont largué les amarres de l'*Eagle* pour le laisser dériver un peu et amener le nouveau yacht à sa place. Polaski n'a rien entendu depuis la berge car tous les sons étaient couverts par le bourdonnement des générateurs de la salle des machines. Ensuite, quand le faux *Eagle* a été amarré, son équipage, probablement deux hommes tout au plus, a pris place dans un youyou pour rejoindre le véritable *Eagle*. L'un d'eux a cependant dû rester afin de se faire passer pour l'agent Brock. Quand Polaski a cru lui parler, la substitution avait déjà eu lieu. A la relève suivante, l'homme qui avait joué le rôle de Brock s'est éclipsé, a retrouvé ses complices chargés des machines à brouillard et ils ont tous filé en voiture en direction d'Alexandria. Nous le savons par les empreintes de pas et les traces de pneus que nous avons. »

Tous les regards étaient rivés sur le tableau. Chacun était stupéfié par l'incroyable synchronisation et la facilité avec lesquelles s'était déroulée

185

l'opération au nez et à la barbe des réseaux de surveillance les plus sophistiqués.

« Je ne peux pas m'empêcher d'admirer la façon dont ce plan a été exécuté, déclara enfin le général Metcalf. Il a dû exiger de très longs préparatifs.

– Trois ans selon nos estimations, affirma Emmett.

– Où ont-ils bien pu se procurer un yacht identique ? demanda Fawcett, semblant ne s'adresser à personne en particulier.

– Nos enquêteurs se sont penchés sur le problème. Ils ont consulté les archives maritimes et ont appris que l'*Eagle* avait été construit par un chantier naval en même temps qu'un yacht identique, le *Samantha*. Le dernier propriétaire déclaré du *Samantha* était un gros agent de change de Baltimore. Il a vendu le bateau il y a environ trois ans à un type du nom de Dunn. Il n'a pas pu nous en dire plus. Il s'agissait d'une transaction effectuée en liquide pour échapper au fisc. Il n'a jamais revu Dunn ni le yacht. Le nouveau propriétaire n'a pas fait enregistrer le *Samantha* et tous deux ont simplement disparu.

– Il était vraiment identique à l'*Eagle* ? fit Brogan.

– Oui. Depuis l'aménagement, la décoration, la peinture jusqu'à l'accastillage et les caractéristiques techniques. »

Fawcett, qui pianotait nerveusement sur la table avec un stylo, demanda :

« Comment avez-vous deviné ?

– Chaque fois qu'on entre dans une pièce, on laisse des traces de sa présence derrière soi. Cheveux, pellicules, empreintes digitales, tout ça peut être détecté. Mais les gens du labo n'ont absolument rien trouvé indiquant que le Président et les autres avaient séjourné à bord. »

Oates se redressa dans son fauteuil :

« Le F.B.I. a fait de l'excellent boulot, Sam. Merci. »

Emmett inclina légèrement la tête et se rassit.

« La substitution de bateaux ouvre de nouveaux horizons, reprit le secrétaire d'Etat. Pour aussi épouvantable qu'elle soit, nous devons considérer l'hypothèse qu'ils aient tous été assassinés.

– Il faut mettre la main sur ce yacht », déclara Mercier d'un ton résolu.

Le directeur du F.B.I. se tourna vers lui :

« Les recherches ont déjà commencé.

– Vous ne le trouverez pas avec les moyens habituels, intervint Metcalf. Nous avons affaire à des gens drôlement organisés et malins. Ils ont certainement pris toutes leurs précautions. »

Fawcett brandit son stylo :

« Vous voulez suggérer que l'*Eagle* a été détruit ?

– C'est bien possible, répondit le général avec une lueur d'appréhension dans le regard. Dans ce cas, il faut nous préparer à ne découvrir que des cadavres. »

Oates s'épongea le visage. Il aurait tout donné pour être ailleurs que dans cette salle.

« Nous allons devoir mettre d'autres personnes dans la confidence, déclara-t-il enfin. Pour diriger les recherches sous-marines, je pense à Jim Sandecker de la N.U.M.A.

– Je suis d'accord, approuva Fawcett. Son équipe de projets spéciaux vient juste de régler un problème délicat du côté de l'Alaska en localisant le navire responsable d'une dangereuse pollution.

– Vous voudrez bien lui résumer la situation, Sam ? demanda Oates à Emmett.

– Je vais aller le voir directement en sortant d'ici.

– Bien. Je crois que nous en avons terminé pour l'instant, conclut le secrétaire d'Etat d'une voix lasse. Au moins nous avons une piste. Dieu seul sait quel spectacle nous attend quand nous aurons retrouvé l'*Eagle*. Je n'envie pas l'homme qui montera le premier à bord. »

26

Sept jours sur sept, l'amiral Sandecker faisait son jogging entre son appartement du Watergate et le siège de la N.U.M.A., soit une distance de près de 10 kilomètres. Il venait de fermer la douche de la salle de bain adjacente à son bureau lorsque la voix de sa secrétaire jaillit d'un haut-parleur installé au-dessus du lavabo :

« Amiral, Mr. Emmett désirerait vous voir. »

Sandecker, qui s'essuyait les cheveux, n'était pas sûr d'avoir bien entendu :

« Emmett ? Celui du F.B.I. ?

– Oui, monsieur. Il voudrait que vous le receviez immédiatement. Il a dit que c'était extrêmement urgent. »

L'amiral eut une expression incrédule. L'estimé directeur du F.B.I. ne se dérangeait pas en personne à huit heures du matin. Le jeu bureaucratique de Washington avait ses règles et tout le monde, y compris le Président, s'y conformait. Cette visite inhabituelle ne pouvait être motivée que par des événements graves.

« Faites-le entrer. »

Il avait à peine eu le temps d'enfiler un peignoir qu'Emmett passait la porte.

« Jim, on a un sacré problème sur les bras », déclara-t-il sans préambule.

Il posa son attaché-case sur le bureau, l'ouvrit et lui tendit un dossier en ajoutant :

« Asseyez-vous, lisez-le et vous me direz ce que vous en pensez. »

L'amiral n'était pas homme à se laisser ainsi bousculer, mais, devinant la tension de son interlocuteur, il s'exécuta sans protester.

Il étudia le contenu du dossier en silence pendant près de dix minutes. Emmett, installé en face de lui, guettait sur son visage des signes de colère ou d'horreur. En vain. Sandecker demeurait plus énigmatique que jamais. Il finit par refermer le dossier en disant simplement :

« Qu'est-ce que vous attendez de moi?

– Retrouvez l'*Eagle*.

– Vous croyez qu'ils l'ont coulé?

– Les recherches, tant aériennes que maritimes, n'ont rien donné.

– Bien. Je vais mettre mes meilleurs collaborateurs sur l'affaire. »

L'amiral avança la main vers son interphone mais Emmett l'arrêta d'un geste :

« Je n'ai pas besoin de vous expliquer ce qui se passerait en cas de fuites.

– Je n'ai jamais menti à mes hommes.

– Cette fois, il faudra faire une entorse à vos principes. »

Sandecker hocha brièvement la tête et lança dans l'interphone :

« Sylvia, appelez-moi Pitt au téléphone.

– Pitt?

– Mon directeur des projets spéciaux. C'est lui qui dirigera les recherches.

– Vous ne lui direz que le strict nécessaire? »

C'était plus un ordre qu'une question.

Un éclair traversa le regard de Sandecker.

« C'est à moi d'en juger. »

Emmett allait répliquer quand il fut interrompu par la voix de la secrétaire :

« Amiral?

– Oui.

– Le numéro de Mr. Pitt est occupé.

– Continuez jusqu'à ce que vous l'obteniez. Ou plutôt, non. Passez par le central et faites couper la communication. Dites qu'il s'agit d'une priorité gouvernementale.

– Vous pourrez commencer ce soir? » demanda le directeur du F.B.I. avec inquiétude.

Sandecker eut un sourire de carnassier :

« Tel que je connais Pitt, il sera déjà en train de fouiller le fond du Potomac avec son équipe avant midi. »

Pitt parlait encore avec Hiram Yaeger quand l'opératrice vint en ligne. Il abrégea la conversation puis fit le numéro privé de l'amiral. Il écouta un moment sans parler puis raccrocha.

« Alors? demanda Casio avec espoir.

– L'argent a simplement été changé. Il ne provenait pas de dépôts, répondit Pitt avec découragement. C'est tout. La piste s'arrête là. »

Le visage du détective ne trahit qu'une légère déception. Il était déjà passé par là. Il poussa un profond soupir et regarda sa montre. Il paraissait vidé de toute émotion.

« Merci de votre concours, fit-il simplement. (Il referma sa serviette et se leva.) En me dépêchant, je pourrai attraper le prochain vol pour Los Angeles.

– Désolé de n'avoir pu vous aider. »

Casio serra la main de Pitt.

« On ne gagne pas à tous les coups, fit-il. Ceux qui sont responsables de la mort de ma fille et de votre amie ont bien commis une erreur quelque part. Un jour ou l'autre, ils négligeront un détail. Je suis heureux de vous savoir à mes côtés, Mr. Pitt. J'ai été bien seul jusqu'à maintenant. »

Pitt était sincèrement ému :

« Je continuerai à chercher, promit-il.

– Je ne peux pas vous en demander plus. »

Casio se dirigea vers l'escalier. Pitt le regarda traverser le hangar, fière silhouette solitaire d'un vieil homme qui se battait avec ses propres fantômes.

27

Le Président était assis dans un fauteuil de chrome, maintenu par des sangles de nylon. Il avait le regard vide. Sur sa poitrine et son front étaient collés de petits détecteurs qui transmettaient les activités de huit de ses fonctions vitales à un ordinateur.

La salle d'opération était petite, bourrée d'équipements électroniques de contrôle. Lugovoy et quatre de ses assistants se préparaient à effectuer la délicate intervention. Paul Souvorov se tenait un peu à l'écart, l'air emprunté dans sa blouse stérile verte. Il vit une femme de l'équipe enfoncer une petite aiguille des deux côtés du cou du Président.

« Drôle d'endroit pour une anesthésie, fit-il.

– Au moment de la véritable opération, nous aurons recours à une anesthésie locale, répondit Lugovoy en examinant l'image d'une radio sur un écran vidéo. En attendant, une petite dose d'amytal dans les carotides permet d'endormir les hémisphères droit et gauche du cerveau afin d'éliminer tout souvenir ultérieur de l'opération.

– Vous ne lui rasez pas le crâne ? demanda l'agent du K.G.B. en désignant les cheveux qui dépassaient du casque recouvrant la tête du Président.

– Nous ne pouvons pas suivre les procédures

chirurgicales habituelles, expliqua patiemment Lugovoy. Pour des raisons évidentes, nous ne devons modifier en rien son apparence.

– Qui va diriger l'intervention?

– Moi, bien sûr. »

Souvorov ne dissimula pas son étonnement :

« J'ai étudié votre dossier et celui de tous les membres de votre équipe. J'en connais le contenu par cœur. Votre domaine est la psychologie. Vos assistants sont des techniciens en électronique, sauf un qui est biochimiste. Aucun de vous n'a une formation de chirurgien.

– Nous n'avons pas besoin de chirurgien. (Lugovoy se pencha sur le moniteur T.V. et hocha la tête.) Nous pouvons commencer. Préparez le laser. »

Un technicien colla son œil à un microscope relié à un laser à argon. L'ensemble était branché sur un ordinateur qui communiquait une série de données en chiffres orange s'inscrivant en bas du microscope. Il n'y eut bientôt plus qu'une succession de zéros. Le laser était en place.

« Prêt, annonça l'homme.

– Commencez », ordonna Lugovoy.

Un mince ruban de fumée, visible seulement dans le microscope, signala que l'imperceptible rayon bleu-vert était en contact avec le crâne du Président.

C'était un spectacle étrange. Tous tournaient le dos au patient, surveillant les écrans. Les images grossies permettaient de distinguer l'étroit filament lumineux. Avec une précision diabolique, l'ordinateur dirigea le laser qui perça un trou de 1/30e de millimètre dans la boîte crânienne pour pénétrer seulement la membrane protégeant le cerveau. Souvorov était fasciné.

« Et ensuite? » demanda-t-il d'une voix rauque.

Lugovoy lui fit signe de regarder dans un microscope électronique :

« Voyez vous-même. »

L'homme du K.G.B. se pencha.

« Il n'y a qu'une tache noire.

– Réglez le microscope. »

Souvorov s'exécuta. L'image devint celle d'une puce, un micro processeur.

« Un implant microminiaturisé qui transmet et reçoit les signaux cérébraux, expliqua le psychologue. Nous allons le placer dans le cortex cérébral, là où les processeurs de pensée prennent naissance.

– Qu'est-ce qu'il utilise comme source d'énergie?

– Le cerveau lui-même produit un courant électrique de 10 watts. Les ondes cérébrales du Président pourront être transmises par télémétrie jusqu'à des unités de contrôle situées à des milliers de kilomètres où elles seront traduites en clair et d'où les ordres pourront être donnés. Un peu comme un poste de télévision fonctionnant avec une commande à distance. »

Souvorov s'écarta du microscope et dévisagea le psychologue.

« Les possibilités sont encore plus incroyables que je ne le pensais, murmura-t-il. Nous pourrons connaître tous les secrets du gouvernement américain.

– Et aussi manipuler le Président à notre guise toute sa vie durant. Grâce à l'ordinateur, nous le dirigeons de telle façon que ni lui ni personne ne s'en rendra seulement compte. »

Un technicien s'avança.

« Nous sommes prêts à placer l'implant.

– Allez-y. »

Une sorte de robot vint se substituer au laser. Le minuscule microprocesseur s'ajusta à l'extrémité d'un fil dépassant du bras mécanique puis vint s'aligner avec le trou foré dans le crâne du Président.

« Pénétration entamée », annonça l'homme assis devant la console.

Comme avec le laser, une série de chiffres s'inscrivit sur l'écran. Toute l'opération avait été préprogrammée et ne nécessitait aucune intervention humaine. Le robot, guidé par l'ordinateur, traversa la membrane protectrice vers les circonvolutions du cerveau. Six minutes plus tard, le moniteur affichait le mot *Terminé*.

Lugovoy n'avait pas un instant quitté l'écran des yeux.

« Retirez la sonde, ordonna-t-il.

– Sonde retirée. »

Le fil fut remplacé par un instrument tubulaire miniature contenant une greffe composée de trois cheveux et de leurs racines prélevés sur l'un des Russes dont la chevelure était semblable à celle du Président. La greffe fut insérée dans le trou pratiqué par le rayon laser puis le bras du robot se retira. Lugovoy s'approcha et étudia le résultat avec une loupe.

« Les petites traces qui restent auront disparu dans quelques jours », constata-t-il avec satisfaction.

Il se redressa et consulta les différents écrans de contrôle.

« L'implant est opérationnel », annonça l'une des femmes.

Le psychologue se frotta les mains d'un air ravi.

« Bien, fit-il. Nous pouvons procéder à la seconde opération.

– Vous allez placer une autre puce? s'étonna Souvorov.

– Non. Seulement injecter une petite quantité d'A.R.N. dans l'hippocampe.

– Si vous m'expliquiez en termes plus clairs? »

Lugovoy se pencha au-dessus de l'homme installé

à la console et pressa une touche. L'image du cerveau du Président envahit l'écran.

« Là, fit-il en désignant un point sur l'image. Vous voyez cette sorte de crête en forme de cheval marin sous les ventricules latéraux? Il s'agit d'une section vitale du cerveau qu'on appelle l'hippocampe. C'est là que les nouvelles informations sont reçues puis diffusées. En injectant de l'A.R.N., c'est-à-dire de l'acide ribonucléique qui transmet les instructions génétiques, prélevé sur un sujet qui a été programmé avec certaines pensées, nous pouvons accomplir ce que nous nommons un « transfert de mémoire ».

Souvorov s'était efforcé de tout enregistrer de ce qu'il voyait et entendait, mais il était dépassé. L'air égaré, il contemplait le Président des Etats-Unis toujours attaché dans son fauteuil.

« Vous voulez dire que vous pouvez injecter la mémoire d'un homme dans le cerveau d'un autre?

— Parfaitement, répondit Lugovoy. Dans le cas présent, l'A.R.N. que nous allons administrer à notre patient provient d'un artiste qui persistait à caricaturer nos dirigeants... Je ne me souviens pas de son nom.

— Belkaya?

— Oui, Oscar Belkaya. Un inadapté. Ses tableaux modernes étaient une véritable offense à l'art. Vos agents ont procédé à son arrestation puis il a été discrètement amené dans un hôpital de la banlieue de Kiev. Là, on l'a placé dans un cocon identique à ceux que nous avons ici, où il est resté deux ans. Grâce aux nouvelles techniques de stockage de la mémoire découvertes par la biochimie, on a effacé ses souvenirs pour lui inculquer les concepts politiques que nous désirons voir le Président américain appliquer au sein de son gouvernement.

– Vous ne pouviez pas obtenir les mêmes résultats avec l'implant?

– L'implant n'est qu'un circuit intégré extrêmement complexe et il n'est pas totalement fiable. Le transfert de mémoire constitue une sorte de roue de secours. Par ailleurs, nos expériences ont prouvé que le processus de contrôle est plus efficace lorsque le sujet crée lui-même la pensée et que l'implant se contente d'ordonner une réponse positive ou négative selon les cas.

– Très impressionnant, murmura Souvorov. Et après, c'est terminé?

– Pas tout à fait. A titre de précaution supplémentaire, l'un de mes assistants, un hypnotiseur de talent, va s'occuper du Président pour éliminer toutes les impressions subconscientes qu'il aurait pu emmagasiner durant son séjour parmi nous. Il va aussi lui fournir le récit détaillé de ce qu'il aura fait pendant ces dix jours.

– Vous avez veillé à tout. »

Lugovoy secoua la tête.

« Le cerveau humain est un univers magique que nous ne comprendrons jamais totalement. Sa nature capricieuse est aussi imprévisible que le temps.

– Vous voulez dire que le Président pourrait ne pas réagir comme vous le croyez?

– C'est possible, répondit le psychologue avec gravité. Il se peut aussi que son cerveau, en dépit de notre contrôle, s'évade des limites de la réalité et le pousse à des actes qui auraient de terribles conséquences pour nous tous. »

28

Sandecker se gara près d'une petite marina située à une soixantaine de kilomètres au sud de Washington. Il sortit de sa voiture et contempla un long moment le Potomac. Le ciel était d'un bleu très pur et le large ruban des eaux vertes se déroulait vers la baie de Chesapeake. Il descendit une échelle branlante menant au dock flottant. Tout au bout était amarré un vieux bateau de pêche.

Sa coque avait été mise à mal par des années de navigation intensive et presque toute la peinture avait disparu. Le diesel tournait au ralenti, crachant de petits nuages de fumée. Le nom du bateau, l'*Hoki Jamoki*, s'inscrivait en lettres à demi effacées sur l'arrière.

L'amiral regarda sa montre. Il était midi moins vingt. Il hocha la tête d'un air satisfait. Il y avait à peine trois heures qu'il avait informé Pitt de la situation et les recherches en vue de retrouver l'*Eagle* avaient déjà débuté. Il sauta sur le pont, salua les deux techniciens qui installaient le sonar puis entra dans la timonerie. Pitt examinait une photo satellite avec une loupe.

« Vous n'avez rien déniché de mieux? » demanda Sandecker.

Pitt leva la tête avec un sourire amusé :

« Le bateau, vous voulez dire?

– Effectivement.

– Il n'est peut-être pas très beau mais il fera l'affaire.

– Aucun des nôtres n'était disponible?

– Si, mais j'ai choisi cette barcasse pour deux raisons. D'abord, c'est un excellent outil de travail et ensuite, si on a vraiment enlevé un bâtiment du gouvernement avec des hauts personnages à bord pour le couler, les coupables doivent s'attendre à des recherches sous-marines intensives. De cette façon, nous pourrons agir sans trop nous faire remarquer. »

Le patron de la N.U.M.A. s'était borné à lui raconter qu'un bateau de l'arsenal maritime avait été volé à l'embarcadère de Mount Vernon et qu'il avait été probablement sabordé.

« Qui vous a parlé de hauts personnages à bord?

— Les hélicoptères de l'armée et de la marine grouillent comme des sauterelles et on pourrait presque traverser le fleuve à sec tellement les garde-côtes sont nombreux. Vous ne m'avez pas tout dit, amiral, loin de là. »

Sandecker ne répondit pas. Il devait s'avouer qu'il était bien difficile de tromper Pitt. Il savait que son silence ne pourrait que confirmer les soupçons de celui-ci. Il se contenta pourtant de demander, évitant le sujet :

« Vous avez une raison particulière pour commencer si loin de Mount Vernon?

— Oui. Une raison qui nous économisera quatre jours de travail. J'ai pensé que le bateau avait pu être repéré par l'un de nos satellites, mais j'ignorais lequel. Les satellites espions n'orbitent pas au-dessus de Washington et les photos prises par les satellites météo ne sont pas assez détaillées.

— Et d'où tenez-vous celle-là? demanda l'amiral en désignant la feuille que Pitt était en train d'étudier.

— D'un ami du département de l'Intérieur. L'un de leurs satellites de surveillance géologique est passé à 950 kilomètres au-dessus de la baie de Chesapeake et a pris un cliché aux infrarouges. Il était 4 h 40 du matin, jour de la disparition du bateau. Si vous examinez à la loupe l'agrandissement de cette partie du Potomac, vous constaterez que le seul navire que l'on distingue en aval de Mount Vernon se trouve à environ 1 mille au-dessous de ce dock. »

Sandecker étudia la petite tache blanche sur la photo. L'image était étonnamment nette. On apercevait le pont et la silhouette de deux personnes. Il leva la tête pour dévisager son directeur des projets spéciaux.

« Il n'y a aucun moyen de prouver que c'est bien le bâtiment que nous cherchons, lâcha-t-il.

– Je ne suis pas né de la dernière pluie, amiral. C'est l'*Eagle*, le yacht présidentiel.

– Je ne vous mentirai pas, répliqua calmement Sandecker. Mais je ne peux pas vous en dire plus. »

Pitt haussa les épaules et garda le silence.

« Où pensez-vous qu'il soit? »

Les yeux verts de Pitt s'assombrirent. Il lança un regard aigu à l'amiral et saisit un compas.

« J'ai étudié les caractéristiques de l'*Eagle*. Sa vitesse maximale est de 14 nœuds. La photo a été prise à 4 h 40, soit une heure et demie avant le lever du jour. Les hommes qui se sont emparés du yacht ne pouvaient prendre le risque d'être vus et ils l'ont probablement coulé sous le couvert de l'obscurité. En tenant compte de ces données, on peut estimer que l'*Eagle* a parcouru tout au plus 21 milles.

– Ça fait malgré tout une sacrée zone à explorer.

– Je crois que nous pouvons réduire le champ des recherches.

– En nous limitant au chenal?

– Oui. Si j'avais organisé l'affaire, je l'aurais coulé le plus profondément possible pour éviter toute découverte accidentelle.

– Quels sont les fonds moyens indiqués par les cartes?

– 10-12 mètres.

– Ce n'est pas suffisant.

– Exact. Mais d'après certains sondages, il existe des trous de plus de 30 mètres. »

Sandecker regarda par la vitre de la timonerie. Il vit Al Giordino s'avancer sur le dock, portant des bouteilles d'air comprimé sur ses larges épaules. Il se tourna à nouveau vers Pitt et le considéra pensivement.

« Si vous tombez sur l'*Eagle*, vous ne devez en aucun cas pénétrer à l'intérieur, déclara-t-il d'un ton catégorique. Votre boulot consiste à le retrouver et à l'identifier, rien d'autre.

– Qu'y a-t-il dedans que nous n'ayons pas le droit de voir?

– Je ne vous répondrai pas.

– Allez, vous savez que je suis curieux, fit Pitt avec un sourire ironique.

– Et comment! Que pensez-vous qu'il y ait à l'intérieur?

– *Qui*, vous voulez dire.

– Quelle importance? fit prudemment Sandecker. Il est sans doute vide.

– Vous me prenez pour un imbécile, amiral? Bon, quand on aura trouvé le yacht, qu'est-ce qu'on fait?

– Vous passez la main au F.B.I.

– Tout simplement?

– Ce sont les ordres.

– Qu'ils aillent se faire foutre!

– Qui?

– Ceux qui jouent à ces petits jeux.

– Croyez-moi, ce n'est pas un petit jeu », répliqua l'amiral.

Les traits de Pitt se durcirent.

« Nous en jugerons quand nous aurons localisé le yacht.

– Je vous assure que vous ne tiendrez pas à voir

ce qui se trouve peut-être dans l'épave », affirma Sandecker.

A peine avait-il prononcé ces paroles qu'il les regrettait. Il savait maintenant que Pitt n'en ferait plus qu'à sa tête.

29

Six heures plus tard, à 12 milles en aval, la cible n° 17 s'inscrivait sur l'écran du sonar. Elle reposait par 33 mètres de fond à 2 milles en amont du pont du Potomac.

« Dimensions? demanda Pitt à l'opérateur sonar.

— Approximativement 36 mètres de long sur 7 mètres de large.

— Ça colle, constata Giordino.

— Je crois que nous le tenons, affirma Pitt en examinant la forme relevée par le sonar. On fait un deuxième passage à environ 20 mètres par tribord et on lance une bouée. »

Sandecker qui surveillait les opérations sur le pont arrière passa la tête dans la timonerie.

« Vous avez trouvé quelque chose? demanda-t-il.

— Un premier contact, répondit Pitt.

— Vous comptez vérifier?

— On met une bouée puis Al et moi on va aller jeter un coup d'œil. »

L'amiral baissa les yeux sans rien dire puis il retourna vers l'arrière où Giordino soulevait un poids de 25 kilos attaché à une bouée orange vif.

Pitt prit la barre. Lorsque l'objectif apparut sur le sonar, il cria :

« Maintenant! »

La bouée passa par-dessus bord tandis que le bateau ralentissait. Un technicien se dirigea vers l'avant pour mouiller l'ancre. L'*Hoki Jamoki* s'immobilisa, la poupe pointée vers l'aval.

« Dommage que vous n'ayez pas emporté une caméra pour prises de vues sous-marines, fit Sandecker en aidant Pitt à enfiler sa combinaison. Vous auriez pu vous économiser le voyage.

– Non. Ç'aurait été inutile. La visibilité est presque nulle là-dessous.

– Le courant est d'environ 2 nœuds, estima l'amiral.

– Quand on va remonter, il va nous entraîner vers l'arrière. Il vaudrait mieux prendre une corde de sécurité avec une bouée flottante pour nous hisser à bord. »

Giordino ajusta sa ceinture de plomb.

« On démarre quand tu es prêt », fit-il avec un sourire désinvolte.

Sandecker agrippa Pitt par l'épaule.

« N'oubliez pas que vous ne devez pas pénétrer dans l'épave.

– J'essaierai de ne pas trop regarder! »

Sans laisser à l'amiral le temps de répondre, il ajusta son masque et plongea.

L'eau se referma autour de lui. Le soleil, sous la surface, diffusait une étrange lueur orange-vert. Le courant l'entraînait et il dut nager en diagonale pour atteindre la bouée. Il saisit la corde de nylon et commença à descendre.

Il s'enfonçait dans les profondeurs du Potomac. La visibilité diminuait. Il alluma sa lampe de plongée et s'arrêta un instant pour permettre à ses tympans de s'habituer à la pression grandissante.

La densité ne cessait d'augmenter et, brusquement comme s'il venait de franchir un sas, la température de l'eau chuta d'une dizaine de degrés. La couche froide agissait comme une espèce de coussin sur le courant chaud. Le fond apparut enfin et Pitt discerna les contours flous d'un bateau sur sa droite. Il se tourna vers Giordino, l'invitant d'un geste à le suivre.

La superstructure de l'*Eagle* prit forme comme si elle émergeait du brouillard. Le yacht reposait, tel un monstre marin, dans le silence des eaux glauques.

Pitt longea la coque d'un côté tandis que Giordino partait de l'autre. L'*Eagle* était comme planté sur le fond. Il ne donnait pas de la bande et, excepté une mince couche d'algues qui maculait la peinture blanche, il paraissait aussi rutilant que lorsqu'il naviguait en surface.

Les deux hommes se retrouvèrent à l'arrière et Pitt inscrivit sur son ardoise : *Pas de dégâts?*

Giordino répondit par le même moyen : *Non.*

Ils se dirigèrent lentement vers le pont, passant devant les hublots opaques des cabines. Rien ne suggérait qu'une tragédie avait pu avoir lieu. Ils examinèrent l'intérieur de la passerelle à l'aide de leurs lampes. C'était désert, sinistre et inquiétant.

Pitt hésita un instant puis il écrivit : *Je vais voir.*

Les yeux de son adjoint brillèrent sous son masque et il griffonna : *Je t'accompagne.*

Par habitude, ils vérifièrent le niveau d'air des bouteilles. Il leur restait encore de quoi tenir douze minutes. Pitt commença par le poste de pilotage. Il avait le cœur battant et une sourde appréhension le gagnait. Il poussa la porte et, après avoir hésité une fraction de seconde, se propulsa à l'intérieur.

Les cuivres luisaient faiblement dans le faisceau des torches. L'aspect de la timonerie le frappa aussitôt. Tout était à sa place et aucun débris ne jonchait le sol. Ce spectacle lui rappelait celui du *Pilottown.*

N'ayant rien trouvé d'intéressant, ils descendirent

l'escalier menant au salon du rouf. C'était partout aussi propre et net. Giordino braqua sa lampe vers le haut. Les poutres et les lambris d'acajou étaient nus. Pitt comprit alors ce qui n'allait pas. Le plafond aurait dû être couvert d'objets flottants. Tout ce qui aurait pu remonter à la surface et s'échouer sur les berges avait été soigneusement enlevé.

Accompagnés du seul bruit des bulles s'échappant des respirateurs, ils nagèrent lentement dans le couloir séparant les cabines. C'était pareil : même les lits et les matelas avaient disparu. Il ne restait que les meubles soigneusement vissés au plancher. Pitt explora les salles de bain tandis que son ami se chargeait des placards. Lorsqu'ils arrivèrent aux quartiers de l'équipage, ils n'avaient plus que sept minutes d'air. Communiquant par gestes, ils se partagèrent le travail. Giordino prit la cuisine et les magasins, Pitt la salle des machines.

Le panneau d'accès à la salle des machines était fermé, boulonné. Sans perdre un instant, Pitt tira son couteau de plongée et fit sauter les gonds. Le panneau aussitôt se souleva et dériva vers le haut... suivi par un cadavre gonflé qui jaillit de l'écoutille tel un diable de sa boîte.

30

Pitt se recula contre une cloison et, hébété, regarda la salle des machines vomir un chapelet de cadavres et débris divers qui dérivèrent jusqu'au plafond où ils restèrent collés dans des postures grotesques comme autant de ballons obscènes. Les corps étaient gonflés mais pas encore décomposés. Leurs yeux exorbités, vides, étaient fixés sur le néant tandis que leurs cheveux ondulaient, pareils à des algues fantomatiques.

Le directeur des projets spéciaux de la N.U.M.A. se prépara à la tâche répugnante qui l'attendait. Luttant contre la nausée et l'épouvante, il se glissa par l'écoutille.

La salle des machines était un véritable charnier. Les cadavres flottaient au milieu d'un enchevêtrement de draps, de vêtements s'échappant de valises entrouvertes et d'objets hétéroclites. C'était une scène d'horreur qu'aucun cinéaste n'aurait seulement imaginée.

La plupart des corps étaient en uniforme blanc des gardes-côtes, ce qui ajoutait encore une touche macabre au tableau. D'autres étaient en combinaison, mais aucun ne semblait porter de traces de coups ou de blessures.

Pitt demeura à peine deux minutes dans cet enfer. Il tressaillit lorsqu'une main exsangue l'effleura. Il retint à grand-peine un hurlement quand un visage livide passa à quelques centimètres de son masque. Il aurait pu jurer que tous ces morts le regardaient comme pour le supplier d'accomplir quelque chose qu'il n'était pas en son pouvoir d'accomplir. L'un était habillé différemment des autres avec un pull et un imperméable. Pitt lui fouilla rapidement les poches.

Il en avait assez vu pour avoir des cauchemars tout le restant de son existence. Il se propulsa vers l'échelle et échappa enfin à cette abomination. Un peu remis du choc, il vérifia son indicateur d'air. Il ne fallait plus tarder maintenant. Il trouva son adjoint en train d'explorer un magasin de vivres et lui fit signe du pouce de remonter. Giordino hocha la tête et s'engagea dans une coursive débouchant sur le pont supérieur.

Pitt éprouva un immense soulagement en voyant

le yacht s'éloigner sous lui. Ils n'avaient plus le temps de chercher la corde reliée à la bouée et ils se dirigèrent en suivant les bulles d'air. L'eau prit bientôt une teinte vert plombé et ils émergèrent à une cinquantaine de mètres en aval de l'*Hoki Jamoki*.

Les hommes d'équipage les repérèrent aussitôt et se mirent à haler le filin de sécurité. Sandecker plaça ses mains en porte-voix et cria :

« Accrochez-vous, on va vous tirer. »

Pitt agita le bras, soulagé de n'avoir plus qu'à se laisser traîner. Quelques minutes plus tard, Giordino et lui étaient hissés à bord du vieux bateau.

« C'est bien l'*Eagle* ? » demanda l'amiral sans dissimuler son appréhension.

Pitt hésita un instant, se débarrassa de ses bouteilles et finit par répondre :

« Oui, c'est bien l'*Eagle.* »

Sandecker ne put se résoudre à aborder directement la question qui le hantait. Il biaisa :

« Vous avez trouvé quelque chose d'intéressant ?

– La coque est intacte. Le yacht est resté debout, la quille enfoncée dans près de 1 mètre de vase.

– Aucun signe de vie ?

– Rien de l'extérieur. »

Il était évident que Pitt n'était pas disposé à fournir de lui-même des précisions. Il était étrangement pâle sous son bronzage.

« Vous avez pu voir à l'intérieur ? demanda l'amiral.

– Il fait trop sombre pour distinguer quoi que ce soit.

– Nom de Dieu, cessez de tourner autour du pot !

– Puisque vous me le demandez si gentiment, je peux vous dire qu'il y a autant de cadavres dans ce yacht que dans un cimetière. Empilés jusqu'au plafond dans la salle des machines. J'en ai compté vingt et un.

– Mon Dieu! s'exclama Sandecker, bouleversé. Vous les avez identifiés?

– Il y avait treize hommes d'équipage. Les autres étaient des civils.

– Huit civils? »

L'amiral était livide.

« D'après leurs vêtements, oui. Ils n'étaient pas en condition d'être interrogés.

– Huit civils, répéta Sandecker. Et aucun d'eux ne vous a semblé familier?

– Je crois que même leurs propres mères n'auraient pas pu les reconnaître. Pourquoi? J'étais censé les avoir déjà rencontrés? »

L'amiral secoua la tête :

« Je ne peux rien vous dire. »

Pitt n'avait jamais vu le patron de la N.U.M.A. dans un tel état. Il paraissait effondré et ses yeux vifs, intelligents étaient comme recouverts d'un voile. Il déclara alors, guettant la réaction de Sandecker :

« Si je devais risquer une opinion, je dirais qu'on a assassiné la moitié du personnel de l'ambassade chinoise.

– Chinoise? (Le regard de l'amiral s'anima à nouveau.) Qu'est-ce que vous racontez?

– Sept des huit civils étaient des Asiatiques.

– Vous êtes sûr? demanda Sandecker, reprenant espoir. Avec une visibilité aussi réduite...

– La visibilité était de 3 mètres. Et je suis tout à fait capable de faire la différence entre la forme de l'œil d'un Caucasien et celle d'un Asiatique.

– Merci, mon Dieu, murmura l'amiral avec un soupir de soulagement.

– Si vous daigniez enfin me dire ce que vous vous attendiez à ce que nous trouvions en bas? »

L'expression de Sandecker s'adoucit.

« Je sais que je vous dois une explication, fit-il. Mais je n'ai pas le droit de vous la fournir. Il y a certains événements qu'il est préférable de taire.

– J'ai mon propre objectif à poursuivre, répliqua Pitt d'un ton glacial. Cette histoire ne m'intéresse pas.

– Je sais. Julie Mendoza. Je comprends. »

Pitt tira un objet de la manche de sa combinaison.

« Tenez, j'ai failli oublier. J'ai trouvé ça sur l'un des cadavres.

– Qu'est-ce que c'est? »

C'était un portefeuille gorgé d'eau. A l'intérieur, il y avait une carte d'identité avec une photo et un badge en forme de bouclier.

« Les papiers d'un agent des Services secrets. Il s'appelait Brock, Lyle Brock. »

Le directeur de la N.U.M.A. prit le portefeuille puis, consultant sa montre, déclara :

« Il faut que je contacte Sam Emmett au F.B.I. L'affaire le regarde maintenant.

– Vous croyez vraiment, amiral? Vous savez bien qu'on fera appel à nous pour renflouer l'*Eagle*.

– Vous avez raison, admit Sandecker avec lassitude. Vous êtes déchargé de cette mission. Faites ce que vous avez à faire. Je demanderai à Giordino de diriger l'opération. »

Il se retourna et pénétra dans la timonerie pour décrocher le radiotéléphone.

Pitt contempla un long moment les eaux glauques du fleuve, revivant l'horrible spectacle de la salle des machines de l'*Eagle*. Le vers d'un vieux poème lui revint à l'esprit : « Un bateau fantôme, avec un équipage fantôme, sans nulle place où aller. »

Puis, comme s'il venait de tirer un rideau, il reporta ses pensées sur le *Pilottown*.

Sur la rive orientale du Potomac, dissimulé parmi les arbres, un homme en tenue de camouflage colla son œil au viseur d'une caméra vidéo. L'atmosphère était lourde et humide; le soleil tapait dur. Négligeant la sueur qui ruisselait sur son visage, il continuait à filmer en gros plans grâce au téléobjectif. Le buste de Pitt vint s'encadrer dans le viseur. L'homme, alors, fit un panoramique sur tout le bateau de pêche, s'attardant un instant sur chacun des membres de l'équipe.

Environ une demi-heure après la remontée des plongeurs, une petite flotte de garde-côtes vint entourer l'*Hoki Jamoki*. Un mât de charge installé sur l'un des bateaux souleva une imposante bouée rouge munie d'un feu clignotant et la déposa à la surface au-dessus de l'épave de l'*Eagle*.

Lorsque les piles de sa caméra furent à plat, l'inconnu rangea soigneusement son matériel et s'éloigna dans le crépuscule qui tombait.

31

Pitt étudiait le menu quand le maître d'hôtel du Positano, un restaurant situé non loin du Capitole, pilota Loren vers sa table. Elle avançait avec grâce, échangeant quelques mots avec les nombreux parlementaires qui déjeunaient là.

Il rencontra son regard et elle lui sourit. Il se leva pour l'accueillir.

« Tu es bien mal attifée, aujourd'hui », fit-il avec une feinte réprobation.

Elle éclata de rire :

« Décidément, tu es imprévisible.

– Vraiment?

– Un instant gentleman, l'instant d'après voyou.

– On m'a toujours dit que les femmes aimaient le changement. »

Elle le considérait avec une expression amusée.

« Je dois pourtant te reconnaître une qualité. Tu es le seul homme que je connaisse qui ne me baise pas les pieds. »

Pitt la gratifia de son plus beau sourire :

« C'est parce que je ne suis pas un homme politique. »

Elle lui fit une grimace et ouvrit le menu :

« Je n'ai pas le temps de répondre à tes sarcasmes. Il faut que je retourne bientôt au bureau où une tonne de courrier m'attend. Qu'est-ce que tu me recommandes?

– Moi, je vais essayer la *zuppa di pesce*.

– Ma balance m'a donné un petit avertissement ce matin. Je me contenterai d'une salade. »

Le garçon s'approcha.

« Un verre? proposa Pitt.

– Oui. Comme toi.

– Deux Sazerac avec des glaçons et soyez gentil de demander au barman de mettre du whisky à la place du bourbon.

– Bien, monsieur. »

Loren déplia sa serviette.

« Il y a deux jours que je cherche à te joindre. Où étais-tu passé?

– L'amiral m'avait confié une mission urgente.

– Elle était jolie? fit-elle en plaisantant.

– Un médecin légiste pourrait peut-être le penser, mais, personnellement, les cadavres de noyés ne m'ont jamais excité.

– Désolée », s'excusa-t-elle.

Elle garda le silence jusqu'à l'arrivée des cocktails.

« L'un de mes assistants est tombé sur quelque chose qui pourrait t'intéresser, déclara-t-elle enfin.

– De quoi s'agit-il ? »

Elle tira plusieurs feuillets dactylographiés de son attaché-case et les lui passa avant d'expliquer à voix basse :

« Rien de très important, j'en ai peur, mais c'est un rapport concernant le bateau fantôme de la C.I.A.

– Je ne savais pas que la C.I.A. avait des bateaux fantômes, dit Pitt en parcourant les documents.

– Depuis 1963, la C.I.A. possède une petite flotte de bâtiments dont peu de gens, y compris au sein du gouvernement, ont entendu parler. Et ceux qui sont au courant ne l'admettront jamais. En plus d'une tâche de surveillance, son rôle est d'effectuer des opérations clandestines avec transport d'hommes, de matériel et infiltration d'agents ou de guérilleros dans des pays, disons, pas tout à fait amis. A l'origine, elle avait été conçue pour harceler Castro après son accession au pouvoir. Quelques années plus tard, quand il est devenu évident que Castro était trop fort pour être renversé, les activités de cette flotte ont été mises en sommeil, en partie parce que les Cubains avaient menacé de se livrer à des représailles contre les bateaux de pêche américains. Depuis, l'armada de la C.I.A. a étendu le champ de ses activités à l'Amérique centrale, au Viêt-nam, à l'Afrique et au Moyen-Orient. Tu me suis ?

– Oui, mais je ne vois pas où tu veux en venir.

– Attends, un peu de patience. Il y avait un bâtiment, le *Hobson*, qui faisait partie de la flotte de réserve ancrée à Philadelphie. Il a été désarmé et vendu à une compagnie de navigation, couverture de la C.I.A. On n'a alors lésiné sur aucun moyen pour le redessiner afin de le faire ressembler extérieurement à un simple cargo tandis que l'intérieur était bourré d'armements, même de nouveaux missiles, ainsi que de matériel de communication extrêmement sophistiqué, de systèmes d'écoutes et d'un dispositif permettant de lancer des canots de débarquement en un temps record. Ce bateau et son équipage étaient sur place lors de la désastreuse invasion du Koweït et de l'Arabie Saoudite par l'Iran en 1986. Arborant pavillon panaméen, il a coulé deux navires espions soviétiques dans le golfe Persique. Les Russes n'ont jamais pu désigner les responsables car il n'y avait aucun bâtiment de la Navy à portée. Ils s'imaginent toujours que les missiles qui ont détruit leurs bateaux ont été tirés des côtes saoudiennes.

— Et tu as réussi à apprendre tout ça?

— J'ai mes sources de renseignements, se contenta-t-elle de répondre.

— Le *Hobson* a un rapport avec le *Pilottown*?

— Indirectement, oui.

— Continue.

— Il y a trois ans, le *Hobson* a disparu corps et biens au large de la côte pacifique du Mexique.

— Et alors?

— La C.I.A. l'a retrouvé trois mois plus tard.

— Ça me rappelle quelque chose, fit Pitt d'un ton songeur.

— A moi aussi. Le même scénario que pour le *San Marino* et le *Belle-Chasse*.

— Où a-t-on découvert le *Hobson*? »

La jeune femme allait répondre quand le serveur s'avança avec leur commande. La *zuppa di pesce*, une bouillabaisse à l'italienne, avait l'air délicieuse.

Dès que l'homme se fut éloigné, Pitt fit signe à Loren de poursuivre.

« Je ne sais pas comment la C.I.A. a procédé, mais ses agents ont repéré le bateau en Australie, à Sydney, où il était en cale sèche pour y subir un bon lifting.

— Ils ont identifié les nouveaux propriétaires?

— Il battait pavillon philippin, armateur Samar

Exporters. Une société bidon créée à Manille quelques semaines plus tôt. Il avait été rebaptisé *Buras*.

– *Buras*, répéta Pitt. Drôle de nom... Comment est ta salade?

– Excellente. Et ta *zuppa di pesce*?

– Parfaite... Il faut être vraiment stupide pour s'emparer d'un bateau appartenant à la C.I.A. Et ensuite?

– Rien. La C.I.A. travaillant avec la section australienne des Services secrets britanniques, a essayé de retrouver les véritables propriétaires du *Buras*, mais en vain.

– Pas de pistes, pas de témoins?

– L'équipage coréen stationné à bord avait été recruté à Singapour. Ils ne savaient rien et n'ont pu donner qu'un vague signalement du capitaine qui, lui, avait disparu. »

Pitt but un peu d'eau et parcourut l'une des pages du rapport.

« Pas grand-chose à en tirer. Coréen, taille moyenne, environ 80 kilos, cheveux noirs, dents de devant largement écartées. Ça réduit le champ de nos recherches à cinq ou dix millions d'individus, conclut-il avec sarcasme. Eh bien, au moins je peux me consoler. Si la C.I.A. est incapable d'épingler un type qui s'amuse à faucher des bateaux sur toutes les mers du globe, je ne vois pas comment j'y arriverais!

– Perlmutter ne t'a pas appelé?

– Non. Il a dû se décourager et abandonner.

– Moi aussi, je dois abandonner, fit Loren. Mais seulement temporairement. »

Pitt la considéra un instant avec gravité, puis il se détendit et éclata de rire.

« Comment une fille comme toi a pu devenir une élue du peuple? »

Elle fronça les sourcils.

« Sale chauviniste mâle.

– Sans plaisanterie, où vas-tu?

– Une petite croisière de luxe dans les Caraïbes à bord d'un paquebot russe.

– C'est vrai, j'avais oublié que tu présidais la Commission de la marine marchande. »

Loren hocha la tête et reposa sa fourchette.

« Le dernier paquebot à battre pavillon américain a cessé de naviguer en 1984. Pour beaucoup de gens, c'est une honte. Le Président souhaite ardemment que nous soyons représentés sur les mers par notre flotte commerciale comme nous le sommes par notre flotte militaire. Il a demandé au Congrès de voter un budget de 90 millions de dollars afin de restaurer le *S.S. United States* qui pourrit depuis vingt ans à Norfolk et de le remettre en service pour concurrencer les lignes maritimes étrangères.

– Et tu vas étudier la manière dont les Russes régalent leurs passagers de vodka et de caviar?

– Oui. Et aussi la façon dont ils gèrent un paquebot de croisière, répondit-elle d'un ton redevenu soudain sérieux.

– Quand pars-tu?

– Après-demain. Je prends l'avion pour Miami et j'embarque à bord du *Leonid Andreïev*. Je reviens dans cinq jours. Et toi, qu'est-ce que tu vas faire?

– L'amiral m'a laissé un peu de temps pour continuer l'enquête sur le *Pilottown*.

– Mes informations pourront te servir?

– Tout peut servir. »

Une pensée lui traversa soudain l'esprit et il leva la tête pour demander :

« Tu n'as entendu parler de rien dans les salons parlementaires ces derniers jours?

– Quoi? Des ragots? Qui couche avec qui?

– Quelque chose de plus important. Des rumeurs de disparition, par exemple.

– Non, répondit-elle. Rien d'aussi dramatique. Le Capitole est plutôt ennuyeux quand le Congrès est en vacances. Pourquoi? Tu es au courant d'un scandale que j'ignore?

– Non. Simple question. »

La jeune fille se fit brusquement grave et, posant sa main sur celle de Pitt, elle déclara :

« Je ne sais pas où tout ça va te conduire, mais je t'en prie, sois prudent. Fu Manchu pourrait apprendre que tu es sur sa piste et te tendre une embuscade. »

Pitt éclata de rire :

« Je n'ai pas relu Sax Rohmer depuis mon adolescence. Fu Manchu et le péril jaune. Qu'est-ce qui te fait songer à lui? »

Elle haussa les épaules.

« Je ne sais pas. Le souvenir d'un vieux film de Peter Sellers, la Sosan Trading Company et l'équipage coréen du *Buras*, je suppose. »

Une lueur apparut dans le regard de Pitt. Il appela le garçon et paya l'addition à l'aide de sa carte de crédit.

« J'ai quelques coups de téléphone à donner », s'excusa-t-il simplement.

Il déposa un petit baiser sur les lèvres de la jeune femme et se précipita dans la rue.

32

Pitt se gara dans le parking de la N.U.M.A. et alla s'enfermer dans son bureau. Il réfléchit quelques minutes puis appela Los Angeles sur sa ligne privée. A la cinquième sonnerie, une femme répondit :

« Agence Casio.

– Je voudrais parler à Mr. Casio.

– De la part de qui?

– Pitt. Dirk Pitt.

– Il est avec un client. Vous pouvez rappeler?

– Non! répliqua Pitt d'un ton menaçant. Je téléphone de Washington et c'est urgent. »

Impressionnée, la secrétaire se ravisa :

« Un moment, je vous prie. »

Casio vint presque aussitôt en ligne :

« Mr. Pitt, ravi de vous entendre.

– Désolé de vous avoir dérangé, mais j'aurais quelques précisions à vous demander.

– Allez-y.

– Que savez-vous de l'équipage du *San Marino*?

– Pas grand-chose. J'ai fait une enquête sur les officiers, mais je n'ai rien déniché. C'étaient tous de respectables membres de la marine marchande. Le capitaine, si je me souviens bien, avait un excellent dossier.

– Aucun lien avec une quelconque organisation criminelle?

– Pas d'après les ordinateurs de la police.

– Et le reste de l'équipage?

– Sans intérêt. Peu d'entre eux étaient fichés.

– Nationalité? demanda Pitt.

– Nationalité? répéta le détective en réfléchissant. Un mélange. Quelques Grecs, quelques Américains et aussi des Coréens, je crois.

– Des Coréens? (Pitt tressaillit.) Il y avait des Coréens à bord?

– Oui. Maintenant que j'y pense, je me rappelle qu'un groupe d'une dizaine avait été embauché avant le départ du bateau.

– Croyez-vous qu'il soit possible de retrouver sur quels bâtiments ils avaient servi avant le *San Marino*?

– Ça remonte à loin mais les documents doivent encore exister.

– Vous pourriez y ajouter l'équipage du *Pilot-town*?

– Sans doute. Mais qu'espérez-vous découvrir? demanda Casio.

– Vous ne voyez pas?

– Un rapport entre l'équipage et notre société mère inconnue, c'est ça?

– A peu près.

– Et vous voulez des renseignements datant d'avant la disparition du *San Marino*, fit le privé d'un ton songeur.

– Le plus pratique pour s'emparer d'un navire, c'est par l'intermédiaire de l'équipage, non?

– Je croyais que la dernière mutinerie avait été celle du *Bounty*. Enfin, je vais voir ce que je peux faire.

– Merci, Mr. Casio.

– Vous pouvez m'appeler Sal.

– Okay, Sal. Moi, c'est Dirk.

– Bien. Je m'en occupe et je vous tiens au courant, Dirk », conclut le détective en raccrochant.

Pitt se radossa dans son fauteuil et posa les pieds sur son bureau. Il reprenait confiance. Il était sûr que son instinct ne le trompait pas. Il avait maintenant un deuxième coup de téléphone à donner. Il consulta un annuaire et composa un numéro.

« Université de Pennsylvanie, département d'anthropologie, je vous écoute.

– Pourrais-je parler au professeur Grace Perth?

– Un instant.

– Merci. »

Pitt patienta près de deux minutes puis une douce voix féminine fit :

« Allô!

– Professeur Perth?

– Oui.

– Je m'appelle Dirk Pitt, directeur des projets spéciaux de la N.U.M.A. Pardonnez-moi de vous déranger, mais auriez-vous le temps de répondre à quelques questions d'ordre professionnel?

– Que désirez-vous savoir, Mr. Pitt?

– Eh bien, voici : si l'on prend un homme de trente à quarante ans, taille et poids moyens, natif de Pékin et un autre répondant au même signalement, mais natif de Séoul, comment peut-on les différencier?

– Ce n'est pas une plaisanterie, Mr. Pitt? »

Il éclata de rire.

« Non, professeur, la rassura-t-il. Je suis tout à fait sérieux.

– Voyons, fit-elle en réfléchissant. En gros, les gens d'origine coréenne ont tendance à être plus classiques, ou à l'extrême de type mongol. Les Chinois, eux, ont des traits généralement asiatiques. Mais je ne me risquerais pas à émettre un avis parce que les chevauchements sont trop grands. Il serait beaucoup plus facile de les juger à leurs vêtements, leur comportement, bref à leurs caractéristiques culturelles.

– Je pensais qu'ils avaient des particularités faciales permettant de les reconnaître, comme les Chinois et les Japonais par exemple.

– Oui, mais dans ce cas la distribution génétique est plus évidente. Si votre homme a une barbe assez fournie, il y a de fortes chances pour qu'il soit Japonais. En revanche, pour ce qui concerne les Chinois et les Coréens, vous avez affaire à deux groupes raciaux qui se sont mélangés pendant des siècles, ce qui a tendu à effacer toute véritable distinction.

– C'est donc sans espoir?

– Peut-être pas, mais pour le moins difficile, répondit l'anthropologue. Une série de tests de laboratoire aiderait sans doute.

– Je ne dispose que d'un signalement.

– Vos sujets sont vivants?

218

– Non, ce sont des noyés.

– Quel dommage! Un individu vivant présente certaines expressions faciales acquises culturellement qu'on peut analyser. On parvient parfois sur cette seule base à une hypothèse probable

– Malheureusement, ce n'est pas possible.

– Vous pourriez cependant essayer de me décrire leurs traits, Mr. Pitt. »

Il hésita, ne tenant pas à revivre cette scène de cauchemar, mais il finit par fermer les yeux et commencer à dépeindre les visages des cadavres qu'il avait vus dans l'épave de l'*Eagle*. Soudain, il s'interrompit.

« Je vous en prie, continuez, fit le professeur Perth.

– Je viens de me rappeler quelque chose. Deux des morts avaient un système pileux développé. L'un portait une moustache, l'autre un bouc.

– Intéressant.

– Ils n'étaient donc ni coréens ni chinois?

– Je n'ai pas affirmé cela.

– Que pouvaient-ils être sinon japonais?

– Vous sautez un peu trop vite aux conclusions, Mr. Pitt, fit-elle comme si elle s'adressait à l'un de ses étudiants. Les traits que vous m'avez décrits indiquent une tendance certaine au type mongol.

– Mais la barbe?

– Il faut considérer l'histoire. Les Japonais ont régulièrement envahi la Corée depuis le XVIᵉ siècle. Et de 1910 à 1945, la Corée était une colonie du Japon. Il y a donc eu d'importants brassages entre les deux races. »

Pitt se décida à poser la question clef. Choisissant bien chaque mot, il demanda :

« Si vous deviez absolument vous prononcer sur la race à laquelle appartiennent ces hommes, que diriez-vous?

– Je dirais simplement que l'ascendance de votre

groupe est à 10 pour 100 japonaise, 30 pour 100 chinoise et 60 pour 100 coréenne.

— Il me semble que vous venez de me dresser la carte génétique du Coréen moyen.

— Libre à vous de l'interpréter ainsi, Mr. Pitt. J'ai été aussi loin que je le pouvais.

— Merci, professeur Perth, fit Pitt avec un sentiment de triomphe. Merci infiniment. »

33

« Voici donc ce Dirk Pitt », dit Min Koryo.

La vieille femme était installée dans sa chaise roulante devant son petit déjeuner et elle contemplait un grand écran de télévision intégré au mur du bureau.

Lee Tong était assis à côté d'elle et ils regardaient la bande vidéo de l'*Hoki Jamoki* ancré en amont du yacht présidentiel.

« Je me demande comment il a pu découvrir l'épave aussi rapidement, fit-il d'une voix douce. On dirait qu'il savait exactement où chercher. »

Min Koryo, ses mains frêles croisées sur sa poitrine, se pencha en avant, les yeux rivés à l'écran. Sous ses cheveux gris, de minces veines bleues battaient sur ses tempes. Son visage de nacre était tordu de rage.

« Pitt et la N.U.M.A., cracha-t-elle. Qu'est-ce que préparent encore ces chiens? D'abord cet article sur le *San Marino* et le *Pilottown*, et maintenant ça!

— Ce ne peut-être qu'une coïncidence, répliqua Lee Tong. Il n'existe aucun lien direct entre les cargos et le yacht.

220

– C'est plutôt une dénonciation, fit-elle d'un ton cinglant. Nous avons été trahis.

– Ce n'est guère plausible, *ômoni*. Il n'y a que toi et moi qui connaissons la vérité. Tous les autres sont morts.

– Personne n'est à l'abri de l'échec. Seuls les imbéciles se croient parfaits. »

Lee Tong n'était pas d'humeur à subir la philosophie orientale de sa grand-mère.

« Ne te tracasse donc pas pour rien, dit-il avec une pointe d'impatience. De toute façon, ils auraient fini par retrouver le yacht. Nous ne pouvions pas effectuer le transfert du Président en plein jour au risque d'être repérés. Et comme le yacht n'a plus été vu après le lever du soleil, il suffisait d'un simple calcul pour en déduire qu'il avait été coulé quelque part entre Washington et la baie de Chesapeake.

– Une conclusion à laquelle Mr. Pitt semble avoir eu aucun mal à parvenir.

– Ça ne change rien. Le temps continue à jouer pour nous. Dès que Lugovoy sera satisfait de son œuvre, nous n'aurons plus qu'à nous occuper du chargement d'or. Après, Antonov pourra avoir le Président, mais nous, nous garderons Margolin, Larimer et Moran à titre d'assurance et de monnaie d'échange ultérieure. Fais-moi confiance, *ômoni*. Le plus difficile est passé et l'empire des Bougainville est en sécurité.

– Peut-être, mais l'ennemi se rapproche.

– N'oublie pas que nous luttons contre des gens très entraînés et intelligents qui possèdent en outre la meilleure technologie du monde. Ils obtiendront peut-être quelques résultats, mais jamais ils ne pourront s'opposer à nos plans. »

Quelque peu radoucie, Min Koryo soupira et but une petite gorgée de thé avant de demander :

« Tu as parlé récemment à Lugovoy?

– Oui. Il m'a confirmé n'avoir eu aucun contre-temps. Il pense pouvoir achever l'opération dans cinq jours comme prévu.

– Cinq jours, répéta-t-elle, pensive. Je crois qu'il est temps que nous prenions les dernières dispositions avec Antonov pour le paiement. Notre bateau est arrivé?

– Oui. Le *Venice* est à Odessa depuis quarante-huit heures.

– Qui le commande?

– Le capitaine James Mangyaï, un fidèle serviteur de la compagnie.

– Et un bon marin, approuva la vieille femme. Il est avec moi depuis près de vingt ans.

– Il a l'ordre d'appareiller dès que la dernière caisse d'or sera à bord.

– Bien. Maintenant, réfléchissons aux moyens dont va user Antonov pour tenter de gagner du temps. D'abord, il est évident qu'il va demander à payer seulement quand il sera assuré du succès de l'expérience. Il n'en est pas question. Dans l'intervalle, il lâcherait une armée d'agents du K.G.B. sur le territoire des Etats-Unis pour essayer de mettre la main sur le Président et nos laboratoires.

– Aucun Russe ni aucun Américain ne découvrira jamais où nous avons caché Lugovoy et son équipe, affirma Lee Tong, catégorique.

– Ils ont bien trouvé le yacht », lui rappela Min Koryo.

A cet instant, la bande vidéo se termina.

« Tu veux la revoir? demanda Lee Tong.

– Oui. Je voudrais examiner les plongeurs de plus près. »

Lee Tong rembobina le film et le repassa.

La vieille femme resta un moment silencieuse, puis elle demanda :

« Où en sont les opérations?

– Une équipe de la N.U.M.A. a remonté les corps et se prépare à renflouer le bateau.

– Qui est cet homme à la barbe rousse qui parle avec Pitt ? »

Lee Tong arrêta l'image.

« C'est l'amiral James Sandecker, le directeur de la N.U.M.A.

– Ton cameraman ne s'est pas fait repérer ?

– Non. C'est un spécialiste. Un ex-agent du F.B.I. Il a été contacté par l'une de nos filiales et on lui a raconté que Pitt était soupçonné de vendre du matériel de la N.U.M.A. à des sociétés étrangères.

– Qu'avons-nous sur ce Pitt ?

– J'ai demandé un dossier complet à Washington. Il devrait arriver ici d'un moment à l'autre. »

Min Koryo se pencha vers l'écran avec une expression dure :

« Comment peut-il savoir tant de choses ? La N.U.M.A. est un organisme océanographique et n'emploie pas d'agents secrets. Pourquoi s'est-il lancé sur notre piste ?

– Nous aurions tout intérêt à le découvrir.

– Je voudrais un gros plan. »

Lee Tong s'exécuta. La vieille femme posa des lunettes sur son nez aquilin et étudia longuement ce beau visage buriné qui semblait la narguer. Un éclair brilla dans ses yeux de jais.

« Au revoir, Mr. Pitt. »

Puis elle tendit la main et éteignit le magnétoscope. L'écran redevint noir.

Souvorov et Lugovoy se partageaient une bouteille de porto 1966 dans la salle à manger. L'homme du K.G.B. contempla son verre et fit la grimace.

« Ces Mongols ne nous servent que du vin et de

la bière. Qu'est-ce que je donnerais pour une bonne bouteille de vodka ! »

Le psychologue choisit un cigare dans un coffret que lui présentait l'un des serveurs coréens.

« Vous n'avez aucun goût, Souvorov. C'est un excellent porto.

– La décadence américaine n'a pas déteint sur moi, répliqua sèchement l'intéressé.

– Vous pouvez en penser ce que vous voulez, mais on voit rarement des Américains passer à l'Est parce qu'ils sont séduits par notre mode de vie, fit Lugovoy avec sarcasme.

– Vous commencez à parler comme eux et à boire comme eux. Vous allez bientôt me vanter les bienfaits du capitalisme. Moi, je sais au moins où se situent mes devoirs. »

Le psychologue étudia pensivement son cigare.

« Moi aussi, répondit-il enfin. Ce que je suis en train d'accomplir ici aura d'immenses répercussions sur la politique de notre pays envers les Etats-Unis. C'est beaucoup plus utile que les minables secrets industriels que vos agents parviennent à voler. »

Souvorov semblait avoir déjà trop bu pour réagir aux paroles de son interlocuteur. Il se contenta de déclarer :

« Vos actes seront rapportés à vos supérieurs.

– Je vous l'ai dit et redit. Ce projet a été approuvé par le président Antonov en personne.

– Je ne vous crois pas.

– Votre opinion ne compte pas.

– Il faut trouver un moyen de contacter l'extérieur ! s'écria soudain l'agent du K.G.B. d'un ton qui frisait l'hystérie.

– Vous êtes fou ! Je vous le répète, il n'en est pas question ! Je vous ordonne de ne pas vous mêler de cette affaire. Enfin, servez-vous de votre cervelle ! Regardez autour de vous. Il a fallu des années pour mettre sur pied cette opération. Tout a été étudié dans les moindres détails. Sans l'organisation de Mme Bougainville, nous n'aurions jamais pu réussir.

– Nous sommes ses prisonniers, protesta Souvorov.

– Quelle importance si cela doit profiter à notre patrie?

– Nous devrions être maîtres de la situation. Il faut sortir le Président d'ici et le remettre à nos autorités pour qu'il puisse être interrogé. Il détient des secrets incroyables. »

Lugovoy, exaspéré, secoua la tête. Il ne savait plus quoi dire. Comment raisonner un homme à ce point imprégné de ferveur patriotique? Il savait qu'une fois l'opération terminée, Souvorov rédigerait un rapport le présentant comme une menace pour la sécurité de la nation. Il sourit. Après tout, si l'expérience marchait, Antonov pouvait fort bien le nommer héros de l'Union soviétique.

Il se leva en s'étirant.

« Je crois que je vais aller dormir un peu. Nous allons programmer les réactions du Président dès demain matin.

– Quelle heure est-il? demanda Souvorov avec un bâillement. Je perds la notion du jour et de la nuit dans ce tombeau.

– Minuit moins cinq. »

L'homme du K.G.B. s'affala sur un divan :

« Allez-y, fit-il. Je vais boire un dernier verre. Un bon Russe ne quitte jamais une pièce en laissant une bouteille entamée.

– Bonsoir », fit Lugovoy en se dirigeant vers le couloir.

Souvorov agita vaguement la main dans sa direction, feignant de somnoler déjà. Il attendit trois minutes puis se releva avec agilité, traversa la salle à manger et s'engagea à son tour dans le couloir. Il s'arrêta à l'endroit où il formait un coude, juste avant l'ascenseur, et passa la tête.

Lugovoy attendait patiemment, tirant sur son cigare. La porte de l'ascenseur s'ouvrit en silence et le psychologue pénétra dans le cabine. Il était exactement minuit. Ainsi, toutes les douze heures Lugovoy s'échappait du laboratoire pour revenir vingt à trente minutes plus tard.

Souvorov se rendit alors dans la salle de contrôle. Deux des hommes de l'équipe surveillaient attentivement les rythmes cérébraux et les fonctions vitales du Président sur les écrans. L'un d'eux, apercevant l'agent du K.G.B., lui sourit.

« Tout va bien? lança celui-ci.

– Pas de problèmes. »

Souvorov examina la rangée de moniteurs.

« Et les autres? demanda-t-il en désignant les images de Margolin, Larimer et Moran allongés dans leurs cocons.

– Ils sont sous sédatifs, alimentés par intraveineuses avec des protéines et des hydrates de carbone concentrés.

– Jusqu'à ce qu'ils soient prêts à être programmés?

– Je ne sais pas. Il faudra que vous posiez la question au docteur Lugovoy. »

L'agent du K.G.B. aperçut sur l'écran un homme en blouse blanche qui faisait glisser le panneau du caisson du sénateur Larimer pour lui plonger une aiguille dans le bras.

« Qu'est-ce qu'il fait? » s'étonna-t-il.

Le technicien leva les yeux :

« Il faut leur administrer une dose de sédatifs toutes les huit heures, sinon ils reprendraient connaissance.

– Je vois. »

Son plan d'évasion était maintenant au point. Il exultait. Pour fêter cela, il retourna dans la salle à manger et ouvrit une nouvelle bouteille de porto. Il sortit un petit carnet de sa poche et se mit à griffonner furieusement.

34

Oscar Lucas gara sa voiture dans un emplacement réservé de l'hôpital militaire Walter-Reed et se dirigea à pas vifs vers une entrée latérale. Il parcourut un labyrinthe de couloirs pour arriver enfin devant une double porte gardée par un sergent des marines. Celui-ci vérifia soigneusement son identité puis le conduisit dans l'aile de l'hôpital où l'on pratiquait les autopsies délicates et secrètes. Lucas trouva la porte marquée LABORATOIRE et entra.

« J'espère que je ne vous ai pas fait trop attendre? dit-il.

– Non, Oscar, répondit Alan Mercier, le conseiller à la Sécurité. Je viens juste d'arriver. »

Lucas examina la pièce. Il y avait là cinq personnes : le général Metcalf, Sam Emmett, Martin Brogan, Mercier et un petit homme trapu avec des lunettes qu'on lui présenta, le colonel Thomas Thornburg, directeur du service de pathologie comparative médico-légale.

« Maintenant que tout le monde est réuni, je vais vous montrer les résultats que nous avons obtenus », déclara le colonel d'une étrange voix de contralto.

Il s'avança vers une large vitre, derrière laquelle se dressait une énorme machine cylindrique ressemblant à une turbine, reliée à un générateur dont la moitié disparaissait dans le sol. Il y avait une ouverture circulaire et, juste devant, un cadavre allongé sur un support translucide.

« Un analyseur spatial, expliqua Thornburg. Il sert à explorer électroniquement le corps humain à l'aide de rayons X et fournit des images précises de chaque millimètre carré de tissu et d'os.

– Une sorte de scanner? hasarda Brogan.

– Leur fonction est identique, mais cette sonde est infiniment plus performante. Nous pouvons faire n'importe quelle analyse en quelques secondes.

– Quelques secondes? s'étonna le général Metcalf.

– Microsecondes, en réalité, reprit le colonel. Au lieu d'avoir à pratiquer une dissection, nous arrivons maintenant aux mêmes résultats presque instantanément.

– Et qu'avez-vous trouvé dans les corps retirés du fleuve?

– Du *conium maculatum*, répondit Thornburg avec un sourire.

– Du quoi? fit Lucas.

– Une plante de la famille du persil, expliqua le colonel. Plus communément appelée ciguë.

– Un mode d'exécution plutôt désuet, fit remarquer Metcalf.

– C'est vrai. La ciguë était très utilisée dans l'ancien temps. On se souvient que Socrate fut condamné à en boire. On s'en sert rarement de nos jours, mais elle n'en reste pas moins facile à se procurer et c'est un poison violent. Une bonne dose suffit à paralyser les fonctions respiratoires.

– Comment a-t-elle été administrée? demanda Sam Emmett.

– Selon nos analyses, le poison a été ingéré par cet homme-là dans une glace à la menthe.

– La mort au dessert, murmura Mercier.

– Parmi les membres de l'équipage, huit ont avalé

la ciguë avec la glace, quatre avec du café et un dans un soda.

— Et vous avez pu le déterminer sur des cadavres ayant séjourné cinq jours dans l'eau? s'étonna Lucas.

— La décomposition, effectivement, commence dès la mort et se développe à partir des intestins et autres organes contenant des bactéries, expliqua le colonel. Le processus est très rapide en présence de l'air, mais quand le cadavre est immergé, il se trouve ralenti car le taux d'oxygène est beaucoup moins élevé. Le fait que les corps soient demeurés confinés dans un endroit clos a encore ajouté au facteur de préservation. Un noyé, par exemple, remonte à la surface au bout de quelques jours et la décomposition s'accélère au contact de l'air. Les cadavres que vous m'avez apportés sont, eux, restés dans l'eau jusqu'à une petite heure avant les autopsies.

— Le chef utilisait de drôles d'ingrédients dans sa cuisine, fit Metcalf.

— Pas le chef, rectifia Lucas. Le steward de la salle à manger. C'est le seul membre d'équipage porté manquant.

— Un imposteur, précisa le directeur de la C.I.A. Le véritable steward a probablement été assassiné et son cadavre dissimulé quelque part.

— Et les autres? demanda Emmett.

— Les Asiatiques?

— Oui. Ils ont été également empoisonnés?

— Oui, mais pas de la même façon. Ils ont été tués par de minuscules fléchettes à fragmentation contenant un poison mortel synthétique.

— Ces types-là sont loin d'être des amateurs, fit Emmett.

— Effectivement, acquiesça Thornburg. C'est une méthode de professionnels. J'ai eu l'occasion de voir une fléchette semblable sur le cadavre d'un agent soviétique que Mr. Brogan m'a fait livrer il y a environ deux ans. Si je me souviens bien, le poison avait été injecté par un bio-inoculateur.

– Je ne connais pas ça, fit Lucas.

– C'est un pistolet électrique, expliqua le directeur de la C.I.A. avec un regard furieux en direction de Thornburg. Totalement silencieux et utilisé parfois par nos agents résidents.

– Alors, Martin, on laisse traîner ses armes secrètes dans tous les coins? se moqua gentiment Mercier.

– Le modèle en question avait probablement été volé chez le fabricant, se défendit Brogan.

– A-t-on identifié les Asiatiques? demanda Lucas.

– Ils n'ont pas de dossiers au F.B.I., reconnut Emmett.

– Ni à la C.I.A., ni à Interpol, ajouta Brogan. Et aucun service de renseignements parmi nos alliés asiatiques ne possède quoi que ce soit sur eux.

– Eh bien, messieurs, conclut Mercier, il semblerait que chaque piste débouche sur une nouvelle impasse. »

35

« A quel genre de monstres avons-nous affaire? s'écria le secrétaire d'Etat Douglas Oates après avoir écouté le rapport du général Metcaf. Vingt et un meurtres. Et dans quel dessein? Pour quel motif? Le Président est-il mort ou vivant? S'il s'agit bien d'un enlèvement, pourquoi n'avons-nous reçu aucune demande de rançon? »

Metcalf, Dan Fawcett et le secrétaire de la

Défense Jesse Simmons se tenaient silencieux devant son bureau.

« Nous ne pourrons plus continuer bien longtemps, poursuivit Oates. Les médias vont finir par avoir des soupçons et exiger une enquête. Ils commencent déjà à rouspéter parce que le Président n'accorde plus aucune interview.

– Pourquoi le Président ne rencontrerait-il pas la presse? » suggéra Fawcett.

Le secrétaire d'Etat eut une moue dubitative.

« Cet acteur... comment s'appelle-t-il... Sutton? Il ne s'en sortirait jamais.

– Pas sur une estrade illuminée par les projecteurs, mais dans un décor plus sombre à une distance d'une trentaine de mètres... je crois que ça devrait marcher.

– Vous pensez à quelque chose de précis?

– On pourrait préparer une petite mise en scène destinée à rehausser l'image du Président. Ça se pratique couramment.

– Comme Carter jouant au base-ball ou Reagan coupant du bois, fit Oates pensivement. Je vois très bien un tableau champêtre dans le ranch du Président.

– Avec des poules et des moutons, se permit d'ajouter Fawcett.

– Et le vice-président? Notre sosie ne tromperait personne à trente mètres.

– Quelques mots de Sutton à son propos et un geste amical du faux Margolin en arrière-plan devraient suffire », répondit Fawcett.

Simmons le dévisagea :

« Quand pouvez-vous être prêt?

– Dès demain matin. A l'aube, plutôt. Les journalistes sont des oiseaux de nuit. Le lever du jour ne les trouve jamais au sommet de leur forme. »

Oates interrogea Metcalf et Simmons du regard :

« Eh bien, qu'en pensez-vous?

– Il faut donner un os à ronger aux médias avant qu'ils ne deviennent trop curieux, répondit le secrétaire de la Défense. Je vote pour.

– Moi aussi, fit le général. Nous n'avons pas d'autre solution. »

Fawcett se leva et consulta sa montre :

« En partant maintenant pour la base d'Andrews, je devrais être au ranch d'ici quatre heures. J'aurai largement le temps de tout organiser et de faire publier un communiqué de presse. »

La main du secrétaire général de la Maison Blanche se crispa sur la poignée de la porte tandis que la voix de Douglas Oates claquait comme un coup de fouet :

« Ne ratez pas votre affaire, Dan. Pour l'amour du Ciel, faites attention. »

36

Vladimir Polevoï, le chef du K.G.B. rattrapa le numéro un soviétique et ses gardes du corps devant le mur du Kremlin. Ils longeaient les dalles marquant les tombes des héros de l'Union soviétique. Le temps était exceptionnellement doux et Antonov tenait son manteau sur son bras.

« Vous profitez de cette journée estivale? » lança Polevoï sur le ton de la conversation.

Antonov se retourna. Il était jeune pour un dirigeant russe, soixante-deux ans, et il marchait d'un pas alerte.

« Il fait trop beau pour rester enfermé », dit-il simplement.

Ils se promenèrent quelques instants en silence.

Antonov s'arrêta devant le tombeau presque anonyme de Staline.

« Vous l'avez connu? demanda-t-il.

– Non, répondit Polevoï. J'étais trop bas dans l'échelle du parti pour qu'il me remarque. »

Le visage d'Antonov s'assombrit et il lâcha d'une voix tendue :

« Vous avez eu de la chance. »

Puis il repartit, s'épongeant la nuque avec un mouchoir.

Polevoï, constatant qu'il n'était pas d'humeur à bavarder, alla droit au but :

« L'opération Huckleberry Finn pourrait être retardée.

– Ce ne serait pas un mal.

– L'un de nos agents de New York chargé de la sécurité de notre personnel des Nations Unies est porté manquant.

– En quoi cela concerne Huckleberry Finn?

– Il a disparu avec le docteur Lugovoy.

– Aurait-il pu passer à l'ennemi?

– Je ne crois pas. »

Antonov s'immobilisa et dévisagea durement son subordonné :

« Ce serait un véritable désastre s'il trahissait au profit des Américains.

– Je me porte personnellement garant de Paul Souvorov, affirma le chef du K.G.B.

– Ce nom m'est familier.

– C'est le fils de Victor Souvorov, le spécialiste de l'agriculture. »

Antonov parut rassuré.

« Victor est un membre dévoué du parti communiste.

– Son fils aussi. Il pécherait plutôt par excès de zèle.

– D'après vous, qu'est-ce qui a pu lui arriver?

– Je soupçonne qu'il a réussi à se faire passer

pour l'un des membres de l'équipe de Lugovoy et qu'il a été emmené avec les autres hommes de Mme Bougainville.

— Nous avons donc un agent de la Sécurité dans la place.

— Ce n'est qu'une supposition. Je n'ai pas de preuves.

— Savait-il quelque chose?

— Non, il ignorait tout, répondit Polevoï, catégorique. Son intervention dans cette affaire est purement accidentelle.

— C'était une erreur de faire suivre le docteur Lugovoy.

— Le F.B.I. ne lâche pas d'une semelle nos délégués aux Nations Unies. Si nous avions laissé le docteur Lugovoy et son équipe de psychologues se balader dans New York sans escorte, les Américains auraient flairé quelque chose.

— Ainsi ils nous surveillent, quand nous surveillons les nôtres!

— Au cours de ces sept derniers mois, trois de nos concitoyens ont demandé l'asile politique. On n'est jamais trop prudent. »

Antonov leva la main :

« Je me rends à vos arguments.

— Si Souvorov est bien avec les autres, il tentera sans doute d'entrer en contact avec nous et de découvrir l'emplacement exact du laboratoire.

— Oui, mais si dans son ignorance, il commet un impair, nous ne savons pas comment la Bougainville pourrait réagir.

— Elle chercherait à augmenter la mise.

— Ou plus grave, à vendre le Président et les autres aux plus offrants.

— Je ne crois pas, fit le chef du K.G.B. Sans le docteur Lugovoy, le projet est impossible à réaliser. »

Le numéro un soviétique eut un mince sourire :

234

« Pardonnez ma nature prudente, camarade Polevoï, mais j'ai tendance à voir tout en noir. De cette façon, je suis rarement pris par surprise.

– L'expérience de Lugovoy doit s'achever dans trois jours. Il serait temps que nous pensions au paiement.

– Que proposez-vous?

– De ne pas la payer, bien sûr.

– Et comment?

– Il y a plusieurs solutions. Par exemple, de remplacer les lingots par du plomb ou de l'or de moindre qualité dès que son représentant les aura examinés.

– La vieille sorcière ne s'y laissera pas prendre.

– Nous devons quand même essayer.

– Comment doit s'effectuer le transfert? demanda Antonov.

– Un cargo des Bougainville se trouve déjà à Odessa, prêt à charger l'or à son bord.

– Dans ce cas, nous allons faire quelque chose qui va la surprendre.

– C'est-à-dire?

– Tenir nos engagements, déclara lentement Antonov.

– Payer, vous voulez dire? s'exclama Polevoï, incrédule.

– Jusqu'à la dernière once. »

Le chef du K.G.B. était abasourdi.

« Excusez-moi, camarade Président, mais j'avais cru comprendre...

– J'ai changé d'avis, le coupa sèchement Antonov. J'ai une meilleure solution. »

Polevoï attendit quelques instants en silence, mais il était clair que le numéro un soviétique n'était pas disposé à se confier à lui. Il s'immobilisa.

Entouré de ses gardes du corps, Antonov s'éloigna, l'esprit maintenant occupé à d'autres affaires.

Souvorov alluma sa lampe de chevet et regarda l'heure. 4 h 4. Pas mal, se félicita-t-il. Il avait programmé son esprit pour se réveiller à quatre heures. Il n'avait que quelques petites minutes de retard.

Etouffant un bâillement, il enfila une chemise et un pantalon puis, pieds nus, alla dans la salle de bain s'asperger la figure à l'eau froide avant de traverser la chambre et d'entrouvrir la porte.

Le couloir brillamment éclairé était désert. A l'exception des deux psychologues qui surveillaient les écrans de contrôle, tout le monde dormait. Il commença par prendre les mesures des lieux, notant les résultats dans son carnet. L'ensemble faisait 50,4 mètres de long sur 9,9 mètres de large. Quant au plafond, il avait près de 3 mètres de hauteur.

Il arriva devant la pièce servant de pharmacie et ouvrit doucement la porte. Elle n'était jamais verrouillée car Lugovoy n'avait aucune raison de craindre un vol. Il entra, referma derrière lui et alluma. Il trouva presque tout de suite les flacons de solutions sédatives. Il les aligna sur la paillasse et aspira leur contenu à l'aide d'une seringue, la vidant ensuite dans l'évier. Puis il remplit les flacons avec de l'eau et les remit soigneusement sur l'étagère.

Il regagna sa chambre sans être vu et se glissa à nouveau dans son lit.

Il était content de lui. Personne ne le soupçonnait. Il n'avait plus qu'à attendre le moment favorable.

37

C'était un rêve brumeux, de ces rêves dont il ne se souvenait jamais au matin. Il poursuivait quelqu'un dans les entrailles d'un navire désert plongé dans l'obscurité. Comme l'*Eagle* : algues verdâtres, vase grise.

Sa proie dérivait devant lui, floue, lui échappant sans cesse. Il voulut s'arrêter, mais la silhouette fantomatique se moqua de lui, le défiant.

Un son aigu éclata dans ses tympans. Il émergea de son cauchemar et agrippa le téléphone.

« Dirk? lança une voix enjouée.

— Ouais.

— J'ai des nouvelles pour toi.

— Hein?

— Tu dors? C'est Julien.

— Perlmutter?

— Réveille-toi! J'ai découvert quelque chose. »

Pitt alluma sa lampe et se redressa dans son lit.

« Vas-y, je t'écoute.

— J'ai reçu un rapport de mes amis en Corée. Ils ont examiné les archives des chantiers navals. Tu ne devineras jamais. Le *Belle-Chasse* n'a pas été envoyé à la ferraille. »

Pitt repoussa les couvertures et mit les pieds par terre.

« Continue.

— Désolé d'avoir mis aussi longtemps, mais c'est un incroyable imbroglio. Depuis trente ans quelqu'un s'amuse à jongler avec des navires. C'est proprement inimaginable.

— Allez, raconte.

— D'abord, une question. Le nom inscrit sur l'arrière du cargo que tu as retrouvé en Alaska?

— Le *Pilottown*?

– Oui. Est-ce que les lettres étaient encadrées de baguettes soudées? »

Pitt réfléchit.

« Si je me rappelle bien, la peinture était à demi effacée. Les arêtes avaient dû être limées. »

Perlmutter poussa un soupir de soulagement :

« J'espérais que tu répondrais ça.

– Pourquoi?

– Tes soupçons se confirment. Le *San Marino*, le *Belle-Chasse* et le *Pilottown* ne sont qu'un seul et même bateau.

– Nom de Dieu! s'écria Pitt maintenant tout à fait réveillé. Comment as-tu fait le rapprochement?

– En découvrant ce qui était arrivé au véritable *Pilottown*, expliqua Perlmutter. Mes correspondants n'ayant trouvé aucune trace d'un *Belle-Chasse* mis à la ferraille dans les chantiers navals de Pusan, je leur ai demandé sur une simple intuition de vérifier auprès des autres chantiers de la côte. Ils sont tombés sur une piste à Inchon. Les contremaîtres des chantiers navals sont des types fascinants. Ils n'oublient jamais un bateau, surtout un bateau qu'ils ont démoli. Ils jouent aux durs, mais au fond d'eux-mêmes, ils sont tristes de voir débarquer un navire chez eux pour son dernier voyage. En tout cas, un contremaître à la retraite a évoqué avec eux le bon vieux temps pendant des heures. Une vraie mine de savoir.

– Qu'est-ce qu'il a dit? demanda Pitt avec impatience.

– Il se souvenait très bien d'avoir dirigé l'équipe chargée de transformer le *San Marino*, un cargo, en un minéralier rebaptisé *Belle-Chasse*.

– Mais les dossiers officiels?

– Certainement falsifiés par les propriétaires du chantier naval, qui d'ailleurs sont de vieilles connaissances. La Sosan Trading Company. Notre contremaître s'est aussi rappelé avoir lui-même

238

donné le coup de grâce au vrai *Pilottown*. Il semblerait bien que la Sosan Trading, ou ceux qui sont derrière, se soient emparés du *San Marino* et de sa cargaison après avoir tué l'équipage. Ensuite, ils ont fait modifier les cales pour transporter du minerai, ont rebaptisé le bateau et l'ont renvoyé sillonner les mers.

– Et quel est le rôle du *Pilottown* dans cette affaire? demanda Pitt.

– C'était un cargo appartenant officiellement à la Sosan Trading. Tu aimeras sans doute savoir que les organisations maritimes internationales le soupçonnaient d'au moins dix infractions douanières. C'est beaucoup, crois-moi. On pense qu'il a trafiqué un peu de tout, depuis du plutonium pour la Libye et des armes pour les rebelles argentins jusqu'à du matériel de haute technologie pour les Russes. Il était affrété par une bande de petits malins. Ces délits n'ont jamais pu être prouvés. Cinq fois, on a su avec certitude que le *Pilottown* avait appareillé avec un chargement clandestin, mais on n'a jamais réussi à le prendre sur le fait au moment de la livraison. Quand il est devenu trop vétuste, on l'a fourgué à la ferraille en détruisant tous les dossiers le concernant.

– Mais pourquoi avoir prétendu qu'il avait coulé alors que c'était en réalité le *San Marino, alias* le *Belle-Chasse*, qu'ils avaient envoyé par le fond?

– Parce qu'on aurait pu poser des questions embarrassantes sur la carrière du *Belle-Chasse*. Le *Pilottown* était bien connu et ils ont préféré déclarer que c'était lui qui avait sombré en 1979 avec une cargaison fantôme pour réclamer des dédommagements énormes aux compagnies d'assurances.

– Ce contremaître a mentionné d'autres bâtiments que la Sosan Trading aurait ainsi reconvertis?

– Oui, deux, un pétrolier et un porte-conteneurs,

répondit Perlmutter. Mais il s'agissait plutôt de remises en état. Ils s'appelaient *Boothville* et *Venice*.

– Et avant?

– Selon lui, toute trace d'identification avait disparu.

– On dirait que quelqu'un a réussi à se monter une flotte entière de bateaux volés.

– Une façon économique et assez dégueulasse de concevoir les affaires.

– Rien de neuf en ce qui concerne la société mère? demanda Pitt.

– Encore une impasse. Notre informateur a quand même noté qu'un gros ponte avait l'habitude de venir inspecter les navires quand ils étaient prêts à reprendre la mer. »

Pitt se leva,

« Pas d'autres détails?

– Non, je ne crois pas.

– Il doit bien y avoir quelque chose pourtant. Un signalement, un nom, je ne sais pas.

– Attends une seconde que je vérifie dans le rapport. »

Perlmutter feuilleta les pages et déclara enfin :

« Voilà, j'ai trouvé. Le type arrivait toujours dans une limousine noire. La marque n'est pas précisée. Il était grand pour un Coréen...

– Un Coréen?

– C'est ce qui est écrit, répondit Perlmutter. Et il parlait coréen avec un accent américain. »

La silhouette fantomatique du rêve de Pitt prit une forme vague.

« Julien, tu as fait du bon boulot.

– Désolé de n'avoir pu approfondir.

– Tu nous a enfin permis de marquer un premier point.

– J'espère que tu épingleras ces fumiers, Dirk.

– J'en ai bien l'intention.

240

– Si tu as besoin de moi, je suis à ta disposition.

– Merci, Julien. »

Pitt raccrocha, alla ouvrir sa penderie et passa un kimono. Puis il entra dans la cuisine, se fit un jus de goyave avec un fond de rhum et composa un numéro de téléphone.

Après quelques sonneries, une voix indifférente répondit :

« Ouais?

– Hiram, préparez votre ordinateur. J'ai un nouveau problème pour vous. »

38

Souvorov avait l'estomac noué d'appréhension. Il avait passé presque toute la soirée dans la salle de contrôle, en compagnie des deux psychologues chargés de l'équipement de télémétrie, à bavarder et à leur préparer du café dans la cuisine. Les deux hommes n'avaient pas remarqué que ses yeux n'avaient pratiquement pas quitté la pendule digitale accrochée au mur.

Lugovoy entra dans la pièce à 23 h 20 et effectua une vérification de routine sur les écrans. A 23 h 38, il se tourna vers Souvorov :

« Vous venez prendre un verre de porto avec moi?

– Pas ce soir, répondit l'agent du K.G.B. sur un ton de regret. J'ai une bonne indigestion. Je me contenterai d'un verre de lait un peu plus tard.

– Comme vous voudrez. Je vous verrai au petit déjeuner. »

Dix minutes après le départ de Lugovoy, Souvorov nota un léger changement sur l'un des moniteurs. C'était presque imperceptible, mais l'un des psychologues le surprit aussitôt.

« Nom de Dieu! s'écria-t-il.

— Qu'est-ce qui se passe? demanda l'autre.

— Le sénateur Larimer... Il se réveille.

— Impossible.

— Je ne vois rien, fit Souvorov en s'approchant.

— L'activité alpha de son cerveau est plus importante qu'elle ne devrait l'être dans son état de sommeil programmé.

— Celle du vice-président Margolin s'accroît aussi.

— Nous ferions mieux d'appeler le docteur... »

Souvorov ne lui laissa pas achever sa phrase. Il l'assomma d'un coup terrible sur la nuque et, presque dans le même mouvement, frappa la gorge du second psychologue du tranchant de la main, lui écrasant la pomme d'Adam.

Ses victimes s'étaient à peine effondrées que l'homme du K.G.B. se tournait vers la pendule. 23 h 49. Onze minutes avant l'heure qu'il s'était fixée pour quitter le laboratoire par l'ascenseur. Il avait plusieurs fois répété ses gestes, ne s'accordant que deux minutes de battement pour parer à l'imprévu.

Il enjamba les deux corps inanimés et se précipita dans la pièce où se trouvaient les sujets. Il débloqua l'ouverture du troisième cocon, repoussa le panneau et regarda à l'intérieur.

Le sénateur Marcus Larimer avait les yeux fixés sur lui.

« Où suis-je, balbutia-t-il. Qui êtes-vous?

— Un ami, répondit Souvorov en le tirant du caisson pour l'installer sur une chaise.

— Qu'est-ce qui m'est arrivé?

— Taisez-vous et faites-moi confiance. »

Le Russe sortit une seringue de sa poche et injecta un stimulant au sénateur. Puis il alla s'occuper du vice-président qui, hébété, n'offrit aucune résistance. Tous deux étaient entièrement nus et il leur jeta une couverture.

« Enveloppez-vous là-dedans », ordonna-t-il.

Alan Moran, lui, n'avait pas encore repris connaissance. L'agent du K.G.B. le souleva hors de son caisson et l'allongea par terre avant de se diriger vers le Président. Celui-ci était toujours inconscient. Le mécanisme d'ouverture de son cocon était différent des autres et Souvorov perdit de précieuses secondes à s'acharner dessus. En vain. Il prit soudain peur.

Sa montre marquait 23 h 57. Il était en retard. Ses deux minutes de marge s'étaient évaporées. Sa peur se mua en panique. Il arracha un automatique Woodsman calibre 22 d'un étui collé contre sa cuisse droite et y vissa un silencieux. Il n'était plus lui-même. Il agissait comme un robot. Il braqua son arme sur la tempe du Président à travers le panneau transparent.

Margolin, en dépit de son esprit embrumé, comprit ce que l'inconnu avait l'intention de faire. Il se leva et se précipita, chancelant, pour tenter de s'emparer du pistolet. Le Russe se contenta de l'écarter du bras, le projetant contre le mur. Le vice-président parvint par miracle à conserver l'équilibre. Sa vision était floue et il était secoué par une violente nausée. Il se jeta de nouveau en avant pour essayer de sauver la vie du Président.

Souvorov lui assena un coup de crosse sur le crâne et Margolin s'écroula au sol, un filet de sang coulant le long de sa joue. L'agent du K.G.B. demeura figé sur place. Son plan si soigneusement élaboré allait échouer. Il n'avait plus le temps.

Il avait peut-être encore une chance de s'en tirer. Abandonnant le Président, il enjamba Margolin évanoui et poussa Larimer vers la porte. Puis, chargeant Moran toujours inconscient sur ses épaules, il conduisit le sénateur en état de semi-léthargie vers le couloir. Ils tournèrent le coin au moment où les portes dissimulées de l'ascenseur s'ouvraient. Lugovoy s'apprêtait à monter.

« Restez où vous êtes, docteur! »

Le psychologue pivota et fixa la scène sans comprendre. Souvorov avait une arme à la main; une lueur de triomphe brillait dans ses yeux.

« Espèce d'imbécile! s'écria Lugovoy, réalisant brusquement ce qui se passait. Vous êtes fou!

— Fermez-là et reculez!

— Vous ne savez pas ce que vous faites.

— Je fais mon devoir de Russe.

— Vous allez anéantir les résultats de plusieurs années de préparatifs, répliqua Lugovoy d'un ton furieux. Le président Antonov vous fera fusiller.

— Assez de mensonges, docteur. Votre projet insensé a mis notre gouvernement en péril. C'est vous qui serez exécuté. C'est vous le traître.

— Vous vous trompez, fit le psychologue, accablé. Vous ne voyez donc pas la vérité?

— Je vois seulement que vous travaillez pour les Coréens. Probablement les Coréens du Sud qui vous ont acheté!

— Pour l'amour de Dieu, écoutez-moi!

— Un bon communiste n'a d'autre dieu que le parti, proclama l'agent du K.G.B. en écartant Lugovoy et en faisant entrer les Américains dans la cabine. Je n'ai plus le temps de discuter. »

Lugovoy l'implora :

« Je vous en supplie, ne faites pas ça. »

Souvorov ne répondit pas. Il se contenta de lui lancer un regard méprisant tandis que les portes de l'ascenseur se refermaient.

39

Souvorov fracassa la lampe de la cabine avec la crosse de son arme. Moran gémit et, revenant à lui, se frotta les yeux en secouant la tête pour chasser le voile qui recouvrait ses pensées. Quant à Larimer, il se mit à vomir dans un coin avec des hoquets douloureux.

L'ascenseur s'arrêta en douceur et les portes s'ouvrirent automatiquement, laissant pénétrer une bouffée d'air chaud. Trois ampoules nues diffusaient une pâle lumière. L'atmosphère était lourde et humide, dégageant une odeur de gazole et de végétation pourrissante.

A quelques mètres se tenaient deux hommes qui bavardaient en attendant Lugovoy pour son rapport quotidien. Ils se retournèrent vers la cabine plongée dans l'obscurité. L'un d'eux portait un attaché-case. Avant de les abattre chacun de deux balles dans la poitrine, l'agent du K.G.B. eut le temps de noter qu'ils avaient des yeux bridés d'Asiatiques.

Il prit Moran par la taille et le traîna sur le sol qui paraissait fait de tôles rouillées tout en propulsant Larimer devant lui à coups de pied comme s'il s'agissait d'un chien récalcitrant. Le sénateur titubait, trop malade pour parler, trop abasourdi pour réagir. Souvorov glissa son pistolet dans sa ceinture et saisit Larimer par le bras pour le guider. L'Américain avait la peau moite et grisâtre. Le cœur du vieil homme risquait de flancher.

L'agent du K.G.B. jura en trébuchant sur une grosse chaîne. Il s'arrêta. Un tunnel, une sorte de rampe, s'ouvrait devant lui, plongeant dans les ténèbres. Il avait l'impression de se trouver dans un sauna; ses vêtements étaient trempés de sueur et ses cheveux collés à son front. Il fit quelques pas et faillit à nouveau perdre l'équilibre.

Moran pesait de plus en plus lourd et le Russe comprit qu'il était arrivé à la limite de ses forces.

Il réussit cependant à descendre la rampe pour déboucher dans la nuit. Il leva les yeux et, soulagé, vit un ciel criblé d'étoiles. Il lui semblait être au bord d'une route gravillonnée. Il n'y avait pas de lumières. Sur sa gauche, il distingua vaguement les contours d'une voiture. Il dirigea Larimer jusqu'au fossé bordant le chemin et y laissa enfin tomber Moran avant de s'approcher du véhicule par l'arrière.

Il s'immobilisa pour écouter. Le moteur tournait au ralenti et la radio marchait. Les vitres étaient soigneusement remontées et il en conclut que le climatiseur devait fonctionner.

Silencieux comme un chat, il s'accroupit et s'avança, veillant à rester hors du champ du rétroviseur. L'intérieur de la voiture était dans le noir et il ne parvint à distinguer qu'une seule silhouette au volant. S'il y avait d'autres occupants, il ne pourrait compter que sur l'effet de surprise pour jouer en sa faveur.

C'était une longue limousine, une Cadillac lui apprirent les lettres en relief sur le coffre, un modèle qu'il n'avait jamais conduit.

Il tâtonna à la recherche de la poignée puis, prenant une profonde inspiration, il ouvrit la portière à la volée. Le plafonnier s'alluma. L'homme installé sur le siège avant tourna brusquement la tête et s'apprêta à crier. Le Russe fit feu par deux fois.

Sans perdre une seconde, il tira le corps hors de la voiture puis alla chercher Larimer et Moran pour les fourrer à l'arrière. Les deux Américains avaient perdu les couvertures qui les enveloppaient, mais ils étaient trop choqués pour s'en préoccuper. Ces hommes politiques importants étaient maintenant plus effrayés que des enfants perdus dans une forêt.

Le Russe mit le levier de la boîte automatique sur « Marche » et écrasa l'accélérateur. Les roues patinèrent sur une cinquantaine de mètres, projetant une pluie de graviers, pendant que le conducteur, d'une main tremblante, cherchait le bouton des phares. Il le trouva et alluma enfin pour constater avec soulagement que la grosse limousine roulait au milieu d'un chemin de terre plein d'ornières.

Tandis que la douce suspension de la Cadillac absorbait les cahots sans protester, Souvorov tenta de se repérer. Les branches des cyprès qui bordaient la route étaient couvertes de mousse. Ce phénomène, ainsi que l'atmosphère lourde et humide, indiquait qu'ils devaient se trouver quelque part dans le sud des Etats-Unis. Il aperçut un croisement devant lui et freina dans un nuage de poussière. Au carrefour se dressait un bâtiment désert, presque en ruine, une ancienne station-service. A en juger par l'aspect des lieux, il devait y avoir des années que c'était fermé.

En l'absence de panneaux indicateurs, le Russe, au hasard, prit à gauche. Les cyprès firent bientôt place à des pins et à quelques fermes isolées. La circulation était rare à cette heure et il ne croisa que deux voitures. Il arriva à une route plus importante. Une borne indiquait son numéro, mais rien d'autre. Il tourna une nouvelle fois à gauche et continua à rouler.

L'esprit de Souvorov demeurait froid et analytique. Quant à Moran et à Larimer, silencieux, ils paraissaient faire aveuglément confiance à l'homme qui les avait délivrés.

L'agent du K.G.B., à présent plus détendu, ralentit. Il n'apercevait pas de phares dans son rétroviseur et tant qu'il respectait les limitations de vitesse, il ne risquait guère de se faire arrêter par quelque shérif local. Il se demandait dans quelle région il pouvait se trouver. La Géorgie, l'Alabama, la Louisiane? Il y avait maintenant des maisons, des immeubles et même des lampadaires, mais toujours aucune indication.

Une demi-heure plus tard, il parvint à un pont traversant un fleuve. Le Stono, lut-il. Ce nom ne lui disait rien. Devant lui s'étendaient les lumières d'une grande ville. Sur la droite, elles cessaient brusquement et tout l'horizon était obscur. Un port, se dit-il aussitôt. Soudain, ses phares emprisonnèrent un grand panneau noir et blanc. CHARLESTON 5 MILES.

« Charleston! s'écria-t-il, ravi de ses connaissances géographiques. Nous sommes en Caroline du Sud! »

Trois kilomètres plus loin, il vit un drugstore ouvert avec une cabine téléphonique. Tout en surveillant Larimer et Moran, il appela l'opératrice et demanda un numéro en P.C.V.

40

Un gros nuage solitaire dérivait dans le ciel tandis que Pitt arrêtait la Talbot devant la zone des départs de l'aéroport international de Washington. Il faisait déjà très chaud à cette heure matinale et la pluie s'évaporait dès qu'elle touchait le sol. Il sortit la valise de Loren du coffre et la remit à un porteur.

La jeune femme déplia ses longues jambes et s'extirpa de la petite voiture de sport.

Le porteur agrafa le ticket de bagage au billet d'avion et Pitt le rendit à Loren.

« Je vais garer la Talbot et te tenir compagnie jusqu'à ce que tu embarques.

– Ce n'est pas la peine, dit-elle en se plaçant tout contre lui. J'ai quelques dossiers à étudier. Tu n'as qu'à rentrer directement. »

Il désigna la serviette qu'elle serrait dans sa main gauche et fit avec un sourire :

« Tu ne t'en sépares donc jamais? Sans elle, tu serais perdue.

– Et toi, j'ai remarqué que tu n'en avais jamais, par contre.

– Ce n'est pas mon genre.

– Tu as peur qu'on te prenne pour un cadre supérieur?

– Un bureaucrate, tu veux dire. N'oublie pas que nous sommes à Washington.

– Mais tu en es un aussi. C'est le gouvernement qui te verse ton salaire, comme à moi. »

Pitt éclata de rire.

« A chacun sa croix. »

Elle posa sa serviette par terre et leva les yeux :

« Tu vas me manquer. »

Il l'enlaça.

« Fais attention aux beaux officiers russes, aux micros cachés et à la vodka.

– Promis, dit-elle avec un sourire. Tu seras là à mon retour?

– J'ai tout noté. Date et numéro de vol. »

Elle se dressa sur la pointe des pieds et l'embrassa.

Il parut sur le point d'ajouter quelque chose, puis il se ravisa et la lâcha. Elle entra lentement dans l'aérogare par les portes vitrées automatiques. Elle fit quelques pas et se retourna pour agiter la main, mais la Talbot bleue démarrait déjà.

Près du ranch du Président, à une cinquantaine de kilomètres au sud de Raton au Nouveau-Mexique, les journalistes accrédités à la Maison Blanche étaient regroupés derrière une clôture de barbelés tandis que les caméras étaient braquées sur un champ de luzerne. Il était sept heures du matin, heure locale, et ils buvaient tous du café en se plaignant de l'heure matinale, de la chaleur, des œufs pas assez cuits ou du bacon trop cuit livrés par un petit restaurant du coin, ainsi que d'un tas d'autres désagréments, réels ou imaginaires.

Le porte-parole de la présidence, Jacob (Sonny) Thompson, parcourait le campement des correspondants de presse mal réveillés d'un pas alerte, les assurant qu'ils allaient pouvoir filmer des images très spontanées du Président travaillant la terre.

Thompson cultivait volontiers son charme, dents blanches, longs cheveux de jais soigneusement peignés, grisonnants sur les tempes, yeux noirs et perçants. Pas de rides (grâce à la chirurgie esthétique). Pas de double menton. Pas de ventre. Il faisait preuve d'une vitalité et d'un enthousiasme qui contrastaient avec le comportement des journalistes dont les principales activités physiques consistaient à taper à la machine et à allumer cigarette sur cigarette.

Il s'habillait toujours avec soin. Costume sur mesure, chemise de soie bleue et cravate assortie, mocassins italiens recouverts aujourd'hui d'une fine pellicule de poussière. C'était par ailleurs un homme agréable qui n'avait rien d'un pantin. Il ne se mettait jamais en colère, ne se laissant en aucune circonstance démonter par les attaques des journalistes.

Il s'arrêta au camion C.N.N. Curtis Mayo, le correspondant de la chaîne à la Maison Blanche, était affalé dans son fauteuil, l'air maussade.

« Votre équipe est prête, Curt? » lui lança Thompson d'un ton enjoué.

Mayo repoussa sa casquette de base-ball, dévoilant une forêt de cheveux argentés, et l'examina à travers ses lunettes de soleil.

« Je ne vois rien qui mérite d'être fixé pour la postérité. »

Les sarcasmes glissaient sur le porte-parole sans l'atteindre.

« Dans cinq minutes, le Président va sortir de son ranch, se diriger vers la grange et enfourcher un tracteur.

– Bravo, grogna le journaliste. Et qu'est-ce qu'il a prévu pour *bis*? »

Sa voix grave résonnait dans l'air matinal.

« Il va couper l'herbe.

– C'est de la luzerne, monsieur le citadin.

– Peu importe, fit Thompson avec un haussement d'épaules bon enfant. Je pensais que ce serait une excellente idée de le filmer dans l'environnement qu'il préfère. »

Mayo le dévisagea, cherchant à déchiffrer son expression.

« Qu'est-ce qui se passe, Sonny?

– Pardon?

– Pourquoi ces parties de cache-cache? Le Président ne s'est pas montré depuis plus d'une semaine. »

Thompson lui rendit son regard sans sourciller.

« Il a été très occupé et avait besoin de se reposer un peu après toutes les pressions de Washington. »

Cette réponse était loin de satisfaire le journaliste.

« Je n'ai jamais connu de présidents qui aient fui aussi longtemps les caméras.

– Il n'y a rien d'anormal, répliqua le porte-parole.

Pour le moment, il n'a simplement pas de déclarations d'intérêt national à faire.

– Il a été malade ou quoi?

– Pas du tout. Il est aussi fringant que ses étalons. Vous verrez. »

Thompson, ne tenant pas à continuer cette conversation, se dirigea vers les autres correspondants échangeant, çà et là, quelques mots et poignées de main. Mayo le suivit un moment des yeux puis, à contrecœur, il se leva pour donner des instructions à son équipe.

Un peu plus tard, le bataillon de journalistes s'anima tandis que quelqu'un s'écria : « Le voilà! »

Cinquante caméras entrèrent simultanément en action pendant que la porte du ranch s'ouvrait et que le Président débouchait sur la véranda. Il était en bottes de cow-boy, chemise à carreaux et Levi's délavé. Le vice-président Margolin venait derrière lui, un large Stetson rabattu sur les yeux. Les deux hommes s'arrêtèrent un instant pour bavarder, le Président parlant avec animation tandis que Margolin semblait l'écouter attentivement.

« Serre sur le vice-président, ordonna Mayo à Norm Mitchell, son cameraman.

– Okay, je l'ai », répondit celui-ci.

Le soleil grimpait dans le ciel et des vagues de chaleur ondoyaient déjà au-dessus de la terre rousse. Le ranch du Président s'étendait dans toutes les directions, constitué surtout de champs de luzerne et de quelques pâturages pour le bétail. A l'exception d'un rideau de peupliers bordant un fossé d'irrigation le paysage était plat et uniforme.

Comment un homme qui avait passé presque toute sa vie au milieu de ce désert pouvait-il tenir entre ses mains le destin de milliards d'individus? se demandait Mayo. Plus il prenait conscience de l'étrange égocentrisme dont étaient affligés les politiciens, plus il en venait à les mépriser. Il s'éclaircit la gorge et commença à décrire la scène dans son micro.

Margolin pivota et rentra dans la maison. Le Président, se comportant comme si les journalistes n'étaient pas là, se dirigea vers la grange sans même un coup d'œil dans leur direction. On entendit bientôt tousser un moteur Diesel et le Président réapparut juché sur un tracteur John Deere, modèle 2640, tirant une tondeuse. Il était protégé du soleil par une sorte de dais; il avait des écouteurs sur les oreilles et un petit transistor accroché à la ceinture. Les correspondants de presse lui lancèrent des questions, mais il était évident qu'il ne les entendait pas avec le bruit du tracteur et la musique déversée par la station F.M. locale.

Il noua un mouchoir rouge sur son visage, style bandit de grand chemin, pour éviter de respirer la fumée et la poussière, puis abaissa les lames de la tondeuse et entreprit de couper méthodiquement la luzerne, s'éloignant progressivement de la clôture le long de laquelle étaient agglutinés les correspondants de presse.

Après une vingtaine de minutes, les équipes commencèrent à ranger leur matériel pour aller retrouver l'air conditionné des caravanes et des camions aménagés.

« Plus de pellicule, annonça Mitchell. Je recharge?

– Inutile, répondit Mayo. Foutons le camp d'ici et allons voir ce que ça donne. »

Dans la fraîcheur du camion, le cameraman retira la cassette vidéo, l'inséra dans le lecteur-enregistreur et la rembobina. Quand tout fut prêt, Mayo tira une chaise et s'installa à 50 centimètres du moniteur.

« Qu'est-ce qu'on cherche de spécial? » demanda Mitchell.

Le journaliste ne quittait pas l'écran des yeux.

« Tu crois que c'est bien le vice-président?

– Bien sûr. Qui d'autre ça pourrait être?

– Regarde de plus près. »

Mitchell se pencha :

« Le chapeau de cow-boy lui cache les yeux mais la bouche et le menton collent. La carrure aussi. Pour moi, c'est bien lui.

– Rien de bizarre dans son comportement?

– Il a les mains dans les poches. Qu'est-ce que ça prouve?

– Alors vraiment rien d'anormal? insista Mayo.

– Je ne vois pas.

– Très bien, laissons-le de côté, fit le journaliste pendant que sur l'écran, Margolin se retournait pour rentrer dans la maison. Examine le Président, maintenant.

– Si c'est pas lui, c'est qu'il a un frère jumeau sans que nous le sachions », murmura Mitchell en haussant les épaules.

Mayo négligea sa remarque et regarda attentivement le Président traverser la cour de cette démarche lente si familière aux millions de téléspectateurs. Il disparut dans la grange et ressortit deux minutes plus tard sur le tracteur.

Mayo se leva d'un bond en s'écriant :

« Arrête la bande! »

Mitchell sursauta et s'exécuta.

« Les mains! s'exclama le journaliste avec excitation. Les mains sur le volant!

– Il a dix doigts. Et après? répliqua le cameraman avec mauvaise humeur.

– Le Président porte seulement une alliance. Maintenant, regarde bien. Pas d'alliance à la main gauche, mais un diamant. Et au petit doigt de la main droite...

– Une pierre bleue sur une monture d'argent, sans doute une améthyste », acheva Mitchell.

Il se tut, puis reprit avec une soudaine lueur d'intérêt dans les yeux :

« Dis donc, le Président n'a pas d'habitude une Timex avec un bracelet d'argent incrusté de turquoises?

– Je crois que si, répondit Mayo.

– Les détails ne sont pas très nets, mais je dirais que c'est plutôt une de ces grosses Rolex qu'il a au poignet. »

Mayo se frappa le front.

« Ça y est! Tout le monde sait que le Président n'achète ni ne porte jamais quoi que ce soit de fabrication étrangère.

– Attends une minute, fit Mitchell un peu refroidi. C'est une histoire de fous. On parle du Président des Etats-Unis comme s'il n'était pas réel.

– Oh! il est bien réel. Mais ce type sur le tracteur n'est pas le Président.

– Si tu ne te trompes pas, tu tiens une véritable bombe entre les mains, déclara le cameraman. Mais les indices sont bien minces et tu ne peux pas déclarer au micro que quelqu'un a pris la place du Président sans en avoir la preuve formelle.

– Personne ne le sait mieux que moi, admit Mayo. Mais je ne vais pas laisser tomber cette affaire.

– Tu comptes mener une enquête discrète à la Maison Blanche?

– Et comment! Je rends ma carte de presse si je ne vais pas jusqu'au bout. (Il consulta sa montre.) En partant maintenant, je serai à Washington pour midi. »

Mitchell se pencha sur l'écran et, d'un ton amer, murmura :

« Avec ça, on se demande combien de fois nos présidents ont déjà utilisés des sosies pour tromper la nation. »

41

Vladimir Polevoï leva les yeux de son bureau tandis que son adjoint, le numéro deux de la plus vaste organisation d'espionnage du monde, Sergeï Iranov, entrait d'un pas décidé dans la pièce.

« Vous me paraissez bien nerveux, ce matin, Sergeï.

– Il s'est évadé, déclara Iranov d'une voix tendue.

– De qui parlez-vous?

– De Paul Souvorov. Il a réussi à s'échapper du laboratoire secret des Bougainville. »

Le visage du chef du K.G.B. se tordit de colère :

« Nom de Dieu, il ne manquait plus que ça!

– Il a appelé notre antenne de New York depuis une cabine publique de Charleston en Caroline du Sud pour réclamer des instructions. »

Polevoï quitta son fauteuil pour arpenter rageusement le sol.

« Pendant qu'il y était, pourquoi ne pas appeler aussi le F.B.I? Ou faire passer une annonce à la télévision?

– Heureusement, son supérieur a aussitôt envoyé un message codé pour nous informer de cet incident.

– Au moins, il en reste quelques-uns qui réfléchissent!

– Et ce n'est pas tout, reprit Iranov. Il a emmené le sénateur Larimer et Moran avec lui. »

Polevoï se retourna d'un bloc.

« L'imbécile! Il a tout fait rater!

– Ce n'est pas entièrement sa faute.

– Et comment en êtes-vous venu à cette remarquable conclusion? demanda le chef du K.G.B. avec sarcasme.

– Souvorov est l'un de nos meilleurs agents aux Etats-Unis. Il est loin d'être stupide. Il n'était pas au courant du projet Lugovoy et on peut logiquement supposer qu'il dépassait sa compréhension. Il a dû se montrer très soupçonneux et agir en conséquence.

– En d'autres termes, il a fait ce qu'on lui a appris à faire.

– A mon avis, oui. »

Polevoï haussa les épaules avec fatalisme.

« Si au moins il s'était borné à nous donner les coordonnées du laboratoire, nous aurions pu intervenir et enlever le projet Huckleberry Finn des mains des Bougainville.

– Telles que les choses se présentent, Mme Bougainville est peut-être furieuse au point d'abandonner l'opération.

– Et faire une croix sur un milliard de dollars en or? J'en doute. Elle tient toujours le Président et le vice-président. Moran et Larimer ne représentent pas une grosse perte pour elle.

– Pour nous non plus, affirma Iranov. Les Bougainville étaient surtout destinés à nous servir de couverture au cas où les Américains auraient découvert l'affaire. Mais maintenant, l'enlèvement des deux membres du Congrès pourrait être considéré comme un acte de guerre et, dans le meilleur des cas, provoquer une crise grave. Il serait préférable d'éliminer purement et simplement Moran et Larimer. »

Polevoï secoua la tête :

« Pas tout de suite. Leur connaissance du dispositif militaire américain pourrait nous être infiniment précieuse.

– Un pari hasardeux.

– Pas si nous prenons soin d'en disposer rapidement si jamais le filet se resserrait autour de nous.

– Dans ce cas, notre priorité absolue est d'empêcher le F.B.I. de les retrouver.

– Souvorov a-t-il une cachette sûre?

– Je ne sais pas, répondit Iranov. New York lui a demandé de les contacter toutes les heures jusqu'à ce qu'ils aient reçu des instructions de Moscou.

– Qui dirige nos opérations secrètes à New York?

– Un certain Basil Kobilin.

– Informez-le de la situation dans laquelle est Souvorov, mais naturellement sans mentionner le projet Huckleberry Finn. Il faut qu'il le mette en lieu sûr avec ses prisonniers jusqu'à ce que nous ayons trouvé un moyen de leur faire quitter les Etats-Unis.

– Ce ne sera pas facile, fit Iranov en se laissant tomber dans un fauteuil. Les Américains recherchent activement leurs dirigeants disparus. Tous les aéroports sont étroitement surveillés et nos sous-marins ne peuvent pas approcher à plus de 500 milles de leurs côtes sans être détectés.

– Il reste toujours Cuba.

– Les garde-côtes et la marine américaine quadrillent toute cette zone pour lutter contre les trafiquants de drogue. Je vous déconseillerais de tenter quoi que ce soit dans cette direction. »

Polevoï se tourna vers la fenêtre de son bureau surplombant la place Dzerjinski. Le soleil de midi ne parvenait pas à égayer les sinistres bâtiments de la ville. Un petit sourire naquit sur ses lèvres.

« Pouvons-nous les diriger sur Miami?

– En Floride?

– Oui. »

Iranov réfléchit un instant :

« Il y a toujours le risque de barrages routiers, mais je crois que nous devrions y arriver.

– Bien, fit le chef du K.G.B. tout à coup plus détendu. Faites le nécessaire. »

Moins de trois heures après l'évasion, Lee Tong Bougainville sortait de l'ascenseur du laboratoire devant lequel l'attendait Lugovoy. Il était plus de deux heures du matin, mais il paraissait aussi frais qu'après une nuit de sommeil.

« Mes hommes sont morts, déclara-t-il sans l'ombre d'une émotion. Je vous en tiens pour responsable.

– Je ne pouvais pas prévoir, répondit le Russe avec beaucoup de calme.

– Comme cela?

– Vous m'aviez assuré que cet endroit était parfaitement protégé. Je ne pensais pas qu'il chercherait vraiment à s'enfuir.

– Qui est-ce?

– Paul Souvorov, un agent du K.G.B. que vos hommes ont embarqué par erreur sur le ferry de Staten Island.

– Mais vous, vous saviez qui il était.

– Il n'a dévoilé sa présence qu'après notre arrivée.

– Et vous n'avez rien dit.

– C'est juste, admit Lugovoy. J'ai eu peur. Cette expérience terminée, je dois retourner en Union soviétique. Et croyez-moi, il n'est jamais bon de s'opposer aux gens chargés de la sécurité de l'Etat. »

Bougainville lisait la crainte dans les yeux du psychologue, comme il la lisait dans les yeux de chaque Russe qu'il rencontrait. Ils se méfiaient tous des étrangers, de leurs voisins, de quiconque portait un uniforme. Pourtant, il n'avait pas pitié de Lugovoy. Il le méprisait au contraire pour accepter de vivre ainsi sous l'oppression.

« Ce Souvorov n'a pas causé d'autres dégâts? demanda-t-il.

– Non. Le vice-président a été légèrement commotionné, mais il est à nouveau sous sédatifs. Quant au Président, il n'a pas été touché.

– Pas de retard?

– Tout se déroule comme prévu.

– Et vous comptez avoir fini d'ici trois jours? » Lugovoy acquiesça.

« Bien. Il faut que vous ayez terminé avant. »

Le Russe ne sembla pas avoir entendu. Puis soudain la vérité lui apparut.

« Oh! non, s'écria-t-il. C'est impossible. Mon équipe et moi faisons déjà en dix jours ce qui aurait dû en prendre trente. Vous faites sauter tous nos garde-fous. Il faut laisser le temps au cerveau du Président de se stabiliser.

– C'est le problème de votre Antonov, pas le mien, ni celui de ma grand-mère. Nous avons rempli notre part du marché. En permettant à un agent du K.G.B. d'entrer ici, vous avez compromis toute l'opération.

– Je vous jure que je n'ai rien à voir avec l'évasion de Souvorov.

– C'est vous qui le dites, répliqua froidement Lee Tong. Je préfère croire que tout avait été combiné à l'avance, probablement sur ordre du président Antonov. Souvorov a maintenant contacté ses supérieurs et tous les agents soviétiques en place aux Etats-Unis doivent être en train de converger sur nous. Il va nous falloir déplacer le laboratoire. »

C'était le coup de grâce. Lugovoy était livide.

« Impossible! gémit-il comme un chien blessé. Nous ne pouvons pas déménager le Président et tout le matériel dans un autre endroit et tenir les délais absurdes que vous nous imposez. »

Bougainville dévisagea le psychologue à travers

les fentes étroites de ses yeux. Puis, d'un ton glacial, il déclara :

« Ne vous inquiétez pas, docteur. Il ne sera pas nécessaire de déménager. »

42

Lorsque Pitt entra dans son bureau à la N.U.M.A., il trouva Hiram Yaeger, dit Pinocchio, endormi sur le divan. Avec ses vêtements froissés, ses cheveux longs et sa barbe, il ressemblait plus à un clochard qu'à un spécialiste des ordinateurs. Pitt le secoua doucement par l'épaule. Yaeger ouvrit un œil, grogna, s'étira et enfin se redressa.

« La nuit a été dure? » fit Pitt.

L'informaticien se gratta la tête en bâillant.

« Vous avez de l'Earl Grey?

– Non. Seulement du café d'hier que je peux vous réchauffer.

– La caféine finira par vous tuer, fit Yaeger d'un ton grave.

– La caféine, la pollution, l'alcool, les femmes... Quelle différence?

– A propos, je l'ai.

– Quoi?

– Votre compagnie maritime, je l'ai trouvée.

– Nom de Dieu! s'écria Pitt. Où?

– Pratiquement sous nos yeux, répondit Pinocchio avec un large sourire. New York.

– Comment avez-vous fait?

– Le tuyau que vous m'avez refilé, les Coréens. C'était la bonne clef, mais pas tout à fait la bonne réponse. J'ai commencé par là, vérifiant toutes les compagnies basées en Corée ou naviguant sous pavillon coréen. Il y en avait plus de cinquante, mais aucune ne menait aux banques dont nous possédions les coordonnées. N'ayant pas d'autre indice, j'ai laissé l'ordinateur continuer à chercher tout seul. Je suis horriblement vexé. Il s'est révélé beaucoup plus fin limier que moi. Le truc était dans le nom. Pas coréen mais français.

– Français?

– Oui. Avec des bureaux à Manhattan dans le World Trade Center et une flotte bien réelle battant pavillon de la république de Somalie. Qu'est-ce que vous en dites?

– Continuez.

– Une des plus grosses compagnies. Si pure, si innocente que son bilan annuel est présenté avec des accords de harpe. Seulement, si vous grattez un peu la surface, vous trouverez plus d'hommes de paille et de filiales bidons que d'homos à San Francisco. Sans parler des falsifications de documents, des escroqueries aux assurances, des affrètements de navires fantômes avec des cargaisons fantômes, des substitutions de cargaisons sans valeur par des cargaisons précieuses, bref de toute la panoplie. Et toujours en dehors des juridictions des compagnies et des pays qu'ils roulent.

– Leur nom?

– La Bougainville Maritime, répondit Yaeger. Vous en avez entendu parler?

– Min Koryo Bougainville, le « Lotus de Fer », fit Pitt, impressionné. Qui n'en a pas entendu parler? Elle rivalise avec les plus grands armateurs grecs et britanniques.

– C'est bien elle votre lien avec les Coréens.

– Vous êtes sûr de vos renseignements? Aucune possibilité d'erreur?

– Non, c'est du solide. Vous pouvez me croire. J'ai tout vérifié trois fois. Dès que je me suis branché sur Bougainville, c'est devenu très facile. Tout s'est parfaitement imbriqué, comptes bancaires, lettres de crédit... Vous ne pouvez pas savoir comme les banques feignent d'ignorer toutes ces fraudes. Cette vieille femme me rappelle ces statues indiennes avec vingt bras qui affichent une expression angélique pendant que leurs mains se livrent à des gestes obscènes.

– Bravo! s'écria Pitt maintenant convaincu. Vous avez enfin réussi à établir le rapport entre la Sosan Trading, le *San Marino*, le *Pilottown* et l'empire maritime des Bougainville.

– On est tombés juste, cette fois.

– Jusqu'où êtes-vous remonté?

– Je peux vous fournir la biographie de notre amie depuis qu'elle a commencé à parler. Drôle d'oiseau. Elle est partie de rien après la Seconde Guerre mondiale, bâtissant une flotte de tramps avec des équipages coréens trop heureux de travailler pour un bol de riz et quelques pennies par jour. N'ayant presque pas de frais généraux, elle a considérablement réduit ses coûts et fait des affaires d'or. Les choses ont véritablement démarré il y a environ vingt-cinq ans quand son petit-fils a rejoint la compagnie. Une véritable anguille, celui-là. Il reste toujours dans l'ombre. A part ses dossiers universitaires, on n'a pratiquement rien sur lui. Min Koryo Bougainville a établi les fondations de son empire criminel qui s'étend sur trente nations et quand son petit-fils, il s'appelle Lee Tong, est arrivé, il a élevé la piraterie et l'escroquerie au rang d'œuvre d'art. L'ordinateur a tout craché. Je vous ai préparé une copie. »

Pitt se retourna et aperçut une épaisse liasse d'imprimante posée sur son bureau. Il s'assit pour examiner le document. Les activités illégales des Bougainville étaient ahurissantes. Le seul domaine criminel dont ils semblaient se tenir à l'écart était la prostitution.

Il finit par lever les yeux.

« De l'excellent travail, Hiram, fit-il avec sincérité. Merci beaucoup. »

Yaeger désigna la liste :

« Si j'étais vous, je ne laisserais pas ça traîner.

– On peut remonter jusqu'à nous?

– Oui. C'était inévitable. Nos piratages ont été enregistrés par l'ordinateur de la banque et automatiquement ressortis. Si un petit malin épluche le listage, il ne manquera pas de se demander pourquoi une agence océanographique américaine est venue fourrer son nez dans les comptes de son plus important déposant.

– Et la banque en informera la vieille Min Koryo, ajouta Pitt pensivement. Quand ils nous auront identifiés, est-ce que l'ordinateur des Bougainville pourra pénétrer le nôtre pour savoir ce que nous avons récolté?

– Notre système est aussi vulnérable que les autres. De toute façon, ils ne seront pas en mesure d'apprendre grand-chose. J'ai enlevé les mémoires magnétiques.

– Quand croyez-vous qu'ils vont nous repérer?

– Je serais surpris qu'ils ne l'aient pas déjà fait.

– Vous pouvez garder une longueur d'avance sur eux? »

Yaeger lui lança un regard interrogateur :

« Qu'est-ce que vous préparez encore?

– Installez-vous à votre clavier et foutez le cirque pour de bon. Branchez-vous sur leur système et modifiez les données, flanquez en l'air les opérations quotidiennes des Bougainville, effacez les actes bancaires légitimes, insérez des instructions absurdes dans leurs programmes. Que pour une fois, ce soit eux qui se sentent menacés.

– Mais nous allons détruire des preuves!

– Et après? fit Pitt. Elles ont été obtenues illégalement et ne pourront de toute façon pas être utilisées.

– Nous risquons de gros ennuis.

– Pire, répliqua Pitt avec un petit sourire. Nous risquons d'être tués. »

Une lueur de crainte apparut soudain dans le regard de Yaeger. Le jeu avait brusquement cessé d'être drôle pour prendre des apparences sinistres.

Pitt comprit ce qui se passait dans son esprit.

« Vous pouvez arrêter maintenant et prendre un peu de vacances, dit-il. Je ne vous en voudrai pas. »

Pinocchio parut hésiter un instant, puis il secoua la tête.

« Non. Je continue. Ces gens doivent être mis hors d'état de nuire.

– Alors ne les épargnez pas. Sabotez toutes leurs activités, investissements, affaires financières, opérations immobilières, tout ce qu'ils touchent.

– J'y laisserai peut-être ma peau, mais je m'en occupe. Veillez seulement à ce que l'amiral me foute la paix pour quelques nuits.

– Voyez aussi si vous pouvez dénicher des informations sur un bateau appelé l'*Eagle*.

– Le yacht présidentiel?

– Juste un bateau appelé l'*Eagle*.

– Rien d'autre?

– Si, répondit sombrement Pitt. Je vais faire renforcer les mesures de sécurité autour de votre centre de traitement informatique.

– Ça ne vous dérange pas que je reste ici et que j'utilise votre divan? J'éprouve une soudaine aversion à l'idée de dormir seul dans mon appartement.

– Mon bureau est à vous. »

Yaeger se leva en s'étirant puis, désignant à nouveau les feuilles d'imprimante, il demanda :

« Qu'allez-vous en faire? »

Pitt contempla ces documents qui avaient permis

d'ouvrir une première brèche dans l'empire criminel des Bougainville. Son enquête personnelle progressait à grands pas et chaque jour lui apportait de nouvelles pièces à ajouter au dossier. Mais l'affaire dépassait par son ampleur tout ce qu'il aurait pu imaginer au départ.

« En réalité, je n'en ai pas la moindre idée », murmura-t-il pensivement.

43

Lorsque le sénateur Larimer se réveilla sur le siège arrière de la limousine, le ciel se teintait d'orange. Il chassa le moustique qui avait interrompu son sommeil. Moran bougea dans son coin, les yeux vagues, toujours inconscient. La portière s'ouvrit brusquement et un ballot de vêtements atterrit sur les genoux de l'Américain.

« Mettez ça, lui ordonna Souvorov qui s'exprimait sans accent.

– Vous ne m'avez toujours pas dit qui vous étiez, fit Larimer d'une voix pâteuse.

– Je m'appelle Paul.

– Paul comment?

– Juste Paul.

– F.B.I.?

– Non.

– C.I.A.?

– Peu importe, répondit le Russe. Habillez-vous.

– Quand arriverons-nous à Washington?

– Bientôt, mentit Souvorov.

– Où avez-vous trouvé ces vêtements? Comment savez-vous qu'ils m'iront? »

Les questions de l'Américain commençaient à

énerver l'homme du K.G.B. Il refréna son envie de l'assommer avec la crosse de son pistolet.

« Je les ai volés sur une corde à linge, répondit-il enfin. Ce n'est pas le moment de vous montrer difficile. Au moins, ils sont propres.

– Je ne porterai jamais les habits d'un inconnu, protesta le sénateur avec indignation.

– Si vous tenez à débarquer tout nu à Washington, après tout c'est votre affaire. »

Souvorov claqua la portière et alla s'installer au volant.

Ils repartirent. La circulation matinale devenait plus dense. Ils traversèrent le pont enjambant l'Ashley et se dirigèrent vers le nord par l'autoroute.

Larimer, au grand soulagement du Russe, demeurait silencieux tandis que Moran, émergeant de son état comateux, murmurait des paroles inintelligibles. Un panneau annonça : AÉROPORT, PROCHAINE SORTIE. Souvorov emprunta la bretelle et arriva bientôt devant l'aéroport municipal de Charleston. Une rangée de chasseurs de la Garde nationale étincelait dans l'aube naissante.

Suivant les indications qui lui avaient été données par téléphone, l'agent du K.G.B. contourna l'aérodrome jusqu'à un petit chemin de terre. Il s'arrêta près d'un poteau soutenant une manche à air qui pendait, immobile dans l'atmosphère lourde et humide.

Il descendit de voiture, regarda sa montre et attendit. Deux minutes plus tard, il distingua le bruit d'un hélicoptère approchant derrière un rideau d'arbres. Les feux de navigation apparurent et l'appareil, une forme élancée bleu et blanc, vint se poser à côté de la limousine.

Le pilote, un homme en combinaison blanche, sauta au sol et s'avança vers la Cadillac.

« Vous êtes Souvorov ? demanda-t-il.

– Oui.

– Bien, chargeons les colis avant d'attirer l'attention. »

Ils installèrent Moran et Larimer dans la cabine réservée aux passagers. Le Russe remarqua ces mots frappés sur le fuselage : AMBULANCES SUMTER.

« Cet engin va nous amener jusqu'à la capitale? demanda Larimer, ayant retrouvé un peu de son arrogance.

– Il vous amènera où vous le désirez », répondit obligeamment le pilote.

L'agent du K.G.B. s'assit dans le siège du copilote et boucla son harnais.

« On ne m'a pas précisé notre destination.

– La Russie, fit le pilote sans le moindre humour. Mais d'abord nous devons découvrir d'où vous venez.

– D'où je viens?

– J'ai ordre de vous faire survoler la région jusqu'à ce que vous ayez repéré l'endroit où ces deux rigolos et vous avez passé ces huit derniers jours. Ensuite, je dois vous conduire ailleurs.

– Bien, fit Souvorov. Je vais faire de mon mieux. »

Le pilote ne dit pas son nom et le Russe ne le lui demanda pas. C'était certainement l'une des quelques cinq mille « taupes » éparpillées à travers le pays et rétribuées par l'Union soviétique, des experts en tous les domaines, qui attendaient un appel pour se manifester, appel qui parfois ne venait jamais.

L'hélicoptère s'éleva puis vira vers la baie de Charleston.

« Quelle direction? demanda le pilote.

– Je ne sais pas. Il faisait nuit et j'étais perdu.

– Vous n'avez aucun repère?

– A environ huit kilomètres de Charleston, j'ai traversé un fleuve.

268

– C'était où?

– A l'ouest, je crois. Oui, à l'ouest. Le jour se levait devant moi.

– Ce doit être le Stono.

– Oui, c'est bien ça. »

Le soleil maintenant était apparu au-dessus de l'horizon et tentait de dissiper la brume estivale qui recouvrait la ville. L'hélicoptère grimpa à 900 pieds et prit au sud-ouest, survolant la route que Souvorov avait empruntée. Au milieu des forêts de pins apparaissaient çà et là quelques cultures. Ils passèrent au-dessus d'un paysan travaillant dans un champ de tabac qui agita son chapeau pour les saluer.

« Vous vous retrouvez? » demanda le pilote.

Le Russe secoua désespérément la tête :

« Le chemin pourrait être n'importe où.

– Dans quelle direction étiez-vous quand vous avez croisé la route?

– J'ai tourné à gauche. Je devais donc venir du sud.

– Cette région s'appelle Wadmalaw Island. On va décrire des cercles. Vous me direz si vous voyez quelque chose. »

Une heure s'écoula, puis deux. Le sol était un enchevêtrement de ruisseaux et de rivières surgissant des marais. Tous les chemins se ressemblaient. Souvorov avait l'esprit de plus en plus confus et le pilote finit par perdre patience.

« Il va falloir abandonner les recherches, déclarat-il. Sinon je n'aurai plus assez de carburant pour regagner Savannah.

– Savannah est dans l'Etat de Géorgie, fit le Russe comme s'il récitait une leçon apprise par cœur.

– Bravo, vous avez gagné, le félicita le pilote avec un sourire moqueur.

– Notre base de départ pour l'Union soviétique?

– Seulement un stop pour faire le plein. »

Puis il se tut.

L'agent du K.G.B., constatant qu'il ne parviendrait pas à lui soutirer la moindre information, reporta son attention sur le paysage.

Soudain, il tendit le bras avec excitation au-dessus du tableau de bord.

« Là! s'écria-t-il. Le petit croisement sur la gauche.

– Vous le reconnaissez?

– Je crois. Descendez un peu. Je voudrais examiner cette ruine au coin. »

Le pilote s'exécuta et amena l'appareil au-dessus du carrefour.

« C'est ça? demanda-t-il. Une ancienne station-service?

– On approche, fit Souvorov. Longez la route qui se dirige vers ce fleuve au nord.

– Le canal côtier.

– Un canal?

– Oui. Une étroite voie navigable qui descend du nord de la côte atlantique vers la Floride et le golfe du Mexique. Utilisée surtout par les petits bateaux de plaisance. »

L'hélicoptère frôlait la cime des arbres, faisant ployer les branches sous le souffle de ses pales. Le chemin se terminait brusquement devant une rivière marécageuse. Le Russe avait les yeux fixés devant lui à travers le pare-brise.

« Le laboratoire. Il doit être par là.

– Je ne vois rien, constata le pilote en faisant virer l'appareil pour examiner le sol.

– Posez-vous! demanda nerveusement Souvorov. Là, dans cette clairière à une centaine de mètres du chemin. »

Le pilote obéit et posa l'hélicoptère dans la terre

grasse, soulevant un tourbillon de feuilles mortes. Il laissa le moteur tourner au ralenti et ouvrit la porte. Le Russe sauta au sol et se précipita vers le chemin. Après quelques minutes de recherches frénétiques, il s'arrêta au bord de la rivière et regarda autour de lui avec exaspération.

« Que se passe-t-il? demanda le pilote en le rejoignant.

– Il n'est pas là, fit Souvorov incrédule. Un entrepôt avec un ascenseur descendant au laboratoire. Il a disparu.

– Les bâtiments ne s'évanouissent pas en six heures. (Le pilote commençait à en avoir assez.) Vous avez dû vous tromper d'endroit.

– Non. Je suis sûr que c'est ce chemin-là.

– Je ne vois que des arbres et des marais. Et juste cette vieille péniche aménagée ancrée sur l'autre rive.

– Un bateau! s'écria le Russe comme s'il venait d'avoir une révélation. C'était sûrement un bateau. »

Le pilote contempla un instant les eaux boueuses de la rivière.

« Il n'y a pas plus d'un mètre de fond. Impossible d'amener ici un bateau de la taille d'un hangar depuis le canal. »

L'agent du K.G.B. semblait désorienté.

« Il faut continuer à chercher, persista-t-il.

– Désolé, répliqua fermement le pilote. Mais nous n'avons plus le temps. Il faut partir tout de suite, sinon nous allons être en retard. »

Sans attendre, il se retourna et se dirigea vers l'appareil. Souvorov, lentement, s'ébranla derrière lui, l'air abattu.

Tandis que l'hélicoptère s'élevait au-dessus des arbres pour se diriger vers Savannah, le rideau d'un hublot de la péniche s'écartait sur un vieux Chinois braquant des jumelles 11 × 80.

Il déchiffra le numéro d'identification inscrit sur le fuselage de l'appareil, reposa ses jumelles, fit un numéro sur un téléphone portatif à brouilleur incorporé et prononça quelques phrases dans un chinois rapide.

44

« Vous avez une seconde, Dan? demanda Curtis Mayo à Fawcett qui descendait de voiture dans l'allée longeant la Maison Blanche.

– Je n'ai guère de temps, répondit le secrétaire général sans regarder le journaliste. Je suis déjà en retard pour une réunion.

– Une nouvelle réunion dans la salle du Conseil? »

Fawcett retint son souffle puis, aussi calmement que le lui permettaient ses doigts tremblants, il empoigna son attaché-case et referma la portière.

« Des commentaires? lança Mayo.

– Non, répondit Fawcett en se dirigeant à pas vifs vers l'entrée.

– Pourtant, moi j'ai quelque chose à dire. Ça passera au journal de six heures. »

Fawcett ralentit.

« Qu'est-ce que vous mijotez? »

Mayo tira de sa poche une cassette vidéo et la lui tendit en déclarant :

« Vous aimerez sans doute visionner cette bande avant l'émission.

– Pourquoi faites-vous ça?

– Disons par courtoisie professionnelle.

– Ça, pour un scoop c'est un scoop. »

Le journaliste sourit.

« Visionnez la bande, vous comprendrez.

– Epargnez-moi cette corvée. Qu'est-ce qu'il y a dessus?

– Une petite scène folklorique représentant le Président jouant au fermier. Seulement le Président n'est pas le Président. »

Fawcett s'arrêta et dévisagea Mayo.

« Vous déconnez, mon vieux!

– Je peux vous citer?

– Ne faites pas trop le malin, répliqua sèchement le secrétaire général de la Maison Blanche. Je ne suis pas d'humeur à supporter vos ridicules affabulations.

– Bien, alors, je vais vous poser des questions claires. Qui sont les doublures du Président et du vice-président dans le ranch du Nouveau-Mexique?

– Quelles doublures? Vous avez perdu la tête!

– Oh! non. J'ai des preuves. Et des preuves suffisantes pour les passer aux infos. Je les divulgue et tous les amateurs de scandales du pays vont déferler sur la Maison Blanche comme une nuée de sauterelles.

– Faites ça et vous vous retrouverez au chômage dès l'instant où le Président viendra en personne les démentir.

– Pas si je découvre ce qu'il manigançait pendant que son sosie jouait à cache-cache avec nous au Nouveau-Mexique.

– Vous délirez complètement, mon pauvre ami.

– Allons, Dan, avouez. Il se passe quelque chose de grave.

– Croyez-moi, Curt, vous vous trompez. Le Président sera de retour d'ici un jour ou deux. Vous pourrez l'interroger en personne.

– Et ces réunions secrètes du cabinet de crise à toute heure?

– Pas de commentaires.

– C'est donc vrai?

– Qui s'amuse à colporter de tels ragots?

– Quelqu'un qui a remarqué un flot de voitures anonymes venant se garer dans les sous-sols du département du Trésor au milieu de la nuit.

– Probablement des fonctionnaires zélés qui font des heures supplémentaires.

– Non. On n'a pas vu de lumière dans les bureaux. A mon avis, ce sont des gens qui se glissent dans la Maison Blanche par le passage souterrain et se réunissent dans la salle du Conseil.

– Vous pouvez penser ce que vous voulez, mais vous êtes dans l'erreur. C'est tout ce que j'ai à déclarer sur ce sujet.

– Je ne laisserai pas tomber, lança Mayo sur un ton de défi.

– Tant pis pour vous », fit Fawcett en haussant les épaules.

Le journaliste s'arrêta et regarda le secrétaire général de la présidence franchir le portail. Il avait parfaitement joué son rôle, mais Mayo le connaissait trop pour se laisser abuser. Tous les doutes qu'il aurait pu encore entretenir avaient été balayés. Il se passait bien quelque chose derrière les murs de la Maison Blanche.

Il était plus déterminé que jamais à découvrir la vérité.

Fawcett glissa la cassette dans le magnétoscope et s'installa devant l'écran de télévision. Il repassa la bande trois fois avant de comprendre ce qui avait éveillé les soupçons de Mayo.

Il décrocha son téléphone d'un geste las et demanda une ligne sûre pour le Département d'Etat. Douglas Oates vint au bout du fil quelques instants plus tard.

« Oui, Dan, qu'y a-t-il?

– Un fait nouveau.

– Des informations concernant le Président?

– Non, monsieur. Je viens de parler avec Curtis Mayo de C.N.N. News. Il est sur la piste. »

Il y eut un long silence.

« Que pouvons-nous faire?

– Rien, répondit sombrement Fawcett. Absolument rien. »

Sam Emmett quitta les bureaux du F.B.I. situés dans le centre de Washington et partit en voiture pour le quartier général de la C.I.A. à Langley, en Virginie. Une averse tombait sur la forêt entourant le vaste complexe du Service de renseignements, apportant avec elle une agréable odeur de végétation mouillée.

Martin Brogan l'attendait devant son bureau. L'ancien professeur d'université lui tendit la main :

« Merci d'avoir trouvé le temps de venir jusqu'ici. »

Emmett sourit. Brogan était l'une des rares personnes parmi l'entourage du Président qu'il admirait sincèrement.

« De rien. Je ne suis pas un homme de dossiers. Je suis ravi chaque fois que je peux m'arracher à mon fauteuil. »

Ils entrèrent dans le bureau de Brogan et s'installèrent autour d'une petite table.

« Café, ou quelque chose à boire? proposa Brogan.

– Rien, merci. (Emmett ouvrit sa serviette et posa un rapport devant le directeur de la C.I.A.) Ce sont les derniers résultats de nos enquêtes sur la disparition du Président.

Brogan lui remit un document similaire :

« Voici les nôtres. Je dois avouer qu'il n'y a pas grand-chose de nouveau depuis notre dernière rencontre.

– C'est pareil pour nous. Nous nageons complètement. »

Brogan alluma un énorme cigare, luxe qui contrastait étrangement avec ses vêtements mal coupés, puis les deux hommes commencèrent à lire. Après une dizaine de minutes de silence, une expression de curiosité naquit sur le visage du directeur de la C.I.A. Il désigna un passage du rapport d'Emmett :

« Cette histoire de psychologue soviétique disparu ?

– Je pensais que ça devrait vous intéresser.

– Lui et toute son équipe des Nations Unies se sont donc évanouis dans la nature la nuit même du sabordage de l'*Eagle* ?

– Oui, et jusqu'à maintenant aucun d'eux n'a été retrouvé. Ce n'est peut-être qu'une coïncidence, mais il m'a semblé qu'on ne pouvait pas négliger cette piste.

– La première pensée qui me vient à l'esprit, c'est que ce... (Brogan consulta le rapport)... ce docteur Alexeï Lugovoy aurait pu recevoir l'ordre du K.G.B. d'utiliser ses connaissances en psychologie pour arracher des secrets d'Etat aux hommes kidnappés.

– Une hypothèse que nous ne pouvons pas nous permettre d'écarter.

– Ce nom, fit le directeur de la C.I.A. en réfléchissant. Il me dit quelque chose.

– Vous l'avez déjà entendu ? »

Brogan haussa soudain les sourcils et appuya sur une touche de son interphone :

« Apportez-moi le dernier rapport des Services de sécurité français, demanda-t-il.

– Vous avez quelque chose sur lui ?

– Une conversation enregistrée entre le président Antonov et son chef du K.G.B. Vladimir Polevoï. Je crois que le nom de Lugovoy a été mentionné.

– Ce sont les Français qui vous l'ont communiquée ? s'étonna Emmett.

– Antonov était en visite officielle. Nos amicaux rivaux de Paris acceptent de nous passer discrètement des informations tant qu'ils estiment qu'elles ne touchent pas leurs intérêts nationaux. »

La secrétaire de Brogan frappa à la porte et entra pour lui remettre une transcription de la bande magnétique. Il la parcourut rapidement.

« C'est très encourageant, déclara-t-il. En lisant entre les lignes, vous pouvez imaginer toutes sortes de plans machiavéliques. D'après Polevoï, le psychologue de l'O.N.U. a disparu sur le ferry de Staten Island et ils ont perdu aussitôt sa trace.

– Le K.G.B. égarant plusieurs de ses brebis à la fois ? ironisa Emmett. C'est nouveau. Ils doivent être devenus bien négligents.

– Les propres paroles de Polevoï, fit Brogan en lui tendant la feuille de papier. Voyez vous-même. »

Le directeur du F.B.I. étudia attentivement la transcription. Quand il leva enfin la tête, une lueur de triomphe brillait dans son regard.

« Les Russes sont donc bien derrière l'enlèvement ! »

Brogan acquiesça :

« Selon toutes apparences, oui. Mais ils ne sont pas seuls puisqu'ils semblent ignorer où se trouve Lugovoy. Ils travaillent avec quelqu'un, quelqu'un d'installé aux Etats-Unis et d'assez puissant pour mener une opération d'une telle envergure.

– Vous ? » jeta Emmett avec gourmandise.

Brogan éclata de rire.

« Non. Et vous ? »

Le directeur du F.B.I. secoua la tête.

« Si le K.G.B., la C.I.A. et le F.B.I. sont dans le brouillard, je me demande qui peut bien tirer les ficelles?

– Cette personne qu'ils appellent la « vieille sorcière » ou la « salope de Chinoise ».

– Décidément ces communistes n'ont aucune éducation.

– Le mot de code de l'opération a tout l'air d'être Huckleberry Finn. »

Emmett se croisa les jambes et s'enfonça dans son fauteuil.

« Huckleberry Finn, répéta-t-il. Nos amis russes ne manquent pas d'humour. En tout cas, nous tenons enfin une piste. »

Personne ne prêtait attention aux deux hommes confortablement installés à l'intérieur d'une camionnette garée dans une zone de livraison près de l'immeuble de la N.U.M.A. Un panneau de plastique amovible accroché à la portière annonçait : PLOMBERIE-DÉPANNAGES. A l'arrière s'entassaient tuyaux de cuivre et outils. Les salopettes des occupants du véhicule étaient maculées de graisse et les deux hommes avaient une barbe de trois jours. Il n'y avait qu'une chose d'étrange dans leur comportement : ils ne quittaient pas des yeux l'entrée des bureaux de la N.U.M.A.

Soudain le chauffeur sursauta et lança :

« Je crois que le voilà. »

Son compagnon leva des jumelles dissimulées dans un sac de papier dont le fond avait été déchiré et les braqua sur la silhouette émergeant de la porte à tambour. Puis il les abaissa et examina la photo posée sur ses genoux.

« C'est bien lui », confirma-t-il.

L'homme au volant vérifia quelques chiffres sur une petite boîte noire.

« Cent quarante secondes à partir de... maintenant ! »

Il ponctua sa phrase en pressant un bouton.

« Okay, fit l'autre. Foutons le camp d'ici en vitesse. »

Pitt arriva en bas du large escalier au moment où la camionnette des plombiers passait devant lui. Il attendit un instant que la voie fût libre puis se dirigea vers le parking. Il était à environ 70 mètres de la Talbot-Lago quand un coup de klaxon le fit se retourner.

Al Giordino arriva à sa hauteur au volant d'une Ford Bronco 4 × 4. Ses cheveux noirs et frisés étaient tout emmêlés et ses joues bleues de barbe. Il donnait l'impression de ne pas avoir dormi depuis une semaine.

« Alors, on s'en va de bonne heure, fit-il, goguenard.

– C'était mon intention avant de te rencontrer, répliqua Pitt avec un sourire.

– Veinard, toute la journée à paresser.

– Tu as terminé avec l'*Eagle* ?

– Oui, répondit Al d'une voix lasse. On l'a remorqué et mis en cale sèche il y a trois heures. Il pue la mort à plus d'un kilomètre à la ronde.

– Au moins tu n'as pas eu à remonter les cadavres.

– Non, c'est une équipe de plongeurs de la Navy qui s'est chargée de ce sale boulot.

– Prends une semaine de vacances. Tu l'as bien méritée. »

Son adjoint le gratifia de son plus beau sourire de latin :

« Merci, patron. J'en ai besoin. »

Puis son expression se modifia et il demanda :

« Du nouveau sur le *Pilottown* ?

– Nous... »

Pitt n'acheva pas sa phrase. Une terrifiante explosion retentit. Une boule de feu jaillit d'entre les voitures tandis que des débris de métal étaient projetés dans toutes les directions. Une roue dont les rayons étincelaient dans le soleil décrivit un arc de cercle et atterrit avec un bruit sourd sur le capot de la Ford avant de rebondir et de rouler le long d'une allée pour s'arrêter enfin dans un massif de roses. Les échos de la déflagration se répercutèrent sur la ville et moururent.

« Mon Dieu! s'exclama Giordino avec effroi. Qu'est-ce que c'était? »

Pitt ne répondit pas. Il se précipita au milieu des véhicules et se faufila entre les rangées pour s'immobiliser devant une masse calcinée d'où s'élevait une épaisse fumée noire. Le bitume tout autour était éventré et avait fondu sous la chaleur. Il était difficile de s'imaginer que ces tôles déchiquetées avaient été un jour une voiture.

Al le rejoignit.

« Merde! C'était à qui?

– A moi », répondit Pitt avec tristesse en contemplant ce qui restait de sa splendide Talbot-Lago.

TROISIÈME PARTIE

LE LEONID ANDREÏEV

45

7 août 1989,
Miami, Floride.

LOREN fut accueillie sur le *Leonid Andreïev* par le commandant Yakov Pokovski, un homme charmant aux cheveux argentés et aux yeux plus noirs que du caviar. Il se montra fort aimable mais il était clair que l'idée d'avoir à son bord une Américaine qui allait poser des tas de questions ne le séduisait guère. Après les formalités d'usage, le second la conduisit à une superbe suite remplie de fleurs. Décidément, se dit-elle, les Russes savent recevoir les hôtes de marque.

Dans la soirée, lorsque les derniers passagers eurent embarqué et se furent installés dans leurs cabines, le paquebot appareilla, quittant la baie de Biscayne par le chenal. Les lumières des hôtels de Miami Beach disparurent tandis que le *Leonid Andreïev* s'éloignait sous une brise tropicale.

Loren se déshabilla et prit une douche. Après s'être essuyée, elle alla s'examiner dans la glace. Son corps se tenait encore très bien eu égard à ses trente-sept années d'usage. Le jogging et quatre heures de danse par semaine y étaient sans doute pour quelque chose. Elle pinça la peau lisse de son ventre et constata avec tristesse qu'un léger bourrelet ressortait entre son pouce et son index. Les repas plantureux qui l'attendaient au cours de cette croisière n'allaient certes rien arranger. Elle se promit d'éviter les alcools et les desserts.

Elle passa une veste de soie damassée mauve sur un chemisier noir de dentelle et de taffetas puis défit son chignon pour laisser ses cheveux retomber librement sur ses épaules. Satisfaite du résultat, elle décida de faire un petit tour sur le pont avant de dîner à la table du commandant.

La soirée était chaude. La jeune femme s'installa dans une chaise longue sur le pont supérieur arrière et, pendant une demi-heure, détendue, laissa son esprit vagabonder en regardant le reflet de la lune sur les eaux noires. Soudain, toutes les lumières extérieures du pont s'éteignirent.

Loren ne remarqua l'hélicoptère que lorsqu'il fut tout près. Il volait au ras des vagues, sans feux de navigation. Plusieurs hommes d'équipage sortirent de l'ombre pour recouvrir rapidement la piscine du pont des embarcations avec des panneaux de bois. Puis un officier agita une torche et l'hélicoptère vint se poser en douceur sur cette plate-forme improvisée.

La jeune femme se leva pour se pencher au-dessus du bastingage. Elle se trouvait à une dizaine de mètres de la scène qui était baignée par le clair de lune. Elle regarda autour d'elle, ne distinguant que cinq ou six passagers qui se tenaient à l'écart.

Trois hommes descendirent de l'appareil. Deux d'entre eux, semblait-il, étaient traités plutôt rudement. L'officier du paquebot coinça sa lampe sous son bras pour pousser brutalement l'un des inconnus vers une écoutille ouverte. Une fraction de seconde, le pinceau lumineux éclaira un visage blême aux yeux exorbités de terreur. Les mains de Loren se crispèrent sur la rambarde et son cœur fit un bond dans sa poitrine.

L'hélicoptère s'éleva dans la nuit et vira sèchement vers le rivage. Les hommes d'équipage ôtèrent les planches recouvrant la piscine puis se dispersèrent. Quelques instants plus tard, les lumières revenaient. Tout s'était déroulé si vite que la jeune femme se demanda un moment si elle n'avait pas rêvé. Mais il n'y avait pas à se tromper sur l'identité de cette créature effrayée dont elle avait entrevu le visage. Elle était certaine qu'il s'agissait du président de la Chambre des représentants, Alan Moran.

Sur la passerelle, le commandant Pokovski scrutait l'écran du radar, une cigarette accrochée au coin des lèvres. Il se redressa et défroissa la veste blanche de son uniforme de cérémonie.

« Au moins ils ont attendu que nous soyons au-delà de la limite des 12 milles, fit-il d'une voix gutturale.

– Ils n'ont pas été suivis ? demanda l'officier de quart.

– Pas de contacts aériens et pas de navires dans les parages répondit le commandant. Une opération en douceur.

– Comme les autres », fit l'officier avec un sourire suffisant.

Pokovski, lui, ne souriait pas.

« Je n'aime pas accepter des colis dans des délais aussi brefs et en plus par nuit claire.

– Ce devait être une urgence.

– Ce sont toujours des urgences ! » répliqua le commandant d'un ton caustique.

L'officier de quart demeura silencieux. Il avait servi sous les ordres de Pokovski assez longtemps pour savoir quand il était préférable de se taire.

Le commandant examina une nouvelle fois l'écran du radar, puis balaya du regard l'horizon obscur.

« Faites escorter nos invités jusqu'à ma cabine », lança-t-il avant de quitter la passerelle.

Cinq minutes plus tard, le second frappait à sa porte et introduisait un homme vêtu d'un costume fripé.

« Je suis le commandant Pokovski, se présenta le patron du *Leonid Andreïev* en s'extirpant d'un profond fauteuil de cuir.

– Paul Souvorov.

– K.G.B.?

– Oui. »

Pokovski lui désigna un divan.

« Verriez-vous un inconvénient à m'informer des motifs de votre arrivée inattendue? »

Souvorov s'empressa de s'asseoir et entreprit de jauger son interlocuteur. Le commandant était un vieux loup de mer qui ne se laissait certainement pas impressionner par les exigences de la sécurité de l'Etat. L'agent du K.G.B. choisit la prudence.

« Pas du tout, répondit-il. J'ai reçu pour instructions de faire sortir deux hommes du pays.

– Où sont-ils?

– J'ai pris la liberté de les faire enfermer dans la prison du navire par votre second.

– Ce sont des transfuges russes?

– Non, des Américains. »

Pokovski haussa les sourcils.

« Vous voulez dire que vous avez enlevé des citoyens américains?

– Oui, répondit Souvorov d'un ton glacial. Deux des plus importantes personnalités politiques des Etats-Unis.

– Vous plaisantez?

– Nullement. Il s'agit de deux membres du Congrès. Leurs noms importent peu. »

Une lueur de colère s'alluma dans le regard du commandant.

286

« Vous vous rendez compte de la position dans laquelle vous avez mis mon bateau ?

– Nous sommes dans les eaux internationales, lui rappela tranquillement l'agent du K.G.B. Que pourrait-il arriver ?

– Des guerres ont éclaté pour moins que ça ! Si les Américains l'apprennent, eaux internationales ou non, ils n'hésiteront pas un instant à envoyer leur marine et leurs garde-côtes pour nous aborder. »

Souvorov se leva et fixa Pokovski droit dans les yeux :

« Votre précieux navire ne risque rien, commandant.

– Pardon ?

– L'océan est un vaste tombeau, expliqua froidement l'agent du K.G.B. Si la situation l'exige, nos amis américains seront tout simplement remis à la mer. »

46

Comme on pouvait s'y attendre, la conversation à la table du commandant fut terne et ennuyeuse. Les invités se lançaient tour à tour dans le récit banal de leurs croisières précédentes. Pokovski, qui avait déjà entendu ces histoires des milliers de fois, se contentait d'écouter avec un sourire poli. Lorsqu'on l'interrogea, il raconta qu'il s'était engagé dans la marine soviétique à l'âge de dix-sept ans, qu'il avait ensuite gravi tous les échelons pour commander un transport de troupes et qu'après vingt ans de service il avait été nommé sur la compagnie des paquebots.

Il précisa que le *Leonid Andreïev* était un bâtiment de 14 000 tonnes, construit en Finlande avec une capacité de quatre cent soixante-dix-huit passagers et deux hommes d'équipage pour trois passagers. Ce paquebot moderne possédait une piscine couverte et une découverte, cinq bars, deux night-clubs, dix boutiques vendant des alcools et des produits russes, un cinéma, un théâtre et enfin une bibliothèque. Pendant l'été, il effectuait des croisières de dix jours dans les Caraïbes au départ de Miami.

Loren, profitant d'un court instant de silence, mentionna négligemment l'arrivée de l'hélicoptère. Le commandant alluma une cigarette.

« Vous, les Américains, avec votre argent, fit-il avec aisance. Deux riches Texans ont manqué le bateau à Miami et ont loué un hélicoptère pour se faire déposer à bord. Bien peu de mes compatriotes pourraient se permettre un tel luxe.

– Bien peu des miens également », lui assura la jeune femme.

Le commandant n'était pas seulement charmant et sympathique, c'était aussi un menteur consommé. Elle n'insista pas et se remit à grignoter sa salade.

Avant le dessert, Loren s'excusa et regagna sa suite du pont supérieur. Elle se débarrassa de ses chaussures, enleva sa jupe et sa veste puis les suspendit avant de s'affaler sur le grand lit. Elle revit le visage terrifié d'Alan Moran, se répétant que ce devait être quelqu'un qui lui ressemblait, qu'elle avait pu se tromper à la lueur de la lampe. Sa raison lui dictait qu'il ne s'agissait que d'un tour que lui avait joué son imagination.

Mais elle se souvenait de la question que Pitt lui avait posée au restaurant. Ne lui avait-il pas demandé si on parlait de personnages importants qui auraient disparu? Son instinct lui disait maintenant qu'elle avait vu juste.

Elle étala le plan du paquebot sur le lit. Chercher Moran dans une véritable ville flottante de deux cent trente cabines, de quartiers pour un équipage de trois cents hommes, de diverses cales et d'une immense salle des machines, le tout s'étendant sur sept ponts et près de 150 mètres, était une cause perdue d'avance. Il ne lui fallait pas non plus oublier qu'elle représentait le gouvernement américain en territoire soviétique. Obtenir la permission du commandant Pokovski de fouiller le navire? Autant lui demander d'abandonner la vodka pour le bourbon.

La première chose à faire était de se renseigner sur les allées et venues d'Alan Moran. S'il était chez lui à Washington en train de regarder la télévision, elle pourrait laisser tomber cette histoire de fous et profiter d'une bonne nuit de sommeil. Elle se rhabilla et se rendit dans la salle des communications. Heureusement, il n'y avait pas trop de monde et elle n'eut pas à attendre.

Une jolie Russe en uniforme lui demanda où elle désirait téléphoner.

« A Washington, répondit-elle. Un appel avec préavis pour Mrs. Sally Lindemann. Je vais vous écrire le numéro.

– Si vous voulez bien entrer dans la cabine 5, je vais établir votre communication par satellite. »

Loren patienta, espérant que sa secrétaire serait chez elle. Elle l'était. Une voix endormie répondit à l'opératrice, confirmant qu'elle était bien Sally Lindemann.

« C'est vous? fit-elle lorsque Loren vint en ligne. Je parie que vous êtes en train de danser sous les étoiles des Caraïbes avec le play-boy du bateau. Je me trompe?

– Tout à fait.

– J'aurais dû me douter que vous appeliez pour des raisons professionnelles.

– Sally, je voudrais que vous contactiez quelqu'un.

– Une seconde... Voilà, j'ai pris mon bloc et mon crayon. Qui dois-je contacter?

– Le parlementaire qui a fait échouer mon projet des montagnes Rocheuses.

– Ce vieux machin de Mo...

– Oui, c'est bien lui, la coupa Loren. Je veux que vous lui parliez, de préférence de vive voix. Commencez par chez lui. S'il est sorti, demandez à sa femme où on peut le joindre. Si elle rouspète, prétendez que c'est une urgence. Racontez n'importe quoi, mais trouvez-le.

– Et après?

– Après, rien. Dites que c'était une erreur. »

Il y eut quelques instants de silence, puis Sally demanda :

« Vous êtes sûre que vous n'avez pas bu? »

Loren éclata de rire, imaginant ce qui devait se passer dans la tête de sa secrétaire.

« Je suis plus sobre qu'un chameau.

– Ça ne peut pas attendre demain?

– Non. Il faut que je sache le plus tôt possible où il est.

– Mais il est plus de minuit!

– Peu m'importe, répliqua sèchement Loren. Rappelez-moi dès que vous l'aurez vu ou que vous aurez entendu sa voix. »

Elle raccrocha et se dirigea vers sa suite. Le paquebot baignait dans le clair de lune et la jeune femme s'attarda un instant sur le pont, regrettant que Pitt ne fût pas avec elle.

Loren venait de finir de se maquiller quand on frappa à la porte.

« Qui est là?

– Le steward. »

Elle alla ouvrir. L'homme la salua, glissant un regard gêné dans l'échancrure de sa robe de chambre.

« Un appel urgent du continent, Mrs. Smith, dit-il avec un fort accent slave. Il vous attend dans la salle des communications. »

Loren le remercia et s'habilla rapidement. Une nouvelle standardiste lui indiqua une cabine. La voix de Sally s'éleva, aussi nette que si elle s'était trouvée juste à côté :

« Bonjour, fit-elle en bâillant.

— Alors ?

— La femme de Moran m'a dit qu'il était parti à la pêche avec le sénateur Larimer, annonça-t-elle sans laisser le temps à Loren de l'interrompre. Elle a précisé qu'ils étaient dans une réserve au sud de Quantico. J'ai sauté dans ma voiture pour aller vérifier. J'ai fait le tour de la région, mais aucune trace d'eux. Je suis donc rentrée à Washington et j'ai appelé les assistants de Moran. Ils ont confirmé cette histoire de pêche. Pour plus de sûreté, j'ai également téléphoné à des gens de l'entourage de Larimer. Même salade. En fait, personne ne les a vus depuis plus d'une semaine. Désolée de n'avoir pu faire mieux, mais j'ai l'impression qu'on essaie de cacher quelque chose. »

Loren eut soudain froid dans le dos. Le deuxième homme de l'hélicoptère aurait-il pu être le sénateur Marcus Larimer ?

« Je continue à chercher ? demanda Sally.

— Oui, s'il vous plaît.

— Bien... Ah ! j'allais oublier. Vous avez entendu les dernières nouvelles ?

— A dix heures du matin sur un bateau perdu au milieu de l'Atlantique ?

— Il s'agit de votre ami Dirk Pitt.

— Il est arrivé quelque chose à Dirk ? s'écria la jeune femme avec angoisse.

— Des inconnus ont fait sauter sa voiture. Heureusement, il n'était pas dedans mais il s'en est fallu de peu. Il se dirigeait vers elle quand il s'est arrêté pour bavarder avec un ami. D'après la police, à une minute près, on le ramassait à la petite cuillère. »

Les pensées de Loren se brouillèrent dans sa tête. Tout arrivait trop vite. Les événements se télescopaient, semant la confusion dans son esprit. Elle se raccrocha au seul fil qui semblait encore solide.

« Sally, écoutez-moi bien. Appelez Dirk et dites-lui que... (un vrillement aigu lui transperça les tympans). Sally, vous m'entendez? »

Seule la friture sur la ligne lui répondit. Elle se retourna pour protester auprès de l'opératrice, mais celle-ci avait disparu. A sa place se tenaient deux stewards, ou plutôt deux catcheurs déguisés en stewards, et le second. Ce dernier ouvrit la porte de la cabine et s'inclina sèchement.

« Si vous voulez bien me suivre, Mrs Smith. Le commandant désirerait vous parler. »

47

Le pilote posa son hélicoptère sur un petit aéroport près de Charleston. Il coupa le moteur puis descendit et attacha l'une des pales du rotor à la queue de l'appareil.

Il avait le dos et les bras raides après toutes ces heures de vol et il se livra à des exercices d'assouplissement en se dirigeant vers le bureau situé près de la piste. Il ouvrit la porte et entra.

Un inconnu était installé dans l'étroite pièce, lisant un journal. Il paraissait chinois ou japonais. Il abaissa son journal, dévoilant un fusil à canon scié.

« Qu'est-ce que vous voulez? demanda stupidement le pilote.

– Des informations.

– Vous vous trompez d'endroit, répondit le pilote, levant instinctivement les mains. Ici, c'est un service d'ambulance par hélicoptère, pas une bibliothèque.

– Très drôle, fit l'Asiatique. Vous transportez également des passagers.

– Qui vous a raconté ça?

– Paul Souvorov. Un de vos amis russes.

– Jamais entendu parler de ce type.

– Vraiment? Il a pourtant passé presque toute la journée d'hier avec vous.

– Qu'est-ce que vous voulez? » demanda le pilote avec un petit frisson de peur.

L'Asiatique répondit avec un sourire malveillant :

« Vous avez dix secondes pour me donner l'endroit exact où vous avez déposé Souvorov et les deux autres. Passé ce délai, je vous fais sauter un genou. Et je vous accorde ensuite dix nouvelles secondes au bout desquelles vous pourrez dire adieu à toute vie sexuelle. (Il posa le doigt sur la détente.) Je commence à compter... Un... deux... »

Trois minutes plus tard, l'homme sortait, verrouillant la porte derrière lui. Il se dirigea vers une voiture garée non loin, se glissa au volant et prit un chemin sablonneux en direction de Charleston.

Il n'avait effectué que quelques centaines de mètres quand un torrent de flammes jaillit du toit du bureau, teintant d'orange le ciel couvert.

Pitt passa la journée à éviter les reporters et les enquêteurs de la police. Il s'était réfugié dans un pub tranquille de Rhode Island Avenue, installé dans un box à l'écart, contemplant d'un air maussade son sandwich à peine entamé et son troisième Manhattan, un cocktail qu'il ne buvait qu'en de très rares occasions.

Une serveuse blonde en minijupe et bas résilles s'arrêta à sa table.

« Vous êtes la personne la plus pitoyable de cette salle, fit-elle avec un sourire tout maternel. C'est votre femme ou votre petite amie que vous avez perdue?

– Pire, répondit Pitt tristement. Ma voiture. »

Elle lui lança un regard qu'elle devait réserver aux Martiens et aux fous, haussa les épaules et alla s'occuper des autres clients.

Pitt demeura un long moment les yeux fixés sur son verre. Il avait perdu l'initiative. C'étaient maintenant les événements qui le dirigeaient. Savoir qui avait tenté de le tuer ne lui procurait qu'une mince satisfaction. Seuls les Bougainville avaient un véritable motif. Il les serrait de trop près. Pas besoin d'être un génie pour en arriver à cette conclusion.

Il était furieux contre lui-même pour s'être contenté de s'amuser comme un gamin à saboter leurs opérations financières pendant qu'eux se livraient à des jeux d'adultes. Il se sentait comme un chercheur de trésor qui aurait découvert un coffre bourré de pièces d'or en plein milieu de l'Antarctique et qui n'aurait aucun endroit pour les dépenser. Son seul atout, c'était qu'il en savait plus qu'ils ne se l'imaginaient.

Ce qui le préoccupait, c'était le rôle éventuel des Bougainville dans l'affaire de l'*Eagle*. Il ne voyait aucune raison à ce sabordage et à ces meurtres. Le seul lien, et bien ténu encore, était cette pléiade de cadavres coréens.

Peu importait. Après tout, c'était le problème du F.B.I. et il était ravi d'en être débarrassé.

Il était maintenant temps de passer à l'action. La

première chose à faire était de rassembler ses troupes. Là non plus, pas besoin d'être un génie pour en arriver à cette conclusion.

Il se leva et se dirigea vers le bar.

« Je peux téléphoner ? »

Le barman, un Irlandais au petit visage pointu, lui lança un regard morne.

« Ici ?

– Non, mais n'ayez pas peur, je vais utiliser ma carte de crédit. »

Le barman haussa les épaules et posa un téléphone au bout du bar, à l'écart des autres clients.

« Désolé pour votre voiture, Dirk. Je l'ai vue une fois. Une vraie merveille.

– Merci », fit Pitt.

Il donna le numéro de sa carte de crédit à l'opératrice et attendit la communication.

« Casio, enquêtes et filatures.

– Dirk Pitt à l'appareil. Sal est là ?

– Un instant, je vous prie.

– Dirk ? fit la voix de Casio quelques secondes plus tard. J'ai essayé de vous joindre toute la matinée. Je crois que je tiens quelque chose.

– Oui ?

– Une piste que j'ai dénichée dans les dossiers du bureau maritime. Six des marins coréens enrôlés sur le *San Marino* avaient déjà navigué. La plupart pour des compagnies étrangères. Mais tous les six avaient un point commun : à un moment ou à un autre, ils avaient servi à bord de bateaux appartenant aux lignes maritimes Bougainville. Vous connaissez ?

– Et comment ! »

Pitt entreprit alors de mettre Casio au courant de ce qu'il avait découvert grâce aux ordinateurs de la N.U.M.A.

« Nom de Dieu ! s'exclama le détective avec incrédulité. Tout colle !

– Et votre bureau, il a quelque chose sur l'équipage coréen après la disparition du *San Marino* ?

– Non. Absolument rien.

– D'après ce que je sais des Bougainville, ces hommes ont dû être assassinés. »

Casio garda le silence et Pitt devina ce qui se passait dans sa tête.

« Merci, Dirk, finit-il par déclarer. Vous m'avez aidé à retrouver les meurtriers d'Arta. Maintenant, c'est à moi de jouer. Et seul.

– Ne me sortez pas ce couplet absurde de la vengeance personnelle, répliqua sèchement Pitt. Et puis vous ignorez toujours qui est le véritable coupable.

– C'est Min Koryo Bougainville, affirma le détective d'une voix vibrante de haine. Qui voulez-vous que ce soit d'autre ?

– La vieille a peut-être donné les ordres, mais elle ne s'est pas sali les mains. Ce n'est un secret pour personne qu'elle est clouée dans un fauteuil roulant depuis dix ans. On n'a publié d'elle aucune interview et aucune photo depuis l'époque de Nixon. Pour ce qu'on en sait, Min Koryo Bougainville n'est plus qu'une infirme sénile et grabataire. Elle est même peut-être morte. Elle n'aurait jamais pu balancer elle-même tous ces cadavres par-dessus bord.

– Vous pensez à un véritable syndicat du crime ?

– Vous connaissez un meilleur moyen pour éliminer la concurrence ?

– Maintenant, vous insinuez qu'elle fait partie de la Mafia ? grommela Casio.

– La Mafia ne tue que les indicateurs et ses propres membres. Toute l'intelligence du scénario de Min Koryo est qu'en assassinant des équipages entiers pour s'emparer de navires appartenant à d'autres armateurs, elle s'est bâti un empire pratiquement pour rien. Elle avait juste besoin de quelqu'un pour organiser et orchestrer ces crimes. Ne vous laissez pas aveugler par la haine Sal. Vous n'avez pas les moyens de vous attaquer seul aux Bougainville.

– Parce que vous, vous les avez?

– L'union fait la force. »

Il y eut un nouveau silence. Pitt crut que la communication avait été coupée.

« Vous êtes toujours là, Sal?

– Oui, répondit finalement le privé d'une voix pensive. Qu'est-ce que vous voulez que je fasse?

– Prenez l'avion pour New York et rendez une petite visite aux Bougainville.

– Pour fouiller leurs bureaux?

– Disons que vous pourriez utiliser vos talents à tâcher de découvrir des éléments intéressants qui ne sont pas apparus sur les ordinateurs.

– J'en profiterai pour installer des micros.

– C'est vous le spécialiste, fit Pitt. Ce qui va jouer en notre faveur, c'est que vous venez d'une direction qu'ils ne soupçonnent pas. Moi, ils m'ont déjà dans le collimateur.

– Vous êtes sûr?

– Ils ont essayé de me tuer.

– Mon Dieu! murmura Casio. Comment?

– Une bombe dans ma voiture.

– Les salauds! Je pars pour New York cet après-midi même. »

Pitt raccrocha puis regagna sa table. Il se sentait mieux après avoir parlé au détective et il finit son sandwich. Il sirotait son quatrième Manhattan quand Giordino arriva.

« Alors, tu noies ton chagrin?

– Ouais.

– Tu permets que je te tienne compagnie? demanda son adjoint en s'installant. Tu sais, l'amiral s'inquiète à ton sujet.

– Dis-lui que je paierai pour les dommages provoqués dans le parking.

– Sois sérieux une seconde. Le vieux est fou de rage. Il n'a pas lâché les gens du département de la Justice de toute la matinée, exigeant une enquête prioritaire sur cet attentat. Pour lui, s'attaquer à toi, c'est s'attaquer à la N.U.M.A. tout entière.

– Le F.B.I. fouine du côté de chez moi? »

Giordino acquiesça :

« Ils ne sont pas moins de six sur l'affaire.

– Et les journalistes?

– Je n'ai pas pu les compter. Qu'est-ce que tu croyais? La bombe qui a désintégré ta voiture t'a aussi projeté en haut de l'affiche. C'est la célébrité. Première tentative d'assassinat à l'explosif en ville depuis quatre ans. Que ça te plaise ou non, mon vieux, tu es une vedette à présent. »

Pitt éprouva une certaine satisfaction à la pensée d'avoir effrayé les Bougainville au point de les amener à se découvrir ainsi. Ils avaient dû apprendre qu'il était sur leur piste. Mais pourquoi cette réaction si brutale et excessive?

Le faux communiqué annonçant qu'il avait retrouvé le *San Marino* et le *Pilottown* les avait sans doute alertés, mais ils n'avaient aucune raison d'agir avec tant de précipitation. Min Koryo n'était pas du genre à paniquer. Elle n'avait même pas bronché devant la fable qu'il avait racontée aux journaux.

Comment les Bougainville avaient-ils compris qu'il s'intéressait à eux?

Ils n'auraient pas pu l'associer au piratage de leurs ordinateurs et organiser l'attentat dans un aussi bref délai. La vérité, alors, lui apparut. L'idée avait sans cesse effleuré son esprit, mais il l'avait repoussée car elle ne cadrait pas avec le reste. Mais maintenant, c'était aveuglant.

Les Bougainville avaient fait le rapport entre l'*Eagle* et lui!

Il était tellement absorbé dans ses pensées qu'il n'entendit pas Giordino lui dire qu'on le demandait au téléphone.

« Tu as l'air d'être à des années-lumière », fit celui-ci en lui désignant le barman qui brandissait l'appareil.

Pitt se leva et se dirigea vers le bar.

« Allô! », fit-il.

La voix excitée de Sally Lindemann lui répondit :

« Dieu merci, je vous trouve enfin. J'ai essayé de vous joindre toute la journée.

– Que se passe-t-il? Il n'est rien arrivé à Loren?

– Je ne crois pas. C'est-à-dire que je ne sais pas, balbutia Sally.

– Prenez votre temps et expliquez-vous, fit gentiment Pitt.

– Elle m'a appelée au milieu de la nuit depuis le *Leonid Andreïev* pour me demander de me renseigner sur le président de la Chambre, Alan Moran. Elle ne m'a donné aucune explication. Elle m'a simplement dit de prétendre qu'il s'agissait d'une erreur quand j'aurais réussi à lui parler. Ça vous paraît normal?

– Vous avez eu Moran?

– Pas vraiment. Le sénateur Larimer et lui étaient censés pêcher ensemble près de Quantico. Je me suis rendue sur place mais personne n'était au courant de leur présence.

– Loren n'a rien dit d'autre?

– Les dernières paroles qu'elle a prononcées au téléphone étaient : « Appelez Dirk et dites-lui... » puis on a été coupées. J'ai tenté plusieurs fois de la joindre, mais en vain.

– Vous avez informé la standardiste du bateau qu'il s'agissait d'une urgence?

– Bien sûr. On m'a répondu que mon message lui avait été transmis dans sa cabine. Elle ne m'a pas rappelée et ça ne lui ressemble pas du tout. Vous ne trouvez pas que c'est bizarre ? »

Pitt réfléchit.

« Oui, dit-il enfin. Assez bizarre pour qu'on s'en occupe. Vous avez l'itinéraire du *Leonid Andreïev* ?

– Un instant... Voilà, qu'est-ce que vous voulez savoir ?

– Quelle est sa prochaine escale ?

– Attendez, il arrive à San Salvador aux Bahamas à dix heures du matin et en repart le soir même à huit heures pour Kingston en Jamaïque.

– Merci, Sally.

– Mais enfin, qu'est-ce que toute cette histoire signifie ?

– Pour le moment, continuez à essayer de joindre Loren. Contactez le paquebot toutes les deux heures.

– Vous m'appellerez si vous apprenez quelque chose ? fit la jeune femme d'un ton inquiet.

– Oui, je vous appellerai », promit-il avant de raccrocher.

Il retourna s'asseoir à sa table.

« Qui c'était ? demanda Giordino.

– Mon agent de voyage, répondit Pitt en s'efforçant de dissimuler son angoisse. Nous allons faire une petite croisière dans les Caraïbes. »

48

Curtis Mayo était assis à un bureau planté dans un décor représentant une salle de rédaction. Il surveillait l'écran de contrôle de la caméra 2. Le journal du soir était commencé depuis dix minutes et il préparait sa prochaine intervention prévue juste après un spot publicitaire vantant les mérites d'un désinfectant pour salle de bain. Sur l'écran, un mannequin new-yorkais qui n'avait probablement jamais nettoyé une cuvette de w.-c. de sa vie souriait modestement, pressant un flacon contre sa joue.

Le réalisateur fit signe à Mayo, annonça à haute voix les trois dernières secondes et leva la main. La lampe rouge de la caméra s'alluma et le présentateur se tourna vers l'objectif pour lancer :

« Autour du ranch du Président au Nouveau-Mexique, des rumeurs ont couru selon lesquelles le chef de l'exécutif de notre pays ainsi que le vice-président utiliseraient des sosies pour les remplacer. »

Pendant qu'il parlait, le technicien en cabine envoya la bande montrant le Président sur son tracteur.

« Ces images où l'on voit le Président couper de la luzerne dans son ranch, lorsqu'on les étudie de près, pourraient en effet suggérer qu'il ne s'agit pas du véritable Président. Certaines de ses attitudes paraissent quelque peu outrées. Par ailleurs, il porte plusieurs bagues aux doigts, la montre que l'on distingue n'est pas celle dont il se sert d'habitude et ce geste de se gratter ainsi le menton ne lui est pas familier.

« Jack Sutton, cet acteur qui ressemble de façon frappante au Président et qui l'imite pour des spectacles télévisés et des publicités, n'a pu être localisé par nos reporters de Hollywood pour nous livrer ses commentaires. Une question se pose donc : pourquoi les dirigeants de notre pays auraient-ils besoin de faire appel à des doubles ? Serait-ce pour de simples raisons de sécurité ou bien pour des motifs plus inavouables ? A moins que les pressions liées à ces fonctions ne soient telles qu'il leur faille se trouver simultanément en deux endroits à la fois? Nous ne pouvons que nous livrer à des conjectures. »

Mayo acheva sa phrase, laissant percer une trace de réprobation dans sa voix. Le technicien repassa sur la caméra du studio et le présentateur entama le sujet suivant.

A la fin du journal, Mayo ne dissimula pas sa satisfaction quand on l'informa que le standard de la chaîne était submergé d'appels de téléspectateurs exigeant plus de détails sur cette histoire de sosie du Président. La même réaction, sans doute amplifiée, devait se produire à la Maison Blanche. Avec une sorte de jubilation perverse, il se demanda comment le porte-parole de la présidence allait réagir.

Au Nouveau-Mexique, Sonny Thompson fixait encore l'écran de télévision avec des yeux vides alors que Mayo avait disparu depuis longtemps. Il était effondré dans son fauteuil. Sa carrière était brisée et les médias allaient le crucifier. Quand il serait prouvé qu'il avait été complice d'une machination destinée à tromper les citoyens américains, aucun journal, aucune chaîne de TV n'accepteraient de l'embaucher après son départ devenu inévitable de la Maison Blanche.

Jack Sutton était assis derrière lui, un verre à la main.

« Les vautours se rapprochent, fit-il.

— A qui le dites-vous, murmura Thompson.

— Et maintenant, qu'est-ce qu'on fait?

— Ce n'est pas à nous d'en décider.

— Il n'est pas question que j'aille en prison, déclara brusquement le sosie du Président.

— Personne n'ira en prison, affirma le porte-parole d'un ton las. Il ne s'agit pas du Watergate. Le département de la Justice travaille avec nous.

– En tout cas, je n'accepterai pas de trinquer pour une bande de politiciens, insista l'acteur avec une lueur de cupidité dans le regard. Je pourrais tirer des milliers et même peut-être des millions de dollars de cette histoire. »

Thompson se tourna pour le dévisager.

« Comment?

– Des interviews, des articles, des droits sur les livres, il y a un tas de possibilités.

– Et vous vous imaginez que vous allez sortir d'ici et tout raconter?

– Pourquoi pas? fit l'acteur avec défi. Qui m'en empêchera? »

Le porte-parole du Président se permit un sourire :

« On ne vous a pas mis au courant des véritables raisons de votre présence ici. Vous n'avez pas la moindre idée de l'importance que vous représentez pour les intérêts vitaux de notre nation.

– Et après? lâcha Sutton avec indifférence.

– Vous ne le croirez sans doute pas, Mr Sutton, mais il y a au sein de notre gouvernement des personnes qui sont sincèrement soucieuses de l'avenir de notre pays. Et elles ne vous laisseront jamais le mettre en péril par vos déclarations intempestives.

– Comment vos huiles de Washington vont-elles faire pour me l'interdire? Me menacer du doigt? M'obliger à m'engager dans l'armée à l'âge de soixante-deux ans? Faire vérifier ma feuille d'impôts? De toute façon, je suis déjà contrôlé tous les ans.

– Rien d'aussi banal, Mr. Sutton, répondit Thompson. Vous serez tout simplement mis hors d'état de nuire.

– Qu'est-ce que vous voulez dire par là?

– J'aurais peut-être dû ajouter « définitivement »,

répondit le porte-parole de la Maison Blanche, ravi de voir à son expression que l'acteur avait compris.

49

Dan Fawcett ne se sentait guère optimiste. Tout en se rasant, il jetait un coup d'œil sur la pile de journaux entassés au bord du lavabo. L'histoire de Mayo faisait tous les gros titres. La presse se réveillait soudain, se demandant pourquoi il avait été impossible de joindre le Président pendant dix jours. La moitié des éditoriaux réclamait une déclaration publique et l'autre moitié se contentait de poser cette question : « Où se trouve le véritable Président? »

Le secrétaire général de la Maison Blanche, appliquant de l'after-shave sur ses joues, décida que le mieux pour lui était de continuer à jouer le jeu et de garder le silence. Il allait assumer ses tâches habituelles tout en se tenant habilement en retrait pour laisser le secrétaire d'Etat affronter la meute des journalistes.

Il était maintenant devenu impossible de dissimuler plus longtemps la vérité et Fawcett n'osait même pas imaginer les réactions que l'annonce de l'enlèvement allait provoquer. Jamais un crime d'une telle ampleur n'avait eu lieu aux Etats-Unis.

Sa seule conviction était que la machine bureaucratique continuerait sans doute à tourner. C'étaient les électeurs qui faisaient et défaisaient les hommes mais les institutions, elles, demeuraient.

Il était déterminé, dans son domaine, à rendre la transition le plus souple possible. Avec un peu de chance, il pourrait même conserver son poste.

Il passa un costume sombre puis sortit de chez lui pour se rendre à son bureau. Oscar Lucas et Alan Mercier l'attendaient devant l'ascenseur.

« Ça va mal, se borna à déclarer Lucas.

— Il faut que quelqu'un fasse une déclaration, lança Mercier d'un ton lugubre.

— Vous avez tiré à la courte paille? demanda Fawcett.

— Oates pense que c'est vous qui êtes le plus qualifié pour tenir une conférence de presse et annoncer l'enlèvement.

— Quoi? Et les autres membres du Cabinet? s'écria Fawcett, incrédule.

— Ils sont d'accord.

— Qu'Oates aille se faire foutre! s'exclama le secrétaire général de la Maison Blanche avec emportement. C'est ridicule! Il ne cherche qu'à sauver sa peau. Je ne suis pas l'homme de la situation. Pour les électeurs, je n'existe pas. Il n'y en a pas un sur mille qui se souvienne de mon nom et de ma fonction exacte. Vous savez très bien ce qui va se passer. Les gens vont aussitôt s'imaginer que les principaux dirigeants du pays se défilent et quand tout sera fini, le peu de crédit dont jouissent encore les Etats-Unis aura été balayé. Je suis désolé, mais c'est au secrétaire d'Etat de faire la déclaration.

— C'est impossible, expliqua patiemment Mercier. Si Oates est obligé d'occuper le devant de la scène et d'invoquer son ignorance face à un tas de questions embarrassantes, certains ne manqueront pas d'en déduire qu'il a quelque chose à voir avec l'enlèvement. N'oubliez pas que c'est maintenant le futur Président, donc celui qui avait le plus à y gagner. Les amateurs de scandale vont hurler à la conspiration. Souvenez-vous des réactions quand l'ancien secrétaire d'Etat Alexander Haig a déclaré qu'il avait la situation en main après la tentative d'assassinat sur Reagan. Son image s'en est aussitôt ressentie. Les gens n'auraient pas aimé voir cet homme qu'ils estimaient dévoré d'ambition diriger le pays. Il a dû finalement démissionner.

— Ce n'est pas comparable, répliqua Fawcett. Je vous assure que si j'arrive pour annoncer que le Président, le vice-président et les deux leaders du Congrès ont mystérieusement disparu et sont présumés morts, ça va déclencher une véritable émeute. Et puis personne ne me croira.

— Peu importe, fit Mercier d'un ton ferme. Ce qui compte c'est que Douglas Oates entre à la Maison Blanche avec une réputation intacte. Il ne parviendra jamais à recoller les morceaux et à faire son boulot s'il fait l'objet de rumeurs et de soupçons.

— Oates n'est pas un politicien. Il n'a jamais manifesté la moindre ambition pour la présidence.

— Il n'a pas le choix, affirma Mercier. Il devra assurer l'intérim jusqu'aux prochaines élections.

— Est-ce que je peux au moins espérer la présence des membres du Cabinet derrière moi pendant la conférence de presse?

— Non. Ils n'accepteront pas.

— Vous me jetez donc dans la fosse aux lions, fit Fawcett avec amertume.

— Je crois que vous exagérez un peu. On ne va pas vous rouler dans le goudron et les plumes. Ne craignez rien pour votre avenir. Oates tient à ce que vous restiez secrétaire général de la Maison Blanche.

— Pour me demander de démissionner dans six mois.

— Nous ne pouvons pas garantir le futur.

— Bien, fit Fawcett d'une voix tremblante de rage. Allez dire à Oates que l'agneau est prêt pour le sacrifice. »

Il passa entre Lucas et Mercier, et sans se retourner, emprunta le couloir conduisant à son bureau. Il entra et se mit à arpenter furieusement le sol. Les rouages de la bureaucratie allaient l'écraser. Il était dans une telle colère qu'il n'entendit pas arriver Megan Blair, la secrétaire du Président.

« Seigneur! Je ne vous ai jamais vu dans un tel état d'agitation », dit-elle.

Fawcett se retourna avec un sourire forcé :

« Je passais mes nerfs sur les murs.

– Ça m'arrive aussi, surtout quand ma nièce me rend visite et m'inflige ses disques de disco...

– Vous désiriez quelque chose? la coupa-t-il avec impatience.

– A propos de nerfs, fit-elle. Pourquoi ne m'a-t-on pas informée que le Président était rentré de son ranch?

– J'ai dû oublier... »

Il se tut et la dévisagea avec une étrange expression.

« Qu'est-ce que vous racontez?

– Le Président est de retour et personne ne m'a avertie. »

Les yeux de Fawcett s'écarquillèrent.

« Mais il est au Nouveau-Mexique!

– Certainement pas. Il est assis en ce moment même à son bureau. Et il a râlé parce que j'étais en retard. »

Megan Blair n'était pas une femme à plaisanter ainsi. Fawcett la regarda droit dans les yeux et il vit qu'elle disait la vérité.

Elle subit cet examen, quelque peu intriguée.

« Vous vous sentez bien? » demanda-t-elle.

Fawcett ne répondit pas. Il sortit en courant de son bureau et se précipita dans le couloir, croisant Lucas et Mercier qui continuaient à s'entretenir à voix basse. Ils s'interrompirent, surpris, tandis que Fawcett, les bousculant au passage, hurlait comme un fou :

« Suivez-moi! »

Ils demeurèrent un instant cloués sur place, totalement abasourdis, puis Lucas, réagissant le premier, se lança derrière le secrétaire général.

Fawcett fit irruption dans le Bureau ovale et s'immobilisa, le teint livide.

Le Président des Etats-Unis leva la tête et sourit :

« Bonjour, Dan. Quels sont mes rendez-vous pour aujourd'hui? »

A quelques centaines de mètres de là, dans une pièce discrète du dernier étage de l'ambassade soviétique, Alexeï Lugovoy, installé devant un large écran de contrôle, surveillait les ondes cérébrales du Président traduites en clair. Le texte russe se déroulait sur une imprimante.

Le psychologue but une gorgée de café puis se leva, ne quittant pas des yeux les lettres vertes qui s'inscrivaient. Il ne parvenait pas à dissimuler sa fierté.

Le cerveau du Président transmettait chacune de ses pensées, chacune de ses paroles avant leur formulation et même les mots prononcés par d'autres quand il les recevait et les emmagasinait.

La seconde phase du projet Huckleberry Finn était un succès total.

Lugovoy décida d'attendre encore quelques jours avant de passer à l'étape décisive, la plus délicate, l'émission d'ordres. Si tout allait bien, et son cœur se serrait à cette idée, ce projet auquel il avait consacré tant d'efforts passerait entre les mains des hommes du Kremlin. Et ce serait alors le Premier Secrétaire du Parti communiste d'Union soviétique et non plus le Président américain qui mènerait la politique des Etats-Unis.

50

Le soleil se couchait sur la mer Egée tandis que le bateau débouchait du détroit des Dardanelles parmi le labyrinthe des îles grecques. Un petit vent chaud soufflait, agitant la légère houle. Les dernières traînées roses disparurent bientôt : le ciel et la mer se fondirent en un épais manteau de noir. La lune ne s'était pas encore levée, et, pour seules lumières, il y avait celles des étoiles et du rayon du phare de Lesbos.

Le capitaine James Mangyaï, commandant le cargo *Venice*, était sur la passerelle. Il jeta un coup d'œil vers l'écran du radar, constatant avec soulagement qu'il n'y avait pas d'autres bâtiments à proximité.

Depuis qu'il avait quitté le port d'Odessa sur la mer Noire, à quelque 600 milles de là, l'inquiétude ne l'avait pas lâché. Il commençait tout juste à se détendre. Les Russes n'oseraient rien entreprendre dans les eaux grecques.

Le *Venice* était sur son lest, n'ayant pour toute cargaison que les caisses d'or remises par le gouvernement soviétique à Mme Bougainville. Sa destination était Gênes où les lingots devaient être déchargés en secret pour gagner Lucerne.

Le capitaine entendit les bruits de pas sur le pont derrière lui et il reconnut la silhouette de son second, Kim Chao, dans la vitre.

« Que pensez-vous des conditions de navigation, Mr. Chao? » demanda-t-il sans se retourner.

Chao parcourut les bulletins météo et répondit d'une voix réfléchie :

« Mer calme pour les douze prochaines heures. Les prévisions à plus de vingt-quatre heures semblent également bonnes. Nous avons de la chance.

D'habitude, les vents du sud sont beaucoup plus forts à cette époque de l'année.

— Nous aurons besoin de conditions très favorables si nous voulons toucher Gênes dans les délais fixés par Mme Bougainville.

— Pourquoi tant de hâte? s'étonna le second. Nous ne sommes pas à quelques heures près.

— Ce n'est pas l'avis de notre employeur, répliqua sèchement le capitaine. Elle ne tient pas à ce que notre chargement reste en transit plus que nécessaire.

— Le chef mécanicien est furieux. Il affirme que si on continue à cette allure, ses chaudières vont exploser.

— Il voit toujours les choses en noir.

— Vous n'avez pas quitté la passerelle depuis Odessa, capitaine. Laissez-moi vous relayer. »

Mangyaï accepta avec reconnaissance :

« Un peu de repos ne me fera pas de mal. Mais avant, il faut que j'aille rendre visite à notre passager. »

Il laissa Chao sur la passerelle et descendit trois ponts pour s'arrêter devant une lourde porte d'acier au bout d'une coursive. Il appuya sur le bouton d'un haut-parleur vissé à la cloison.

« Mr. Hong, c'est le capitaine Mangyaï. »

La porte s'entrouvrit sur un visage rond muni d'épaisses lunettes. L'homme regarda autour de lui d'un air soupçonneux.

« Ah! oui, capitaine. Entrez, je vous prie.

— Vous n'avez besoin de rien, Mr. Hong?

— Non, je suis très bien installé, je vous remercie. »

L'idée que Hong se faisait du confort différait sensiblement de celle de Mangyaï. Une valise glissée sous un lit de camp, une couverture, un petit réchaud électrique avec une théière et une planche sur des tréteaux jonchée d'appareils de mesure constituaient les seuls éléments indiquant que cet endroit était habité. Le reste de l'espace était occupé par des caisses de bois et des lingots. L'or était empilé sur plusieurs rangées. Quelques lingots étaient en cours d'analyse à côté de caisses ouvertes portant l'inscription :

FRAGILE – MERCURE
SUZAKA CHEMINAL COMPANY LIMITED
KYOTO, JAPON

« Vous vous en sortez? demanda le capitaine.

– J'aurai tout examiné et remballé quand nous atteindrons notre destination.

– Combien de faux lingots les Russes ont-ils glissés dans le lot?

– Aucun, répondit Hong en secouant la tête. Il y a le compte et tous ceux que j'ai vérifiés sont parfaitement purs.

– C'est étrange qu'ils se soient montrés si accommodants. La cargaison est arrivée à l'heure prévue, les dockers l'ont chargée sans incidents et nous avons pu lever l'ancre sans les tracasseries administratives habituelles. Je n'ai jamais connu une telle efficacité depuis que j'ai affaire aux autorités portuaires soviétiques.

– Mme Bougainville a peut-être beaucoup d'influence au Kremlin.

– Peut-être, fit Mangyaï d'un air sceptique tout en examinant avec curiosité les piles de métal jaune. Je me demande ce qu'il y a derrière cette transaction.

– Je me garderais bien de poser la question », répliqua Hong en enveloppant soigneusement un lingot avant de le déposer dans sa caisse.

A cet instant, une voix s'éleva dans le haut-parleur :

« Capitaine, vous êtes là? »

Mangyaï alla ouvrir. L'officier radio attendait derrière la porte.

« Qu'y a-t-il?

– Je pensais que vous souhaiteriez en être informé, capitaine. Quelqu'un brouille nos communications.

– Vous êtes sûr?

– Oui, monsieur, répondit le jeune officier. J'ai réussi à localiser la source. Elle se trouve à moins de 3 milles par bâbord devant. »

Mangyaï s'excusa auprès de Hong puis se précipita sur la passerelle. Le second, Chao, était tranquillement installé dans un haut fauteuil pivotant, surveillant les instruments de navigation sur la console informatisée.

« Vous avez des contacts avec d'autres bâtiments, Mr. Chao? » demanda le capitaine.

Si le second fut surpris par la soudaine réapparition de Mangyaï, il n'en manifesta rien.

« Aucun contact visuel, et aucun par radar, monsieur.

– Profondeur? »

Chao regarda le chiffre indiqué par la sonde.

« 50 mètres », annonça-t-il.

La vérité dans toute son horreur apparut brusquement à Mangyaï. Il se pencha sur la carte et vérifia leur position. Le *Venice* passait juste au-dessus du banc de Tzonston, l'une de ces nombreuses régions de la mer Egée où les fonds se situent entre 30 et 50 mètres, assez pour garantir le passage des navires tout en permettant des opérations de renflouage relativement aisées.

« Cap sur les eaux profondes! » s'écria-t-il.

Chao le dévisagea avec stupéfaction.

« Pardon, monsieur? »

Le capitaine allait répéter son ordre quand les mots s'étranglèrent dans sa gorge. Deux torpilles frappèrent la salle des machines et explosèrent, provoquant des dégâts irrémédiables. L'eau s'engouffra aussitôt par les énormes brèches de la coque. Le *Venice* frémit et entama son agonie.

Il ne lui fallut que huit minutes pour mourir, sombrant par l'arrière. Les flots indifférents se refermèrent sur le cargo pour l'éternité.

A peine avait-il disparu qu'un sous-marin faisait surface, balayant la mer de son projecteur. Les rares survivants, accrochés à des épaves, furent froidement abattus à la mitrailleuse. Les cadavres coulèrent. Des canots furent alors mis à l'eau et, guidés par le faisceau lumineux, sillonnèrent la zone du naufrage durant plusieurs heures pour récupérer tous les débris qui flottaient.

Lorsqu'il ne resta plus aucune trace du *Venice* et de son équipage, le projecteur s'éteignit et le sous-marin plongea vers l'abri des ténèbres.

51

Le Président était assis au centre de la grande table de conférence ovale de la salle du Conseil, entouré de onze hommes. Il semblait surpris par leurs mines sombres.

« Je sais, messieurs, que vous êtes curieux de savoir ce que j'ai fait durant ces dix derniers jours et ce que sons devenus Vince Margolin, Alan Moran et Marcus Larimer. D'abord, laissez-moi dissiper vos craintes. Cette disparition avait été combinée à l'avance.

– Par vous? demanda Douglas Oates.

– Oui. Et aussi par d'autres personnes. Le président Antonov en particulier. »

Ses principaux collaborateurs tressaillirent, le dévisageant un instant avec incrédulité.

« Vous voulez dire que vous avez secrètement rencontré Antonov sans qu'aucun de nous en ait été informé? lâcha enfin le secrétaire d'Etat sans dissimuler sa consternation.

– Oui, reconnut le Président. Un entretien en tête-à-tête sans idées préconçues et surtout sans les médias pour peser et soupeser chaque mot. Les quatre principaux dirigeants de notre pays face à nos homologues soviétiques. (Il s'interrompit et balaya la salle du regard.) Une manière bien peu orthodoxe de mener des négociations, je vous l'accorde, mais je crois que le peuple m'approuvera quand il sera mis au courant des résultats.

– Pourriez-vous nous préciser où et quand cette entrevue a eu lieu, monsieur le Président? demanda Dan Fawcett.

– Après avoir procédé à l'échange de yachts, nous sommes montés à bord d'un hélicoptère civil qui nous a déposés sur un petit aéroport près de Baltimore. De là, nous avons emprunté le jet privé d'un de mes vieux amis pour traverser l'Atlantique et atterrir sur une piste abandonnée en plein désert à l'est d'Atar en Mauritanie, où Antonov nous attendait.

– Je croyais... ou plutôt on m'a dit qu'Antonov était à Paris la semaine dernière, intervint Jesse Simmons, le secrétaire à la Défense, d'une voix hésitante.

– Georgi s'est effectivement arrêté à Paris pour conférer brièvement avec le président L'Estrange avant de continuer sur Atar. (Le Président se tourna vers Fawcett.) A propos, Dan, je vous félicite pour votre mise en scène.

– Nous étions à deux doigts d'être découverts.

– Pour le moment, je vais me contenter de démentir cette histoire de double, affirmant que c'est trop absurde pour seulement mériter un commentaire. Tout sera expliqué à la presse, mais pas avant que je ne sois prêt. »

Sam Emmett, le directeur du F.B.I., planta ses coudes sur la table et, fixant le Président dans les yeux, lui demanda :

« Saviez-vous, monsieur, que l'*Eagle* a coulé et que tout l'équipage s'est noyé? »

Le locataire de la Maison Blanche parut un instant stupéfait puis il secoua la tête :

« Non, je l'ignorais. J'aimerais que vous me fournissiez un rapport détaillé à ce sujet, Sam. Le plus tôt possible.

– Il sera sur votre bureau dès la fin de cette réunion. »

Douglas Oates s'efforçait de ne rien laisser paraître de ses sentiments. Il était inimaginable qu'une rencontre de cette importance, engageant l'avenir de la planète, eût pu se tenir sans la participation du Département d'Etat. C'était absolument sans précédent.

« Je pense que nous sommes tous désireux de savoir de quoi Georgi Antonov et vous avez discuté, fit-il avec raideur.

– Nous avons très bien travaillé, grâce surtout à des concessions mutuelles, répondit le Président. Le plus urgent dans le calendrier était le problème du désarmement. Antonov et moi avons élaboré un accord en vue de cesser la fabrication de tout missile et d'entamer un programme de démantèlement. Nous sommes arrivés à une formule assez complexe. Disons, pour simplifier, que chaque fois qu'ils détruisent un missile nucléaire, nous en détruisons également un. Des observateurs neutres ont été chargés de veiller au bon déroulement des opérations.

– La France et l'Angleterre n'accepteront jamais

une telle proposition, déclara Oates. Leur arsenal nucléaire est indépendant du nôtre.

– Nous commencerons par les engins à longue portée, répliqua le chef de l'exécutif sans se laisser démonter. L'Europe finira par suivre. »

Le général Metcalf intervint alors :

« A première vue, je dois avouer que ces conditions me semblent d'une incroyable naïveté.

– Ce n'est qu'un début, affirma le Président, iné-branlable. Je suis sûr qu'Antonov est sincère et j'ai l'intention de prouver ma bonne foi en poursuivant le programme de démantèlement.

– Quant à moi, je réserve mon jugement tant que je n'aurai pas étudié toutes les clauses du traité, déclara Simmons.

– Je comprends.

– De quoi d'autre avez-vous parlé? demanda Faw-cett.

– D'un accord commercial. En résumé, nous avons décidé de laisser les Russes transporter les céréales qu'ils nous achètent à bord de leurs navi-res marchands. En contrepartie, ils s'engagent à payer nos producteurs aux cours mondiaux les plus élevés et surtout à ne pas s'approvisionner auprès d'autres pays tant que nous respecterons les termes des contrats. Bref, les Etats-Unis deviennent les fournisseurs exclusifs de l'Union soviétique dans le domaine agricole.

– Et Antonov a avalé ça? s'étonna le secrétaire d'Etat. Je n'imagine pas ce vieux renard accorder un contrat d'exclusivité à un pays quelconque.

– Il m'a donné ses assurances par écrit.

– C'est bien beau, lança Martin Brogan, le chef de la C.I.A. Mais j'aimerais qu'on m'explique comment la Russie pourra se permettre des achats massifs de céréales. Les pays satellites n'honorent plus leurs dettes à l'Ouest et l'économie soviétique est au bord du gouffre. Ils ne peuvent même plus assurer la paye de leurs militaires et de leurs fonctionnaires, sinon avec des bons d'alimentation et d'habillement. Qu'est-ce qu'ils vont utiliser comme monnaie ? Nos agriculteurs ne sont sûrement pas disposés à faire crédit aux communistes. Ils ont besoin de liquidités pour rembourser les annuités de leurs propres emprunts.

– Il existe une solution.

– Votre programme d'aide aux pays de l'Est ? » avança Fawcett.

Le Président acquiesça :

« Antonov accepte le principe de mon plan d'assistance économique.

– Si vous me permettez d'exprimer mon opinion, monsieur le Président, je dirai que votre plan ne résout rien, déclara Oates en s'efforçant de maîtriser le tremblement de ses mains. Ce que vous proposez, c'est de donner des milliards de dollars aux communistes pour qu'ils redressent leur économie et achètent des céréales à nos producteurs. C'est en quelque sorte déshabiller Pierre pour habiller Paul avec nos contribuables pour payer la note.

– Je suis d'accord avec Douglas, affirma Brogan. Quel bénéfice pourrions-nous en tirer ? »

Le Président considéra ses conseillers avec une expression résolue.

« J'ai décidé que c'était la seule façon de démontrer une fois pour toutes aux yeux du monde qu'en dépit de sa monstrueuse machine militaire, le système de gouvernement soviétique est un échec qui ne mérite en aucun cas d'être copié ou envié. Si nous agissons comme je le désire, aucun pays ne pourra plus jamais nous accuser d'impérialisme et aucune campagne soviétique de propagande ou de désinformation lancée contre nous ne sera plus prise au sérieux. N'oubliez pas que les Etats-Unis ont aidé leurs ennemis à rétablir leur économie après la Seconde Guerre mondiale. Et aujourd'hui nous avons l'occasion de faire de même avec une nation qui n'a cessé de condamner nos principes démocratiques. Je suis sincèrement persuadé que nous devons saisir cette chance unique de préparer la voie de la paix aux générations futures.

– Pour être franc, monsieur le Président, je pense que votre grand dessein ne changera rien, intervint le général Metcalf. Dès que leur économie se sera redressée, les dirigeants du Kremlin reprendront leurs discours bellicistes. Ils n'accepteront jamais de renoncer à soixante-dix ans de course aux armements et de stratégie expansionniste par simple gratitude à l'égard des Etats-Unis.

– Le général a raison, approuva le directeur de la C.I.A. Les dernières photos transmises par nos satellites montrent que, pendant que nous parlons, les Russes installent leurs nouveaux missiles SS-30 le long de la côte nord-est de la Sibérie, tous pointés sur des villes américaines.

– Ils seront démantelés, affirma l'occupant de la Maison Blanche d'un ton qui n'admettait pas de réplique. Du moment que nous connaissons leur existence, Antonov ne pourra pas revenir sur ses engagements. »

Douglas Oates était maintenant furieux et il ne se souciait plus de le cacher.

« Tous ces discours ne sont que pure perte de temps, lança-t-il en regardant le Président droit dans les yeux. Aucune de ces mesures ne peut être prise sans l'accord du Congrès. Et je doute, monsieur, que vous l'obteniez.

– Le secrétaire d'Etat n'a pas tort, fit Fawcett. Le Congrès devra débloquer les fonds et, compte tenu de sa position actuelle après les incursions des troupes soviétiques le long des frontières turque et iranienne, je crains fort que votre programme ne finisse enterré dans les diverses commissions. »

Les hommes installés autour de la table ressentaient à présent un malaise certain. Ils venaient de prendre conscience que l'administration du Président ne fonctionnerait plus jamais sur cette base qui avait fait sa force : la cohésion. Les conflits larvés allaient à présent éclater au grand jour. Et, plus grave encore, tout le respect pour le Président et sa fonction avait disparu. Ils ne voyaient plus qu'un homme comme eux, avec ses qualités et surtout ses défauts. Ils se demandaient tous si le Président avait remarqué ce subtil changement d'atmosphère.

Il demeurait silencieux, affichant une étrange expression de ruse tandis qu'une lueur de triomphe s'allumait dans son regard.

« Je n'ai pas besoin du Congrès, déclara-t-il enfin d'un air énigmatique. Il n'aura pas voix au chapitre. »

Durant le court trajet qui menait de la salle du Conseil au portail sud, Douglas Oates décida de démissionner de son poste de secrétaire d'Etat. Le Président l'avait tenu à l'écart des négociations avec Antonov et il n'était pas disposé à lui pardonner cette insulte. De plus, il pressentait une catastrophe et il ne tenait en aucun cas à y être mêlé.

Il était sur les marches, attendant sa voiture officielle, quand il vit Brogan et Emmett s'avancer vers lui.

« Pourriez-vous nous accorder quelques instants ? demanda Emmett.

– Je ne suis guère d'humeur à bavarder.

– La situation est grave, insista Brogan. Il faut que nous vous parlions. »

Sa voiture n'arrivant pas encore, le secrétaire d'Etat déclara :

« Allez-y, je vous écoute. »

Le directeur de la C.I.A. regarda autour de lui puis souffla :

« Sam et moi pensons que le Président est manipulé. »

Oates lui lança un regard sarcastique.

« Manipulé, vous voulez rire! Il déraille complètement et je refuse de me laisser entraîner dans cette histoire. Je suis persuadé qu'il y a autre chose derrière l'affaire de l'*Eagle* et, en outre, il n'a toujours pas expliqué où se trouvent Margolin, Larimer et Moran. Désolé, messieurs. Vous êtes les premiers à l'apprendre, mais dès que j'aurai regagné le Département d'Etat, je débarrasse mon bureau et je convoque une conférence de presse pour annoncer ma démission. Après, je prends le premier avion en partance de Washington.

– Nous nous doutions bien de ce que vous aviez en tête, fit Emmett. C'est pour cette raison que nous avons tenu à vous voir avant qu'il ne soit trop tard.

– Qu'est-ce que vous essayez exactement de me dire? »

Le patron du F.B.I. jeta un coup d'œil vers Brogan pour quêter son appui puis, haussant les épaules, il finit par expliquer :

« C'est difficile à faire comprendre, mais Martin et moi pensons que le Président est soumis à une sorte de... de... contrôle mental. »

Oates ne fut d'abord pas sûr d'avoir bien saisi. Puis il songea que les directeurs du F.B.I. et de la C.I.A. n'étaient pas des hommes à faire de telles affirmations à la légère.

« De la part de qui?

– Nous croyons qu'il s'agit des Russes, répondit Brogan. Mais nous n'avons pas encore de preuves.

– Nous nous rendons bien compte que tout cela

ressemble à de la science-fiction, fit Emmett. Mais cette hypothèse expliquerait tout.

– Mon Dieu! Et vous pensez que le Président était sous ce... cette influence lors de ses discussions avec Antonov en Mauritanie? »

Brogan et Emmett échangèrent un regard entendu. Le premier se décida à répondre :

« Aucun mouvement d'avion dans le monde n'échappe à nos services. Je suis prêt à parier que nous ne trouverons pas la moindre trace d'un appareil ayant décollé du Maryland vers la Mauritanie et retour. »

Le secrétaire d'Etat tressaillit.

« La rencontre avec Antonov? »

Le chef du F.B.I. secoua lentement la tête :

« Elle n'a jamais eu lieu.

– Alors, le désarmement, l'accord commercial, tout n'était qu'affabulation? fit Oates d'une voix tremblante.

– C'est aussi confirmé par ses vagues dénégations à propos du meurtre de l'équipage de l'*Eagle*.

– Mais pourquoi avoir conçu un scénario tellement incroyable? demanda Oates, abasourdi.

– La raison importe peu, répondit Emmett. Ce n'est même probablement pas lui qui en a eu l'idée. Ce qui compte, c'est de découvrir comment, par qui et de quel endroit ses comportements lui sont dictés.

– Nous pouvons y arriver?

– Oui. C'est pour ça que nous tenions à vous mettre tout de suite au courant.

– Que puis-je faire?

– Rester en place, répondit Brogan. Le Président est inapte à remplir ses fonctions. Avec Margolin, Moran et Larimer toujours introuvables, vous êtes le successeur désigné par la Constitution.

– Le Président doit être étroitement surveillé jusqu'à ce que notre enquête soit terminée, ajouta le directeur du F.B.I. Avec vous aux commandes, nous aurons la situation en main au cas où il deviendrait nécessaire de l'écarter du pouvoir. »

Oates prit une profonde inspiration.

« Mon Dieu! fit-il. Tout cela commence à sonner comme une conspiration destinée à assassiner le Président.

– Il faudra peut-être en arriver là », conclut le chef de la C.I.A. d'un air sinistre.

52

Lugovoy leva la tête de ses notes et dévisagea le neurologue de son équipe qui, installé devant la console, contrôlait les signaux télémétriques.

« Condition? demanda-t-il.

– Le sujet est entré dans une phase de relaxation. Les rythmes cérébraux indiquent des cycles de sommeil normaux. (Le neurologue sourit.) Il ne le sait pas, mais il ronfle.

– J'imagine que sa femme, elle, doit le savoir.

– Je crois qu'elle couche dans une autre chambre. Ils n'ont pas eu de rapports sexuels depuis qu'il est revenu.

– Fonctions corporelles?

– Normales. »

Lugovoy bâilla et regarda l'heure. Il était 1 h 12 du matin.

« Vous devriez aller dormir, docteur. L'horloge interne du Président le réveille entre six heures et six heures et quart tous les jours.

– Décidément, ce n'est pas une mission facile, grogna Lugovoy. J'ai besoin d'au moins deux heures de sommeil de plus que lui. Je déteste les lève-tôt. »

Il se tut, examina l'écran qui indiquait les paramètres physiologiques accompagnant le sommeil du Président et murmura :

« Il est en train de rêver.

– Ça doit être intéressant de savoir à quoi rêve l'homme qui dirige les Etats-Unis.

– Nous en aurons une vague idée quand l'activité de ses cellules cérébrales passera de schémas de pensées coordonnés à des abstractions décousues.

– Et quand dois-je commencer à programmer l'implant? demanda le neurologue.

– Transmettez les instructions peu avant son réveil et répétez-les quand il sera installé à son bureau. (Lugovoy étouffa un nouveau bâillement.) Je vais me coucher. Appelez-moi en cas de modificaton brutale.

– D'accord. Bonne nuit. »

Lugovoy jeta un dernier regard sur les écrans avant de quitter la pièce.

« Je me demande ce qui se passe dans son esprit », fit-il d'un ton songeur.

Son assistant, désignant l'imprimante, répondit :

« Ça doit être là-dessus.

– Peu importe. Ça peut attendre demain », décida Lugovoy en se dirigeant vers sa chambre.

Sa curiosité aiguisée, le neurologue s'empara de la feuille de l'imprimante où s'inscrivait la traduction en clair des ondes cérébrales du Président. Il lut à mi-voix :

« *Vertes collines en été. Une ville entre deux fleuves avec des églises de style byzantin surmontées de coupoles. Sainte-Sophie. Une péniche pleine de betteraves à sucre. Les catacombes de Saint-Antoine.*

– Si je n'étais pas au courant, conclut-il pour lui-même, je penserais qu'il est en train de rêver de la ville de Kiev. »

Il est au bord d'un chemin à flanc de colline qui surplombe un large fleuve. Il contemple le trafic fluvial, un pinceau à la main. Sur la pente boisée, il distingue en contrebas une statue de pierre drapée d'une robe qui brandit une croix comme un bâton. A sa droite, il y a une toile sur un chevalet. Le tableau est presque terminé. Le paysage qui s'étend sous ses yeux est fidèlement reproduit, jusqu'aux nervures des feuilles. La seule différence est dans la statue.

Le visage, au lieu d'être celui de quelque saint depuis longtemps tombé dans l'oubli, est celui du président du Soviet suprême, Georgi Antonov.

La scène change brusquement. Quatre hommes le tirent hors d'une petite maison. Les murs sont sculptés de motifs gothiques et peints d'un bleu éclatant. Les traits de ses ravisseurs sont flous. Il sent l'odeur aigre de leur transpiration. Ils le traînent vers une voiture. Il n'a pas peur. Il est furieux et se débat. Ses assaillants se mettent à le frapper. La douleur est lointaine, comme appartenant à quelqu'un d'autre.

Sur le pas de la porte, il aperçoit la silhouette d'une jeune femme. Ses cheveux blonds sont ramenés en chignon sur sa tête. Elle porte une blouse et une jupe de paysanne. Elle a les bras tendus et semble supplier, mais il n'entend pas ses paroles.

On le jette sur le plancher arrière de la voiture. La portière claque.

53

Le commissaire du bord regarda les deux touristes s'avancer sur la passerelle d'un air franchement amusé. Ils formaient un couple assez extraordinaire. La femme était vêtue d'une robe informe qui lui rappelait un sac de pommes de terre ukrainien. Il ne distinguait pas son visage à demi dissimulé sous un large chapeau de paille attaché à son menton par une écharpe de soie, mais il se disait que c'était sans doute préférable.

L'homme, vraisemblablement son mari, était ivre. Il posa le pied sur le pont en titubant. Il dégageait une odeur de bourbon bon marché et riait sans cesse. Il portait une chemise à fleurs, un pantalon blanc et s'accrochait à son horreur d'épouse en lui murmurant des mots doux à l'oreille. Il remarqua la présence du commissaire et leva le bras pour lui adresser un salut comique.

« Tiens, bonjour, commandant, fit-il avec un sourire idiot.

– Je ne suis pas le commandant. Je m'appelle Peter Kolodno et je suis le commissaire du bord. Je peux vous être utile ?

– Moi, c'est Charlie Gruber et voici ma femme. Zelda. On a acheté nos billets ici, à San Salvador. »

Il tendit quelques papiers au Russe qui les étudia attentivement.

« Bienvenue à bord du *Leonid Andreïev*, fit-il enfin d'un ton officiel. Je suis désolé que nous ne puissions vous accueillir mieux, mais vous vous joignez un peu tard à notre croisière.

– On était sur un yacht et ce crétin de pilote nous a précipités sur les récifs, commença à raconter d'une voix pâteuse le dénommé Gruber. Ma petite Zelda et moi, on a bien failli se noyer. On n'avait pas envie de rentrer si tôt à Sioux Falls et on a décidé de finir nos vacances sur votre bateau. Et puis ma femme adore les Grecs.

– Vous êtes sur un paquebot russe, le reprit patiemment le commissaire du bord.

– C'est une blague?

– Pas du tout, monsieur. Le *Leonid Andreïev*, port d'attache Sébastopol.

– Oh? C'est où ça?

– Sur la mer Noire, répondit le Russe, impassible.

– Ça doit être drôlement pollué dans le coin avec un nom pareil. »

Le commissaire du bord ne pouvait s'empêcher de se demander comment les Etats-Unis avaient réussi à devenir une grande puissance avec des citoyens de ce genre. Il vérifia la liste des passagers puis déclara :

« Vous avez la cabine nº 34, pont Gorki. Un steward va vous conduire.

– Merci, mon vieux », fit Gruber en lui serrant la main.

Tandis que le steward s'éloignait en compagnie du couple, le commissaire du bord baissa les yeux avec stupéfaction. Charlie Gruber lui avait glissé une pièce de 25 *cents* comme pourboire!

Dès que le steward eut déposé leurs bagages et refermé la porte, Giordino se débarrassa de sa perruque et essuya le rouge de ses lèvres.

« Nom de Dieu! Zelda Gruber! Je vais en entendre parler jusqu'à mon dernier jour!

– Je persiste à penser que tu aurais dû mettre deux pamplemousses sous ta robe, fit Pitt en riant.

– Je préfère le style planche à repasser. Je me fais moins remarquer comme ça.

– Après tout, c'est aussi bien. Tu prendras moins de place. »

Giordino examina la cabine exiguë dépourvue de hublot.

« Tu parles d'une croisière au rabais! J'ai connu

des cabines téléphoniques plus confortables. Tu sens les vibrations? On doit être juste à côté des machines.

– J'ai demandé les tarifs les plus bas pour qu'on soit vers les ponts inférieurs, expliqua Pitt. C'est plus discret et plus près des quartiers de l'équipage.

– Tu crois que Loren pourrait être enfermée par ici?

– Si elle a vu quelque chose ou quelqu'un qu'elle n'était pas censée voir, les Russes ne l'auront pas laissée dans un endroit où elle pourrait contacter d'autres passagers.

– Oui, mais ce n'est peut-être qu'une fausse alerte.

– On le saura bientôt, affirma Pitt.

– Comment allons-nous procéder?

– Je vais explorer les quartiers de l'équipage. Pendant ce temps-là, cherche le numéro de la cabine de Loren sur la liste dans le bureau du commissaire et vérifie si elle y est. »

Giordino eut un sourire espiègle pour demander :

« Je m'habille comment?

– Reste comme tu es. On garde Zelda en réserve. »

A huit heures du soir précises, le *Leonid Andreïev* appareillait. Il quitta lentement le port de San Salvador pour se diriger vers la pleine mer illuminée par un coucher de soleil incandescent.

Les lumières du paquebot se reflétaient sur l'eau comme des lucioles tandis que s'élevaient des rires et de la musique. Les passagers, après avoir passé costumes et robes du soir, s'installaient dans la salle à manger ou dans l'un des nombreux bars.

Al Giordino, en smoking noir, arpentait avec

assurance le couloir des suites. Il s'arrêta et regarda autour de lui. Un steward arrivait avec un plateau.

L'Américain traversa et alla frapper à une porte marquée *Salon de massage*.

« La masseuse quitte son travail à six heures, monsieur », dit le steward.

Giordino sourit :

« Je voulais prendre rendez-vous pour demain.

– Je peux m'en occuper pour vous, monsieur. Quelle heure vous conviendrait?

– Disons midi.

– Parfait, fit le Russe dont le bras commençait à trembler sous le poids du plateau. Vos nom et numéro de cabine, monsieur?

– O'Callaghan, cabine 22, pont Tolstoï, répondit Giordino. Merci beaucoup, vous êtes très aimable. »

Il pivota et retourna vers l'ascenseur. Il pressa le bouton d'appel puis jeta un coup d'œil sur le couloir. Le steward frappa légèrement à une porte située un peu plus loin que celle de Loren. L'Américain entendit une voix féminine inviter l'homme à entrer.

Sans perdre une seconde, il se précipita vers la suite de Loren, força la porte d'un coup de pied à hauteur de la serrure et pénétra à l'intérieur. Il faisait noir et il alluma la lumière. Tout était impeccablement rangé.

Il ne trouva aucun vêtement dans l'armoire, aucun bagage, pas le moindre signe indiquant que la jeune femme eût séjourné ici. Il passa chaque pièce au peigne fin, vérifiant sous les meubles, derrière les tentures, sous les tapis et les coussins des fauteuils. Il examina même la baignoire et le lavabo à la recherche de cheveux.

Rien.

Enfin, pas tout à fait. Quelque chose d'une femme

subsiste toujours après son départ. Un effluve de parfum. Giordino aurait été bien incapable de faire la différence entre du *Chanel nᵒ 5* et une vulgaire eau de toilette, mais il décela une délicate odeur de fleur qu'il s'efforça en vain d'identifier.

Il appliqua un peu de savon sur l'éclat de bois qu'il avait fait sauter en entrant et le remit en place. Du travail d'amateur, songea-t-il, mais qui devrait tenir jusqu'au retour à Miami.

Il éteignit et referma la porte derrière lui.

Pitt se laissa tomber en bas d'une échelle conduisant vers la salle des machines. Il perçut un murmure de voix au-dessous de lui.

Il se plaqua contre la cloison et regarda en contrebas. Il aperçut la tête blonde d'un matelot qui prononça quelques mots en russe. Il y eut une réponse assourdie puis des bruits de pas sur un grillage métallique. Trois minutes plus tard, le buste du Soviétique disparaissait. Il y eut encore le claquement d'une porte, puis à nouveau des bruits de pas et enfin le silence.

Pitt remonta de quelques centimètres puis, glissant ses jambes entre les barreaux, il se laissa aller en arrière et resta ainsi suspendu la tête en bas, regardant par le bord de l'ouverture circulaire. Il avait une vue inversée des vestiaires de la salle des machines, pour le moment déserts. Il descendit en hâte et fouilla les armoires jusqu'à ce qu'il eût trouvé une combinaison tachée de graisse à sa taille. Il prit également une casquette un peu trop grande et la rabattit sur ses yeux. Maintenant, il était prêt pour explorer les entrailles du paquebot.

Il y avait malgré tout un problème : il ne connaissait qu'une vingtaine de mots de russe et encore, la plupart avaient trait à la nourriture.

Environ une demi-heure plus tard, Pitt s'aventurait dans les quartiers de l'équipage situés à l'avant du navire, croisant à l'occasion un cuisinier, un serveur poussant un chariot de bouteilles destinées aux bars et une femme de chambre ayant terminé son service. Personne ne fit attention à lui à l'exception d'un officier qui jeta un regard dégoûté sur sa tenue de travail.

Il tomba par hasard sur la lingerie. Une fille au visage rond leva la tête de son comptoir et lui posa une question en russe.

Il haussa les épaules et répondit : « *Niet.* »

Des uniformes lavés et repassés étaient empilés sur une grande table. Pitt réalisa tout à coup que la Russe avait probablement dû lui demander lequel était le sien. Il les examina un instant puis désigna un ballot composé de trois combinaisons blanches soigneusement pliées semblables à celle qu'il portait. Avec un vêtement propre, il pourrait parcourir tout le bateau en passant pour un homme de la salle des machines en mission.

La fille posa le paquet sur le comptoir et lui demanda à nouveau quelque chose.

Pitt chercha désespérément une phrase à dire parmi son vocabulaire limité et finit par bredouiller :

« *Yest'li u vas sosiski.* »

La jeune Russe lui lança un regard pour le moins perplexe, mais elle lui tendit le linge en lui montrant une feuille à signer, ce qu'il s'empressa de faire d'un gribouillis illisible. Il était soulagé de constater qu'elle semblait plus curieuse que soupçonneuse.

Il trouva une cabine vide, se changea et ce ne fut qu'à ce moment-là qu'il se rendit compte qu'il avait réclamé des saucisses à la fille, ce qui expliquait son attitude.

Il s'arrêta devant un panneau d'affichage pour

arracher discrètement le plan du *Leonid Andreïev* et occupa les cinq heures qui suivirent à fouiller les structures inférieures du paquebot. N'ayant découvert aucune trace de la présence de Loren, il regagna sa cabine. Giordino avait eu l'excellente idée de commander à dîner.

« Rien? lui demanda celui-ci en servant deux coupes de champagne russe.

– Rien, répondit Pitt avec lassitude. Qu'est-ce qu'on fête?

– Il faut bien égayer un peu cette prison.

– Tu as trouvé sa suite? »

Son adjoint acquiesça :

« Oui. Qu'est-ce que Loren utilise comme parfum? »

Pitt contempla un moment les bulles qui s'élevaient dans sa coupe avant de répondre :

« Un truc français. Je ne me souviens pas du nom. Pourquoi?

– Est-ce que c'est une odeur de fleur?

– De lilas, je crois... non plutôt de chèvrefeuille. Oui, du chèvrefeuille.

– Ses appartements ont été vidés et nettoyés de fond en comble. Les Russes ont voulu donner l'impression qu'elle ne les avait jamais occupés, mais il y avait encore des traces de son parfum. »

Pitt vida son verre et s'en versa un autre en silence.

« Il faut envisager l'hypothèse qu'ils l'aient tuée, poursuivit Giordino avec calme.

– Dans ce cas pourquoi avoir caché ses vêtements et ses bagages? Ils ne pourront jamais raconter qu'elle est tombée par-dessus bord avec toutes ses affaires.

– L'équipage a pu les mettre dans un coin en attendant une occasion favorable, une mer forte par exemple, pour annoncer la tragique nouvelle. Désolé, Dirk, mais nous devons considérer toutes les possibilités.

– Loren est vivante et elle se trouve quelque part sur ce bateau, affirma Pitt avec conviction. Et peut-être Moran et Larimer aussi.

– Tu me parais bien sûr de toi.

– Loren est une femme intelligente. Elle n'aurait pas demandé à Sally Lindemann d'essayer de contacter Moran si elle n'avait pas eu de bonnes raisons de le faire. Sally a déclaré que Moran et le sénateur Larimer avaient tous deux mystérieusement disparu. Et maintenant, c'est au tour de Loren. Quelles conclusions en tires-tu?

– Tu ferais un excellent vendeur. Et d'après toi, qu'est-ce qu'il y aurait derrière tout ça?

Pitt haussa les épaules : »

« Franchement, je l'ignore. Pourtant, j'ai l'impression que toute cette histoire est liée aux Bougainville et à la disparition de l'*Eagle*. »

Giordino réfléchit en silence.

« Oui, finit-il par déclarer lentement. Une impression, mais qui repose sur pas mal de faits concrets. Par où veux-tu que je commence?

– C'est à Zelda de jouer. Tu vas passer devant toutes les cabines du bateau. Si Loren et les autres sont détenus à bord, il y aura certainement un garde devant la porte.

– Bien. Et toi? »

Pitt étala le plan du paquebot sur sa couchette.

« Une partie de l'équipage est cantonnée à l'arrière. Je vais aller traîner par là. (Il replia le plan et le glissa dans la poche de sa combinaison.) On ferait bien de se dépêcher. Nous n'avons pas beaucoup de temps.

– On a au moins jusqu'à après-demain quand le *Leonid Andreïev* arrivera en Jamaïque.

– Malheureusement pas, le détrompa Pitt. Regarde une carte marine des Caraïbes et tu verras que demain dans l'après-midi nous croiserons non loin de Cuba. »

Son adjoint hocha la tête d'un air entendu.

« Une occasion en or pour transférer Loren et les autres dans un endroit où nous ne pourrons plus rien pour eux.

– Sans oublier qu'ils ne resteront sans doute à Cuba que le temps de monter dans un avion pour Moscou. »

Giordino considéra un instant la situation, puis il alla ouvrir sa valise pour en tirer la perruque qu'il coiffa. Il s'examina dans la glace et, avec une horrible grimace, lâcha d'une voix pincée :

« Eh bien, Zelda, allons écumer les ponts et tâcher de draguer un peu. »

54

Le Président passa sur toutes les chaînes de télévision pour annoncer sa rencontre et les accords conclus avec le numéro un soviétique. Dans son allocution de vingt minutes, il révéla les grands axes de son programme d'assistance aux pays communistes. Il déclara également son intention de supprimer les restrictions concernant l'exportation de matériel de haute technologie à destination de l'Union soviétique. Il ne mentionna pas une seule fois le Congrès. Il parla des traités commerciaux avec l'Europe de l'Est comme s'ils avaient déjà été votés et il termina en promettant de tout faire ensuite pour réduire le taux de criminalité à l'intérieur du pays.

Les réactions dans les milieux gouvernementaux furent pour le moins virulentes. Curtis Mayo et d'autres commentateurs lancèrent des attaques acerbes contre le Président, l'accusant d'outrepasser ses pouvoirs. On alla même jusqu'à évoquer le spectre de la dictature.

Les parlementaires qui étaient restés à Washington se précipitèrent sur leurs téléphones pour rameuter leurs collègues et les inciter à regagner la capitale afin d'y tenir une session extraordinaire. En l'absence de leurs leaders, Larimer et Moran, qu'on ne parvenait pas à joindre, sénateurs et représentants des deux partis faisaient bloc contre le chef de l'exécutif.

Le lendemain matin, Dan Fawcett faisait irruption dans le Bureau ovale, les traits tirés, s'écriant :

« Enfin, monsieur le Président, vous ne pouvez pas faire ça. »

L'intéressé leva tranquillement la tête :

« Vous faites allusion à mon intervention d'hier soir?

– Bien sûr, monsieur, répondit le secrétaire général d'une voix tremblante. Vous avez pratiquement déclaré que vous alliez lancer votre plan d'aide économique sans l'accord du Congrès!

– C'est l'impression que j'ai donnée?

– Oui, monsieur.

– Eh bien, c'est parfait, fit le Président en frappant du poing. Parce que c'est précisément ce que j'ai l'intention de faire. »

Fawcett sursauta :

« Mais c'est anticonstitutionnel! Les privilèges de votre fonction ne...

– Peu m'importe! le coupa son interlocuteur, soudain furieux. Et n'allez pas essayer de m'apprendre comment je dois diriger ce pays. J'en ai assez de mendier et de transiger avec tous ces hypocrites du

Capitole. Puisque pour obtenir quelque chose il faut se battre, eh bien, croyez-moi, je me battrai!

– Vous empruntez une voie dangereuse, monsieur. Ils vont se liguer contre vous et refuser de voter tout ce que vous leur proposerez.

– Non, ils ne feront pas ça! hurla le Président en se levant pour se placer devant Fawcett. Le Congrès n'aura pas l'occasion de bouleverser mes plans. »

Le secrétaire général de la Maison Blanche était comme en état de choc.

« Vous ne pouvez pas les arrêter. Ils rentrent tous à Washington pour tenir une session extraordinaire et bloquer vos projets.

– S'ils s'imaginent y parvenir, ils vont avoir une sacrée surprise », déclara le Président d'une voix que Fawcett eut du mal à reconnaître.

Le trafic matinal était encore pratiquement inexistant quand trois convois militaires entrèrent dans la capitale fédérale.

Tandis que les camions convergeaient vers le centre de la ville, des hélicoptères de transport de troupes se posaient devant le Capitole, déversant des sections de marines embarquées à Camp Lejeune en Caroline du Nord, une force de 2 000 hommes composée des unités d'urgence en alerte vingt-quatre heures sur vingt-quatre.

Ils se déployèrent autour des bâtiments fédéraux, firent sortir tout le monde des bureaux du Sénat comme de la Chambre des représentants, puis prirent position et interdirent les accès.

Les parlementaires et leurs assistants, stupéfaits, crurent d'abord à une évacuation consécutive à une alerte à la bombe. La seule autre explication logique était une manœuvre militaire impromptue. Lorsqu'ils apprirent que le siège du gouvernement américain avait été occupé par ordre du Président, ils réagirent avec vigueur, conférant en petits groupes indignés devant le Capitole. Lyndon Johnson avait bien menacé un jour de fermer le Congrès, mais personne ne parvenait à croire que c'était arrivé pour de bon.

Les hommes en tenue de camouflage, armés de fusils automatiques M-20, impassibles, refusaient de répondre aux questions. Un sénateur, bien connu pour ses idées libérales, tenta de franchir le cordon de troupes et fut brutalement repoussé.

Les militaires n'avaient pas investi les différents ministères de la ville. La plupart des administrations fonctionnaient normalement. Les rues étaient ouvertes à la circulation qui, réglée avec efficacité, était plus fluide que d'habitude, au grand plaisir des automobilistes.

La presse et la télévision débarquèrent. La pelouse du Capitole ne fut bientôt plus qu'un enchevêtrement de câbles et de matériels électroniques. Les interviews étaient si nombreuses que sénateurs et représentants durent pratiquement faire la queue pour exprimer dans les micros leur désapprobation devant cette mesure sans précédent prise par le Président.

Dans le pays, par contre, on réagissait plutôt avec un certain amusement. Les gens, installés devant leur poste de télévision, assistaient aux événements un peu comme s'ils étaient au cirque. On pensait en général que le Président cherchait tout simplement à intimider le Congrès et qu'il ordonnerait aux troupes de se retirer d'ici un jour ou deux.

Au Département d'Etat, Douglas Oates avait réuni Emmett, Brogan et Mercier. L'atmosphère était lourde et tendue.

« Le Président se trompe s'il s'imagine pouvoir

aller contre la Constitution », déclara le secrétaire d'Etat.

Emmett se tourna vers Mercier :

« Je ne comprends pas comment vous avez pu ne pas deviner ce qui se passait.

— Il m'a complètement tenu à l'écart, se défendit le conseiller aux affaires de sécurité. Rien ne laissait prévoir une telle initiative.

— Je suis persuadé que Jesse Simmons et le général Metcalf n'ont rien à voir avec tout ça », réfléchit Oates à haute voix.

Le directeur de la C.I.A. confirma :

« Selon mes informateurs du Pentagone, le secrétaire à la Défense a clairement refusé de participer.

— Mais pourquoi ne nous a-t-il pas avertis? s'étonna Emmett.

— Il n'a pas pu. Dès qu'il a eu exprimé son désaccord, le Président l'a fait placer en résidence surveillée.

— Mon Dieu! murmura Oates. La situation ne cesse d'empirer.

— Et le général Metcalf? demanda Mercier.

— Je suis sûr qu'il a élevé des objections, répondit Brogan. Mais le général est avant tout un soldat qui obéit aux ordres de son commandant en chef. En outre, le Président et lui sont de vieux amis. Metcalf se sent plus lié à l'homme qui l'a nommé chef d'état-major qu'au Congrès. »

Le secrétaire d'Etat pianota sur son bureau :

« Le Président disparaît pendant dix jours et quand il revient, il perd les pédales.

— Huckleberry Finn, murmura Brogan.

— A en croire le comportement du Président au cours des dernières vingt-quatre heures, les preuves semblent en effet s'accumuler, fit pensivement Mercier.

– Le docteur Lugovoy a-t-il été retrouvé? demanda Oates.

– Non, répondit le directeur du F.B.I. Pas encore.

– Nous avons obtenu des précisions à son sujet par nos agents à l'intérieur de l'Union soviétique, ajouta Brogan. Il s'est spécialisé depuis quinze ans dans les transferts mentaux. Les Services de renseignements russes lui ont fourni des fonds pratiquement illimités pour ses recherches. Des centaines de juifs et de dissidents qui ont disparu dans les hôpitaux psychiatriques du K.G.B. lui ont servi de cobayes. Il affirme avoir fait des découvertes capitales dans le domaine du contrôle et de l'interprétation de la pensée.

– Avons-nous un projet semblable? demanda le secrétaire d'Etat.

– Oui, répondit le patron de la C.I.A. Son nom de code est « Sonde » et nous travaillons dans la même direction. »

Oates se prit un instant la tête entre les mains puis il se tourna vers Emmett :

« Vous n'avez toujours rien sur le vice-président, Larimer et Moran?

– Non, avoua le directeur du F.B.I. d'un air embarrassé. Pas le moindre indice.

– Pensez-vous que Lugovoy se soit livré sur eux aussi à ses expériences de transfert mental?

– Non, fit Emmett. Si j'étais à la place des Russes, je les garderais en réserve pour le cas où le Président ne répondrait pas comme prévu aux instructions.

– Son esprit pourrait échapper à leur emprise et réagir de façon tout à fait imprévisible, expliqua Brogan. Les tripatouillages du cerveau sont loin d'être une science exacte. On ne peut pas prévoir ce qui va se passer ensuite.

– En tout cas, le Congrès n'est pas disposé à

attendre, intervint Mercier. Les élus cherchent un endroit où se rassembler pour entamer la procédure d'impeachment.

– Le Président le sait très bien et il est loin d'être idiot, répliqua Oates. Chaque fois que les membres du Congrès essaieront de se réunir en session, il enverra la troupe les disperser. Avec les forces armées derrière lui, c'est une situation sans issue.

– En considérant que le Président reçoit littéralement ses ordres d'une puissance ennemie, Metcalf et les autres généraux ne peuvent pas continuer à le soutenir, déclara Mercier.

– Metcalf refuse d'agir tant que nous n'aurons pas la preuve formelle qu'il est manipulé, précisa Emmett. En réalité, je le soupçonne de vouloir utiliser le premier prétexte venu pour se ranger aux côtés du Congrès.

– Espérons que ce ne sera pas trop tard, fit Brogan avec une expression inquiète.

– Il ne nous reste donc plus qu'à chercher à nous quatre un moyen de neutraliser le Président, conclut le secrétaire d'Etat.

– Vous êtes passé aujourd'hui devant la Maison Blanche? lui demanda Mercier.

– Non. Pourquoi?

– On dirait un véritable camp retranché. Les militaires sont partout. Il paraît que personne ne peut approcher le Président. Je doute que même vous, monsieur le secrétaire, y parveniez. »

Brogan réfléchit un instant.

« Dan Fawcett est dans la place, fit-il enfin.

– Je l'ai eu au téléphone, déclara le conseiller aux affaires de sécurité. Il a affirmé trop haut son opposition aux mesures décrétées par le Président et j'en déduis qu'il est maintenant *persona non grata* dans le Bureau ovale.

– Nous avons besoin d'un allié qui jouisse de la confiance du Président.

– Oscar Lucas, suggéra Emmett.

– Excellente idée! s'écria Oates en levant la tête. En tant que chef des Services secrets, c'est sans doute lui qui a la responsabilité de la Maison Blanche.

– Il faudra mettre discrètement Dan et Oscar au courant de la situation, précisa le directeur du F.B.I.

– Je m'en charge, se proposa son homologue de la C.I.A.

– Vous avez un plan? demanda Oates.

– Pas vraiment, mais on trouvera quelque chose.

– Le plus tôt sera le mieux, déclara Emmett avec gravité. Sinon les pires craintes de nos pères fondateurs pourraient bien se réaliser.

– Lesquelles? fit le secrétaire d'Etat.

– L'inconcevable. Un dictateur à la Maison Blanche. »

55

Loren transpirait abondamment et sa robe du soir lui collait à la peau. La petite cellule sans hublot où on l'avait enfermée ressemblait à un sauna; elle avait de plus en plus de mal à respirer. Elle ne disposait que d'une étroite couchette et de toilettes rudimentaires tandis qu'une ampoule nue protégée par un grillage diffusait une lumière pâle. La jeune femme était persuadée qu'on avait délibérément coupé le ventilateur pour ajouter à son inconfort.

Lorsqu'elle avait été conduite à la prison du paquebot, elle n'avait vu aucune trace de l'homme qu'elle croyait être Alan Moran. On ne lui avait rien donné à boire ou à manger depuis qu'elle était prisonnière et elle commençait à avoir des crampes d'estomac. Personne n'était venu et elle se demandait si le commandant Pokovski n'avait pas l'intention de la laisser tout simplement mourir de faim et de soif.

Elle se décida enfin à se débarrasser de sa robe imprégnée de sueur, puis elle se livra à quelques exercices d'assouplissement pour passer le temps.

Soudain, elle entendit des bruits de pas dans le couloir ainsi que des voix assourdies. La serrure joua et la porte s'ouvrit brusquement.

Loren saisit sa robe pour s'en couvrir et se recula dans le coin le plus éloigné.

Un homme s'encadra sur le seuil. Il était vêtu d'un costume bon marché et démodé.

« Mrs. Smith, j'espère que vous voudrez bien me pardonner d'avoir été contraint de vous traiter ainsi.

– Certainement pas, répliqua-t-elle sur un ton de défi. Qui êtes-vous ?

– Je m'appelle Paul Souvorov et je représente le gouvernement soviétique. »

Une expression méprisante apparut sur le visage de Loren tandis qu'elle lançait :

« Est-ce donc un exemple de la façon dont les communistes traitent les élus du peuple américain ?

– Certes non, mais vous ne nous avez pas laissé le choix.

– Si vous daigniez m'expliquer ? demanda-t-elle en le fixant droit dans les yeux.

– Je crois que vous savez parfaitement à quoi je fais allusion, dit-il avec une certaine gêne.

– Rafraîchissez-moi la mémoire. »

Le Russe alluma une cigarette avant de répondre :

« L'autre nuit, quand l'hélicoptère est arrivé, le

second du *Leonid Andreïev* vous a vue en train d'observer la scène.

– Il y avait aussi d'autres passagers, fit la jeune femme d'une voix glaciale.

– Oui, mais ils étaient trop loin pour reconnaître un visage familier.

– Et moi pas?

– Allons, soyez raisonnable. Vous ne pouvez pas nier avoir reconnu deux de vos collègues.

– Je ne comprends pas de quoi vous voulez parler.

– Le président de la Chambre Alan Moran et le sénateur Marcus Larimer », fit-il lentement, guettant sa réaction.

Les yeux de la jeune femme s'écarquillèrent et elle ne put réprimer un frisson en dépit de cette atmosphère d'étuve. Pour la première fois depuis qu'elle était enfermée, elle se sentit gagnée par le désespoir.

« Moran et Larimer sont tous les deux ici?

– Oui, acquiesça Souvorov. Dans la cellule voisine.

– C'est une plaisanterie de mauvais goût.

– Il ne s'agit pas d'une plaisanterie, affirma le Russe avec un sourire. Ils sont les hôtes du K.G.B., tout comme vous. »

Loren, incrédule, secoua la tête. Ces choses-là ne pouvaient arriver que dans les cauchemars. La réalité lui échappait.

« Je bénéficie de l'immunité diplomatique, balbutia-t-elle. J'exige d'être libérée sur-le-champ!

– Vous n'êtes pas en position d'exiger quoi que ce soit à bord du *Leonid Andreïev*, répliqua Souvorov d'un ton sec et définitif.

– Lorsque mon gouvernement apprendra...

– Votre gouvernement n'apprendra rien, la coupa-t-il. Quand le paquebot quittera la Jamaïque pour rejoindre Miami, le commandant Pokovski annoncera avec un profond regret la disparition de Loren Smith, membre du Congrès, vraisemblablement passée par-dessus bord et noyée. »

La jeune femme fut saisie d'un sentiment d'impuissance totale.

« Qu'allez-vous faire de Moran et de Larimer?

– Je les emmène en Russie.

– Mais vous allez me tuer, fit-elle comme si elle venait juste de réaliser.

– Ces deux hommes sont des personnages importants de la vie politique de votre pays. Leurs connaissances nous seront très précieuses quand ils auront été persuadés de collaborer avec nous. Quant à vous, je suis désolé, mais vous n'en valez pas le risque. »

Loren faillit répliquer qu'en tant que membre de la Commission des forces armées, elle possédait autant de secrets qu'eux, mais elle perçut le piège à temps et demeura silencieuse.

Les yeux du Russe s'étrécirent. Il tendit brusquement le bras et arracha la robe qui couvrait la jeune femme.

« Très intéressant, fit-il en l'examinant. Si nous devions négocier, je pourrais peut-être trouver quelque bonne raison pour vous demander de m'accompagner à Moscou.

– Le plus vieux truc du monde, cracha Loren, méprisante. Vous n'êtes même pas original. »

Il fit un pas en avant et la gifla violemment. Elle vacilla sous le choc, heurta la cloison et tomba à genoux, le dévisageant d'un regard brûlant de haine.

Il l'empoigna par les cheveux et lui repoussa la tête en arrière. Toute trace de politesse avait disparu.

« Je me suis toujours demandé comment c'était de baiser une Américaine. »

Loren réagit instantanément. Elle lui agrippa l'entrejambe et serra de toutes ses forces.

Souvorov poussa un cri de douleur et la frappa sous la pommette gauche. Loren s'effondra pendant que le Russe, tel un animal en cage, arpentait la minuscule cellule pour calmer ses souffrances. Il finit par saisir brutalement la jeune femme pour la projeter sur la couchette.

Il se pencha au-dessus d'elle et commença à lui déchirer son soutien-gorge et sa petite culotte.

« Sale pute, siffla-t-il. Je vais te faire regretter ça. »

Des larmes de rage et d'impuissance roulèrent sur les joues de Loren tandis qu'à travers le voile qui lui brouillait la vue elle distinguait le Russe qui, lentement, ôtait sa ceinture et l'enroulait autour de sa main, laissant la boucle pendre librement. Elle voulut se raidir et parer le coup, mais elle était trop faible.

Soudain, un troisième bras sembla comme pousser à Souvorov se glissant au-dessus de son épaule droite et venant lui enserrer le cou. La ceinture tomba au sol.

L'expression du Russe refléta d'abord l'incrédulité, puis une stupéfaction mêlée d'horreur et enfin les affres de l'agonie tandis que sa pomme d'Adam, inexorablement broyée, lui écrasait la gorge. Il tenta en vain de se débattre. Il comprit en un éclair qu'il allait mourir. Il avait les poumons en feu et ses bras battaient frénétiquement l'air.

Loren voulut enfouir son visage dans ses mains pour échapper à ce spectacle effroyable, mais son corps lui refusait tout mouvement. Comme hypnotisée, elle ne put que regarder avec une fascination morbide la vie s'échapper de Souvorov. Après quelques ultimes convulsions, ses yeux jaillirent de leurs orbites et son corps devint flasque. Il resta encore quelques secondes debout, soutenu par ce bras fantomatique qui, enfin, le lâcha. Il s'effondra alors comme une poupée de chiffon.

Une silhouette se découpa à la place de celle de l'agent du K.G.B., s'encadrant à son tour sur le seuil et Loren se trouva à contempler un visage amical aux yeux verts, éclairé d'un sourire un peu hésitant.

« Alors, dès que j'ai le dos tourné, on fait des bêtises », lui murmura Pitt.

56

Midi. Sous un ciel d'azur dans lequel flottaient quelques rares nuages blancs poussés par une petite brise, le *Leonid Andreïev* croisait à environ 18 milles de Cabo Maisi, la pointe est de Cuba. La plupart des passagers qui se doraient au soleil près des piscines ne remarquèrent même pas à l'horizon la côte bordée de palmiers. Pour eux, ce n'était qu'une île de plus parmi les centaines qu'ils avaient déjà vue depuis Miami.

Sur la passerelle, le commandant Pokovski observait à la jumelle un cruiser qui approchait. C'était un vieux modèle à la coque peinte en noir dont le nom, le *Pilar*, s'inscrivait en lettres dorées. On aurait dit une véritable antiquité avec, déployé à l'arrière, le drapeau américain en position inversée, signal de détresse.

Pokovski s'avança vers la console de navigation et appuya sur la touche « Vitesse réduite ». Il sentit aussitôt les moteurs ralentir puis, quelques minutes plus tard, il pressa le bouton « Arrêt ».

Il allait quitter la passerelle quand il aperçut son second qui escaladait l'échelle venant du pont inférieur.

« Commandant, fit ce dernier, reprenant son souffle. Je reviens de la prison. Les prisonniers sont partis. »

Pokovski tressaillit.

« Partis? Ils se sont évadés, vous voulez dire?

– Oui, monsieur. Je me livrais à une inspection de routine quand j'ai découvert les deux gardes inanimés enfermés dans l'une des cellules. L'agent du K.G.B. est mort.

– Paul Souvorov a été tué? »

Le second acquiesça :

« Selon toutes apparences, il a été étranglé.

– Pourquoi ne m'avez-vous pas immédiatement averti par l'interphone?

– J'ai pensé qu'il était préférable de vous l'annoncer en personne.

– Vous avez bien fait, naturellement, reconnut le commandant. Ça n'aurait pas pu se produire à un pire moment. Nos gens de Cuba arrivent pour transporter les prisonniers à terre.

– Si vous pouvez les faire patienter un peu, je suis sûr qu'en fouillant le bateau nous n'aurons aucun mal à retrouver les Américains. »

Pokovski se tourna vers le cruiser maintenant tout proche.

« Il attendront, affirma-t-il. Nos prisonniers sont trop importants pour qu'ils se permettent de les laisser à bord.

– Il y autre chose, déclara le second. Les Américains ont dû recevoir de l'aide.

– Ils n'ont pas agi seuls? s'étonna le commandant.

– Probablement pas. Deux hommes âgés et affaiblis et une femme n'auraient jamais réussi à neutraliser deux agents de la sécurité et à tuer un professionnel du K.G.B.

– Nom de Dieu! jura Pokovski avec une expression à la fois furieuse et inquiète. Ça complique la situation.

– Vous croyez que c'est la C.I.A.?

– Je ne pense pas. Si le gouvernement des Etats-Unis avait seulement soupçonné la présence de ces hauts personnages à bord du *Leonid Andreïev*, la moitié de la marine américaine se serait précipitée à nos trousses comme des loups affamés. Or, voyez vous-même : pas un bateau, pas un avion et la base navale de Guantanamo n'est qu'à une quarantaine de milles.

– Qui alors? demanda le second. Sûrement pas un des hommes de notre équipage.

– Ce ne peut être qu'un passager. (Le commandant se tut pour réfléchir, puis il commença à donner ses ordres.) Réunissez tous les officiers disponibles et formez des équipes de cinq pour fouiller le bâtiment de la cale au pont supérieur. Divisez le bateau en sections. Alertez les agents de la sécurité et prenez les stewards avec vous. Si les passagers s'étonnent, trouvez un prétexte plausible pour entrer dans leurs cabines. Changer les draps, réparer la plomberie, vérifier les extincteurs, bref inventez n'importe quoi. Ne dites ni ne faites rien qui puisse provoquer des soupçons ou amener des questions embarrassantes. Soyez le plus diplomate possible, abstenez-vous à tout prix de recourir à la violence, mais retrouvez-moi cette femme et ces deux hommes en vitesse!

– Que faisons-nous du corps de Souvorov? »

Pokovski n'hésita pas un instant :

« Organisez des funérailles dignes de notre camarade du K.G.B., déclara-t-il avec sarcasme. Dès qu'il fera nuit, jetez-le par-dessus bord avec les ordures.

– Bien, monsieur », fit le second avec un petit sourire avant de disparaître.

Le commandant saisit un porte-voix et s'avança.

Le petit bateau de plaisance dérivait à une cinquantaine de mètres du paquebot.

« Avez-vous besoin de secours? » hurla-t-il.

Un homme trapu à la peau brune cria :

« Nous avons des passagers malades. Je crains une intoxication alimentaire. Pouvons-nous monter à bord et utiliser votre pharmacie?

– Bien entendu, répondit Pokovski. Approchez. Je vais faire préparer la passerelle. »

Pitt n'était pas dupe de la petite comédie qui se déroulait sous ses yeux. Deux hommes et une femme, pliés en deux, grimpaient péniblement l'escalier de métal, feignant de souffrir le martyre. Ils méritaient presque un oscar pour leurs talents d'acteurs.

On aurait laissé passer le temps nécessaire à leur administrer un simulacre de soins puis Loren, Moran et Larimer auraient pris leur place dans le cruiser. Pitt était maintenant persuadé que le commandant allait faire fouiller le paquebot pour retrouver les disparus et qu'il ne repartirait pas avant.

Il s'éloigna du bastingage et se mêla aux autres passagers qui ne tardèrent pas à regagner les chaises longues, les piscines et les différents bars. Il prit l'ascenseur pour rejoindre sa cabine. En sortant, il frôla un steward qui attendait.

Il nota sans y prêter attention que l'homme était un Asiatique, probablement un Mongol puisqu'il servait sur un bâtiment soviétique. Il se dirigea vers le couloir sans plus y penser.

Le steward, lui, par contre, avait dévisagé Pitt avec une certaine perplexité qui s'était muée en stupéfaction tandis qu'il le regardait s'éloigner. Il était tellement abasourdi qu'il laissa l'ascenseur repartir sans lui.

Pitt tourna le coin et aperçut un officier accompagné de plusieurs hommes d'équipage qui stationnaient devant une cabine à trois portes de la sienne. Les sourires habituels s'étaient effacés. Il chercha sa clef dans sa poche tout en observant discrètement la scène. Une femme sortit et dit quelques mots en russe à l'officier en secouant la tête. Puis le groupe passa à la cabine suivante.

Pitt entra rapidement et referma la porte derrière lui. Un tableau digne des Marx Brothers s'offrait à ses yeux. Loren était perchée sur la couchette supérieure tandis que Moran et Larimer se partageaient celle du dessous. Tous trois s'attaquaient avec voracité à un plateau de hors-d'œuvre que Giordino avait subtilisé au buffet de la salle à manger.

Giordino, installé, lui, sur un tabouret dans la salle de bain, accueillit Pitt d'un vague signe de la main.

« Tu as repéré quelque chose d'intéressant ?

– Les contacts cubains sont arrivés. Ils se préparent à effectuer la substitution de passagers.

– Ils vont attendre longtemps, ces fumiers !

– Oui, à peu près quatre minutes, répondit Pitt. Le temps qu'on nous enchaîne et qu'on nous jette à bord du bateau, direction La Havane.

– Ils finiront par nous trouver », murmura Larimer d'une voix tremblante.

Pitt avait déjà vu des hommes au bout du rouleau, la peau grise, le regard éteint et les pensées chaotiques. En dépit de son âge et de longues années d'excès en tout genre, Larimer était un homme encore solide d'apparence, mais son cœur et ses artères n'étaient plus capables d'affronter la tension et les dangers d'une pareille situation. Nul besoin d'être médecin pour reconnaître un malade réclamant des soins urgents.

« Ils fouillent les cabines voisines, expliqua-t-il simplement.

– Il ne faut pas qu'ils nous reprennent! s'écria Moran en bondissant sur ses pieds avec des yeux fous. Fuyons!

– Vous n'arriveriez même pas à l'ascenseur », répliqua sèchement Pitt en le saisissant par le bras.

Il n'aimait pas beaucoup le président de la Chambre des représentants qui lui faisait l'effet d'une fouine.

« Il n'y a aucun endroit où se cacher », fit Loren d'une voix mal assurée.

Pitt, sans répondre, se dirigea vers la salle de bain. Il tira le rideau de la douche et ouvrit en grand le robinet d'eau chaude. Quelques instants plus tard, des nuages de vapeur envahissaient l'espace exigu de la cabine.

« Parfait, fit-il. Tout le monde dans la douche. »

Personne ne bougea. Tous le dévisageaient sans comprendre, comme s'il débarquait d'une autre planète.

« Vite! ordonna-t-il. Ils vont être là d'une seconde à l'autre. »

Son adjoint lui-même le contemplait d'un air ahuri.

« Comment comptes-tu caser trois personnes dans ce réduit tout juste assez large pour une?

– Mets ta perruque. Tu y vas aussi.

– Quoi, tous les quatre! balbutia Loren, incrédule.

– C'est ça ou un aller simple pour Moscou. Vous vous débrouillerez. Les gosses arrivent bien à s'entasser par dizaines dans les cabines téléphoniques. »

Giordino s'exécuta pendant que Pitt se penchait dans la salle de bain pour régler la douche. Il fit s'accroupir Moran qui tremblait de tous ses membres entre les jambes de Giordino tandis que Loren grimpait sur le dos de ce dernier et que Larimer se pressait contre la cloison du fond. Ils réussirent ainsi à tous tenir, aspergés par le jet brûlant. Pitt venait de tourner le robinet d'eau chaude du lavabo pour augmenter la vapeur quand on frappa à la porte.

Il se précipita pour aller ouvrir tout de suite afin de n'éveiller aucun soupçon. Le second du *Leonid Andreïev* s'inclina avec un sourire :

« Mr. Gruber? Nous sommes navrés de vous déranger, mais nous nous livrons à une inspection de routine des installations d'extinction d'incendie. Vous permettez que nous entrions?

— Mais bien entendu, répondit obligeamment le faux Gruber. Pas de problèmes pour moi, mais mon épouse est sous la douche. »

L'officier fit signe à la femme qui l'accompagnait. Celle-ci s'appliqua à contrôler les diffuseurs puis, avec un geste en direction de la salle de bain, elle demanda :

« Je peux?

— Je vous en prie, fit Pitt d'un ton enjoué. Ma femme n'y verra pas d'inconvénients »

La Russe ouvrit la porte et fut aussitôt enveloppée d'un nuage de vapeur. Pitt s'avança et se pencha sur le seuil :

« Hé! chérie, il y a une dame qui veut vérifier les extincteurs. Elle peut? »

Tandis que le nuage se dissipait, deux yeux surmontés d'épais sourcils et d'une masse de cheveux dégoulinants apparurent entre les pans du rideau de la douche.

« Qu'elle entre, répondit la voix de Loren. Et si vous pouviez nous apporter des serviettes sèches par la même occasion. »

La Russe se contenta de hocher la tête en déclarant :

« Je m'en occupe dans un instant. »

Pitt grignota un canapé et en offrit un au second qui refusa poliment.

« Je suis content de voir que vous prenez tellement soin de la sécurité de vos passagers, fit-il entre deux bouchées.

– Nous ne faisons que notre devoir, répliqua l'officier en jetant un regard intrigué sur le plateau de hors-d'œuvre. Je constate que vous appréciez également notre cuisine.

– Zelda et moi adorons les en-cas. En fait, nous les préférons même aux plats plus consistants. »

La femme ressortit de la salle de bain et prononça une phrase en russe. Pitt ne reconnut que le mot *Niet.*

« Désolé de vous avoir dérangé, fit alors le second avec courtoisie.

– De rien. »

Dès que la porte se fut refermée, Pitt se précipita dans la salle de bain.

« Surtout que personne ne bouge », ordonna-t-il.

Puis il alla s'asseoir sur la couchette et avala un toast de caviar.

Une minute plus tard, la porte s'ouvrait brusquement et la Russe entrait, fonçant comme un taureau, le regard inquisiteur.

« Vous désirez quelque chose? demanda le faux Gruber, la bouche pleine.

– J'ai apporté les serviettes.

– Posez-les sur le lavabo, merci. »

Elle s'exécuta et quitta la cabine avec un sourire sincère, dénué de toute trace de soupçons.

Pitt attendit encore un peu, puis il se leva, entrebâilla la porte et jeta un coup d'œil dans le couloir. Les Russes entraient dans une cabine située tout au fond. Il retourna alors dans la salle de bain et ferma les robinets.

Avec leurs vêtements trempés, leur air malheureux, les quatre humains entassés dans la douche ressemblaient à des chats mouillés.

Giordino sortit le premier, balançant sa perruque dans le lavabo, suivi de Loren qui entreprit aussitôt de se sécher les cheveux. Pitt aida ensuite Moran à se relever et il dut à moitié porter Larimer jusqu'à sa couchette.

« Très intelligent de ta part d'avoir réclamé des serviettes, fit Pitt en déposant un baiser dans le cou de la jeune femme.

– Merci, répliqua-t-elle avec un petit sourire moqueur.

– Nous sommes en sécurité maintenant? s'inquiéta Moran. Vous croyez qu'ils vont revenir?

– Nous ne serons tirés d'affaire que quand nous aurons quitté ce bateau. Et nous pouvons compter sur une nouvelle visite. Quand ils auront fini de fouiller le paquebot et n'auront rien trouvé, ils vont redoubler d'efforts.

– Et tu as un autre plan génial dans ta manche, Houdini? demanda Giordino.

– Oui, répondit tranquillement Pitt. J'en ai un. »

57

L'officier mécanicien longeait une passerelle qui courait entre les énormes cuves de mazout. Il effectuait une vérification de routine des tuyaux amenant le carburant vers les chaudières qui fournissaient la vapeur aux turbines de 27 000 chevaux du *Leonid Andreïev*.

Il sifflotait pour accompagner le bourdonnement des turbogénérateurs. De temps à autre, il passait un chiffon sur une conduite ou une valve pour s'assurer qu'il n'y avait pas de fuite.

Soudain, il s'arrêta pour écouter. Il perçut un petit bruit métallique sur sa droite. Sa curiosité éveillée, il se dirigea silencieusement dans cette direction.

Près de la coque, il distingua un homme en uniforme de steward qui semblait être en train de placer quelque chose contre la paroi de la cuve. Il s'avança sur la pointe des pieds et, arrivé à une dizaine de pas, il lança brusquement :

« Qu'est-ce que vous fabriquez ici? »

Le steward se retourna lentement puis se redressa. C'était un Asiatique. Son uniforme blanc était taché de graisse et un sac de marin ouvert était posé à côté de lui. Il sourit sans répondre.

L'officier s'approcha.

« Vous n'avez rien à faire ici. Cette partie du paquebot vous est interdite. »

Il remarqua alors une étrange bosse sur le réservoir. Deux fils de cuivre s'en échappaient pour aboutir à un mécanisme d'horlogerie dépassant du sac.

« Une bombe! s'écria-t-il avec horreur. Vous mettez une bombe! »

Il pivota et se mit à courir comme un fou vers la passerelle. Il n'avait pas effectué 10 mètres que deux petits claquements secs retentissaient et que les balles jaillies d'un automatique muni d'un silencieux lui fracassaient le crâne.

On porta les toasts d'usage en vidant des verres de vodka glacée. Pokovski faisait les honneurs de son bar, évitant autant que possible le regard froid et perçant de l'homme installé dans un fauteuil en face de lui.

Geidar Ombrikov, chef de l'antenne du K.G.B. à

La Havane, n'était pas particulièrement de bonne humeur.

« Votre rapport ne sera guère apprécié par mes supérieurs, déclara-t-il. Perdre un agent à votre bord sera considéré comme une négligence coupable.

– C'est un paquebot de croisière que je commande, répliqua Pokovski, rouge de colère. Le *Leonid Andreïev* a été conçu et lancé pour rapporter des devises à l'Union soviétique, pas pour servir de quartier général flottant aux agents de sécurité!

– Alors comment considérez-vous les dix hommes qui ont été désignés par nos autorités pour espionner les conversations des passagers?

– J'essaie de ne pas y penser.

– Vous devriez, pourtant, affirma Ombrikov d'un ton menaçant.

– J'ai déjà suffisamment à faire à diriger ce navire. Je n'ai pas le temps de m'occuper d'activités de renseignements.

– Vous auriez néanmoins dû prendre plus de précautions. Si ces hommes politiques américains réussissent à s'échapper et racontent leur histoire, les répercussions sur nos relations internationales pourraient être désastreuses. »

Pokovski reposa son verre de vodka sur le bar sans y avoir touché.

« Ils ne pourront pas se dissimuler longtemps à bord. Nous les aurons retrouvés d'ici une heure au plus tard.

– J'espère bien, fit sèchement Ombrikov. Sinon la marine américaine va commencer à se demander ce qu'un paquebot soviétique fabrique si près de leur précieuse base de Cuba et envoyer une patrouille.

– Ils n'oseront pas aborder le *Leonid Andreïev*.

– Non, mais mon bateau à moi bat pavillon américain et ils n'hésiteront pas à l'inspecter.

– C'est un vieux modèle assez intéressant, fit le

commandant pour essayer de changer de sujet. Où l'avez-vous déniché?

– Un cadeau personnel de notre ami Castro, répondit l'homme du K.G.B. Il appartenait à l'écrivain Ernest Hemingway.

– Vraiment? J'ai lu quatre de ses livres et... »

Pokovski fut interrompu par son second qui était entré sans frapper.

« Pardonnez-moi de vous déranger, commandant, mais puis-je vous dire un mot en particulier? »

Pokovski s'excusa et sortit sur le seuil de sa cabine.

« Que se passe-t-il? demanda-t-il.

– Nous ne les avons pas trouvés, annonça l'officier avec gêne.

Pokovski, au mépris de ses propres règlements, alluma une cigarette en lançant un regard furieux à son second.

– Dans ce cas, je vous suggère de fouiller à nouveau le navire, et plus sérieusement, cette fois. Et intéressez-vous de plus près aux passagers qui se promènent sur les ponts. Ils se cachent peut-être parmi la foule. »

Le second s'empressa d'aller exécuter les ordres et Pokovski rentra.

« Des problèmes? » s'enquit son visiteur.

Il allait répondre quand il sentit son bateau trembler sous ses pieds. Il demeura près d'une minute immobile, tendu, tous les sens en alerte, mais rien d'autre ne semblait se produire.

Puis, brusquement, le *Leonid Andreïev* fut secoué par une violente explosion qui projeta les passagers à plusieurs mètres et provoqua une terrifiante onde de choc. Une langue de feu jaillit de la coque avec une pluie de débris métalliques et de mazout qui se déversa sur les ponts. L'écho de la déflagration se répercuta sur les flots puis mourut, laissant planer un silence irréel tandis qu'une colonne d'épaisse fumée noire s'élevait dans le ciel.

Ce qu'aucun des sept cents passagers et membres d'équipage ne savait, et ce que certains ne sauraient jamais, c'est que dans les entrailles du paquebot, les réservoirs à fuel avaient explosé, ouvrant une brèche béante juste en dessous de la ligne de flottaison et soulevant un geyser de flammes bleues et vertes qui, se répandant sur les superstructures du navire, carbonisèrent hommes, femmes et enfants et embrasèrent les ponts de teck à la vitesse d'un feu de forêt.

En un instant, le *Leonid Andreïev*, luxueux paquebot de croisière, fut transformé en un brasier incandescent.

Pitt secoua la tête, se demandant ce qui était arrivé. Le choc l'avait projeté au sol où il resta encore une bonne minute allongé, cherchant à reprendre ses esprits. Il se mit péniblement à quatre pattes puis, s'accrochant à la poignée de la porte, parvint à se relever. Il était commotionné, mais n'avait rien de cassé. Il se tourna pour voir dans quel état se trouvaient ses compagnons.

Giordino était affalé dans la douche, l'air hébété, mais apparemment indemne. Moran et Loren étaient tombés de la couchette et ils étaient étendus sur la moquette, encore étourdis. Ils auraient sans doute de jolis bleus pendant une semaine ou deux, mais n'étaient pas sérieusement blessés.

Larimer était effondré dans un coin de la cabine. Pitt se pencha au-dessus de lui et lui souleva doucement la tête. Une grosse bosse ornait sa tempe gauche tandis qu'un filet de sang coulait de sa lèvre fendue. Le sénateur était inconscient mais il respirait normalement. Pitt lui glissa un coussin sous la nuque.

Giordino fut le premier à prendre la parole :

« Comment va-t-il?

– Il est juste assommé, répondit Pitt.

– Qu'est-ce qui s'est passé? balbutia Loren.

– Une explosion. Quelque part à l'avant. Probablement dans la salle des machines.

– Les chaudières? avança Giordino.

– Les chaudières modernes sont conçues pour ne pas exploser.

– Mon Dieu! s'exclama Loren. J'ai encore les oreilles qui sifflent. »

Une étrange expression naquit sur le visage de Giordino. Il prit une pièce de monnaie dans sa poche et la posa sur la tranche; au lieu de rester sur place ou de tomber, la pièce se mit à rouler comme propulsée par une main invisible avant d'aller heurter une cloison.

« Le bateau donne de la bande », annonça-t-il alors.

Pitt alla entrebâiller la porte. Le couloir se remplissait de passagers qui sortaient en titubant de leurs cabines, l'air affolé.

« Tant pis pour le plan C, fit-il.

– Le plan C? s'étonna Loren.

– J'avais prévu de m'emparer du cruiser cubain. Mais maintenant je doute que nous trouvions encore de la place à bord.

– De quoi parlez-vous? intervint alors Moran en se redressant avec difficulté. C'est une ruse. Un minable stratagème pour nous obliger à sortir.

– Ce serait un stratagème bien coûteux, répliqua avec mépris Giordino. L'explosion a dû sérieusement endommager le paquebot. Il prend sans doute déjà l'eau.

– Nous allons couler? » fit Moran, soudain inquiet.

Pitt l'ignora pour regarder à nouveau dans le couloir. La plupart des gens réagissaient avec calme, mais quelques-uns commençaient déjà à crier. Le passage fut bientôt bloqué par ceux qui avaient eu la stupidité de s'encombrer d'effets personnels et de valises faites à la hâte. Il perçut alors une odeur de peinture brûlée tandis que tournoyaient les premières volutes de fumée. Il claqua la porte de la cabine et entreprit d'arracher les couvertures des couchettes pour les lancer à Giordino.

« Vite, mets-les sous la douche avec toutes les serviettes que tu pourras trouver. »

Son adjoint ne perdit pas de temps en questions inutiles. Loren s'agenouilla devant Larimer et s'efforça de le ranimer. Le sénateur gémit et ouvrit les yeux, dévisageant la jeune femme comme s'il essayait de la reconnaître. Moran, adossé à la paroi, murmurait des paroles incohérentes.

Pitt écarta brutalement Loren et, passa son bras autour des épaules du sénateur, le remit debout. Giordino sortit de la salle de bain et distribua les couvertures et les serviettes mouillées.

« Okay, Al, fit Pitt. Maintenant, allons-y. Tu m'aides à soutenir Larimer. Loren, tu t'occupes de Moran et tu restes derrière moi. »

Il entrouvrit la porte et fut aussitôt enveloppé d'un épais nuage de fumée.

Les échos de l'explosion se répercutaient encore quand le commandant Pokovski, reprenant ses esprits, se précipita sur la passerelle. Le jeune officier de quart contemplait la console des instruments avec un air de frustration et de rage.

« Fermez les compartiments étanches et déclenchez le système d'extinction automatique d'incendie! hurla Pokovski.

– Impossible! répondit l'officier avec désespoir. Il n'y a plus de courant.

– Les générateurs auxiliaires?

– Hors d'usage. (L'officier semblait en état de choc.) Les téléphones intérieurs ne fonctionnent plus. L'ordinateur de contrôle des avaries est foutu. Plus rien ne répond. Nous ne pouvons même pas donner l'alerte générale. »

Le commandant s'élança vers l'arrière. Son bateau vomissait du feu et de la fumée par le milieu. Quelques instants plus tôt, il y avait de la musique et des rires. Maintenant, il n'y avait plus que l'horreur. La piscine découverte et le pont supérieur étaient en flammes. Les deux cents passagers qui se doraient au soleil avaient été instantanément carbonisés par le flot de mazout embrasé. Ceux qui avaient échappé au brasier en plongeant dans la piscine étaient morts peu après, les poumons brûlés. D'autres encore, les vêtements en feu, avaient sauté par-dessus bord.

Pokovski contemplait ce carnage avec des yeux hagards. C'était l'enfer qui se déchaînait devant lui. Il savait que son navire était perdu. Il ne pouvait plus empêcher cet holocauste et la liste des mots ne cessait de s'allonger tandis que l'océan s'engouffrait dans les entrailles déchiquetées du *Leonid Andreïev*. Il regagna la passerelle.

« Ordonnez l'abandon du navire, lança-t-il à l'officier de quart. Les canots de bâbord sont en feu. Chargez le maximum de femmes et d'enfants sur ceux de tribord qui sont encore intacts. »

Tandis que l'officier de quart s'empressait d'aller exécuter les ordres, le chef mécanicien, Erik Kazinkin, arriva, encore tout essoufflé. Il avait les sourcils et les cheveux roussis tandis que les semelles de ses chaussures fumaient encore, mais il ne semblait pas s'en préoccuper. Son esprit était insensible à la douleur.

« Faites-moi votre rapport, demanda Pokovski avec calme. Qu'est-ce qui s'est passé?

– La cuve à fuel a explosé, répondit Kazinkin. Dieu sait pourquoi. La salle des générateurs et le générateur auxiliaire ont sauté avec. Les chambres des chaudières 2 et 3 sont inondées. Nous avons réussi à fermer à la main les portes étanches de la salle des machines, mais nous prenons l'eau à une vitesse alarmante. Et sans courant pour actionner les pompes... » (Il haussa les épaules, avec fatalisme.)

Il n'était plus possible de sauver le *Leonid Andreïev*. La seule incertitude qui demeurait, c'était de savoir s'il finirait par brûler de fond en comble ou bien s'il sombrerait avant. Pokovski était conscient qu'il n'y aurait que peu de survivants. Dans les minutes à venir, beaucoup allaient périr carbonisés ou noyés sans même pouvoir accéder au nombre ridicule de canots de sauvetage qui restaient.

« Allez chercher vos hommes en bas, dit-il. Nous abandonnons le navire.

– Merci, commandant, fit le chef mécanicien. (Il tendit la main.) Bonne chance. »

Ils se séparèrent. Pokovski se dirigea vers la salle des communications située un pont plus bas. L'officier de service leva la tête de sa radio à l'entrée du commandant.

« Envoyez le signal de détresse, ordonna celui-ci.

– J'ai pris la responsabilité d'expédier un S.O.S. dès que j'ai entendu l'explosion, monsieur. »

Pokovski lui posa la main sur l'épaule :

« J'approuve votre initiative. »

Puis il demanda calmement :

« Vous avez pu émettre sans problème?

– Oui, monsieur. Quand le courant a été coupé, je me suis branché sur les batteries de secours. La première réponse est venue d'un porte-conteneurs coréen qui se trouve seulement à 10 milles par sud-ouest.

– Dieu merci, il y avait au moins un bâtiment à proximité. D'autres réponses?

– La marine des Etats-Unis de Guantanamo envoie des embarcations de sauvetage et des hélicoptères. Le seul autre bateau dans les parages est un paquebot de croisière norvégien qui navigue à une cinquantaine de milles.

– Trop tard pour lui, fit Pokovski en réfléchissant. Il faudra concentrer nos espoirs sur les Coréens et les Américains. »

La tête enveloppée dans une couverture mouillée, Pitt se dirigeait à tâtons vers l'escalier au bout de la coursive. A plusieurs reprises, Giordino et lui butèrent sur des corps de passagers qui avaient péri asphyxiés.

Larimer avait du mal à marcher tandis que Loren et Moran suivaient en titubant, accrochés aux ceintures des deux hommes qui les précédaient.

« C'est encore loin? demanda la jeune femme d'une voix entrecoupée.

– Il reste quatre ponts à grimper avant de déboucher à l'air libre », répondit Pitt, haletant.

Au second palier, ils se heurtèrent à un véritable mur vivant. L'escalier était bondé de gens affolés qui cherchaient à échapper à la fumée. Il était impossible d'avancer. L'équipage agissait avec sangfroid, s'efforçant de canaliser le flot humain vers le pont des embarcations, mais bientôt l'inévitable panique éclata et les marins soviétiques furent débordés et piétinés par la masse des passagers terrorisés.

« A gauche! hurla Giordino à l'oreille de Pitt. Le couloir donne sur un autre escalier vers l'arrière. »

Faisant une confiance aveugle à son ami, Pitt

obéit, entraînant Larimer dans son sillage. Le sénateur avait enfin retrouvé un peu de ses forces et il
commença à marcher. A leur grand soulagement, la
fumée se fit moins épaisse et la foule moins nom-
breuse. Lorsqu'ils arrivèrent au pied des marches,
ils les trouvèrent pratiquement dégagées. En déci-
dant de ne pas suivre le troupeau, Giordino leur
avait procuré un répit.

Ils débouchèrent enfin sur la terrasse du pont
arrière. Après s'être rempli les poumons d'air frais
et avoir un peu récupéré, ils contemplèrent avec
épouvante le paquebot à l'agonie.

Le *Leonid Andreïev* gîtait de 20 degrés par bâbord.
Des milliers de litres de mazout s'étaient déversés
dans l'océan et brûlaient. L'eau tout autour de la
brèche déchiquetée provoquée par l'explosion était
en feu. Le paquebot en son milieu n'était plus qu'un
immense brasier. Les plaques de tôle rougies par
les flammes se tordaient. La peinture blanche se
couvrait de cloques noires tandis que les ponts
étaient pratiquement calcinés et que le verre des
hublots éclatait.

L'incendie se propageait à une vitesse terrifiante,
alimenté par la brise. La salle des communications
avait déjà disparu et avec elle l'officier radio qui
était demeuré à son poste. Les conduits de ventila-
tion et les escaliers des cabines vomissaient des
torrents de flammes et de fumée. Le *Leonid
Andreïev*, de même que tous les paquebots modernes, avait été conçu et construit pour résister aux
incendies, mais personne n'aurait pu prévoir les
ravages provoqués par l'explosion d'une cuve à
mazout.

Un grand nombre de passagers réussit à atteindre
les escaliers, mais plus d'une centaine moururent
en bas, prisonniers dans leurs cabines ou asphyxiés

au cours de leur tentative de fuite. Ceux qui avaient survécu, pour échapper aux flammes, durent se réfugier vers l'arrière, loin des canots de sauvetage.

L'équipage s'efforçait en vain de maintenir un semblant d'ordre au cœur de ce chaos. Les gens furent finalement livrés à eux-mêmes. Ils ne savaient plus quoi faire. Toutes les embarcations de bâbord étaient en flammes. A tribord, les marins ne parvinrent à en mettre que trois à la mer avant d'être repoussés par le brasier. L'une d'elles prit même feu avant de toucher l'eau.

Les passagers, alors, sautèrent. C'était un plongeon d'une quinzaine de mètres et un grand nombre de ceux qui avaient des gilets de sauvetage commirent l'erreur de les gonfler avant de se lancer par-dessus et se brisèrent la nuque sous la violence de l'impact. Des femmes, terrorisées, restaient figées sur place, incapables d'agir. Des hommes hurlaient de désespoir. Au milieu des vagues, des nageurs essayaient de s'agripper aux canots, mais leurs occupants les repoussaient sauvagement par crainte de couler sous la surcharge.

Le porte-conteneurs arriva sur les lieux de cet horrible drame. Le commandant arrêta son bâtiment à une centaine de mètres du *Leonid Andreïev* et mit ses embarcations à la mer le plus rapidement possible. Quelques minutes plus tard, les hélicoptères de l'U.S. Navy apparaissaient à leur tour et commençaient à repêcher les survivants.

Loren, étrangement détachée, regardait s'avancer le rideau de feu.

« On devrait peut-être sauter », fit-elle d'une voix lointaine.

Pitt ne répondit pas tout de suite. Il examina le pont, estimant la gîte à une quarantaine de degrés.

« Inutile de se précipiter, déclara-t-il avec beaucoup de calme. Les flammes ne seront pas sur nous avant une dizaine de minutes. Et plus le bateau donnera de la bande, moins nous aurons à plonger de haut. En attendant, je propose que nous jetions tous ces transats à la mer pour que les pauvres diables qui se débattent dans l'eau puissent s'y accrocher jusqu'à ce qu'on les repêche. »

Larimer, à la surprise de ses compagnons, fut le premier à réagir. Il commença à empoigner les chaises longues par piles entières pour les lancer par-dessus bord. Il donnait presque l'impression de s'amuser. Quant à Moran, il était recroquevillé dans un coin, paralysé de terreur, incapable de bouger.

Quand tous les transats eurent disparu, Pitt considéra durant quelques instants la situation. La chaleur était encore supportable et les flammes n'atteindraient pas ceux qui se pressaient sur le pont arrière avant plusieurs minutes. Il se fraya un passage au milieu de la cohue pour s'approcher du bastingage de bâbord. Les vagues n'étaient plus qu'à 5 ou 6 mètres.

« Aidons ces gens à sauter », cria-t-il à Giordino.

Puis, mettant ses mains en porte-voix, il hurla de toutes ses forces pour couvrir le rugissement de l'incendie et les cris de peur :

« Il n'y a plus de temps à perdre! Sautez! »

Deux hommes comprirent instantanément et, saisissant leurs épouses, enjambèrent le bastingage, sourds aux protestations de ces dernières. Ils furent suivis de trois jeunes filles qui, sans hésiter, plongèrent tête la première.

« Nagez vers une chaise longue et accrochez-vous », répétait inlassablement Giordino.

Pitt regroupa les familles et, pendant que Loren réconfortait les petits, il faisait sauter les adultes et attendait qu'ils aient trouvé un transat avant de prendre les enfants à bout de bras pour les laisser tomber le plus près possible de leurs parents.

Le rideau de flammes approchait et il était de plus en plus difficile de respirer. La chaleur devenait suffocante. Il ne restait plus qu'une trentaine de personnes. Ce serait tout juste.

Un gros type s'immobilisa.

« C'est plein de requins! se mit-il à hurler avec hystérie. Il vaut mieux attendre les hélicoptères.

– Ils ne peuvent pas survoler le bateau à cause des turbulences provoquées par la chaleur, lui expliqua calmement Pitt. Ou vous sautez ou vous brûlez. Choisissez, mais faites vite. Vous retardez les autres. »

Giordino s'avança et, sans un mot, sans animosité particulière, il souleva l'homme dans ses bras puissants et le projeta par-dessus bord.

Cet incident parut décider ceux qui tergiversaient encore. L'un après l'autre, ils abandonnèrent le navire en flammes, les plus âgés aidés par Pitt.

Lorsque enfin il n'y eut plus personne, celui-ci regarda autour de lui.

« A toi, maintenant, fit-il à Loren.

– Pas sans mes collègues », déclara-t-elle d'un ton résolu.

Pitt se pencha pour vérifier que l'espace en dessous était dégagé. Larimer était si faible qu'il n'arrivait même pas à passer ses jambes par le bastingage. Giordino vint à son secours tandis que Loren sautait en même temps que Moran. Pitt les regarda heurter la surface avec appréhension. Il ne put s'empêcher d'admirer la résistance de la jeune femme qui criait des paroles d'encouragement à Larimer tout en soutenant Moran.

« Tu ferais mieux d'aller lui donner un coup de main », dit-il à Giordino.

Il n'eut pas besoin de le répéter. Son ami s'exécuta aussitôt.

Pitt jeta un dernier regard sur le *Leonid Andreïev*, s'apprêtant à plonger à son tour quand, soudain, il se figea de stupeur. Il venait d'apercevoir un bras dépassant du hublot d'une cabine à une dizaine de mètres de lui. Sans l'ombre d'une hésitation, il ramassa une couverture encore mouillée, la jeta sur sa tête et s'élança. Dans la cabine, une voix appelait au secours. Pitt passa la tête par le hublot et vit le visage d'une femme, les yeux hagards.

« Mon Dieu, je vous en supplie, sauvez-nous.

– Combien êtes-vous?

– Mes deux enfants et moi.

– Passez-moi les gosses. »

Le visage se recula et, quelques secondes plus tard, Pitt recevait dans ses bras un petit garçon de six ans environ. Il l'installa entre ses jambes, la couverture tendue au-dessus d'eux comme une toile de tente, puis ce fut au tour d'une fillette de trois ans d'apparaître. C'était incroyable, mais elle dormait.

« Donnez-moi la main, ordonna ensuite Pitt tout en sachant au fond de lui-même que c'était sans espoir.

– Je ne peux pas passer, cria l'inconnue. C'est trop étroit.

– Il y a de l'eau dans la salle de bain?

– Non.

– Déshabillez-vous! hurla alors Pitt. Et enduisez-vous le corps avec vos produits de beauté. »

La femme fit signe qu'elle avait compris et elle disparut à l'intérieur de la cabine. Pitt, prenant les deux enfants sous ses bras, se précipita vers le bastingage. Soulagé, il vit que Giordino attendait encore, la tête levée.

« Al! cria-t-il. Attrape! »

Giordino ne manifesta aucune surprise en apercevant Pitt avec les deux gosses. Il se borna à tendre les bras pour recueillir les enfants.

« Saute! fit-il alors. Il bascule. »

Pitt, sans répondre, courut vers la cabine. Il savait que c'était de la folie d'essayer de sauver la mère.

L'air était brûlant, la chaleur insupportable. Il vacilla et faillit tomber tandis qu'un frémissement parcourait le paquebot condamné. Le navire s'inclina encore, au point que le pont se trouvait maintenant presque au ras des vagues. C'était l'agonie finale.

Pitt se cogna contre la paroi de la cabine. Deux mains agrippèrent ses poignets. Les épaules et les seins de la femme apparurent par le hublot. Il tira de toutes ses forces. Les hanches passèrent à leur tour.

Les flammes lui léchaient le dos. Le pont cédait. Il saisit l'inconnue par la taille et bondit en avant tandis que le *Leonid Andreïev* se retournait.

Ils furent emportés par le torrent furieux, ballottés comme des fétus. Pitt luttait avec l'énergie du désespoir pour remonter vers la surface qui paraissait maintenant inaccessible. Il avait les poumons en feu et le sang lui battait furieusement les tempes. Un voile noir s'étalait devant ses yeux. Il sentit la femme se faire toute molle dans ses bras. Il brûla ses dernières molécules d'oxygène et une boule arc-en-ciel éclata dans sa tête.

Il creva la surface, le visage tourné vers le soleil d'après-midi. Il aspira goulûment des bouffées d'air frais puis il s'occupa de la femme, lui pressant la cage thoracique pour lui faire recracher l'eau qu'elle avait avalée. Elle eut quelques convulsions et se mit à tousser. Lorsque sa respiration fut enfin redevenue normale, Pitt regarda autour de lui.

Giordino nageait dans sa direction, poussant un des transats devant lui. Les deux enfants étaient installés dessus, inconscients de la tragédie qui se jouait autour d'eux et riant aux grimaces de leur sauveur.

« Je commençais à me demander si tu allais réapparaître, fit-il.

– On ne se débarrasse pas si facilement de moi, répliqua Pitt qui soutenait la mère des enfants en attendant qu'elle pût s'accrocher à la chaise longue.

– Je m'occupe d'eux, fit Giordino. Va aider Loren. Je crois que le sénateur y est resté. »

Pitt, surmontant son épuisement, se dirigea vers Loren.

Le visage empreint de tristesse, la jeune femme maintenait la tête du sénateur hors de l'eau. Pitt vit tout de suite qu'elle se donnait tout ce mal pour rien : Larimer ne siégerait plus jamais au Capitole. Son cœur qu'il avait tant mis à contribution avait lâché.

Il prit doucement Loren par les poignets et éloigna le corps du sénateur. Elle parut sur le point de protester, puis elle détourna le regard pour ne pas assister au spectacle du cadavre dérivant au gré des vagues.

« Il méritait des funérailles nationales, murmura-t-elle d'une voix tremblante.

– Peu importe, fit Pitt. Le pays saura qu'il est mort en homme courageux. »

Ces paroles semblèrent apaiser la jeune femme qui posa la tête sur son épaule, les larmes et l'eau salée se mêlant sur ses joues.

Pitt jeta un coup d'œil autour de lui.

« Où est Moran ? demanda-t-il.

– Il a été récupéré par un hélicoptère de la Navy.

– Quoi, il t'a laissée! s'écria-t-il, incrédule.

– Le type de l'hélicoptère a hurlé qu'il n'avait de place que pour une seule personne.

– Ainsi l'illustre président de la Chambre des représentants a abandonné une femme et un mourant pour sauver sa peau. »

Pitt ressentit une haine profonde pour cet homme. Il rêvait déjà au moment où il pourrait marteler de ses poings son visage de fouine.

Le commandant Pokovski était assis dans la cabine du cruiser, les mains pressées contre ses oreilles pour ne pas entendre les appels désespérés des passagers qui se noyaient et les cris d'agonie de ceux qui périssaient dans les flammes. Il refusait de regarder ces atrocités et de voir le *Leonid Andreïev* sombrer par 3 000 mètres de fond. Il n'était plus qu'un mort vivant.

Il leva la tête pour dévisager Geidar Ombrikov avec des yeux vides.

« Pourquoi m'avez-vous sauvé? Pourquoi ne m'avez-vous pas laissé périr avec mon bateau? »

Ombrikov se rendait bien compte que Pokovski était en état de choc, mais il n'éprouvait pas la moindre pitié à son égard. La mort était un élément qu'un agent du K.G.B. était entraîné à accepter. Son devoir passait avant tout.

« Je n'ai pas le temps de me préoccuper du rituel de la mer, déclara-t-il froidement. Le capitaine qui sombre avec son navire en saluant le drapeau, je m'en fous. La sécurité de l'Etat a besoin de vous, Pokovski. Et moi aussi j'ai besoin de vous pour identifier les parlementaires américains.

– Ils sont probablement morts, répondit le commandant avec indifférence.

– Dans ce cas, il faudra que nous le prouvions, répliqua Ombrikov. Mes supérieurs exigeront que les cadavres aient été identifiés. Et nous ne pouvons pas écarter l'hypothèse qu'ils soient encore vivants. »

Pokovski se couvrit le visage de ses mains en frissonnant.

« Je ne peux pas... »

L'homme du K.G.B. ne le laissa pas continuer. Il l'empoigna brutalement et le traîna sur le pont.

« Allez, regardez, espèce de mauviette! » hurla-t-il.

Pokovski, les mâchoires serrées, contempla la scène d'horreur qui s'offrait à ses yeux, le paquebot en flammes, les centaines d'hommes, de femmes et d'enfants qui se débattaient dans l'eau. Livide, il étouffa un sanglot.

« Non! » cria-t-il.

Et, sans qu'Ombrikov ou quiconque ait eu le temps de s'interposer, il sauta à l'eau. Il se mit à nager puis il coula et son uniforme blanc disparut sous la surface.

Les canots du porte-conteneurs recueillaient autant de survivants qu'ils le pouvaient, puis ils allaient mettre leur chargement humain à l'abri dans le cargo avant de revenir sur les lieux du drame pour recommencer. La mer était parsemée de débris de toutes sortes, de cadavres et de naufragés qui luttaient encore. Par bonheur, l'eau était chaude et les requins ne s'étaient pas manifestés.

Une embarcation passa près de Giordino qui aida la mère et les deux enfants à grimper à l'intérieur puis se hissa sur le plat-bord en faisant signe à l'homme de barre de se diriger vers Pitt et Loren.

Pitt, lorsque le canot approcha, agita le bras pour

saluer l'homme petit et trapu qui se penchait vers lui.

« Ravi de vous voir, fit-il avec un large sourire.

– Ravi de vous rendre service », répliqua le steward que Pitt avait croisé devant l'ascenseur à bord du *Leonid Andreïev*.

Lui aussi souriait, révélant des dents de devant largement écartées.

Il saisit Loren par les poignets et la tira de l'eau sans effort pour la déposer dans le canot. Pitt tendit la main à son tour, mais le steward ignora son geste.

« Désolé, se contenta-t-il d'expliquer, nous n'avons plus de place.

– Quoi... qu'est-ce que vous racontez? Le canot est à moitié vide.

– Je ne tiens pas à vous prendre à mon bord, répliqua l'Asiatique.

– A votre bord? Comme si ce bateau vous appartenait!

– Oh! mais il m'appartient bien. »

Pitt le considéra un instant avec une profonde stupéfaction, puis il tourna lentement la tête et une lueur de compréhension naquit dans son regard tandis qu'il déchiffrait le nom du cargo. Il s'appelait le *Chalmette*, mais les containers empilés sur le pont étaient marqués *Bougainville*. Il eut l'impression de prendre un coup de poing en pleine figure.

« Notre rencontre est pour moi un plaisir, Mr. Pitt, mais je crains que pour vous elle ne se termine mal. »

L'Américain dévisagea le steward.

« Vous me connaissez? »

Le sourire fit place à une grimace de haine et de mépris.

« Je ne vous connais que trop bien. Votre intervention a coûté cher à la Bougainville Maritime.

– Et si vous me disiez qui vous êtes? fit Pitt dans

l'espoir de gagner du temps, scrutant le ciel à la recherche d'un hélicoptère.

– Je ne pense pas vous accorder cette satisfaction », répondit l'inconnu d'un ton glacial.

Loren, qui n'avait pas pu entendre cette conversation, prit le bras du steward en lui demandant :

« Pourquoi ne le hissez-vous pas à bord? Qu'est-ce que vous attendez? »

L'homme pivota et la gifla sauvagement du revers de la main, la projetant contre deux rescapés abasourdis.

Giordino qui se trouvait à l'arrière se précipita pour intervenir. Un marin tira alors un fusil de sous son banc et lui enfonça la crosse dans le ventre. Giordino se plia en deux sous le choc, cherchant à reprendre sa respiration, puis il perdit l'équilibre et tomba à moitié par-dessus bord, les bras dans l'eau.

Le steward serra les lèvres et son visage d'Asiatique devint indéchiffrable. Seule une flamme diabolique dansait dans ses yeux.

« Merci de vous être montré si coopératif, Mr. Pitt, et d'être venu si gentiment à moi.

– Allez vous faire foutre! » s'écria Pitt avec défi.

Le steward brandit son aviron.

« Bon voyage, Dirk Pitt. »

La rame atteignit l'Américain sur le côté droit de la cage thoracique. Il coula aussitôt tandis qu'une douleur fulgurante lui vrillait le flanc. Il parvint à refaire surface, levant le bras gauche pour parer le prochain coup. Trop tard. L'aviron broya sa main tendue et heurta le sommet de son crâne.

Le ciel bleu vira au noir alors qu'il perdait connaissance et que, lentement, il s'enfonçait dans les profondeurs de l'océan et disparaissait.

59

L'épouse du Président entra dans le bureau de son mari au premier étage, l'embrassa sur la joue pour lui souhaiter une bonne nuit puis alla se coucher. Il était installé dans un fauteuil confortable à haut dossier, étudiant une pile de statistiques concernant les plus récentes prévisions économiques. Il prenait un grand nombre de notes sur un bloc jaune, en conservant certaines et jetant les autres dans une corbeille. Après trois heures de travail, il enleva ses lunettes et, fatigué, ferma quelques instants les yeux...

Il ouvre les paupières. Il n'est plus à son bureau de la Maison Blanche mais dans une petite cellule grise sans fenêtre, très haute de plafond.

Il se frotte les yeux, regarde à nouveau.

Il est toujours dans ce cachot, mais maintenant il est assis sur une chaise dure, les chevilles et les poignets entravés.

La panique le gagne. Il appelle sa femme et les agents des Services secrets. Mais ce n'est pas sa voix. Elle est plus grave, rauque.

Une porte dissimulée dans le mur s'ouvre brusquement et un homme au visage étroit et intelligent apparaît. Son regard sombre exprime la surprise. Il tient une seringue à la main.

« Comment allez-vous, aujourd'hui, monsieur le Président ? » demande-t-il fort civilement.

C'est bizarre. Il parle une langue étrangère mais le Président le comprend parfaitement. Puis il s'entend répéter dans un cri :

« Je suis Oscar Belkaya, pas le Président des Etats-Unis. Je suis Oscar... »

Il se tait lorsque l'inconnu lui plonge l'aiguille dans le bras.

L'expression de surprise demeure plaquée sur le visage du petit homme. Il fait un signe de tête en direction de la porte. Un autre homme entre, en uniforme de prisonnier, qui pose un magnétophone à cassette sur une table métallique boulonnée au sol, puis le fixe à l'aide de vis.

« Pour que vous ne le jetiez pas par terre comme la dernière fois, monsieur le Président, dit le petit homme. J'espère que cette nouvelle leçon vous intéressera. »

Il met l'appareil en route et s'en va.

Le Président s'efforce de chasser ce cauchemar. Pourtant, quelque part, tout lui paraît trop réel. Il sent l'odeur aigre de sa transpiration; il souffre tandis que les liens trop serrés s'enfoncent dans sa chair; il entend les murs répercuter l'écho de ses cris de rage. Sa tête s'affale sur sa poitrine et il commence à sangloter tandis que le message, inlassablement, se déroule. Il finit par se calmer un peu. Il relève la tête, lentement, péniblement, et regarde autour de lui.

Il est assis dans son bureau de la Maison Blanche.

Le secrétaire d'Etat Douglas Oates prit la communication avec Dan Fawcett sur sa ligne privée.

« Comment se présente la situation? demanda-t-il sans préambule.

— Critique, répondit Fawcett. Il y a des gardes armés partout. Je n'ai jamais vu autant de troupes depuis la Corée.

— Et le Président?

— Il crache des directives comme une mitrailleuse. Il n'écoute plus personne, moi compris. Il devient de plus en plus difficile à joindre. Il y a encore deux semaines, il prêtait toute son attention aux opinions de ses collaborateurs, mais maintenant, c'est fini. Ou vous êtes d'accord avec lui, ou vous prenez la porte. Megan Blair et moi sommes les seuls à avoir encore accès à son bureau, mais mes jours sont comptés. De toute façon, j'ai bien l'intention de démissionner avant de couler avec le navire.

– N'en faites rien, répliqua le secrétaire d'Etat. Il est préférable qu'Oscar Lucas et vous demeuriez dans l'entourage du Président. Vous êtes nos seuls liens avec la Maison Blanche.

– C'est impossible.

– Pourquoi?

– Je vous l'ai dit, même si je décidais de rester, je ne ferais pas de vieux os. Mon nom va bientôt se retrouver en tête de la liste noire du Président.

– Alors, regagnez ses faveurs, ordonna Oates. Rampez à ses pieds et dites amen à tout. Jouez les godillots et tenez-nous informés de tout ce qu'il fait et prépare. »

Il y eut un long silence.

« D'accord, je vais essayer.

– Et demandez à Lucas de ne pas s'éloigner. Nous allons avoir besoin de lui.

– Je peux savoir ce qui se passe?

– Pas encore », répliqua sèchement Oates.

Fawcett n'insista pas. Il changea de sujet.

« Vous voulez connaître la dernière idée de génie du Président?

– Aussi folle que les autres?

– Pire. Il parle de retirer nos forces de l'O.T.A.N. »

La main du secrétaire d'Etat se crispa sur le téléphone.

« Il faut l'en empêcher », lança-t-il.

Fawcett répliqua d'une voix qui semblait venir de très loin.

« Le Président et moi avons fait un long chemin

ensemble, mais dans l'intérêt de la nation, je dois admettre que vous avez raison.

– Tenez-nous au courant. »

Oates raccrocha puis il fit pivoter son fauteuil pour regarder par la fenêtre, perdu dans ses pensées. Le ciel, par cet après-midi estival, était devenu d'un gris de plomb et une petite pluie fine tombait sur Washington.

Il songeait avec une certaine amertume qu'il allait lui falloir un jour ou l'autre assumer la direction du pays. Il n'ignorait pas qu'au cours de ces trente dernières années tous les présidents avaient été salis et calomniés pour des événements échappant à leur contrôle. Eisenhower avait été le seul à quitter la Maison Blanche aussi respecté que lorsqu'il y était entré. Intelligent ou pas, le prochain Président serait à la merci d'une bureaucratie inamovible et de médias de plus en plus hostiles. Et il n'avait nulle envie de devenir la cible de tous les mécontents.

Il fut tiré de sa rêverie par le bourdonnement de son interphone :

« Mr. Brogan et une autre personne désireraient vous voir.

– Faites-les entrer. »

Il se leva pour accueillir Brogan. Ils échangèrent une brève poignée de main et le directeur de la C.I.A. lui présenta l'homme qui l'accompagnait comme le professeur Raymond Edgely.

Le secrétaire d'Etat le catalogua aussitôt. Un universitaire. Sa coupe en brosse démodée et son nœud papillon suggéraient qu'il s'aventurait rarement hors des campus. Il était mince, avec une barbe broussailleuse et d'épais sourcils noirs qui remontaient, lui conférant une expression diabolique.

« Le professeur Edgely est le directeur du projet Sonde, expliqua Brogan. Les recherches dans le domaine du contrôle mental sont effectuées à l'université de Greeley dans le Colorado. »

Oates les invita à prendre place sur un canapé puis il s'installa dans un fauteuil devant une table basse en marbre.

« Je viens de recevoir un appel de Dan Fawcett, fit-il. Le Président a l'intention de retirer nos troupes de l'O.T.A.N.

– Une nouvelle preuve pour étayer notre thèse, déclara Brogan. Une telle décision ne pourrait profiter qu'aux Russes. »

Le secrétaire d'Etat se tourna vers Edgely :

« Martin vous-a-t-il fait part des soupçons que nous inspire le comportement du Président?

– Oui, Mr. Brogan m'a mis au courant.

– Et qu'en pensez-vous? Croyez-vous que le Président puisse être mentalement contraint de trahir malgré lui?

– J'admets volontiers que les actes du Président indiquent un brusque changement de personnalité, mais tant qu'il n'a pas subi un certain nombre de tests, nous ne pouvons absolument pas affirmer que son cerveau a été altéré et qu'il est manipulé.

– Il ne consentira jamais à se faire examiner, dit Brogan.

– Cela pose un problème, fit le professeur.

– Dans l'hypothèse où nous aurions raison, comment le transfert mental se serait-il produit? demanda Oastes.

– La première étape consiste à placer le sujet dans une sorte de caisson d'isolation sensorielle. Au cours de cette phase, on étudie ses schémas cérébraux afin de les analyser et de les traduire dans un langage qui puisse être programmé et déchiffré par un ordinateur. Ensuite, on conçoit un implant, dans ce cas un microprocesseur, contenant les données désirées puis on le greffe par psychochirurgie au cerveau du sujet.

– A vous entendre, c'est aussi banal qu'une opération des amygdales », fit Oates.

Edgely éclata de rire.

« J'ai condensé et simplifié, naturellement. En réalité, tout le processus est d'une incroyable complexité.

– Et après la greffe de l'implant, que se passe-t-il?

– J'ai oublié de mentionner qu'une partie de cet implant consiste en un minuscule émetteur-récepteur qui opère grâce aux impulsions électriques du cerveau et transmet les schémas de pensée ainsi que d'autres fonctions corporelles à un ordinateur central pouvant très bien se trouver par exemple à Hong Kong.

– Ou à Moscou, ajouta le directeur de la C.I.A.

– Et pourquoi pas ici à Washington, à l'ambassade soviétique comme vous l'avez suggéré? lui demanda Oates.

– C'est en effet l'hypothèse la plus probable, intervint Edgely. Les techniques de communication permettent certes de relayer ces informations par satellite jusqu'à Moscou, mais si j'étais à la place du docteur Lugovoy, j'installerais mes circuits de contrôle à proximité du sujet pour être en mesure d'observer les résultats directement. Sans oublier que je serais à même de réagir beaucoup plus rapidement en cas d'événements politiques inattendus.

– Lugovoy pourrait-il perdre le contrôle du Président? demanda Brogan.

– Si le Président cesse de penser et d'agir de lui-même, il se coupe de son monde réel. Et dans ce cas, il n'est pas impossible qu'il échappe aux instructions de Lugovoy ou, au contraire, qu'il les pousse à l'extrême.

– Vous pensez que c'est pour cette raison qu'il cherche à bouleverser tant de choses à la fois?

– Je ne sais pas, fit Edgely. A première vue, il semble répondre aux injonctions de Lugovoy. Pourtant, je soupçonne que tout n'est pas aussi simple qu'il y paraît.

– Comment cela?

– Les rapports fournis par les agents de Mr. Brogan en Union soviétique indiquent que Lugovoy s'est livré à des expériences sur des prisonniers politiques, transférant le fluide de leur hippocampe, une structure du lobe limbique du cerveau qui renferme nos souvenir, sur d'autres sujets.

– Une injection de mémoire, murmura Oates avec épouvante. Le docteur Frankenstein existe donc!

– Le transfert de mémoire est une opération très délicate, poursuivit le professeur. Nul ne peut en prévoir les résultats avec certitude.

– Vous croyez que Lugovoy a tenté cette expérience sur le Président?

– Je crains bien que oui. Telle que la situation se présente, il a très bien pu programmer un quelconque détenu russe pendant des mois ou même des années avec des pensées définissant la politique soviétique puis les transplanter dans le cerveau du Président afin de renforcer les effets de l'implant.

– Avec des soins appropriés, est-ce que le Président pourrait redevenir normal? s'inquiéta Oates.

– Vous voulez dire : est-ce que son cerveau pourrait retrouver sa structure passée?

– Oui. »

Edgely secoua la tête :

« Aucun traitement connu n'est à même de réparer les dommages. Le Président restera toute sa vie hanté par les souvenirs de quelqu'un d'autre.

– On ne pourrait pas extraire le fluide de son hippocampe?

– Je vois où vous voulez en venir. Mais en extirpant les pensées étrangères, nous effacerions dans le même temps les propres souvenirs du Président.

Je suis navré, mais son comportement a été irrévocablement modifié.

– Il faudrait donc le contraindre à quitter ses fonctions... pour toujours.

– C'est ce que je recommanderais », répondit sans hésiter le professeur Edgely.

Le secrétaire d'Etat se radossa dans son fauteuil et se croisa les mains derrière la nuque.

« Merci, professeur, fit-il. Vous avez renforcé notre résolution.

– Il paraît que personne ne peut franchir le portail de la Maison Blanche.

– Si les Russes ont réussi à l'enlever, je ne vois aucune raison pour que nous ne puissions pas le faire aussi, affirma Brogan. Mais il faudrait d'abord le couper de Lugovoy.

– Puis-je émettre une suggestion?

– Je vous en prie, professeur.

– Plutôt que d'interrompre les signaux de son cerveau, pourquoi ne pas nous brancher sur leur fréquence?

– Dans quel but?

– Mon équipe et moi pourrions les analyser. Et, avec des données suffisantes, disons recueillies sur une période de quarante-huit heures, nos ordinateurs pourraient très bien se substituer au cerveau du Président.

– Et communiquer de fausses informations aux Russes! s'exclama Brogan qui avait aussitôt compris.

– Parfaitement, approuva Edgely. Dans la mesure où ils ont toutes les raisons de croire à la validité des informations fournies par le Président, les Services de renseignements soviétiques se laisseront abuser sans problème.

– Cette idée me séduit beaucoup, déclara le secrétaire d'Etat. La seule question, c'est de voir si nous pouvons nous permettre ces quarante-huit heures supplémentaires. Dieu sait quelle nouvelle folie le Président pourrait commettre durant ce laps de temps.

– Le jeu en vaut la chandelle », affirma tranquillement Brogan.

On frappa à la porte et la secrétaire d'Oates passa la tête par l'entrebâillement :

« Désolée de vous interrompre, monsieur le secrétaire, mais il y a un appel urgent pour Mr. Brogan. »

Le directeur de la C.I.A. se leva et alla prendre la communication sur le bureau.

Il écouta pendant près d'une minute sans parler puis il raccrocha et se tourna vers Oates.

« Le président de la Chambre, Alan Moran, est vivant. Il se trouve actuellement à notre base navale de Guantanamo à Cuba, déclara-t-il lentement.

– Et Margolin?

– Pas de nouvelles.

– Larimer?

– Le sénateur Larimer est mort.

– Oh! mon Dieu! gémit le secrétaire d'Etat. Cela signifie que Moran va être le prochain Président des Etats-Unis. Je ne connais personne qui soit plus indigne que lui de cette fonction.

– Une canaille à la Maison Blanche, fit Brogan. Nous ne pouvions imaginer pire. »

60

Pitt était persuadé d'être mort. Pourtant, il ne voyait pas sa vie défiler sous ses yeux. Il avait l'impression de somnoler dans son lit, chez lui. Et il y avait aussi Loren, ses cheveux répandus sur l'oreiller, son corps pressé contre le sien, qui l'entourait de ses bras comme pour le retenir. Son visage miroitait et ses yeux violets étaient fixés sur les siens. Peut-être était-elle morte elle aussi.

Elle relâcha son étreinte et s'éloigna, petite silhouette floue, pour disparaître. Une lumière pâle filtrait à travers ses paupières closes et il entendait des voix dans le lointain. Lentement, péniblement, il ouvrit les yeux. Il eut d'abord l'impression de contempler une surface blanche, unie. Un plafond, réalisa-t-il dans le brouillard qui entourait encore son esprit.

Une voix inconnue s'éleva :
« Il revient à lui.

— Il faut plus que trois côtes cassées, une commotion cérébrale et quelques litres d'eau de mer dans les poumons pour nous débarrasser de ce type. »

Il n'y avait pas à se tromper sur l'auteur de ces douces paroles.

« C'est bien ce que je craignais, réussit à murmurer Pitt. Je suis en enfer et le diable est là.

— Vous voyez comment il traite son seul et unique ami, fit Al Giordino au médecin en uniforme de la marine.

— Il est dans une excellente condition physique, déclara celui-ci. Il devrait se remettre rapidement.

— Pardonnez-moi d'interrompre cette charmante conversation, intervint Pitt. Mais pourriez-vous me dire où je suis?

— Bienvenue à l'hôpital de l'U.S. Navy à Guantanamo, Cuba, lança le médecin. Mr. Giordino et vous avez été repêchés par l'un de nos hélicoptères. »

Pitt se tourna vers son adjoint :
« Tu n'as rien?

— A part une ecchymose de la taille d'une pastèque à l'abdomen, il se porte comme un charme, répondit le médecin. Oh! à propos, j'ai cru comprendre qu'il vous avait sauvé la vie. »

Pitt essaya de rassembler ses souvenirs.

« Je me rappelle que le steward du *Leonid Andreïev* était en train de jouer au base-ball avec ma tête.

– Il te tapait dessus avec un aviron, précisa Giordino. Je me suis laissé glisser à l'eau et j'ai plongé pour te rattraper par le bras et te ramener à la surface. Sans l'arrivée opportune d'un hélicoptère de la Navy, il se serait aussi occupé de moi. Les infirmiers ont sauté à l'eau et nous ont aidés à nous hisser à bord de l'appareil.

– Et Loren ? »

Al évita son regard.

« Elle est portée disparue.

– Disparue, tu parles! s'écria Pitt en se redressant avec une grimace de douleur. Tu sais comme moi qu'elle était bien vivante et assise dans ce canot de sauvetage. »

L'expression de Giordino devint grave :

« Elle ne figure pas sur la liste des rescapés qui nous a été communiquée par le commandant du navire.

– Un bateau des Bougainville! réagit brusquement Pitt tandis que la mémoire lui revenait. Le steward qui a tenté de nous assommer se dirigeait vers le... le...

– Le *Chalmette*, lui souffla son ami.

– Oui, le *Chalmette*. Il a dit qu'il lui appartenait. Et aussi, il m'a appelé par mon nom.

– Les stewards sont censés se souvenir des noms des passagers. Il te connaissait comme Charlie Gruber, cabine 34.

– Non. Il m'a accusé de me mêler des affaires des Bougainville et ses dernières paroles ont été : « Bon voyage, Dirk Pitt. »

Giordino haussa les épaules :

« Je ne comprends pas comment il pouvait te connaître. Et pourquoi un homme des Bougainville servirait-il à bord d'un paquebot soviétique ?

– Je n'en ai pas la moindre idée.

– Et pourquoi mentir au sujet de Loren? »

Pitt se contenta de faire un geste d'impuissance.

« Dans ce cas, elle doit être prisonnière des Bougainville, reprit Al. Mais dans quel but?

– Si tu arrêtais de poser des questions auxquelles je ne peux pas répondre, fit Pitt avec irritation. Où se trouve le *Chalmette*?

– Il fait route vers Miami pour y déposer les survivants.

– Combien de temps suis-je demeuré inconscient?

– Environ trente-deux heures, répondit le médecin.

– Alors il n'est pas trop tard. Le *Chalmette* ne touchera pas la côte de Floride avant plusieurs heures. »

Pitt s'assit sur son lit et posa les pieds par terre. La pièce se mit à tourner.

Le médecin s'avança pour lui prendre le bras.

« J'espère que vous n'avez pas l'intention de vous lever.

– J'ai l'intention d'être sur le quai quand le *Chalmette* arrivera à Miami », déclara Pitt avec une résolution implacable.

Le médecin le considéra d'un œil professionnel.

« Vous restez allongé pendant les quatre prochains jours, ordonna-t-il. Vous ne pouvez pas vous balader comme ça avec vos côtes cassées et nous ne savons pas encore si votre commotion est grave ou non.

– Désolé, docteur, intervint Giordino, mais ni vous ni lui n'avez plus votre mot à dire. »

Pitt le dévisagea d'un air furieux :

« Et qui va m'empêcher d'aller à Miami?

– L'amiral Sandecker, d'abord, et le secrétaire d'Etat Douglas Oates ensuite, répondit son adjoint d'un ton détaché. Tu as l'ordre de t'envoler pour

Washington à l'instant même où tu auras repris connaissance. Nous avons peut-être de gros ennuis. J'ai l'impression qu'on a soulevé un drôle de lièvre en découvrant Moran et Larimer prisonniers à bord d'un navire soviétique.

– Ils attendront que j'aie retrouvé Loren.

– Je m'en charge. Tu vas à Washington et moi à Miami jouer les inspecteurs des douanes pour fouiller le *Chalmette*. Tout a été arrangé. »

Pitt, un peu tranquillisé, se détendit.

« Et Moran? demanda-t-il.

– Il n'a pas perdu un instant pour filer, répondit Giordino avec colère. Dès qu'il a posé le pied ici, il a exigé qu'on le ramène à Washington. Je l'ai croisé dans le couloir de l'hôpital après l'examen de routine qu'on lui a fait subir. J'ai eu quelques mots avec lui et j'ai été à deux doigts de lui foutre mon poing sur la figure. Ce fumier n'a pas manifesté la moindre inquiétude pour le sort de Loren et il a paru ravi quand je lui ai annoncé la mort de Larimer.

– Un corrompu et un lâche », conclut Pitt avec une grimace de dégoût.

Un infirmier arriva avec un fauteuil roulant sur lequel on installa le blessé. Un gémissement lui échappa tandis qu'une douleur fulgurante lui transperçait la poitrine.

« Vous partez contre ma volonté, déclara le médecin. Je tiens à ce que ce soit clair. Je ne garantis rien en cas de complications.

– Je vous décharge de toute responsabilité, le rassura Pitt avec un sourire. Je ne dirai à personne que j'ai été votre patient. Votre réputation de médecin demeurera intacte. »

Giordino posa une pile de vêtements de la Navy et un petit sac en papier sur les genoux de Pitt.

« Voilà une tenue décente et ce qu'on a récupéré dans tes poches. Tu pourras t'habiller dans l'avion pour gagner du temps. »

Pitt tendit la main.

« Bonne chasse, Al. »

Son ami lui tapa sur l'épaule.

« Ne t'en fais pas. Je la retrouverai. »

Personne n'aurait pu se réveiller plus surpris qu'Alan Moran. Il se rappelait s'être endormi à bord du yacht présidentiel environ deux semaines plus tôt et ensuite avoir été traîné dans une limousine quelque part en Caroline du Sud. Son emprisonnement et son évasion du paquebot russe en flammes lui paraissaient irréels. Ce ne fut qu'à Washington, trouvant le Congrès et la Cour suprême muselés, qu'il récupéra son assurance de politicien accompli.

Il vit dans le désordre qui régnait l'occasion de satisfaire enfin son ambition dévorante de devenir Président des Etats-Unis. Ne jouissant pas de la popularité nécessaire à être élu, il était bien déterminé à s'emparer de la Maison Blanche par le biais de la Constitution. Avec Margolin disparu, Larimer mort et le Président à la merci d'une procédure d'impeachment, plus rien ne pouvait l'arrêter.

Moran tenait sa cour au centre de Jackson Square, en face de la Maison Blanche, répondant aux questions d'une meute de journalistes. Il était l'homme du jour et il se pavanait, fier de l'attention dont il était l'objet.

« Pouvez-vous nous préciser où vous avez passé ces deux dernières semaines? demanda le correspondant du *New York Times*.

– Mais naturellement, fit-il de bonne grâce. Le chef de la majorité au Sénat, le sénateur Marcus Larimer, et moi avons décidé d'aller pêcher dans les Caraïbes, espérant quelques belles prises, mais surtout pour évoquer les affaires de notre grande nation.

– Les premières dépêches ont annoncé que le sénateur Larimer avait trouvé la mort au cours de la tragédie du *Leonid Andreïev*.

– Je dois malheureusement confirmer cette triste nouvelle, fit Moran, adoptant un ton solennel. Le sénateur et moi nous trouvions à 5 ou 6 milles du paquebot soviétique quand nous avons entendu une explosion et vu des flammes s'élever. Nous avons aussitôt donné l'ordre à notre capitaine de mettre le cap sur le navire en détresse. Lorsque nous sommes arrivés, le *Leonid Andreïev* était en feu de la proue à la poupe. Des centaines de passagers terrorisés se jetaient à l'eau, certains déjà transformés en torches vivantes. »

Il s'interrompit un instant pour ménager ses effets, puis reprit :

« J'ai aussitôt plongé, suivi du sénateur, pour me porter au secours de ceux qui étaient trop sérieusement blessés pour nager. Nous avons lutté ainsi pendant ce qui m'a paru des heures, aidant femmes et enfants à se hisser à bord de notre bateau. J'ai perdu de vue le sénateur, trop occupé à sauver ces pauvres gens. Lorsque je l'ai retrouvé, il flottait sur le ventre, apparemment victime d'une crise cardiaque due à l'épuisement. Vous pouvez me citer en écrivant qu'il est mort en héros.

– Combien de personnes avez-vous secourues? demanda le correspondant d'United Press.

– Je n'ai pas compté, répondit Moran, s'enfonçant tranquillement dans le mensonge. Notre petit bateau était sur le point de couler sous le poids des rescapés. Aussi, plutôt que de devenir en quelque sorte la goutte d'eau qui aurait fait déborder le vase, j'ai préféré continuer à nager pour permettre à un autre de ces malheureux d'échapper à la mort. J'ai eu la chance d'être repêché par la Navy qui, je dois ajouter, s'est magnifiquement conduite.

– Saviez-vous que votre collègue Loren Smith se trouvait à bord du *Leonid Andreïev?*

– Pas à ce moment-là. Je viens malheureusement d'apprendre qu'elle figure sur la liste des disparus. »

Curtis Mayo, le présentateur du journal télévisé de C.N.N., fit signe à son cameraman avant de s'avancer pour poser à son tour une question :

« Que pensez-vous de la décision sans précédent du Président de fermer le Congrès?

– Je suis profondément choqué par cette mesure. Le Président, de toute évidence, a perdu la tête. Notre patrie est brusquement passée de la démocratie au fascisme. Je suis résolu à tout mettre en œuvre pour qu'il soit relevé de ses fonctions. Et le plus tôt sera le mieux.

– Et comment comptez-vous vous y prendre? insista Mayo. Chaque fois que les membres de la Chambre se réunissent pour entamer la procédure d'impeachment, le Président envoie la troupe les disperser.

– Cette fois, ce sera différent, affirma Moran d'un ton catégorique. Demain matin à dix heures, le Congrès va entrer en session à l'université George-Washington. Et afin de pouvoir siéger sans être interrompus par l'armée dont le Président use de façon tout à fait illégale, nous avons l'intention de nous opposer à la force par la force. Je me suis entretenu avec mes collègues de la Chambre et du Sénat des Etats voisins du Maryland et de Virginie. Ils ont réussi à convaincre leurs gouverneurs de nous aider à assurer nos droits constitutionnels en mettant à notre disposition des unités de la Garde nationale.

– Recevront-elles l'ordre de tirer? demanda le journaliste, flairant l'odeur du sang.

– Si elles sont attaquées, elles riposteront », répondit froidement Moran.

« Ainsi naissent les guerres civiles, fit Douglas Oates d'un air abattu en éteignant la télévision pour se tourner vers Emmett, Mercier et Brogan.

– Moran est aussi fou que le Président, déclara le directeur du F.B.I. en secouant la tête avec une grimace.

– Je plains le peuple américain avec de pareils dirigeants, murmura Mercier.

– Comment croyez-vous que les choses vont se passer à l'université? demanda le secrétaire d'Etat à Emmett.

– Les forces spéciales et les marines qui patrouillent autour du Capitole sont des professionnels très bien entraînés. Ils garderont leur sang-froid et ne tenteront rien de stupide. C'est la Garde nationale qui m'inquiète. N'importe lequel de ces soldats de fortune, pris de panique, n'hésitera pas à ouvrir le feu. Cette fois, cela provoquera un véritable bain de sang car ils auront en face d'eux des tireurs d'élite.

– Et la situation pourrait devenir encore plus catastrophique si des parlementaires tombaient, victimes de balles perdues, ajouta Mercier.

– Il faut arrêter le Président sans délai, dit Oates.

– Dans ce cas, nous devons abandonner l'idée du professeur Edgely.

– Prévenir un massacre me paraît plus important que de désinformer les Russes », déclara le secrétaire d'Etat.

Brogan, les yeux au plafond, réfléchissait.

« Je crois avoir un moyen de gagner sur les deux tableaux », fit-il.

Oates sourit.

« J'entends cliqueter les rouages de votre cerveau, Martin. Quel plan machiavélique la C.I.A. a-t-elle dans sa manche?

« – Une solution pour aider le professeur Edgely »,
répondit Brogan avec une petite lueur de ruse dans
le regard.

61

Une limousine attendait Pitt à la base d'Andrews
lorsqu'il débarqua d'un jet de la Navy. L'amiral
Sandecker était installé à l'arrière, dissimulé par les
vitres teintées.

Il ouvrit la portière, invitant son directeur des
projets spéciaux à prendre place à côté de lui.

« Votre voyage s'est bien passé?

– Dieu merci, il n'y a pas eu trop de turbulences.

– Vous avez des bagages?

– Seulement ce que j'ai sur moi », répondit Pitt.

Il se glissa sur le siège avec une grimace de
douleur.

« Vous souffrez beaucoup? s'inquiéta l'amiral.

– Pas trop. Je suis juste un peu raide. On ne
bande plus les côtes cassées mais on les laisse
guérir toutes seules.

– Désolé d'avoir insisté pour que vous veniez tout
de suite, mais les événements à Washington l'exi-
gent et Douglas Oates espère que vous détenez des
informations qui permettront de clarifier certains
points.

– Je comprends. A-t-on des nouvelles de Loren?

– Malheureusement, non.

– Je suis sûr qu'elle est vivante, affirma Pitt en se
tournant vers la vitre.

– Je n'en doute pas. Probablement, une simple
omission sur la liste des survivants. Elle a dû exiger
l'anonymat pour échapper aux journalistes.

– Loren n'avait aucune raison de se cacher.

– On la retrouvera, ne vous en faites pas. Et maintenant, si vous me disiez comment vous vous êtes débrouillé pour être sur les lieux de la plus grave catastrophe maritime de ces cinquante dernières années? »

Pitt ne put s'empêcher d'admirer la façon dont l'amiral sautait d'un sujet à un autre. Il expliqua :

« Durant le peu de temps que nous avons passé ensemble sur le *Leonid Andreïev*, Loren m'a raconté que, la première nuit de la croisière, elle se promenait sur le pont quand toutes les lumières extérieures se sont éteintes pendant qu'un hélicoptère se posait. Trois passagers en sont descendus, dont deux traités plutôt rudement. Loren a cru reconnaître en l'un de ces derniers Alan Moran mais, pensant qu'elle avait peut-être été victime de son imagination, elle a appelé sa secrétaire Sally Lindemann par radiotéléphone pour lui demander de se renseigner sur l'endroit où se trouvait Moran. Sally n'a découvert que de fausses pistes et a su que Moran et Marcus Larimer étaient censés être ensemble. Elle a fait part de ces résultats à Loren qui lui a dit de me contacter. Puis la communication a été coupée. Les Russes écoutaient sans doute la conversation et ils ont ainsi appris qu'elle était tombée par hasard sur une de leurs opérations en cours.

– Ils se sont donc emparés d'elle et l'ont enfermée avec ses amis du Congrès auxquels on offrait un aller simple pour Moscou.

– Sauf que Loren représentait un risque. Elle aurait dû opportunément disparaître en mer.

– Et qu'avez-vous fait quand Lindemann vous a contacté? demanda l'amiral.

– Al Giordino et moi avons établi un plan, puis nous avons pris l'avion pour San Salvador afin de rejoindre le paquebot et de nous y embarquer.

– Il y a eu plus de deux cents morts à bord du *Leonid Andreïev*. Vous avez eu de la chance de vous en tirer.

– Je sais, fit Pitt, songeur. Je l'ai échappé belle. »

Il se tut, revoyant encore le visage du steward penché par-dessus le bord du canot de sauvetage, ricanant. Le visage d'un assassin qui aimait tuer et ignorait le remords.

Sandecker brisa le silence :

« Au cas où cela vous intéresserait, nous allons directement au Département d'Etat où nous avons rendez-vous avec le secrétaire d'Etat Douglas Oates.

– Faites un détour par le *Washington Post* », lança brusquement Pitt.

L'amiral secoua la tête :

« Nous n'avons pas le temps de nous arrêter pour acheter un journal.

– Si Oates veut entendre ce que j'ai à dire, il a intérêt à me laisser agir à ma guise. »

Sandecker céda de mauvaise grâce.

« Vous avez dix minutes, pas une seconde de plus. Je vais appeler Oates et raconter que votre avion a eu un peu de retard. »

Pitt avait déjà rencontré le secrétaire d'Etat à l'occasion de l'affaire du traité nord-américain. C'était un homme aux cheveux grisonnants coupés court et aux yeux marron vifs et perçants. Il portait un costume gris à 500 dollars, de coûteuses chaussures, dégageait une impression de vitalité et se déplaçait avec l'aisance d'un athlète accompli.

« Mr. Pitt, ravi de vous revoir.

– Moi de même, monsieur le secrétaire. »

Oates avait une poignée de main ferme. Il se tourna vers les autres qui s'étaient levés et fit les présentations. Tout le gratin était réuni. Brogan de la C.I.A. Emmett du F.B.I, Alan Mercier de la Sécurité nationale que Pitt connaissait aussi et Dan Fawcett qui représentait la Maison Blanche. L'amiral Sandecker se tenait à côté de son directeur des projets spéciaux.

« Je vous en prie, asseyez-vous », fit Oates en désignant les fauteuils autour de la table.

Sam Emmett se tourna vers Pitt et le considéra avec curiosité, s'attardant quelques secondes sur ses traits burinés.

« J'ai pris la liberté de consulter votre dossier, Mr. Pitt, et je dois avouer que l'histoire de vos rapports avec le gouvernement se lit comme un véritable roman. Ainsi, vous avez aidé à la signature du traité de fusion avec le Canada et dirigé le projet de renflouage du *Titanic*. Vous semblez avoir le don de vous trouver toujours là au bon moment.

– C'est bien vrai, approuva Oates.

– Vous étiez donc dans l'armée de l'air avant de rejoindre la N.U.M.A., poursuivit le directeur du F.B.I. Grade de commandant. Excellents états de service au Viêt-nam. Vous avez même été décoré. »

Le secrétaire d'Etat lança un regard étonné à l'intéressé.

« Décidément, vous menez une existence passionnante, fit-il. Je vous envie. »

Sans laisser à Pitt le temps de répondre, Alan Mercier intervint :

« Je pense que Mr. Pitt est impatient de connaître la raison pour laquelle nous l'avons convoqué.

– Je sais très bien pourquoi », répliqua celui-ci.

Son regard s'arrêta un instant sur chacun des hommes présents dans la salle. Tous avaient l'air de ne pas avoir dormi depuis un mois. Il s'adressa directement au secrétaire d'Etat :

« Je sais qui est responsable du vol et donc de la

fuite de l'agent S dans le golfe d'Alaska. (Il parlait lentement, détachant bien chaque syllabe.) Je sais qui a commis près de trente meurtres en s'emparant du yacht présidentiel et de ses passagers. Je sais qui sont ces passagers et pourquoi ils ont été enlevés. Et enfin, je sais qui a saboté le *Leonid Andreïev*, provoquant la mort de deux cents hommes, femmes et enfants. Il ne s'agit nullement d'hypothèses. Mes affirmations sont fondées sur des faits établis et des preuves irréfutables. »

Un lourd silence s'abattit. Personne ne réagit. La déclaration de Pitt les avait médusés. Emmett affichait une expression égarée. Fawcett jouait avec ses mains pour tenter de dissimuler sa nervosité. Quant à Douglas Oates, il semblait abasourdi.

Brogan fut le premier à prendre la parole.

« Je suppose, Mr. Pitt, que vous faites allusion aux Russes ?

— Non, monsieur, pas du tout.

— Vous êtes sûr de ne pas vous tromper ? demanda alors Mercier.

— Absolument.

— Si ce ne sont pas les Russes, qui est-ce ? demanda Emmett.

— Les maîtres de l'empire Bougainville Maritime, Min Koryo et son petit-fils Lee Tong.

— Il se trouve que je connais personnellement Lee Tong Bougainville, répliqua le chef du F.B.I. C'est un homme d'affaires respectable qui finance généreusement nos campagnes électorales.

— De même que la Mafia et autres organisations criminelles, lança Pitt sèchement. (Il posa une photo sur la table.) J'ai emprunté ça au *Washington Post*. Vous reconnaissez cet homme, Mr. Emmett, celui qui se tient dans l'encadrement de la porte ? »

Emmett examina attentivement le cliché.

« C'est Lee Tong Bougainville, dit-il. La photo n'est pas très nette, mais c'est l'une des rares que j'ai eu l'occasion de voir. Il évite la publicité comme la peste. Vous commettez une grave erreur, Mr. Pitt, en l'accusant.

– Je ne commets pas d'erreur. Cet homme a essayé de me tuer. Et j'ai toutes les raisons de croire qu'il est responsable de l'explosion qui a provoqué l'incendie et le naufrage du *Leonid Andreïev* de même que de l'enlèvement de la représentante du Colorado, Loren Smith.

– L'enlèvement de Loren Smith n'est que pure hypothèse de votre part.

– Le président de la Chambre ne vous a donc pas raconté ce qui s'est passé à bord du paquebot? s'étonna Pitt.

– Moran a refusé que nous l'interrogions, expliqua Mercier. Nous ne savons que ce qu'il a bien voulu déclarer à la presse. »

Emmett sentait la colère le gagner. Il considérait les révélations de Pitt comme une attaque contre le F.B.I. Il se pencha en avant et, les yeux brillants, lança d'une voix tremblante de fureur contenue :

« Vous ne vous imaginez tout de même pas que nous allons croire à vos histoires de fou!

– Peu m'importe ce que vous pensez, riposta Pitt, soutenant son regard.

– Pouvez-vous nous préciser comment vous en êtes venu à soupçonner les Bougainville? intervint le secrétaire d'Etat.

– Je me suis lancé dans cette affaire à la suite de la mort d'une amie provoquée par l'agent S. Je dois admettre que je me suis d'abord mis à la recherche des coupables par pur désir de vengeance. Mon enquête m'a rapidement conduit à Bougainville Maritime et j'ai découvert bien d'autres aspects de leurs activités criminelles.

– Vous êtes en mesure de prouver vos accusations?

– Bien entendu. Les documents informatiques

révélant les actes de piraterie, le trafic de drogue et la contrebande auxquels ils se livrent sont dans un coffre au siège de la N.U.M.A. »

Brogan intervint :

« Un instant, voulez-vous? Vous prétendez que les Bougainville sont également mêlés à la disparition de l'*Eagle*?

– Parfaitement.

– Et vous savez qui a été enlevé?

– Oui.

– Impossible, déclara le chef de la C.I.A.

– Dois-je citer les noms, messieurs? demanda Pitt. Eh bien, commençons par le Président, puis le vice-président Margolin, ensuite le sénateur Larimer et enfin le président de la Chambre, Alan Moran. J'étais avec Larimer au moment de sa mort. Margolin est toujours vivant, détenu quelque part par les Bougainville. Moran se trouve, lui, à Washington, probablement à comploter pour s'emparer de la magistrature suprême. Quant au Président, il est à la Maison Blanche, insensible aux catastrophes qu'il déclenche parce que son cerveau est manipulé par un psychologue soviétique, un certain Alexeï Lugovoy. »

Cette fois, ses interlocuteurs demeurèrent pétrifiés. Brogan paraissait au bord de la crise d'apoplexie.

« Vous ne pouvez pas être au courant de tout ça! parvint-il à balbutier.

– Il s'avère que je le suis, répondit calmement Pitt.

– Mon Dieu, mais comment est-ce possible? murmura le secrétaire d'Etat.

– Quelques heures avant la tragédie du *Leonid Andreïev*, j'ai été contraint de me débarrasser d'un agent du K.G.B., un nommé Paul Souvorov. Il avait sur lui un carnet sur lequel il avait soigneusement consigné toutes les opérations depuis le moment de l'enlèvement du Président à bord de l'*Eagle*. »

Pitt tira la blague à tabac que Giordino lui avait remise dans un sac en papier de sous sa chemise, puis l'ouvrit et jeta négligemment le carnet sur la table.

Personne ne bougea. Oates finit par se décider et, avançant la main, il s'en empara avec précaution, comme s'il pouvait mordre. Il se mit à le feuilleter.

« C'est bizarre, fit-il quelques instants plus tard. C'est rédigé en anglais. Je me serais plutôt attendu à une sorte de code en russe.

– Non, c'est normal, expliqua Brogan. Un bon agent écrit dans la langue du pays où il travaille. Ce qui est étrange, c'est que ce Souvorov ait pris ces notes. Je peux seulement supposer qu'il était chargé de surveiller Lugovoy et que ce projet de contrôle mental le dépassait au point de l'obliger à coucher ses observations par écrit.

– Mr. Pitt, avez-vous suffisamment de preuves pour permettre au département de la Justice d'inculper Min Koryo Bougainville? demanda Dan Fawcett.

– De l'inculper oui, de la condamner, non. Le gouvernement n'emprisonnera jamais une femme de quatre-vingt-neuf ans aussi riche et puissante. Sans oublier qu'elle pourrait très bien quitter le pays et transférer ailleurs le quartier général de ses opérations.

– Etant donné ses crimes, il ne serait sans doute pas trop difficile d'obtenir son extradition.

– Min Koryo entretient des liens étroits avec la Corée du Nord, précisa Pitt. Si elle se réfugie là-bas, je doute fort qu'elle revienne pour assister à son procès. »

Emmett réfléchit un moment puis déclara froidement :

« Je pense que c'est maintenant le problème du F.B.I. (Il se tourna vers Sandecker.) Amiral, Mr. Pitt pourrait-il nous consacrer encore un peu de son temps pour répondre à quelques questions et aussi nous apporter ces documents qu'il a accumulés sur les Bougainville ?

– Vous pouvez compter sur la totale coopération de la N.U.M.A., répondit Sandecker avec une pointe de sarcasme. Nous sommes toujours prêts à voler au secours du F.B.I. quand la situation l'exige.

– Voilà qui règle la question, intervint le secrétaire d'Etat. Mr. Pitt, avez-vous une idée de l'endroit où le vice-président Margolin pourrait être détenu ?

– Non, monsieur. Et je pense que Souvorov l'ignorait également. Selon ses notes, après son évasion du laboratoire de Lugovoy, il a survolé la région à bord d'un hélicoptère mais n'a pas réussi à retrouver le lieu exact. Il parle seulement d'une rivière au sud de Charleston en Caroline du Sud. »

Oates consulta Emmett, Brogan et Mercier du regard.

« Eh bien, messieurs, nous avons quand même un point de départ.

– Je crois que nous devons des remerciements à Mr. Pitt, fit Fawcett.

– Effectivement, approuva Mercier. Nous vous sommes très reconnaissants. »

Nom de Dieu ! pensa Pitt. Encore cinq minutes et ils vont m'offrir un pourboire !

« Vous n'avez plus besoin de moi ? demanda-t-il simplement.

– Pour le moment non, répondit le secrétaire d'Etat.

– Et en ce qui concerne Loren Smith et Vince Margolin ?

– Nous veillerons à leur sécurité », déclara Emmett d'un ton tranchant.

Pitt se leva de son fauteuil avec une grimace de douleur. Sandecker s'avança pour l'aider. Pitt plaqua alors ses deux mains sur la table et se pencha vers le directeur du F.B.I. en le fixant droit dans les yeux.

« Vous avez intérêt, fit-il avec une note de menace. Je ne veux pas qu'on touche à un seul cheveu de la tête de Loren. »

62

Le *Chalmette* faisait route vers la Floride. Les appels radio étaient incessants et les Coréens de plus en plus débordés. Ils finirent par ne plus répondre, se bornant à communiquer la liste des rescapés qu'ils avaient recueillis. Les questions des journalistes concernant le naufrage du *Leonid Andreïev* furent systématiquement écartées.

Parents et amis des passagers, dévorés d'angoisse, se pressaient dans les bureaux de la compagnie maritime russe. A travers tout le pays, les drapeaux étaient mis en berne. La tragédie était au centre de toutes les conversations. Les journaux et les chaînes de télévision abandonnèrent momentanément leur préoccupation principale, à savoir la fermeture du Congrès par le Président, pour consacrer des éditions spéciales à la catastrophe.

Des avions sanitaires ramenèrent les blessés transportables dans des hôpitaux proches de leur domicile. Ce furent les premiers témoins du drame à être interrogés et ils mirent l'explosion sur le compte tant de mines flottantes datant de la Seconde Guerre mondiale que d'un cargo soviétique chargé d'armes et de munitions destinées à l'Amérique centrale.

Les missions diplomatiques russes aux Etats-Unis réagirent vivement, accusant l'U.S. Navy d'avoir coulé le *Leonid Andreïev* avec un missile, version qui fut généralement admise par les pays du bloc de l'Est et considérée partout ailleurs comme pure propagande.

On n'avait pas assisté à une telle émotion depuis le naufrage de l'*Andrea Doria* en 1956. Le silence du *Chalmette* provoquait la fureur des journalistes et correspondants de presse. On se précipita sur tous les bateaux, avions et hélicoptères disponibles pour aller à la rencontre du navire. Alimentées par le mutisme du cargo coréen, les spéculations allaient bon train. Tous les hommes politiques qu'on parvenait à joindre réclamaient une commission d'enquête.

Le *Chalmette* s'obstina dans son attitude. Lorsqu'il apparut enfin dans le chenal du port de Miami, il fut accueilli par une nuée d'embarcations de toutes sortes. Les journalistes hurlaient leurs questions dans des porte-voix, mais, à leur grande frustration, les marins coréens se contentaient de répondre dans leur langue en agitant amicalement la main.

Le *Chalmette* approcha du quai où s'entassait une foule de plusieurs milliers de personnes contenue par un cordon de police. Des centaines de caméras filmaient la scène tandis que l'énorme porte-conteneurs s'amarrait, que les passerelles étaient mises en place et que les rescapés de la catastrophe, massés contre le bastingage, contemplaient avec stupéfaction la scène qui s'offrait à leurs yeux.

Certains paraissaient déborder de joie en revoyant la terre ferme alors que d'autres pleuraient les maris, les épouses ou les enfants qu'ils avaient perdus. Un silence presque irréel s'abattit soudain sur les spectateurs, silence qu'un commentateur devait plus tard comparer à « celui qui se produit quand on descend le cercueil dans la fosse ».

Des agents du F.B.I, portant l'uniforme des officiers de l'immigration et des inspecteurs des douanes, se précipitèrent à bord du *Chalmette*, vérifiant les identités des passagers et membres d'équipage survivants du paquebot soviétique, les interrogeant à propos de Loren Smith et fouillant le bateau de fond en comble.

Al Giordino questionna les gens qui étaient avec lui dans le canot de sauvetage. Aucun d'eux ne se souvenait de ce qui avait pu arriver à Loren ou au steward asiatique après leur arrivée sur le *Chalmette*. Une femme croyait bien les avoir vus s'éloigner ensemble en compagnie du capitaine du cargo, mais elle n'en était pas sûre. La plupart de ceux qui avaient échappé de peu à la mort avaient presque tout oublié.

Le capitaine et son équipage prétendirent tout ignorer. Des photos de Loren n'éveillèrent en eux aucun souvenir. Des interprètes les interrogèrent en coréen, mais les réponses furent les mêmes. Ils ne l'avaient jamais vue. Six heures de recherches intensives ne donnèrent rien. Les journalistes furent enfin autorisés à monter à bord. Les marins du *Chalmette* furent traités en héros, la Bougainville Maritime et ses employés considérés comme le symbole du courage pour avoir bravé une mer en feu et sauvé quatre cents personnes.

Il faisait nuit et il pleuvait quand Giordino se dirigea d'une démarche lasse vers le bureau des douanes au bout du quai. Il entra. La pièce était déserte et il s'assit, demeurant un long moment immobile, le regard fixé droit devant lui.

Il se tourna enfin vers le téléphone, le considérant comme s'il s'agissait d'un ennemi. Il puisa un peu de courage en buvant une gorgée de brandy d'une flasque qu'il tira de sa poche et en allumant un cigare qu'il avait fauché à l'amiral Sandecker, puis il fit un numéro et laissa la sonnerie retentir, espérant presque que personne ne répondrait. On décrocha.

Giordino se passa la langue sur les lèvres et, la gorge serrée, murmura :

« Pardonne-moi, Dirk, nous sommes arrivés trop tard. Nous ne l'avons pas trouvée. »

L'hélicoptère, tous feux allumés, se posa sur le toit du World Trade Center dans le bas de Manhattan. Lee Tong en descendit et, sans perdre un instant, se dirigea vers une porte protégée par un garde, puis il prit un ascenseur conduisant aux appartements de sa grand-mère.

Il se pencha et l'embrassa légèrement sur le front.

« La journée s'est bien passée, *ômoni*?

— Non, répondit-elle avec lassitude. Un vrai désastre. Quelqu'un sabote nos comptes bancaires, nos transactions et toutes nos affaires qui sont sur ordinateur. Notre gestion si efficace est devenue une véritable pagaille. »

Le regard de Lee Tong se durcit.

« Qui peut faire cela?

— Toutes les pistes mènent à la N.U.M.A.

— Dirk Pitt?

— Oui. C'est le suspect numéro un.

— Plus maintenant, la rassura-t-il. Pitt est mort. »

La vieille femme leva la tête :

« Tu en es sûr?

— Oui. Pitt était à bord du *Leonid Andreïev*. Un coup de chance. Je l'ai vu mourir de mes yeux.

— Ta mission dans les Caraïbes n'est pas un succès total. Moran est vivant.

— Peut-être, mais nous sommes débarrassés de

Pitt et le naufrage du *Leonid Andreïev* compense la perte du *Venice* et de l'or. »

Min Koryo, furieuse, se tourna vers lui :

« Cette ordure d'Antonov nous a volé un milliard de dollars en or, nous coûte un bon bateau et un équipage et tu es content de toi! »

Lee Tong n'avait jamais vu sa grand-mère dans une telle rage.

« Non, *ômoni*, mais nous ne pouvons guère nous permettre de déclarer la guerre à l'Union soviétique. »

Elle se pencha en avant, les mains crispées sur les bras de son fauteuil roulant :

« Les Russes ne savent pas encore ce que c'est que la menace terroriste. Je veux que tu organises des attentats à la bombe contre tous les bâtiments de leur flotte marchande, surtout leurs pétroliers. »

Lee Tong lui entoura les épaules comme pour la protéger.

« Voyons, *ômoni*, œil pour œil, dent pour dent, cela peut certes satisfaire l'esprit vindicatif, mais pas contribuer à la richesse. Ne te laisse pas aveugler par ton désir de vengeance.

— Qu'est-ce que tu crois? répliqua-t-elle sèchement. Antonov tient le Président des Etats-Unis ainsi que l'or que sa marine n'aura aucun mal à renflouer. Nous avons laissé Lugovoy et son équipe partir avec le Président. Des années de préparatifs et des millions de dollars gaspillés. Tout ça pour rien!

— Nous avons encore des atouts. Le vice-président Margolin est entre nos mains. Sans parler d'un otage inattendu, Loren Smith, la représentante au Congrès.

— Tu l'as enlevée? s'étonna la vieille femme.

— Elle aussi se trouvait à bord du paquebot. Après le naufrage, je me suis débrouillé pour la faire transférer par hélicoptère du *Chalmette* au laboratoire, où elle est à présent enfermée en compagnie de Margolin.

– Elle pourra nous servir, admit Min Koryo.

– Ne te décourage pas, *ômoni*. Nous sommes encore dans la course. Antonov et Polevoï, son âme damnée du K.G.B. ont sous-estimé l'attachement pathologique que portent les Américains aux libertés individuelles. C'est une erreur monumentale d'avoir poussé le Président à museler le Congrès pour accroître ses pouvoirs. Il va être destitué et chassé de Washington dans la semaine qui vient.

– Pas tant qu'il bénéficiera du soutien du Pentagone. »

Lee Tong inséra une cigarette dans un long fume-cigarette en argent.

« Les chefs d'état-major doivent ménager leurs arrières. Ils ne pourront pas s'opposer très longtemps à ce que le Congrès se réunisse. Dès que l'impeachment aura été voté, les généraux et les amiraux se rangeront du côté du nouveau chef de l'exécutif.

– Qui sera Alan Moran, ajouta Min Koryo avec une moue méprisante.

– A moins que nous ne relâchions Vincent Margolin.

– Et creusions ainsi notre propre tombe ? Nous ferions mieux de le faire disparaître à jamais ou de nous arranger pour qu'on retrouve son cadavre dans le Potomac.

– Ecoute, *ômoni*, fit Lee Tong avec une lueur rusée dans ses yeux noirs. Nous avons deux solutions. D'abord, le laboratoire est en parfait état de fonctionnement et les données de Lugovoy figurent toujours dans les mémoires de l'ordinateur. Nous pouvons donc sans aucun problème reprendre ses techniques de contrôle mental à notre profit. Il nous suffit d'engager les spécialistes nécessaires pour programmer le cerveau de Margolin et, cette fois, ce ne seront plus les Russes qui contrôleront la Maison Blanche mais la Bougainville Maritime.

– Oui, mais si Moran prête serment avant que l'opération de transfert soit terminée, Margolin ne nous sera plus d'aucune utilité.

– Deuxième possibilité, reprit Lee Tong. Nous pouvons passer un marché avec Moran afin d'éliminer Margolin pour lui ouvrir les portes de la Maison Blanche.

– Il est corruptible?

– Moran est un habile escroc. Son ascension politique repose sur des transactions financières plus que douteuses. Crois-moi, *ômoni*, Alan Moran fera n'importe quoi pour devenir Président. »

Min Koryo considéra son petit-fils avec respect. Il raisonnait si bien dans l'abstrait. Elle eut un petit sourire. Rien n'excitait plus son tempérament de femme d'affaires que de renverser une situation donnée comme perdue.

« Tu as carte blanche, dit-elle.

– Je suis content que tu sois de mon avis.

– Il faut que tu déplaces le laboratoire pour le mettre dans un endroit plus sûr, déclara-t-elle en réfléchissant. Du moins tant que nous ne saurons pas exactement où nous en sommes. Les enquêteurs du F.B.I. ne tarderont pas à réunir les morceaux du puzzle et à concentrer leurs recherches sur le littoral.

– C'est ce que j'ai pensé, fit Lee Tong. Et j'ai pris la liberté d'ordonner à l'un de nos remorqueurs de le faire sortir de Caroline du Sud pour le diriger vers nos docks privés.

– Tu as bien fait, approuva Min Koryo.

– J'ai songé surtout à l'aspect pratique.

– Qu'allons-nous faire de cette Loren Smith? demanda la vieille femme.

– Si elle parle à la presse, elle pourrait soulever

des questions embarrassantes à propos de la présence de Moran sur le *Leonid Andreïev*. Il serait sage d'acheter son silence.

– Effectivement. Moran s'est mis dans une situation délicate par ses mensonges.

– Nous pouvons aussi la soumettre au contrôle mental avant de la renvoyer à Washington. Un représentant du Congrès à notre solde pourrait constituer un atout de choix.

– Et si Moran inclut sa disparition dans le marché?

– Dans ce cas, nous coulons le labo avec Margolin et Loren Smith par 100 mètres de fond. »

Pendant que Lee Tong et Min Koryo s'entretenaient ainsi sans rien soupçonner, leur conversation était retransmise vers le toit d'un immeuble voisin pour être ensuite relayée par signaux radio à un magnétophone installé dans un bureau vide et poussiéreux situé à plusieurs blocs de là sur Hudson Street.

Le bâtiment de brique, datant du début du siècle, était promis à la démolition. Les rares locataires occupaient leurs loisirs à la recherche d'un nouveau logement.

Sal Casio avait le dixième étage pour lui tout seul. Il avait choisi cet endroit parce que, d'une part, le gardien ne se préoccupait jamais d'y monter et que, d'autre part, la fenêtre donnait directement sur le second récepteur. Un lit de camp, un sac de couchage et un petit réchaud électrique, c'était tout ce qu'il lui fallait. En dehors du magnétophone, il n'y avait d'autre qu'un vieux fauteuil délabré qu'il avait récupéré sur le trottoir.

Il ouvrit la porte à l'aide de son passe et entra, portant un sac avec un sandwich et trois bouteilles de bière. L'atmosphère de la pièce était étouffante.

Il souleva la fenêtre et contempla les lumières qui se reflétaient dans les eaux du fleuve.

Casio accomplissait ce travail de surveillance de façon automatique, prenant plaisir à cette solitude qui permettait à son esprit de vagabonder. Il se rappelait les jours heureux de son mariage, les années passées à regarder grandir sa fille. Son cœur se serra. Sa longue quête s'achevait et il ne lui restait plus qu'à écrire l'épilogue, détruire l'empire des Bougainville.

Il mordit dans son sandwich et examina le magnétophone, constatant que la bande à déclenchement automatique avait avancé durant les quelques minutes où il s'était absenté. Il décida d'attendre jusqu'au lendemain pour écouter l'enregistrement, ne tenant pas à ce qu'il s'efface au cas où des voix réactiveraient l'appareil pendant qu'il le repasserait.

Bien entendu, rien ne pouvait lui permettre de deviner l'importance de l'entretien qui avait eu lieu entre Min Koryo et son petit-fils. Le temps perdu devait coûter extrêmement cher.

« Pourrais-je vous parler un instant, général? »

Metcalf avait terminé sa journée et il s'apprêtait à refermer sa serviette. Il ne put dissimuler un mouvement d'impatience en reconnaissant Alan Mercier qui se tenait sur le seuil de son bureau.

« Naturellement. Entrez et asseyez-vous. »

Le conseiller pour les affaires de sécurité s'avança mais resta debout.

« Je vous apporte des informations qui ne vont pas vous faire plaisir.

– Décidément, les mauvaises nouvelles s'accumulent aujourd'hui, soupira le général. De quoi s'agit-il? »

Mercier lui tendit un dossier renfermant plusieurs feuillets dactylographiés et déclara d'une voix étouffée :

« Les ordres du Président. Toutes les forces américaines doivent quitter l'Europe avant Noël. Il vous donne vingt jours pour établir le calendrier de notre retrait total de l'O.T.A.N. »

Metcalf s'effondra dans son fauteuil comme s'il avait été frappé au visage.

« Ce n'est pas possible! balbutia-t-il. Le Président ne peut pas demander ça!

– J'ai été aussi choqué que vous quand il me l'a annoncé, fit Mercier. Oates et moi avons essayé de le raisonner, mais en pure perte. Il exige que tout soit rapatrié, Pershing, missiles de croisière, absolument tout. »

Le général était abasourdi.

« Et nos alliés occidentaux? »

Mercier fit un geste d'impuissance :

« Il prétend que l'Europe n'a qu'à balayer devant sa porte. Une attitude qu'il n'avait encore jamais adoptée.

– Mais enfin, bon Dieu! s'écria Metcalf avec une soudaine véhémence. Il livre tout le continent aux Russes sur un plateau d'argent!

– Ce n'est pas moi qui vous contredirai.

– Je ne peux pas accepter ça!

– Que comptez-vous faire?

– Je vais de ce pas à la Maison Blanche offrir ma démission, répondit le général.

– Avant de prendre votre décision, j'aimerais que vous ayez un entretien avec Sam Emmett.

– Pourquoi?

– Parce qu'il y a des choses que vous devez savoir, murmura Mercier. Et Sam est mieux placé que moi pour vous en parler. »

63

Le Président, une robe de chambre passée sur son pyjama, travaillait à son bureau quand Fawcett entra.

« Alors, vous avez parlé à Moran? »

Le secrétaire général de la Maison Blanche avait la mine sombre.

« Il a refusé de m'écouter.

– Ah! vraiment?

– Il a dit que vous étiez fini, que vos discours n'avaient plus la moindre importance. Et il a ajouté quelques insultes pour faire bonne mesure.

– J'aimerais les entendre », fit le Président d'un ton sec.

Fawcett, de plus en plus mal à l'aise, hésita avant de s'exécuter :

« Il a déclaré que votre comportement était celui d'un malade mental et que votre place était à l'asile. Après d'autres calomnies sans intérêt, il a ajouté que vous rendriez un immense service au pays en vous suicidant, ce qui éviterait aux contribuables de payer les frais de votre procès... »

Le visage du Président se tordit de rage :

« Ainsi ce minable intrigant s'imagine qu'il va réussir à me traduire en justice?

– Ce n'est un secret pour personne que Moran est prêt à tout pour prendre votre place.

– Il n'a pas assez d'envergure pour y parvenir, fit le Président, les lèvres serrées. Son ambition le perdra.

– A l'entendre, c'est déjà comme s'il était en train de prêter serment. La procédure d'impeachment n'est que la première étape qui doit le conduire au pouvoir.

– Alan Moran n'occupera jamais la Maison Blanche!

– Certes, pas de session du Congrès, pas d'impeachment, mais vous ne pourrez pas leur interdire indéfiniment de se réunir.

– Il faudra bien qu'ils attendent mon autorisation pour le faire.

– Et la tentative de demain à l'université George-Washington?

– La troupe les dispersera.

– Et si la Garde nationale de Virginie et du Maryland se range à leurs côtés?

– Vous croyez qu'ils tiendront longtemps face à des soldats bien entraînés et des marines?

– Assez longtemps pour qu'il y ait de nombreux morts, répondit Fawcett.

– Et alors? Plus je sèmerai la confusion au Congrès, plus j'aurai les mains libres. Ce ne sont pas quelques pertes en vies humaines qui m'arrêteront. »

Fawcett considéra le Président avec stupéfaction. Ce n'était décidément plus le même homme que celui qui, au cours de sa campagne, avait juré qu'aucun citoyen américain ne mourrait au combat durant son mandat. Il se sentait incapable de jouer plus longtemps son rôle d'ami et conseiller. Il secoua la tête et parvint à déclarer :

« J'espère que vous n'irez pas trop loin.

– Vous commencez à avoir la frousse, Dan? »

Le secrétaire général avait le sentiment d'être pris au piège. Heureusement pour lui, Lucas entra à cet instant dans la chambre, portant un plateau avec une théière et des tasses.

« Vous voulez du thé? demanda-t-il.

– Merci, Oscar, avec plaisir, accepta le Président.

– Dan?

– Volontiers. Ça me ferait du bien. »

Lucas versa trois tasses. Fawcett vida la sienne d'un trait.

« C'est tiède, se plaignit-il.

– Pour moi, c'est parfait », déclara le Président, buvant à petites gorgées.

Il posa sa tasse sur un coin de son bureau et reprit :

« Bien, où en étions-nous?

– Nous parlions de votre nouvelle politique, répondit Fawcett, profitant de la diversion. Les Européens protestent vigoureusement contre votre décision de retirer les forces américaines de l'O.T.A.N. En Angleterre, il y a même une plaisanterie qui circule, annonçant qu'Antonov se prépare à prendre son petit déjeuner à l'hôtel Savoy de Londres.

– Je n'apprécie guère cette forme d'humour, déclara froidement le Président. Antonov en personne m'a assuré qu'il respecterait les frontières actuelles.

– Je crois me rappeler que Hitler avait affirmé la même chose à Chamberlain. »

Le Président parut sur le point de répliquer avec colère, mais il se mit soudain à bâiller, secouant la tête pour lutter contre la fatigue.

« Peu importe ce que pensent les gens, dit-il d'une voix lourde de sommeil. J'ai fait reculer la menace nucléaire et c'est cela seul qui compte. »

Fawcett ne laissa pas passer l'occasion, et, commençant à son tour à bâiller, il déclara :

« Si vous n'avez plus besoin de moi pour ce soir, monsieur le Président, je crois que je rentrerais volontiers à la maison pour prendre une bonne nuit de repos.

– Et moi aussi, ajouta Lucas. Ma femme et mes enfants se demandent si j'existe encore.

– Bien sûr. Désolé de vous avoir retenus si tard, s'excusa le Président qui se dirigea vers son lit en ôtant sa robe de chambre. Voulez-vous m'allumer la télévision, Oscar? Je voudrais regarder un peu les informations sur cette chaîne qui en diffuse vingt-quatre heures sur vingt-quatre. (Puis il se tourna vers Fawcett.) Dan, demain matin je veux voir le général Metcalf à la première heure. Qu'il me tienne au courant des derniers mouvements de troupes.

– Je m'en occupe. Bonne nuit, monsieur le Président. »

Dans l'ascenseur conduisant au rez-de-chaussée, Fawcett consulta sa montre.

« Ça devrait produire ses effets d'ici deux heures, déclara-t-il.

– Il va dormir profondément et se réveiller malade comme un chien, fit Lucas.

– A propos, comment avez-vous fait? Je ne vous ai rien vu glisser dans sa tasse et vous nous avez tous servis avec la même théière.

– Un vieux truc de prestidigitateur, répondit le chef des Services secrets en riant. La théière possède un double compartiment intérieur. »

Ils sortirent de l'ascenseur près duquel les attendait Sam Emmett.

« Pas de problèmes? demanda celui-ci.

– Non, répondit Fawcett. Le Président s'est endormi comme un bébé. »

Lucas le regarda droit dans les yeux, l'air soucieux.

« Le plus difficile reste à faire... tromper les Russes. »

« Il dort d'un sommeil particulièrement profond ce soir », constata Lugovoy.

L'assistant de service acquiesça :

« C'est bon signe. Le camarade Belkaya ne viendra pas troubler ses rêves. »

Le psychologue étudia l'écran affichant les fonctions corporelles du Président.

« La température monte. Une congestion se forme au niveau des sinus. On dirait que le sujet nous prépare un refroidissement ou une grippe.

– C'est extraordinaire. Nous savons qu'il est attaqué par un virus bien avant lui!

– Je ne pense pas que ce soit grave. Surveillez quand même son état au cas où il empirerait et risquerait de bouleverser nos plans... »

Tous les écrans de la console, soudain, devinrent flous puis s'éteignirent.

« Qu'est-ce que... »

Aussi brusquement qu'elles avaient disparu, les lettres vertes revinrent, brillantes et claires comme auparavant. Lugovoy vérifia les circuits de sécurité. Tout était normal.

« Qu'est-ce qui s'est passé? »

Le psychologue semblait songeur.

« Peut-être une brève panne de l'émetteur de l'implant.

– Je ne vois aucun signe de mauvais fonctionnement.

– Une interférence électrique, alors?

– Sans doute. Une quelconque perturbation atmosphérique. L'explication est logique. Et puis, qu'est-ce que ça pourrait être d'autre? »

Lugovoy, les paupières lourdes de fatigue, contempla un instant les moniteurs.

« Rien, fit-il sombrement. Rien d'important en tout cas. »

Le général Metcalf referma le rapport et tendit lentement la main vers son verre de brandy. Il leva enfin les yeux et regarda avec tristesse Emmett assis en face de lui.

« Une tragique affaire, murmura-t-il, le cœur

414

serré. Le Président était un grand homme, peut-être le plus grand à avoir jamais occupé la Maison Blanche.

– Les faits sont là, répliqua le directeur du F.B.I. en désignant le dossier. Par la faute des Russes, il est devenu inapte à poursuivre son mandat.

– Je dois reconnaître que vous avez raison, mais ce n'est pas facile pour moi. Notre amitié remonte à près de quarante ans.

– Allez-vous rappeler la troupe et permettre au Congrès de se réunir demain ? » le pressa Emmett.

Metcalf but une gorgée d'alcool et hocha la tête avec résignation.

« Je vais ordonner son retrait. Vous pouvez informer les présidents de la Chambre et du Sénat qu'ils pourront siéger librement au Capitole.

– Puis-je vous demander une faveur ?

– Bien sûr.

– Serait-il possible d'éloigner avant minuit les marines qui gardent la Maison Blanche ?

– Oui. Je ne vois rien qui s'y oppose. Pourquoi ?

– Une petite ruse, général, répondit Emmett. Un tour de passe-passe qui ne manquera pas de vous intéresser. »

64

Dans la salle des cartes de la N.U.M.A., l'amiral Sandecker étudiait à la loupe une vue aérienne de Johns Island, en Caroline du Sud. Il se redressa pour lancer un regard perplexe à Giordino et Pitt qui se tenaient en face de lui.

« Je ne comprends pas, fit-il. Si Souvorov ne s'est pas trompé, pourquoi n'a-t-il pas réussi à retrouver le laboratoire des Bougainville depuis l'hélicoptère ? »

Pitt consulta les notes de l'agent soviétique.

« Il a utilisé comme repère une ancienne station-service qu'on aperçoit ici, fit-il en montrant un point sur la photo.

– Emmett et Brogan savent que tu l'as recopié avant de quitter Guantanamo ? » demanda Giordino avec un signe de tête en direction du carnet.

Pitt se contenta de sourire sans répondre.

« Souvorov s'est échappé du labo en pleine nuit, reprit Sandecker. Il a pu se tromper.

– J'en doute. Ces types du K.G.B. sont très bien entraînés et il a décrit les environs avec beaucoup de précision.

– Emmett a fait ratisser la région par plus de deux cents hommes sans résultat.

– Effectivement, confirma Giordino. De plus, aucun bâtiment de la taille indiquée par Souvorov n'apparaît sur les vues aériennes. Quelques vieilles péniches aménagées, des petites maisons, des cabanes, mais rien de la dimension d'un entrepôt.

– Une installation souterraine ? » suggéra l'amiral.

Giordino réfléchit.

« Souvorov a précisé qu'il avait pris un ascenseur pour s'enfuir.

– D'un autre côté, il parle d'une rampe menant à un chemin gravillonné.

– La rampe pourrait faire penser à un bateau », fit Giordino.

Sandecker ne semblait guère convaincu.

« Impossible. La seule voie navigable dans la zone où Souvorov situe le laboratoire est une rivière qui a moins de 1 mètre de fond. Ce n'est pas suffisant pour permettre le passage d'un bâtiment assez important pour renfermer un ascenseur.

– Il y a une autre possibilité, déclara Pitt.

– Laquelle?

– Une barge.

– Je crois que Dirk tient quelque chose », fit Giordino.

Pitt alla décrocher un téléphone, composa un numéro puis brancha la communication sur les haut-parleurs de la pièce.

« Département informatique, annonça une voix ensommeillée.

– Yaeger, vous dormez?

– Bon sang, c'est vous, Pitt! Pourquoi m'appelez-vous toujours après minuit?

– Ecoutez-moi bien. J'ai besoin d'informations sur un type particulier de bâtiment. Vos ordinateurs pourraient trouver à quelle classe il appartient si je vous en communique les dimensions?

– C'est un jeu?

– Croyez-moi, cela n'a rien d'une plaisanterie, grogna Sandecker.

– Je m'en occupe tout de suite, amiral! s'écria Yaeger soudain parfaitement éveillé. Donnez-moi les chiffres. »

Pitt feuilleta le carnet puis, retrouvant la page, il lut à haute voix :

« 50,4 mètres de long, 9,9 de large et environ 3 de hauteur.

– C'est bien peu, murmura l'informaticien.

– Essayez tout de même, ordonna Sandecker.

– Bien. Restez en ligne. »

Giordino sourit à l'amiral.

« On fait un pari?

– Lequel?

– Une bouteille de Chivas contre une boîte de vos cigares que Dirk a raison.

– Pas question. Mes cigares coûtent beaucoup plus cher qu'une bouteille de scotch. »

On entendit Yaeger se racler la gorge.

« Voilà, fit-il. (Il y eut un court silence.) Désolé, données insuffisantes. Ces chiffres correspondent en gros à plus d'une centaine de bateaux différents. »

Pitt réfléchit un moment.

« Et si la hauteur était la même de la proue à la poupe?

– Vous pensez à une superstructure plate?

– Oui.

– Un instant, fit Yaeger. Bien, vous avez réduit le champ des recherches. Votre vaisseau fantôme ressemble à une barge.

– Eurêka! s'exclama Giordino.

– Ne criez pas encore victoire, lui conseilla l'informaticien. Ces dimensions ne collent avec aucun type de barge connu.

– Merde! jura Sandecker. Si proche du but et...

– Attendez, l'interrompit Pitt. Souvorov a noté les mesures intérieures. (Il se pencha au-dessus du téléphone.) Yaeger, ajoutez 50 centimètres partout et recommencez.

– Vous brûlez, ce coup-ci. Voilà, j'ai trouvé! s'écria peu après l'informaticien d'une voix tout excitée. C'est une barge, construction en acier, 280 à 300 tonnes, pour transport de céréales, bois, etc. Probablement fabriquée par la Nashville Bridge Company, Tennessee.

– Tirant d'eau? demanda Pitt.

– A vide?

– Oui.

– 46 centimètres.

– Merci, mon vieux. Vous avez gagné.

– Gagné quoi?

– Le droit de vous recoucher. »

Pitt coupa la communication et se tourna vers Sandecker.

« On commence à y voir plus clair. »

L'amiral rayonnait.

« Ces Bougainville sont malins, très malins.

– Je dois le reconnaître. Qui aurait eu l'idée de rechercher un labo ultra-moderne dans une vieille péniche rouillée ancrée au milieu d'un marécage?

– Sans oublier qu'on peut aussi la déplacer à volonté. »

Pitt étudia attentivement la photo aérienne et murmura :

« Maintenant, il va falloir dénicher l'endroit où ils l'ont cachée.

– La rivière où elle était amarrée se jette dans le Stono, nota Sandecker.

– Et le Stono rejoint le canal côtier, ajouta Pitt. Ce qui signifie que notre barge peut se trouver dans n'importe lequel des milliers de cours d'eau, criques ou détroits entre Boston et la Floride.

– Aucun moyen de savoir, lâcha Giordino avec découragement. Et je ne vois pas comment nous pourrions la repérer parmi toutes les péniches qui sillonnent la côte.

– Nous avons quand même progressé, fit Pitt pour lui remonter le moral.

– Je vais appeler Emmett et le mettre au courant, décida Sandecker. Un de ses agents pourrait tomber par hasard sur la bonne barge. »

Il s'était exprimé d'un ton détaché, tenant à ne rien laisser transparaître des sombres pensées qui l'habitaient.

Si Lee Tong Bougainville soupçonnait qu'ils étaient sur sa piste, il ne lui resterait plus qu'à tuer Loren et le vice-président puis à disposer de leurs cadavres afin d'effacer toutes les traces pouvant conduire jusqu'à lui.

65

« Vous survivrez bien encore un jour ou deux, fit avec bonne humeur le docteur Harold Gwynne, le médecin du Président. Une simple grippe. Vous n'avez qu'à garder le lit jusqu'à ce que la fièvre tombe. Je vais vous donner un antibiotique et quelque chose pour soulager vos nausées.

– Je ne peux pas rester allongé, se plaignit faiblement le malade. J'ai trop de travail. »

Ses protestations manquaient de vigueur. Il avait plus de 40° de fièvre, mal à la gorge et le nez bouché. Il était sans cesse parcouru de frissons et éprouvait une violente envie de vomir.

« Détendez-vous et ne vous inquiétez pas, lui ordonna Gwynne. Le monde pourra continuer à tourner sans vous pendant quelques heures. »

Il lui enfonça une aiguille dans le bras puis lui tendit un verre d'eau et un comprimé.

Dan Fawcett entra dans la chambre.

« Vous avez terminé, docteur? demanda-t-il.

– Oui. Empêchez-le de se lever. Je reviendrai vers deux heures cet après-midi. »

Il sourit, referma sa trousse et s'en alla.

« Le général Metcalf est là », annonça Fawcett au Président.

Celui-ci se redressa tant bien que mal sur son lit, se massant les tempes pour chasser le vertige.

On introduisit Metcalf. Il était en uniforme, la poitrine barrée de décorations, et se tenait avec une raideur inhabituelle.

Le Président, pâle et tremblant, le regarda s'avancer.

« Je peux faire quelque chose, monsieur le Président? » demanda le général avec sollicitude.

Le malade secoua la tête et lui fit signe de prendre place dans un fauteuil en disant :

« Je vais un peu mieux. Comment se présente la situation, Clayton ? »

Metcalf, l'air mal à l'aise, répondit :

« La rue est calme pour le moment, mais il y a eu quelques incidents. Des tireurs embusqués. Un soldat a été tué et deux marines blessés.

– Les coupables ont été appréhendés ?

– Oui, monsieur.

– Sans doute des terroristes irresponsables.

– Pas précisément, monsieur, répondit le général en baissant les yeux. L'un est le fils du représentant du Dakota du Sud, Jacob Whitman, et l'autre celui du ministre des Postes et Télécommunications Kenneth Potter. Tous deux ont moins de dix-sept ans. »

Le Président parut un instant bouleversé, puis son visage se durcit.

« Vos troupes sont déployées devant l'université George-Washington ?

– Oui. Une compagnie de marines a pris position devant les bâtiments.

– Cela me paraît insuffisant. Les effectifs des Gardes nationales de Virginie et du Maryland seront cinq fois plus nombreux.

– Ils n'arriveront pas jusque-là, expliqua Metcalf. Nous avons décidé de les stopper avant qu'ils n'entrent en ville.

– Excellente stratégie, approuva le locataire de la Maison Blanche avec une lueur de satisfaction dans le regard.

– Il y a un bulletin spécial d'informations », annonça soudain Fawcett qui était penché sur le poste de télévision.

Il monta le son et s'écarta pour permettre au Président de voir l'écran depuis son lit.

Curtis Mayo apparut devant une route bloquée

421

par des soldats en armes. En arrière-plan, on distinguait une rangée de tanks, canons pointés sur un convoi de camions.

« Les gardes nationaux de Virginie sur lesquels comptait le président de la Chambre Alan Moran pour protéger la session du Congrès à l'université Washington ont été empêchés de pénétrer dans la capitale par des unités blindées des forces spéciales. Nous croyons savoir que la même situation se présente au nord-est de la ville avec la garde du Maryland. Tout jusqu'à présent semble se dérouler dans un calme relatif. Les unités de la Garde nationale se sont rendues sans combattre face à des forces supérieurement armées. Devant l'université, une compagnie de marines placée sous le commandement du colonel Ward Clarke, un vétéran du Viêt-nam, refoule les membres du Congrès, leur interdisant ainsi de se réunir en session. Le Président est donc une nouvelle fois parvenu à museler le Sénat et la Chambre pendant qu'il poursuit sans leur approbation son programme de politique étrangère pour le moins contesté. Ici Curtis Mayo, C.N.N. News, à une cinquantaine de kilomètres au sud de Washington. »

« Vous en savez assez? demanda Fawcett en coupant l'image.

– Oui, oui, jubila le Président. Ça devrait clouer le bec à ce mégalomane de Moran pendant un bout de temps. »

Metcalf se leva.

« Si vous n'avez plus besoin de moi, monsieur le Président, je vais retourner au Pentagone. La situation est un peu tendue avec nos commandants de divisions en Europe. Ils ne partagent pas tout à fait votre point de vue quant au retrait de leurs forces.

– Ils finiront bien par accepter le risque d'un déséquilibre militaire temporaire en voyant reculer le spectre d'un conflit nucléaire. (Le Président serra la main du général.) Bon travail, Clayton. Merci de m'avoir aidé pour le Congrès. »

Metcalf fit quelques pas dans le couloir qui débouchait brusquement sur une sorte de vaste entrepôt vide.

Le plateau sur lequel on avait construit une réplique exacte de la chambre du Président à la Maison Blanche se trouvait dans un bâtiment désaffecté de l'arsenal maritime de Washington.

Tous les détails avaient été étudiés avec un soin extrême. Un technicien faisait fonctionner un magnétophone stéréo reproduisant les bruits de la circulation. Les éclairages à l'extérieur des fenêtres donnaient l'illusion d'un ciel d'été avec même des effets d'ombres pour simuler le passage d'un nuage. Les projecteurs étaient munis de filtres permettant de régler l'intensité de la lumière au fur et à mesure que la journée s'écoulait tandis que la plomberie de la salle de bain adjacente émettait les mêmes bruits que l'originale. Les lieux étaient étroitement surveillés par des marines et des agents des Services secrets.

Le général enjamba un réseau de câbles électriques et pénétra dans une caravane garée contre le mur du fond. Douglas Oates et Martin Brogan, qui l'attendaient, le firent entrer dans un bureau lambrissé.

« Du café? » proposa le directeur de la C.I.A.

Metcalf accepta avec reconnaissance et se laissa tomber dans un fauteuil.

« Mon Dieu! soupira-t-il. Pendant une minute j'ai vraiment cru me trouver à la Maison Blanche.

– Les hommes de Martin ont fait un boulot sensationnel, dit le secrétaire d'Etat. Il a fait venir toute une équipe d'un studio de Hollywood et le décor a été monté en neuf heures à peine.

– Vous n'avez pas eu de problème pour transporter le Président?

– Ça a été le plus facile, répondit Brogan. Nous l'avons amené avec le même camion que les meubles. Ça paraît peut-être idiot, mais le plus difficile a été la peinture.

– La peinture?

– Oui. Il a fallu trouver un produit de la même teinte que les murs mais qui ne sente pas la peinture fraîche. Heureusement, nos chimistes ont pu découvrir un matériau adéquat.

– Le coup du flash d'informations était très ingénieux, fit Metcalf.

– Mais il nous a coûté cher, expliqua Oates. Nous avons dû promettre à Curtis Mayo l'exclusivité de l'affaire en échange de sa coopération. Il a également accepté de suspendre toute enquête journalistique tant que la situation l'exigerait.

– Combien de temps pourrez-vous continuer à abuser le Président?

– Aussi longtemps qu'il le faudra, répondit Brogan.

– Dans quel dessein?

– Etudier la structure de son cerveau. »

Metcalf afficha un air de doute.

« Vous ne m'avez pas convaincu. Reprendre le contrôle du cerveau du Président aux Russes qui s'en étaient auparavant emparés, c'est une histoire qui me semble relever de la pure science-fiction. »

Brogan et Oates échangèrent un regard entendu.

« Vous désirez voir par vous-même? » demanda ce dernier en souriant.

Le général reposa sa tasse de café.

« Je ne manquerais pas ça pour une cinquième étoile.

– Par ici », fit alors le secrétaire d'Etat en ouvrant une porte et en l'invitant à le suivre.

424

Toute une partie de la caravane était bourrée de matériel d'électronique et d'informatique. Le centre de contrôle et tout l'équipement étaient une génération en avance sur les appareils utilisés par Lugovoy dans le laboratoire des Bougainville.

Le professeur Raymond Edgely s'avança et Oates le présenta au général.

« Voici donc ce mystérieux génie qui préside aux destinées du projet Sonde, fit Metcalf. C'est un honneur pour moi de vous rencontrer.

— Merci, général, fit Edgely. Monsieur le secrétaire d'Etat m'a appris que vous nourrissiez quelques doutes à propos de notre projet. »

Metcalf regarda autour de lui. Plusieurs spécialistes étudiaient les rangées de chiffres affichés sur les écrans de contrôle.

« Je dois avouer que tout cela me rend perplexe, reconnut-il.

— A la base, c'est pourtant relativement simple, expliqua le professeur. Mon équipe et moi interceptons et analysons les rythmes cérébraux du Président pour nous préparer à transférer le contrôle de son implant cérébral à notre propre unité que vous avez devant vous. »

Le scepticisme du général s'envola aussitôt.

« C'est donc vrai! s'écria-t-il. Ce sont bien les Russes qui dirigent ses pensées!

— Bien sûr. C'est sur leurs instructions qu'il a empêché le Congrès et la Cour suprême de siéger afin de pouvoir mener une politique favorable au bloc communiste sans opposition législative. L'ordre de retirer nos troupes de l'O.T.A.N. en est un parfait exemple. Un beau cadeau de Noël pour les militaires soviétiques.

— Et vous allez prendre la place du cerveau du Président?

— Oui, acquiesça Edgely. Vous avez des messages

425

à envoyer au Kremlin ? Un peu de désinformation peut-être ? »

Le visage de Metcalf s'illumina :

« Je pense que mes Services de renseignements seraient ravis d'élaborer quelques petits scénarios bien ficelés pour égarer les Russes.

– Quand comptez-vous arracher le Président des griffes de Lugovoy ? demanda Brogan.

– Je crois que nous pourrons opérer le transfert d'ici sept à huit heures, répondit Edgely.

– Dans ce cas, nous allons vous laisser travailler », conclut Oates.

Ils quittèrent le centre de contrôle et regagnèrent le bureau où les attendait Sam Emmett, l'air profondément soucieux.

« J'arrive du Capitole, déclara-t-il sans préambule. On dirait des fauves affamés. Le débat sur l'impeachment fait rage. Le parti du Président se livre à des démonstrations de loyauté, mais c'est purement pour la forme. Il ne bénéficie pratiquement plus d'aucun soutien. Les désertions s'accélèrent.

– Quand vont-ils se prononcer ?

– La Chambre pourrait voter la mise en accusation cet après-midi même.

– Ils ne perdent pas de temps.

– Compte tenu des récentes décisions du Président, toute la procédure est considérée comme une priorité nationale.

– Et Moran ?

– C'est là que ça se gâte. Il prétend détenir la preuve que le vice-président s'est suicidé et que le F.B.I. cherche à le dissimuler.

– On le croit ?

– Peu importe qu'on le croie ou non. Les médias se jettent sur ses déclarations comme des vautours.

426

Ses conférences de presse sont suivies avec beaucoup d'attention et il a déjà réclamé la protection des Services secrets. Son secrétariat a élaboré un plan de transition et établi la liste de ses conseillers. Vous voulez que je continue?

— Non, c'est suffisamment clair, fit Oates avec résignation. Alan Moran va être le prochain Président des Etats-Unis.

— Nous ne pouvons pas laisser faire ça! » s'écria Emmett.

Tous les regards se tournèrent vers lui.

« A moins de retrouver Vince Margolin d'ici demain, comment l'empêcher? demanda Brogan.

— De toutes les façons possibles, répondit le directeur du F.B.I. en tirant un dossier de son attaché-case. J'aimerais, messieurs, que vous jetiez un coup d'œil à ceci. »

Oates ouvrit le dossier, étudia son contenu en silence puis le tendit à Brogan qui, à son tour, le passa à Metcalf. Quand ils eurent fini, ils dévisagèrent Emmett comme s'ils attendaient confirmation de sa part.

« Ce que vous venez de lire est la stricte vérité, messieurs, déclara simplement celui-ci.

— Pourquoi ne pas l'avoir ressorti plus tôt? s'étonna le secrétaire d'Etat.

— Parce qu'il n'y avait eu jusqu'à présent aucune raison de mener une enquête approfondie sur cet homme, répondit Emmett. Le F.B.I. n'a pas pour habitude de déterrer les cadavres qui peuplent les placards de nos élus à moins qu'il n'existe des preuves solides d'activités criminelles dans leur antécédents. Les histoires de divorce, de petits écarts de conduite ou de perversions sexuelles, nous les classons dans un coffre et les oublions aussitôt. Le dossier de Moran était vierge, trop vierge pour quelqu'un qui s'est hissé au sommet sans intelligence particulière, richesse ou appuis importants. Comme vous pouvez le constater, les résultats de notre enquête montrent qu'il n'a rien d'un enfant de chœur. »

Metcalf examina à nouveau le rapport.

« Cette société d'agents de change à Chicago ?

– Une couverture pour laver l'argent des pots-de-vin et autres affaires douteuses. Ces fausses opérations boursières servent à dissimuler les sommes reçues des groupements d'intérêts, entrepreneurs et autres sociétés qui lui ont versé des sommes plus ou moins importantes en vue d'obtenir des contrats fédéraux. En comparaison du président de la Chambre des représentants, les Bougainville font figure de boy-scouts.

– Nous devons rendre ces documents publics, affirma Brogan.

– Je n'en suis pas partisan, fit Oates. Moran nierait tout, prétendant qu'il s'agit d'un coup monté. Je l'imagine très bien jouant les martyrs. Et quand le département de la Justice sera enfin parvenu à le confondre, il aura depuis longtemps prêté serment en tant que Président. Voyons les choses en face : nous ne pouvons pas infliger à la nation deux procédures d'impeachment au cours de la même année.

– Effectivement, acquiesça Metcalf. Venant après les décisions insensées du Président et les déclarations de Moran à propos de la mort du vice-président, ces nouvelles révélations feraient l'effet d'un coup de grâce. Il en résulterait une perte totale de confiance dans nos institutions qui pourrait aller jusqu'à provoquer la révolte des électeurs lors des prochaines consultations.

– Ou pire, ajouta Emmett. Il y a déjà de plus en plus de gens qui refusent de payer leurs impôts sous prétexte qu'ils ne sont pas d'accord avec la façon dont on utilise leur argent. Et on ne pourrait certes pas les blâmer de se refuser à soutenir un gouvernement dirigé par des incompétents et des escrocs notoires. »

Les quatre hommes, figés, ressemblaient aux personnages d'un tableau. Leurs craintes étaient loin d'être ridicules. Rien de tel ne s'était jamais produit et ils ne voyaient pas comment ils allaient survivre à la tempête.

Martin Brogan finit par briser le silence :

« Sans Vince Margolin, nous sommes perdus.

– Ce Pitt nous a donné notre seule piste sérieuse, dit Emmett.

– Laquelle? demanda Metcalf.

– Il en est arrivé à la conclusion que le laboratoire où Margolin est détenu se trouve à bord d'une barge fluviale.

– Une quoi? s'étonna le général.

– Une barge, répéta le chef du F.B.I. Amarrée Dieu sait où.

– Vous la recherchez?

– Avec tous mes agents disponibles plus ceux de Martin.

– Si vous pouviez me donner des détails supplémentaires et établir un plan pour coordonner nos efforts, je mettrais aussi les militaires sur l'affaire.

– Cela nous aiderait en effet beaucoup, général, fit Oates. Merci. »

Le téléphone sonna et le secrétaire d'Etat décrocha. Il écouta un instant puis reposa l'appareil avec un « Merde! » retentissant.

Emmett n'avait jamais entendu Oates jurer ainsi.

« Qui était-ce? demanda-t-il.

– L'un de mes secrétaires qui appelait depuis la Chambre. Moran vient de faire voter la mise en accusation.

– Il n'y a donc plus aucun obstacle entre la présidence et lui, fit Brogan.

– Il a réussi à gagner dix bonnes heures », constata Metcalf avec découragement.

Le directeur du F.B.I. se prit la tête entre les mains et déclara d'une voix étranglée :

« Si nous n'avons pas retrouvé le vice-président demain à cette même heure, je crois que nous pourrons dire adieu aux Etats-Unis. »

66

Giordino découvrit Pitt dans son hangar, affalé sur le siège arrière d'une longue décapotable, les pieds reposant sur la portière. Le petit Italo-Américain ne put s'empêcher d'admirer les lignes pures de la torpédo rouge. Construite en Italie en 1925, carrossée par Cesare Sala, l'Isotta-Fraschini était munie de larges pare-chocs échancrés, d'une capote repliée et d'un bouchon de radiateur en forme de cobra lové.

Pitt examinait un tableau noir installé sur un trépied à deux ou trois mètres de la voiture. Une carte marine y était accrochée à côté de notes inscrites à la craie qui semblaient constituer une liste de bateaux.

« Je sors du bureau de l'amiral, fit Giordino.

– Quelles sont les dernières nouvelles?

– L'état-major interarmées a lancé ses propres forces dans la bataille. Aidées par les agents du F.B.I. et de la C.I.A. elles devraient avoir quadrillé tout le littoral d'ici à demain soir.

– Beaucoup de bruit pour rien, murmura Pitt.

– Pourquoi ce ton ironique?

– C'est une sacrée perte de temps. La barge n'est pas là. »

Son adjoint lui lança un regard perplexe.

« Qu'est-ce que tu racontes? Il faut bien qu'elle soit quelque part par là.

– Pas nécessairement.

– Tu veux dire qu'ils ne cherchent pas au bon endroit?

– Si tu étais à la place des Bougainville, tu t'attendrais à une immense battue, non?

– Elémentaire, mon cher Pitt, répondit Giordino avec un sourire. Personnellement, je serais plutôt enclin à dissimuler la barge au milieu d'un bosquet d'arbres ou d'un entrepôt maritime, ou encore à modifier son apparence pour la faire ressembler à un poulailler géant ou je ne sais quoi. Ce serait logique. »

Pitt éclata de rire.

« Ton histoire de poulailler me plaît beaucoup.

– Tu as une meilleure idée? »

Le directeur des projets spéciaux s'extirpa de l'Isotta pour se diriger vers le tableau. Il replia la carte et installa à la place celle de la côte du golfe du Mexique.

« En l'occurrence oui, répondit-il en désignant une zone cerclée de rouge. La barge où sont détenus Margolin et Loren se trouve quelque part dans cette région. »

Giordino s'approcha pour étudier la carte, puis il leva les yeux pour considérer son ami avec cette expression qu'on réserve d'habitude aux fous et aux illuminés.

« La Nouvelle-Orléans?

– En dessous de La Nouvelle-Orléans, corrigea Pitt. Je pense qu'elle est ancrée là.

– J'ai l'impression que tu as perdu la tête. Tu prétends que les Bougainville ont remorqué une barge depuis Charleston jusqu'à La Nouvelle-Orléans en contournant la Floride, soit près de 3 700 kilomètres, en moins de quatre jours? Désolé, mon vieux, mais il aurait fallu un remorqueur à réaction et je ne crois pas que ça existe.

– Tout à fait d'accord. Mais suppose qu'ils aient gagné 1 000 kilomètres.

– Comment? En lui mettant des roues pour lui faire traverser le pays? lâcha son ami avec sarcasme.

– Je ne plaisante pas, répliqua Pitt très sérieusement. En empruntant le canal qui part de Jacksonville pour relier l'Atlantique au golfe du Mexique et qui vient d'être ouvert, on évite de contourner la Floride. »

Giordino sursauta. Il examina à nouveau la carte, vérifiant l'échelle et mesurant la distance entre Charleston et La Nouvelle-Orléans. Lorsqu'il se retourna, il affichait un sourire penaud.

« Ça colle, fit-il. (Puis son sourire s'effaça.) Mais qu'est-ce que ça prouve?

– Les Bougainville doivent posséder dans le coin des docks et un terminal bien gardés où ils déchargent leurs cargaisons illégales. Probablement sur les rives du fleuve quelque part entre La Nouvelle-Orléans et la mer.

– Le delta du Mississippi? fit Giordino avec stupéfaction. Où as-tu pêché ça?

– Regarde, fit Pitt, désignant la liste des bateaux inscrite sur le tableau et lisant à haute voix. Le *Pilottown*, le *Belle-Chasse*, le *Buras*, le *Venice*, le *Boothville*, le *Chalmette*, ces bâtiments naviguent sous pavillons étrangers mais ils ont tous appartenu à un moment ou à un autre à la Bougainville Maritime.

– Je ne vois pas le rapport.

– Etudie bien la carte. Tous ces noms correspondent à ceux de villes disséminées le long du delta.

– Un code symbolique?

– La seule et unique erreur des Bougainville. Utiliser un code pour désigner leurs opérations clandestines. »

Giordino se pencha sur le tableau.

432

« Nom de Dieu! s'écria-t-il. Tu as raison.

– Je te parie mon Isotta-Fraschini contre ta Ford que c'est là que nous allons retrouver Loren.

– D'accord.

– Fonce au terminal aérien de la N.U.M.A. et réserve-nous un Lear. Pendant ce temps-là, je contacte l'amiral pour lui expliquer pourquoi nous nous envolons pour La Nouvelle-Orléans. »

Giordino se dirigea à grandes enjambées vers la porte.

« L'avion sera prêt à décoller quand tu arriveras », lança-t-il par-dessus son épaule.

Pitt grimpa quatre à quatre l'escalier menant à son appartement. Il jeta quelques vêtements dans un sac de voyage puis alla ouvrir une armoire vitrée d'où il tira une vieille mitraillette Colt Thompson et deux chargeurs à tambour qu'il rangea dans un étui à violon. Il décrocha ensuite son téléphone pour appeler Sandecker.

Il s'identifia auprès de la secrétaire particulière du directeur de la N.U.M.A. qui le lui passa aussitôt.

« Amiral?

– Oui, Dirk?

– Je crois savoir où est la barge.

– Où?

– Dans le delta du Mississippi. Al et moi y partons tout de suite.

– Qu'est-ce qui vous fait croire qu'elle se trouve dans cette région?

– Mi-intuition, mi-déduction. En tout cas, on n'a rien de mieux pour le moment. »

Sandecker marqua une hésitation avant de lancer d'une voix calme :

« Vous feriez bien d'y renoncer.

– Y renoncer? Qu'est-ce que vous racontez?

– Alan Moran a demandé qu'on abandonne les recherches. »

Pitt en resta abasourdi.

« Mais pourquoi?

– Il affirme que c'est perdre du temps de même que l'argent des contribuables parce que Vince Margolin est mort.

– Moran est une ordure.

– Il a produit les vêtements que le vice-président portait la nuit de leur disparition pour appuyer ses dires.

– Il y a aussi Loren.

– Il prétend qu'elle est également morte. »

Pitt avait l'impression de s'enfoncer dans des sables mouvants.

« C'est un foutu menteur! s'écria-t-il.

– Peut-être. Mais s'il a raison au sujet de Margolin, vous diffamez le prochain Président des Etats-Unis.

– Le jour où ce salopard prête serment, je renonce à ma citoyenneté américaine.

– Vous ne serez sans doute pas le seul, fit amèrement Sandecker. Mais vos sentiments personnels ne changent rien à l'affaire. »

Pitt était bien résolu à ne pas céder.

« Je vous appellerai de La Nouvelle-Orléans, déclara-t-il d'une voix décidée.

– J'espérais bien que vous réagiriez ainsi. Gardez le contact avec nous. Je ferai tout mon possible pour vous aider.

– Merci, vieux faux jeton.

– Des insultes à présent! Magnez-vous et dites à Giordino de cesser de me piquer mes cigares. »

Pitt raccrocha avec un large sourire. Il finit de faire son sac et sortit rapidement du hangar. Trois minutes plus tard, son téléphone sonnait.

A trois cents kilomètres de là, le visage blême, Sal Casio attendait en vain que Pitt répondît.

67

A midi dix, Alan Moran longeait le couloir du Capitole, descendait un étroit escalier et ouvrait la porte d'un bureau discret qu'il réservait à son usage personnel. La plupart des hommes dans sa position étaient constamment entourés d'une nuée de secrétaires, mais lui préférait travailler dans la solitude.

Il était toujours sur ses gardes et avait ce regard fixe de ceux dont le seul amour est le pouvoir, un pouvoir qu'ils sont prêts à obtenir par n'importe quels moyens et à n'importe quel prix. Pour parvenir au sommet de la hiérarchie parlementaire, Moran avait soigneusement cultivé son image. En public, il affichait une véritable ferveur religieuse, une réserve teintée d'un sens de l'humour chaleureux et mettait l'accent sur son passé d'homme qui s'était fait tout seul.

Sa vie privée était toute différente. C'était un athée convaincu qui méprisait ses électeurs. Célibataire et sans amis proches, il vivait en ermite dans un petit appartement de location. Tout l'argent qu'il gagnait allait à sa société de Chicago rejoindre les fortunes amassées en pots-de-vin et autres opérations illicites.

Douglas Oates, Sam Emmett, Martin Brogan, Alan Mercier et Jesse Simmons, le secrétaire à la Défense dont la mesure d'assignation à résidence venait d'être rapportée, se levèrent quand Moran entra et alla s'installer derrière son bureau. Il se dégageait de lui une impression de suffisance qui n'échappa pas à ses visiteurs. Il les avait convoqués sur son propre territoire et ils n'avaient eu d'autre choix que de s'exécuter.

« Merci d'avoir bien voulu venir, messieurs, fit-il

avec un sourire forcé. Je suppose que vous savez pourquoi vous êtes ici.

– Pour discuter de votre possible accession à la Présidence, répondit Oates.

– Il ne s'agit pas de mon accession « possible » comme vous dites, répliqua sèchement Moran. Le Sénat doit entamer la procédure d'impeachment à sept heures ce soir. En tant que successeur désigné par la Constitution, j'estime qu'il est de mon devoir de prêter serment dès le procès terminé afin de commencer aussitôt à réparer les dégâts provoqués par les coupables trahisons de mon prédécesseur. »

Le secrétaire d'Etat ne paraissait guère convaincu.

« Tant que la mort de Vince Margolin n'est pas prouvée, certains pourraient interpréter votre hâte excessive comme une tentative d'usurpation de pouvoir, surtout en considérant le rôle que vous avez joué dans l'évincement du Président. »

Moran lui lança un regard furieux puis se tourna vers Emmett pour déclarer simplement :

« Vous avez les vêtements du vice-président qui ont été récupérés dans le Potomac.

– Le labo du F.B.I. les a bien identifiés comme appartenant à Margolin, reconnut Emmett. Mais rien n'indique qu'ils aient séjourné dans l'eau pendant deux semaines.

– Ils ont dû s'échouer sur la berge et sécher.

– Vous avez pourtant affirmé que l'homme qui vous les a apportés les avait repêchés au milieu du fleuve.

– C'est vous le directeur du F.B.I., pas moi, répliqua Moran avec colère. C'est à vous de tirer des conclusions et ce n'est pas mon procès qu'on fait ici !

– Je pense que dans l'intérêt de tous, il serait préférable de continuer les recherches pour retrouver Margolin, proposa calmement le secrétaire d'Etat.

– Je suis tout à fait d'accord, approuva Brogan. Nous ne pouvons pas le considérer comme mort avant d'avoir retrouvé son cadavre.

– Et puis un certain nombre de questions ne vont pas manquer d'être soulevées, ajouta Mercier. Les causes exactes de son décès, par exemple.

– Il est évident qu'il s'est noyé, répondit Moran. Probablement quand l'*Eagle* a coulé. »

Le conseiller à la Sécurité poursuivit sans relever :

« Et puis, vous ne vous avez jamais expliqué de façon satisfaisante quand et comment Marcus Larimer et vous avez débarqué du yacht présidentiel pour votre petite partie de pêche dans les Caraïbes.

– Je suis disposé à répondre à toutes les questions voulues devant une commission d'enquête du Congrès, mais certainement pas à celles émanant de personnes qui me sont si clairement hostiles.

– Vous devez comprendre qu'en dépit de toutes ses erreurs, nous devons fidélité au Président, fit Oates.

– Je n'en doute pas, répliqua Moran. Et c'est pour cette raison que je vous ai réunis ici. Dix minutes après le vote du Sénat, je prêterai serment. Mon premier acte officiel sera d'annoncer soit vos démissions, soit vos révocations. C'est à vous de choisir. D'ici à ce soir, aucun d'entre vous n'appartiendra plus au gouvernement des Etats-Unis. »

L'étroite route pavée serpentait au travers des collines surplombant la mer Noire. Installé sur le siège arrière d'une longue limousine Cadillac, Vladimir Polevoï étudiait le dernier rapport d'Alexeï Lugovoy, levant de temps à autre les yeux pour contempler le soleil déjà très bas sur l'horizon.

La voiture attirait tous les regards sur son passage. Equipée d'une télévision en couleurs, d'un bar et d'une chaîne stéréo, elle avait été fabriquée spécialement pour le chef du K.G.B. qui l'avait fait venir à Moscou sous prétexte d'en étudier la technologie.

La Cadillac longea une falaise bordée d'arbres. La route s'arrêtait devant un immense portail de bois. Un officier en uniforme salua Polevoï et pressa un bouton. Les portes s'ouvrirent en silence sur un superbe parc fleuri. La voiture emprunta une allée et se gara devant une vaste demeure de plain-pied de style occidental contemporain.

Polevoï monta un large escalier de pierre et entra dans le hall où il fut accueilli par le secrétaire particulier du président Antonov qui le conduisit sur une terrasse dominant la mer.

Quelques instants plus tard, le numéro un soviétique apparut, suivi d'une fort jolie servante portant un plateau avec du saumon fumé, du caviar et de la vodka glacée. Il semblait d'excellente humeur et il s'assit avec décontraction sur la balustrade.

« Votre nouvelle datcha est vraiment magnifique, le complimenta le chef du K.G.B.

– Merci. Elle a été construite par un architecte français. »

Puis, passant brusquement au sujet qui le préoccupait, il demanda :

« Quelles sont les nouvelles de Washington ?

– Le Président va être destitué, répondit Polevoï.

– Quand ?

– D'ici à demain.

– C'est sûr ?

– Absolument. »

Antonov prit son verre de vodka et le vida d'un trait. La jeune fille s'avança aussitôt pour le remplir.

Polevoï la soupçonnait d'ailleurs de remplir aussi d'autres fonctions auprès du maître du Kremlin.

« Nous sommes-nous trompés, Vladimir? s'inquiéta celui-ci. Avons-nous voulu en faire trop et trop vite?

– Personne ne peut prévoir les réactions des Américains. Ils n'obéissent pas à la logique.

– Qui va le remplacer?

– Alan Moran, le président de la Chambre des représentants, sans doute.

– Pourrons-nous travailler avec lui?

– Selon mes informateurs, il a un esprit retors mais reste néanmoins influençable. »

Antonov regarda au loin un petit bateau de pêche illuminé par le soleil couchant.

« Si j'avais le choix, je crois que je préférerais Moran au vice-président Margolin.

– Tout à fait d'accord, approuva Polevoï. Margolin est un ennemi juré des valeurs communistes et un farouche partisan de la course aux armements.

– Est-ce que nous pouvons agir, discrètement bien sûr, pour favoriser l'entrée de Moran à la Maison Blanche?

– Il vaudrait mieux nous en abstenir, répondit le chef du K.G.B. Si nous étions découverts, cela produirait l'effet inverse de celui escompté.

– Où est Margolin?

– Il est toujours entre les mains des Bougainville.

– Vous croyez que cette vieille sorcière irait le relâcher pour écarter Moran du chemin? »

Polevoï haussa les épaules avec impuissance.

« Qui peut savoir ce qu'elle a en tête?

– Si vous étiez à sa place, Vladimir, que feriez-vous? »

Le chef du K.G.B. réfléchit un instant, puis répondit :

« Je passerais un marché avec Moran pour me débarrasser de Margolin.

– Moran aurait-il le cran d'accepter?

– Si un homme retenu prisonnier dans des conditions extrêmement précaires constituait le seul obstacle entre le pouvoir et vous, comment réagiriez-vous? »

Antonov éclata de rire :

« Vous lisez en moi comme à livre ouvert, mon vieil ami. Vous savez, bien entendu, que je n'hésiterais pas une seconde à l'éliminer.

– Selon les médias américains, Moran prétend que Margolin s'est suicidé en se noyant volontairement.

– Ce qui confirme votre théorie, fit le numéro un soviétique. Après tout, notre Lotus de Fer finira peut-être par nous rendre un jour service.

– En tout cas, le marché que nous avons conclu avec elle ne nous aura pas coûté un rouble.

– A propos, où en est l'or?

– L'amiral Borchavski a entamé les opérations de renflouage. Il pense avoir récupéré tous les lingots d'ici trois semaines.

– Excellentes nouvelles, se réjouit Antonov. Et Lugovoy? Va-t-il poursuivre son projet après l'éviction du Président?

– Certainement. Celui-ci détient encore des tas de secrets que Lugovoy ne lui a pas extirpés.

– Bien. Qu'il continue donc. Fournissez-lui la liste détaillée des domaines politiques et militaires que nous désirons explorer. Tous les dirigeants américains quittant le pouvoir sont ensuite consultés pour leur expérience par les nouvelles administrations, quelles que soient d'ailleurs les erreurs commises sous leur mandat. Les masses capitalistes ont la mémoire courte. Ce que sait le Président et ce qu'il apprendra encore en rencontrant ses successeurs nous sera infiniment utile dans l'avenir. Cette fois, nous ferons preuve de patience et nous prendrons tout notre temps. Le cerveau du Président des Etats-Unis deviendra peut-être notre poule aux œufs d'or au cours des prochaines décennies. »

Polevoï leva son verre :

« Je bois au meilleur agent secret que nous ayons jamais recruté. »

Le maître du Kremlin sourit :

« Puisse-t-il demeurer longtemps opérationnel. »

A des milliers de kilomètres de là, installé devant une console, le professeur Raymond Edgely étudiait les paramètres qui s'inscrivaient sur une imprimante. Il ôta ses lunettes et se frotta les yeux. En dépit de son apparente fatigue, il débordait d'énergie. Cette occasion qui lui était offerte de se mesurer à son plus redoutable adversaire dans une partie de psychologie de haut niveau repoussait les limites de sa résistance physique.

Le docteur Harry Greenberg, un chercheur renommé dans le domaine de la psychiatrie, alluma sa pipe puis déclara :

« Inutile d'attendre plus longtemps, Ray. Opérons le transfert.

– Je ne voudrais pas agir avant d'être sûr de pouvoir tromper Alexeï.

– Allez-y, le poussa Greenberg. Cessez donc de tergiverser. »

Edgely consulta ses collaborateurs du regard et se décida enfin :

« Bien, lança-t-il. Que tout le monde se prépare à faire passer les communications de l'implant sur notre ordinateur central. »

Greenberg fit rapidement le tour de la salle, échangeant quelques brèves paroles avec les responsables, vérifiant que tout était normal. Trois psychologues étaient assis à la console, prêts à appuyer sur les touches. Les autres étaient penchés sur les moniteurs de contrôle.

Le programmeur inséra l'ordre de transfert et attendit. Tous retenaient leur souffle, les yeux rivés sur l'écran qui allait annoncer le succès ou l'échec. Les secondes s'égrenaient dans un silence tendu. Deux mots, soudain, s'inscrivirent en lettres vertes : *Transfert accompli*.

Ils poussèrent d'abord un profond soupir de soulagement puis commencèrent à parler tous en même temps, se serrant la main et s'assenant des claques dans le dos avec l'enthousiasme d'ingénieurs de la N.A.S.A. après un lancement réussi.

« Vous croyez qu'Alexeï va marcher? s'inquiéta Edgely.

– Ne vous en faites pas. Il ne nous soupçonnera jamais. Lugovoy est bien trop orgueilleux pour s'imaginer qu'on puisse le doubler. Il avalera tout ce qu'on voudra et le transmettra à Moscou sans l'ombre d'une hésitation.

– J'espère bien, fit Edgely en s'épongeant le front. Maintenant, il ne nous reste plus qu'à transporter le Président à l'hôpital Walter-Reed pour extraire l'implant.

– Les choses importantes d'abord », déclara Greenberg en brandissant une bouteille de champagne.

Il fit sauter le bouchon et remplit les verres apportés par un membre de l'équipe.

Il leva sa coupe pour porter un toast :

« Au professeur Edgely qui vient de ramener le K.G.B. dix ans en arrière! »

QUATRIÈME PARTIE

LE STONEWALL JACKSON

68

13 août 1989,
La Nouvelle-Orléans, Louisiane.

Pitt dormit pendant presque toute la durée du trajet tandis que Giordino était aux commandes. Le soleil brillait dans un ciel d'azur lorsque le petit appareil survola les eaux bleues du lac Pontchartrain pour aller se poser sur l'aéroport installé sur sa rive. Le jet aux couleurs de la N.U.M.A. s'arrêta à côté d'un hélicoptère portant sur ses flancs l'inscription *Delta Oil Ltd.*

Un homme en costume clair descendit d'une voiture garée non loin. Il ôta ses lunettes noires et tendit la main à Pitt qui s'extirpait du cockpit du Lear.

« Mr. Pitt? fit-il avec un sourire dévoilant des dents étincelantes dans un visage bronzé.

– Oui.

– Clyde Griffin, F.B.I., agent spécial responsable des opérations sur le terrain en Louisiane. »

Giordino sauta à terre et Pitt effectua les présentations avant de demander :

« En quoi pouvons-nous vous être utile, Mr. Griffin?

– Notre directeur m'a chargé de vous rappeler que le F.B.I. ne pouvait vous fournir aucune aide officielle pour vos recherches.

– Je ne me souviens pas d'en avoir réclamé.

– J'ai dit aucune aide « officielle », Mr. Pitt. (Les

445

dents blanches étincelèrent à nouveau.) Maintenant, à titre privé, nous sommes dimanche et
Mr. Emmett nous a bien précisé que ce que faisaient les agents de leur jour de congé ne regardait
qu'eux. J'ai avec moi huit hommes qui pensent que
votre entreprise est plus importante que leur partie
de golf hebdomadaire.

– Emmett a donné sa bénédiction à votre projet ?

– Tout à fait entre nous, Mr. Pitt, il a insinué avec
une certaine insistance que si nous ne retrouvions
pas le vice-président rapidement, il me botterait le
derrière de telle sorte que je ne pourrais plus
m'asseoir à mon piano pendant au moins quinze
jours.

– On vous a expliqué ce que nous cherchions ?

– Oui, acquiesça Griffin. Une barge fluviale. Nous
en avons déjà vérifié plus de deux cents entre ici et
Baton Rouge.

– Vous avez donc concentré vos efforts sur le
nord. Moi, je pensais plutôt au sud. »

L'agent du F.B.I. ne dissimula pas son scepticisme :

« La plupart des cargos et des pétroliers sont
déchargés ici et leur cargaison ensuite acheminée
au nord par trains de péniches. Bien peu de barges
naviguent dans le delta à l'exception de celles
transportant des ordures destinées à être jetées en
pleine mer.

– Raison de plus pour chercher dans cette direction. »

Griffin désigna l'hélicoptère en déclarant :

« Mes hommes attendent dans des voitures au
bord du fleuve. Nous pourrons les diriger d'en
haut.

– Delta Oil est une bonne couverture ?

– Les appareils des compagnies pétrolières four-
millent dans le coin, le rassura Griffin. On les utilise

sans cesse pour amener des hommes et du matériel sur les plates-formes offshore et les pipelines sillonnant les bayous. Personne ne fait plus attention à eux. »

Pitt s'excusa un instant pour remonter à bord du jet de la N.U.M.A. et en ressortir aussitôt avec son étui à violon. Il rejoignit les autres dans l'hélicoptère où on lui présenta le pilote, une jeune femme blonde aux yeux rêveurs qui s'exprimait avec l'accent traînant du Sud. Pitt ne l'aurait jamais prise pour un agent du F.B.I. Elle s'appelait Jane Hogan.

« Vous allez jouer du violon? demanda-t-elle avec curiosité.

– Oui. C'est pour calmer ma peur de l'altitude, répondit-il en souriant.

– On voit vraiment de tout de nos jours », murmura-t-elle en haussant les épaules.

Ils attachèrent leur ceinture tandis que l'appareil décollait pour survoler La Nouvelle-Orléans avant de virer au sud.

Un petit tramway vert longeait l'avenue St. Charles et les rails brillaient sous les rayons du soleil qui filtraient à travers les arbres. Pitt aperçut l'immense toit blanc du Superdome, la plus grande structure sportive au monde. Ils laissèrent sur leur droite les maisons et les rues étroites du quartier français, la pelouse de Jackson Square et les flèches de la cathédrale St. Louis, puis arrivèrent au-dessus des eaux boueuses du Mississippi.

« Le voilà, annonça Jane Hogan. « Old Man River », comme on le surnomme.

– Vous avez déjà navigué dessus? demanda Griffin à Pitt.

– Oui. J'ai eu l'occasion de faire des recherches historiques il y a quelques années sur des épaves de la guerre de Sécession. C'était dans le comté, ou plutôt la paroisse comme on dit en Louisiane, de Plaquemines.

– Je connais un excellent petit restaurant dans le coin...

– Moi aussi. Chez Tom. Les huîtres, en particulier, sont fameuses.

– Pour en revenir aux choses plus sérieuses, vous avez une idée de l'endroit où la barge pourrait être dissimulée? demanda Griffin.

– Concentrez vos recherches sur un quai ou un entrepôt qui paraisse plutôt délabré mais qui soit bien protégé par des gardes, des barbelés ou même des chiens. La barge, probablement rouillée et en mauvais état apparent, devrait être amarrée non loin. Je dirais quelque part entre Chalmette et Pilottown.

– On ne peut atteindre Pilottown que par bateau, expliqua l'agent du F.B.I. La route se termine juste avant une ville appelée Venice.

– Excusez mon erreur. »

Ils restèrent quelques minutes silencieux, regardant le paysage qui défilait au-dessous d'eux, petites fermes avec quelques vaches paissant dans les pâturages et les orangeraies qui s'étiraient le long des digues allant se perdre dans les marécages. Ils survolèrent Port Sulphur avec ses appontements immenses sur la rive occidentale et, au-delà, ses émanations de soufre qui s'élevaient du sol plat et empoisonné.

Ce fut peu après qu'eut lieu la première des trois fausses alertes. A quelques kilomètres au sud de Port Sulphur, ils repérèrent une conserverie abandonnée avec deux péniches ancrées à proximité. Griffin contacta par radio ses hommes qui suivaient en voiture. Une visite rapide leur apprit que le bâtiment était désert et que les péniches ne contenaient que de l'eau de cale croupie.

Ils continuèrent en direction du golfe, survolant

les marais et les bayous, apercevant quelques cerfs, des alligators qui se chauffaient au soleil dans la boue et un petit troupeau de chèvres qui levèrent les yeux avec une curiosité indifférente sur leur passage.

Un énorme cargo remontait le fleuve. Pitt parvint à distinguer son pavillon.

« Un russe, annonça-t-il.

— Les soviétiques représentent un important pourcentage des cinq mille bateaux qui touchent chaque année La Nouvelle-Orléans, expliqua Griffin.

— Vous voulez examiner cette barge? demanda Jane Hogan en tendant le bras. Celle qui est derrière cette drague sur la rive orientale?

— Celle-là, nous allons nous en occuper nous-mêmes, fit l'agent du F.B.I.

— Bien, acquiesça la jeune femme. Je vais nous poser sur la digue. »

Elle amena habilement l'hélicoptère à l'endroit voulu. Griffin descendit et alla explorer la péniche. Trois minutes plus tard, il était de retour.

« Rien? demanda Pitt.

— Non. Pratiquement une épave. Elle est à moitié remplie de mazout et doit servir à la drague pour se ravitailler en carburant. »

Pitt regarda sa montre. 14 h 30. Le temps passait vite, trop vite. Encore quelques heures et Moran prêterait serment en tant que Président.

« Continuons », fit-il simplement.

Une dizaine de kilomètres plus loin, ils repérèrent une barge suspecte dans un chantier de réparation. Nouvel échec.

Ils arrivèrent près des petits ports de pêche d'Empire et de Buras. Brusquement, au détour d'un méandre, leur apparut une vision jaillie du glorieux passé du Mississippi, un spectacle de toute beauté et presque oublié, celui d'un vapeur à roues, coque blanche étincelante, panache de fumée serpentant au-dessus de ses ponts, l'avant aplati comme niché contre la rive occidentale.

« Un fantôme de Mark Twain, murmura Giordino.

– Quelle merveille! fit Pitt en admirant les bois sculptés de la superstructure à plusieurs étages.

– Le *Stonewall Jackson*, déclara Griffin. C'est depuis soixante-dix ans l'une des principales attractions de la région. »

Les passerelles du bateau avaient été abaissées devant une vieille forteresse de brique en forme de pentagone. Un grand nombre de voitures étaient garées sur l'esplanade tandis qu'une foule de gens se pressaient sur les remparts. Un nuage de fumée s'élevait au-dessus de deux rangées de soldats qui paraissaient échanger des coups de feu.

« Qu'est-ce qu'on célèbre? demanda Giordino.

– La déclaration de guerre, répondit Jane Hogan.

– Pardon?

– Ils rejouent une bataille historique, expliqua Pitt. Des hommes passionnés par cette époque ont reconstitué les brigades et les régiments de la guerre de Sécession. Ils revêtent d'authentiques uniformes et tirent des balles à blanc avec les armes originales ou leurs imitations. J'ai déjà assisté à un tel spectacle à Gettysburg. C'est très impressionnant, presque autant que la réalité.

– Dommage que nous n'ayons pas le temps d'aller voir, regretta Griffin.

– La paroisse de Plaquemines fait le bonheur des historiens, ajouta la jeune femme. Ce bâtiment en forme d'étoile où se déroule la fausse bataille s'appelle Fort Jackson. Quant à Fort Philip, du moins ce qu'il en reste, il se trouve juste de l'autre côté du fleuve. C'est à partir de là que l'amiral

Farragut a pris La Nouvelle-Orléans pour le compte des Yankees en 1862. »

Chacun pouvait facilement s'imaginer les combats meurtriers qui avaient opposé les canonnières de l'Union aux batteries des Confédérés. Tout à présent était calme et le flot, paisible, coulait au-dessus des épaves des navires qui avaient sombré durant la bataille.

Jane Hogan, soudain, se pencha en avant et tressaillit. Elle venait d'apercevoir un cargo qui, l'avant pointé vers l'aval, était amarré à un vieux dock en bois attenant à un vaste entrepôt métallique. Juste derrière, il y avait une barge et un pousseur.

« C'est peut-être la bonne, fit-elle simplement.

– Vous arrivez à lire le nom du navire? » demanda Pitt.

La jeune femme lâcha une fraction de seconde les commandes pour mettre sa main en visière.

« On dirait... Non, c'est le nom de la ville que nous venons de survoler.

– Laquelle?

– Buras.

– Nom de Dieu! s'écria Pitt avec un accent de triomphe dans la voix. Je crois que cette fois on les tient!

– Personne sur le pont, nota l'agent du F.B.I. Vous avez peut-être trouvé le bon endroit, mais je ne vois aucune trace de gardes ou de chiens. Tout me paraît bien calme.

– Ne vous y fiez pas, répliqua Pitt. Continuez comme si de rien n'était, Jane, et dès que nous serons hors de vue, virez vers l'ouest et contactez vos hommes dans les voitures. »

La jeune femme conserva son cap pendant environ cinq minutes puis elle décrivit un arc de cercle pour aller se poser sur le terrain de sport d'une école où attendaient deux voitures bourrées d'agents du F.B.I.

Griffin se tourna vers Pitt :

« Avec mon équipe, j'entre par le portail principal donnant sur le quai de chargement. Giordino et vous restez avec Hogan pour tout surveiller depuis l'hélicoptère. Ça devrait être une opération de routine.

– Une opération de routine! Vous voulez rire? Vous arrivez à la porte, vous exhibez votre bel insigne et tout le monde se rend. Ça ne se passe jamais ainsi. Ces gens n'hésitent pas à tuer. Vous présenter à découvert, c'est courir le risque d'écoper d'une balle en pleine tête. Vous feriez mieux de demander des renforts. »

Griffin n'était pas homme à recevoir des conseils sur la façon de faire son boulot. Il ignora la remarque de Pitt et donna ses instructions à Jane Hogan :

« Laissez-nous deux minutes pour atteindre le portail avant de décoller. Appelez notre antenne locale et tenez-les informés de la situation. Dites-leur de relayer tout ça au quartier général de Washington. »

Il sauta à terre et monta dans la voiture de tête. Les deux véhicules s'engagèrent sur la route conduisant au quai et disparurent derrière la digue.

La jeune femme décolla et établit la liaison radio. Pitt, installé dans le siège du copilote, observait Griffin et ses hommes qui s'approchaient d'une haute clôture entourant les docks et l'entrepôt. Avec un malaise grandissant, il vit l'agent du F.B.I. descendre de voiture et s'avancer vers le portail. Il semblait n'y avoir personne pour l'accueillir.

« Regardez! s'écria soudain Jane. La péniche bouge! »

Elle avait raison. Le pousseur s'écartait de la

jetée, son museau camus collé à la barge. Le pilote manœuvra adroitement et dirigea les deux bâtiments vers le golfe.

Pitt s'empara d'un casque radio.

« Griffin! lança-t-il. La barge s'éloigne. Laissez tomber l'entrepôt. Regagnez la voiture et organiser la chasse.

– Bien reçu », répondit la voix de Griffin.

Brusquement, les membres de l'équipage du cargo à quai apparurent sur le pont et arrachèrent les bâches dissimulant deux mitrailleuses Oerlikon, une à l'avant, l'autre à l'arrière. Le piège se refermait.

« Griffin! hurla Pitt. Foutez le camp! Pour l'amour du Ciel, vite! »

L'avertissement arriva trop tard. L'agent du F.B.I. se précipita dans la voiture qui démarra vers l'abri de la digue sous un véritable déluge de feu. Les balles firent exploser les vitres, déchiquetant la tôle et les chairs des passagers. La deuxième voiture s'immobilisa en cahotant tandis que des corps se déversaient par les portières, certains à jamais immobiles, d'autres tentant en vain de ramper pour échapper au massacre. Griffin et ses hommes parvinrent à atteindre la digue, mais tous étaient plus ou moins grièvement touchés.

Pitt, entre-temps, avait ouvert son étui à violon pour en sortir la Thompson et tenter d'arroser la batterie montée à l'avant du *Buras*. Jane comprit aussitôt son intention et vira sur la droite pour lui offrir un meilleur angle de tir. Les hommes tombaient sur le pont sans comprendre d'où venait ce feu meurtrier. Ceux de l'arrière étaient plus vigilants. Ils abandonnèrent Griffin pour braquer leur Oerlikon vers le ciel. Hogan manœuvra pour éviter la rafale qui les manqua de peu. Elle ne put, cependant, échapper à la suivante. Pitt leva le bras pour se protéger tandis que le pare-brise volait en éclats et que les balles labouraient le fuselage d'aluminium, provoquant des dommages irrémédiables au moteur.

« Je ne vois plus rien », déclara soudain la jeune femme d'une voix étonnamment calme.

Le sang l'aveuglait, giclant des nombreuses coupures qu'elle avait au visage et surtout d'une plaie au cuir chevelu.

A l'exception de quelques éraflures au bras, Pitt était indemne. Il passa la Thompson à Giordino qui était en train de se bander la cuisse à l'aide d'une manche de sa chemise qu'il venait de déchirer. Heureusement, il ne souffrait que d'une légère entaille. L'hélicoptère, qui se trouvait maintenant au-dessus du fleuve, perdait rapidement de l'altitude. Pitt s'empara des commandes et vira pour éviter de justesse un déluge de plomb jailli du pousseur. Une dizaine d'hommes avaient surgi de la timonerie et d'une écoutille de la barge pour prendre l'hélicoptère agonisant sous le feu de leurs armes automatiques.

De l'huile s'échappait du moteur et les pales du rotor vibraient de façon inquiétante. Pitt se rendait compte qu'il livrait un combat sans espoir. Il ne pourrait plus maintenir longtemps l'appareil en vol.

Derrière la digue, agenouillé et soutenant son poignet cassé, Griffin, saisi d'une rage impuissante, regardait l'hélicoptère lutter encore comme un grand oiseau touché à mort. Le fuselage était à ce point criblé de balles qu'il semblait impossible qu'il y eût des survivants à bord. Il assista à l'agonie de l'appareil qui, laissant derrière lui une traînée d'épaisse fumée noire, s'éloigna, vacillant, frôlant la cime des arbres de la rive, pour enfin disparaître à sa vue.

69

Sandecker était assis dans le bureau d'Emmett au siège du F.B.I., mâchouillant pensivement son cigare tandis que Brogan tripotait une tasse à demi pleine d'un café depuis longtemps refroidi.

Le général Metcalf entra et s'installa.

« Vous en faites une tête d'enterrement, fit-il avec une gaieté forcée.

– C'est bien à un enterrement que nous sommes en train d'assister, répliqua le directeur de la C.I.A. Dès que le Sénat aura rendu son verdict, il ne nous restera plus qu'à veiller le corps.

– Je reviens justement du Sénat, reprit le général. Oates tente de rameuter les sénateurs du parti du Président pour les inciter à tenir bon.

– Quelles sont ses chances? demanda l'amiral.

– Nulles. Le Sénat ne cherche qu'à respecter les formes. D'ici quatre heures, tout sera terminé.

– J'ai entendu dire que Moran avait déjà convoqué le président de la Cour suprême pour qu'il lui fasse prêter serment, déclara Brogan avec une moue de mépris.

– Ce salaud ne perd pas une seconde, murmura Emmett.

– Des nouvelles de Louisiane? s'inquiéta Metcalf.

– Rien depuis une heure, répondit le directeur du F.B.I. Le dernier rapport de mon agent annonçait la découverte d'une barge suspecte.

– A-t-on des raisons sérieuses de penser que Margolin puisse être détenu quelque part dans le delta?

– Il s'agit surtout d'une intuition de la part de mon directeur des projets spéciaux », expliqua Sandecker.

Le général se tourna vers Emmett :

« Que faites-vous pour les Bougainville?

– J'ai mis près de cinquante hommes sur l'affaire.

– Vous ne pouvez pas les arrêter?

– Ce serait une pure perte de temps. Min Koryo et Lee Tong seraient remis en liberté dans la demi-heure qui suit.

– Il doit pourtant y avoir des preuves.

– Rien qui permette à l'Attorney général de les inculper. La plupart de leurs opérations illégales ont lieu en dehors de nos frontières, principalement dans ceux des pays du tiers monde qui ne nourrissent pas de sentiments particulièrement amicaux à l'égard des Etats-Unis... »

Le téléphone sonna.

Emmett décrocha.

« Agent Goodman à l'appareil, monsieur.

– Oui. Qu'y a-t-il?

– J'ai la communication avec l'agent Griffin en Louisiane.

– Ce n'est pas trop tôt! Passez-le-moi. »

Il y eut un déclic, puis Emmett entendit le bruit d'une respiration saccadée. Il brancha le haut-parleur pour diffuser la conversation dans la pièce.

« Griffin, ici Sam Emmett. Vous me recevez?

– Oui, monsieur, très clairement. (Il semblait souffrir.) Nous avons eu des... des ennuis.

– Qu'est-il arrivé?

– Nous avons repéré un cargo des Bougainville amarré à côté d'une barge et d'un remorqueur à une centaine de kilomètres au sud de La Nouvelle-Orléans. Nous nous approchions quand on nous a tiré dessus à l'arme lourde depuis le navire. Tout le monde a été touché. J'ai deux morts et sept blessés, moi compris. Un vrai carnage. »

Sa voix s'étrangla et il se tut quelques instants avant de reprendre d'un ton de plus en plus faible :

« Désolé de ne pas vous avoir contacté plus tôt

456

mais notre radio a été endommagée et j'ai dû faire trois kilomètres à pied avant de trouver un téléphone. »

Emmett ne put s'empêcher d'éprouver un sentiment de compassion en imaginant cet homme blessé se traînant en plein soleil sur une telle distance.

Sandecker s'approcha du haut-parleur.

« Et Pitt et Giordino?

– Ils surveillaient les opérations depuis un hélicoptère en compagnie d'un de mes agents. Ils ont essuyé plusieurs rafales et se sont écrasés quelque part en amont. Je doute qu'il y ait des survivants. »

Sandecker se recula. Il était blême.

Emmett se pencha sur l'appareil :

« Griffin? »

Seul un murmure indistinct lui répondit.

« Griffin, écoutez-moi. Vous pouvez parler?

– Oui, monsieur... je... je vais essayer.

– La barge. Où est la barge?

– Partie... poussée par...

– Où?

– En aval... se dirigeant vers... vers la Tête des Passes.

– La Tête des Passes?

– L'endroit où le Mississippi se scinde en trois bras principaux pour se perdre dans le golfe du Mexique, expliqua l'amiral. La passe Sud, la passe Sud-Ouest et la passe de la Loutre. La plupart des gros bateau empruntent les deux premières.

– Griffin, depuis combien de temps la barge est-elle partie? »

Pas de réponse.

« Il a dû s'évanouir, fit Metcalf.

– Les secours sont en route. Griffin, vous m'entendez? »

Toujours rien.

« Pourquoi amener cette barge vers la mer? s'interrogea Brogan à haute voix.

– Je ne vois aucune raison valable », fit Sandecker.

Le téléphone intérieur sonna.

Le directeur du F.B.I. décrocha puis leva les yeux :

« Un appel pour vous, amiral. Urgent, paraît-il. Si vous préférez, vous pouvez le prendre dans le bureau d'à côté. »

Sandecker le remercia et sortit. La secrétaire d'Emmett lui indiqua un téléphone sur un bureau.

Il appuya sur la touche qui clignotait.

« Amiral Sandecker à l'appareil.

– Un instant, monsieur, répondit la voix familière de la standardiste de la N.U.M.A.

– Allô?

– Sandecker. Je vous écoute. Qui êtes-vous?

– Vous n'êtes pas facile à joindre, amiral. Si je n'avais pas dit que mon appel concernait Dirk Pitt, je n'aurais jamais pu vous avoir.

– Qui êtes-vous? demanda à nouveau l'amiral.

– Je m'appelle Sal Casio. Je travaille avec Dirk sur l'affaire Bougainville. »

Une dizaine de minutes plus tard, Sandecker regagnait le bureau d'Emmett, livide, les épaules voûtées. Brogan sentit aussitôt qu'il se passait quelque chose de grave.

« Qu'y a-t-il? On dirait que vous venez de croiser un fantôme.

– La barge, répondit Sandecker d'une voix étrangement calme. Les Bougainville ont conclu un marché avec Moran. Ils se dirigent vers la haute mer pour la couler.

– Quoi!

– Loren Smith et Vince Margolin ont été condamnés à mort pour qu'Alan Moran puisse devenir Président. La barge sera leur tombeau. »

70

« On nous suit ? » s'inquiéta le pilote en jouant sur les commandes de la console avec toute la virtuosité d'un chef d'orchestre.

Lee Tong s'écarta de la vitre de la timonerie et abaissa ses jumelles.

« Je ne vois rien, fit-il. Sauf un étrange nuage de fumée noire à 2 ou 3 milles sur l'arrière.

– Probablement un puits de pétrole.

– On dirait qu'il bouge.

– Simple illusion d'optique. Le fleuve a l'habitude de jouer de drôles de tours. Ce qui paraît être à 1 mille se trouve en réalité à 4. On voit des lumières où il n'y en a pas et des navires semblant tout proches s'évanouissent comme par magie. »

Lee Tong scruta de nouveau le chenal. Il avait depuis longtemps appris à subir toutes ces histoires sur le Mississippi.

Le capitaine Kim Pujon était un pilote chevronné mais il avait conservé les superstitions de l'Asie. Il ne quittait pas le chenal et la barge des yeux tout en répartissant la puissance des quatre moteurs de 12 000 chevaux du pousseur. Les diesels tournant à plein régime trépidaient sous ses pieds, propulsant la barge à près de 25 kilomètres à l'heure.

Ils croisèrent un pétrolier suédois et le pousseur, un instant, se trouva pris dans les remous.

« Nous sommes encore loin des grands fonds ? demanda Lee Tong en se rattrapant pour garder son équilibre.

– Nous sommes passés en eau salée il y a une dizaine de milles. Nous devrions avoir franchi les hauts-fonds de la côte d'ici un quart d'heure.

– Tâchez de repérer un navire océanographique à la coque rouge battant pavillon britannique.

– Nous allons être recueillis par un bâtiment de la Royal Navy après le sabordage? s'étonna Pujon.

– C'est un ancien navire marchand norvégien, expliqua Lee Tong. Je l'ai acheté il y a sept ans et l'ai reconverti en bateau hydrographique. C'est très pratique pour abuser les autorités douanières et les gardes-côtes.

– Espérons qu'il abusera aussi ceux qui sont lancés à nos trousses.

– Et pourquoi pas? Si des Américains s'inquiètent à notre sujet, on leur répondra avec le plus pur accent britannique que nous avons été repêchés et qu'on nous tient sous bonne garde. Et quand le navire océanographique accostera à La Nouvelle-Orléans, il y aura longtemps que vous, moi et notre équipage auront disparu. »

Le pilote tendit le bras :

« Le phare de Port Eads. Nous serons bientôt en haute mer. »

Lee Tong eut un sourire de triomphe.

« Maintenant, ils ne peuvent plus rien faire. C'est trop tard. Beaucoup trop tard. »

Le général Metcalf, s'appuyant sur sa longue et brillante carrière, ignora les menaces de Moran et mit les Etats côtiers du Sud en alerte. Chasseurs, canonnières et troupes d'assaut convergèrent sur la Louisiane.

Sandecker et lui gagnèrent le Pentagone en voiture pour diriger les opérations depuis la salle de Guerre. Une fois la machine lancée, ils ne pouvaient pratiquement rien faire d'autre que d'attendre les rapports en étudiant une immense photo satellite projetés sur un écran.

Le général ne parvenait pas à dissimuler son appréhension. Il jouait nerveusement avec ses mains en regardant s'allumer sur la carte les points rouges qui indiquaient la progression des différentes forces jetées dans la bataille.

« Combien de temps avant l'arrivée des premiers avions? demanda l'amiral.

– Dix-douze minutes maximum.

– Les forces navales?

– Au moins une heure, répondit Metcalf avec découragement. Nous avons été pris de court. Il n'y avait aucun bâtiment à proximité, sauf un sous-marin nucléaire qui croisait dans le golfe.

– Les garde-côtes?

– Il y a un bâtiment au large de Grand Island. Il sera peut-être à temps sur les lieux. »

Sandecker examina la carte.

« J'en doute, fit-il. Ça représente une trentaine de milles. »

Metcalf s'essuya les paumes avec un mouchoir.

« La situation me paraît désespérée. Les avions ne peuvent servir qu'à des manœuvres d'intimidation. Il est impossible de bombarder le pousseur sans risquer de toucher la barge. Ils sont pratiquement collés l'un à l'autre.

– De toute façon, les Bougainville s'empresseraient de la couler.

– Si seulement nous disposions d'un navire dans les parages, nous pourrions au moins tenter une opération d'abordage.

– Et sauver Loren Smith et Margolin. »

Le général s'assit lourdement dans un fauteuil.

« Tout n'est peut-être pas perdu. Un détachement des commandos spéciaux de la marine doit arriver par hélicoptère d'ici quelques minutes.

– Après ce qui s'est passé avec les agents du F.B.I., ils courent au massacre.

– C'est notre dernière chance, fit Metcalf avec résignation. S'ils échouent, tout est fini. »

Le premier appareil à parvenir sur les lieux ne fut pas un chasseur à réaction mais un quadrimoteur de la Navy, un avion de reconnaissance qui se livrait à des études météorologiques. Le pilote, un homme d'environ vingt-cinq ans au visage d'adolescent, toucha le bras de son copilote et lui désigna un point sur la gauche.

« Un pousseur et une barge. C'est sûrement celle qui a déclenché tout ce cirque.

– Qu'est-ce qu'on décide ? demanda le copilote, un rouquin légèrement plus âgé que son compagnon.

– Communique la bonne nouvelle à la base. A moins que tu ne préfères la garder pour toi ! »

Moins d'une minute plus tard, une voix brusque s'élevait dans la radio de bord pour demander :

« Qui commande cet avion ?

– Moi.

– Moi qui ?

– Présentez-vous d'abord.

– Général Clayton Metcalf. »

Le pilote sourit en se frappant la tempe.

« C'est une plaisanterie ou vous êtes fou ?

– Ma santé mentale n'est pas en cause et ce n'est pas une plaisanterie, je vous l'assure. Nom et grade, je vous prie.

– Vous n'allez pas me croire.

– C'est à moi d'en juger.

– Lieutenant Ulysses S. Grant.

– Pourquoi ne vous croirais-je pas ? fit Metcalf en riant. J'ai connu un fameux joueur de base-ball du même nom.

– Mon père, fit le jeune homme avec stupeur. Vous vous souvenez de lui ?

– Malgré mes quatre étoiles, je ne suis pas encore sénile, répondit le général. Vous avez un équipement de télévision à bord, lieutenant ?

– Oui... oui, monsieur, balbutia Grant, réalisant à qui il s'adressait vraiment. Nous enregistrons des images de cyclones en formation pour les stations météo.

– Bien. Mes services de communications vont donner à votre opérateur vidéo la fréquence pour transmission par satellite au Pentagone. Braquez vos caméras sur le pousseur. »

Grant se tourna vers son copilote :

« Alors, mon vieux, qu'est-ce que tu dis de ça? »

71

Le pousseur dépassa la vigie de la passe Sud marquant la limite des eaux boueuses du Mississippi et déboucha en haute mer.

« Plus que 30 milles avant les grands fonds », annonça le capitaine Pujon.

Lee Tong acquiesça d'un signe de tête tout en examinant l'avion météo qui décrivait des cercles au-dessus d'eux. Il prit ses jumelles et scruta l'horizon. Le seul bâtiment en vue était le faux navire océanographique à environ 8 milles par bâbord devant.

« Nous avons gagné, affirma-t-il alors.

– Ils peuvent encore nous envoyer des chasseurs ou des bombardiers.

– Et risquer de couler la barge? Non, je ne crois pas. Ils veulent le vice-président vivant.

– Comment peuvent-ils savoir qu'il est à bord?

– Ils ne le savent pas. Du moins pas avec certitude. Raison supplémentaire pour ne pas attaquer ce qui n'est peut-être qu'un bateau inoffensif poussant une barge d'ordures vers la mer. »

Un marin entra dans la timonerie.

« Capitaine, fit-il en tendant le bras. Appareil approchant par l'arrière. »

Lee Tong braqua ses jumelles dans la direction indiquée. Un hélicoptère de l'U.S. Navy fonçait sur eux, volant au ras des vagues. Il fronça les sourcils.

« Mettez les hommes en état d'alerte », lança-t-il.

Le marin salua et s'empressa d'aller exécuter les ordres.

« Un hélicoptère de combat? demanda Pujon d'une voix anxieuse. Il pourrait nous réduire en pièces sans même effleurer la barge.

– Heureusement non. C'est un transport de troupes. Probablement avec des commandos de la marine à bord. Ils ont sans doute l'intention de nous prendre d'assaut. »

Le lieutenant Homer Dodds se pencha à l'extérieur de l'hélico. Ces deux bateaux ont l'air tout à fait anodins, se disait-il tandis qu'un marin sortait de la timonerie en agitant la main en guise de salut. Rien de suspect. Pas d'armement en vue.

« Vous avez établi le contact radio? demanda-t-il dans son micro.

– Nous avons essayé sur toutes les fréquences utilisées, mais ils ne répondent pas, l'informa le pilote depuis le cockpit.

– Okay, amenez-vous au-dessus de la barge.

– Bien reçu. »

Dodds empoigna un mégaphone.

« Ohé, du pousseur, cria-t-il. Ici l'U.S. Navy. Réduisez la vitesse et stoppez les machines. Nous montons à bord. »

Sur le pont, le marin mit ses mains à ses oreilles

en secouant la tête pour indiquer qu'il n'entendait pas en raison du bruit des turbines. Dodds répéta son message et l'homme fit signe qu'il avait compris. Le lieutenant était maintenant assez près pour constater qu'il s'agissait d'un Asiatique.

Le pousseur et la barge ralentirent, roulant sous la houle. Le pilote de l'hélicoptère plaça son appareil au-dessus de la barge tandis que les commandos se préparaient à sauter.

Dodds se retourna pour examiner ses hommes. C'étaient des soldats endurcis et très entraînés, les seuls parmi tous ceux qu'il avait eus sous ses ordres à aimer vraiment le combat. Ils étaient impatients, les armes prêtes à entrer en action, parés à toute éventualité. Mais ils ne s'attendaient sans doute pas à être ainsi totalement pris au dépourvu.

L'appareil n'était plus qu'à trois mètres de son objectif quand des écoutilles du pousseur jaillirent une vingtaine de matelots armés de fusils de guerre Steyr-Mannlicher AUG.

Une pluie de balles s'abattit sur l'hélicoptère qui s'emplit aussitôt de fumée et des cris des blessés. Dodds et ses hommes réagirent sauvagement, fauchant sans pitié ceux qui avaient le malheur de se trouver à découvert. Mais à l'intérieur de l'appareil, c'était un véritable carnage. Ils étaient coincés, le dos au mur.

Le fracas des armes couvrait le rugissement des turbines. Le pilote avait été touché par la première rafale qui avait déchiqueté le fuselage, projetant des débris de métal et de plexiglas à travers tout le cockpit. L'hélicoptère se cabra et se mit à tournoyer follement sur son axe. Le copilote s'empara des commandes mais elles ne répondaient plus.

Les chasseurs de l'U.S. Air Force arrivèrent sur les lieux. Le chef d'escadrille donna rapidement ses instructions puis piqua vers l'arrière du pousseur pour tenter de détourner le feu de l'hélicoptère agonisant. Mais sa manœuvre de diversion échoua. Les hommes de Lee Tong ignorèrent les avions. Les pilotes, contraints de respecter l'ordre de ne pas attaquer, survolèrent le bateau en rase-mottes, l'un des appareils lui arrachant même son antenne radar au passage.

L'hélicoptère, avec sa macabre cargaison de morts et de mourants, vacilla puis, incapable de poursuivre plus longtemps sa lutte désespérée contre la force de gravité, alla s'abîmer dans les flots à côté de la barge.

Sandecker et Metcalf, impuissants, contemplaient les images du drame transmises par la caméra vidéo de l'avion météo. La salle de Guerre était devenue brusquement silencieuse tandis que chacun scrutait l'écran dans l'espoir d'apercevoir des survivants. Ils ne comptèrent que six têtes surnageant à la surface de la mer d'un bleu d'azur.

« Fin de la partie », annonça le général d'une voix à donner le frisson.

Sandecker ne réagit pas. Il finit par détourner le regard et aller s'asseoir lourdement dans un fauteuil devant la longue table de conférence, toute humeur combative envolée.

Metcalf écouta sans broncher les rapports des pilotes relayés par les haut-parleurs. Ils manifestaient leur colère à ne pas pouvoir intervenir. Ne sachant pas qui se trouvait à bord de la barge, ils ne se gênaient pas pour critiquer violemment le haut commandement sans se douter que leurs paroles étaient entendues et enregistrées au Pentagone à plusieurs milliers de kilomètres de là.

Une ébauche de sourire étira les lèvres de l'amiral. Il ne pouvait s'empêcher de les comprendre :

Une voix jeune s'éleva soudain :

« Ici le lieutenant Grant. Je peux vous appeler directement, mon général?

– Oui, mon petit, répondit doucement Metcalf. Allez-y.

– Il y a deux bateaux qui approchent de la zone. Je vous envoie les images du premier. »

Les regards se reportèrent sur l'écran avec une lueur d'espoir. L'image était petite et floue. Puis le cameraman de l'avion météo fit un gros plan sur un bâtiment à la coque rouge.

« De là-haut, il me semble qu'il s'agit d'un navire hydrographique », annonça Grant.

Une rafale de vent déploya le drapeau attaché au mât de pavillon.

« Un anglais, constata Metcalf avec accablement. Nous ne pouvons pas demander à des étrangers de risquer leur vie pour nous.

– Vous avez raison. Et puis je n'ai jamais vu des océanographes manier le fusil automatique. »

Le général se pencha au-dessus du micro :

« Grant?

– Oui, monsieur.

– Contactez le bâtiment anglais et demandez-leur de recueillir les survivants de l'hélicoptère. »

L'image se brouilla et disparut avant que Grant n'eût eu le temps de répondre.

« Nous n'avons plus rien, Grant.

– Un instant, mon général. Mon cameraman me signale que le bloc de piles est à plat. Il est en train de le changer.

– Quelle est la situation du pousseur?

– Il est reparti avec la barge. Un peu plus lentement qu'avant. »

Metcalf se tourna vers Sandecker :

« On dirait que la chance n'est pas de notre côté, Jim.

– En effet, Clayton. (Il hésita un instant.) A moins

467

que l'autre bâtiment ne soit un aviso des garde-côtes.

– Grant? rugit Metcalf.

– C'est presque fini, mon général.

– Peu importe. Ce deuxième bateau dont vous avez parlé, de quel type est-il? Navy ou garde-côte?

– Ni l'un ni l'autre. C'est un bâtiment civil. »

Metcalf se voûta, gagné par le découragement. Sandecker empoigna alors le micro :

« Grant, ici l'amiral James Sandecker. Vous pouvez me le décrire?

– Ce n'est pas un bateau qu'on s'attend à voir sur l'océan.

– Quelle est sa nationalité?

– Sa nationalité?

– Son pavillon, mon vieux. Il bat quel pavillon?

– Vous n'allez pas me croire.

– Accouchez, bon Dieu!

– Eh bien, amiral, je suis né et j'ai grandi dans le nord mais j'ai suffisamment feuilleté de livres d'histoire pour savoir reconnaître un drapeau sudiste quand j'en vois un. »

72

Surgi d'un lointain passé, le sifflet à vapeur en pleine action, les roues à aubes projetant des torrents d'écume, les deux cheminées crachant un panache de fumée, le *Stonewall Jackson* fonçait vers le pousseur avec la grâce maladroite d'une belle du Sud enceinte soulevant ses jupes pour franchir une flaque d'eau.

Une nuée de mouettes criardes entourait un immense drapeau aux couleurs de la Confédération déployé à l'arrière tandis que sur le pont « Texas » un homme tapait furieusement *Dixie*, le vieil hymne sudiste, sur le clavier d'un « calliope », une sorte d'orgue à vapeur. La vue de ce paquebot fluvial appartenant à une époque révolue qui fendait les vagues de l'océan bouleversa les pilotes des appareils qui survolaient les lieux. Ils se rendaient compte qu'ils étaient témoins d'une aventure unique.

Dans la timonerie richement décorée, Pitt et Giordino ne quittaient pas des yeux la barge et le pousseur dont chaque tour des grandes roues à aubes les rapprochait.

« Ce type avait raison! cria Giordino pour couvrir le bruit du calliope.

– Quel type? hurla Pitt.

– Celui qui a dit que le Sud renaîtrait.

– Heureusement pour nous!

– Nous gagnons sur eux, déclara alors un vieil homme sec et noueux qui tenait la roue de gouvernail à deux mains.

– Oui, acquiesça Pitt.

– Si les chaudières n'explosent pas et si le p'tit bonhomme tient le coup dans ces maudites vagues... (Il s'interrompit au milieu de sa phrase pour tourner imperceptiblement la tête et lâcher un jet de salive mêlée de jus de chique qui atterrit avec une précision diabolique dans un crachoir de cuivre avant de reprendre.)... On devrait les rejoindre d'ici 2 milles. »

Le capitaine Melvin Belcheron pilotait le *Stonewall Jackson* depuis trente ans. Il avait soixante-deux ans et connaissait toutes les bouées, barres de sable, méandres et berges du Mississippi entre Saint Louis et La Nouvelle-Orléans, mais c'était bien la première fois qu'il amenait son bateau en pleine mer.

Le « p'tit bonhomme » avait été construit en 1915

à Colombus dans le Kentucky sur le fleuve Ohio. Il était de la dernière génération de ces vapeurs qui avaient enfiévré les imaginations durant l'âge d'or de la navigation fluviale. Il ne tarderait pas à appartenir à l'histoire.

Il mesurait un peu plus de 80 mètres et jaugeait plus de 1 000 tonneaux, avec un tirant d'eau de seulement 81 centimètres.

Dans la salle des machines, quatre hommes, luisants de transpiration, noirs de suie, enfournaient furieusement des pelletées de charbon pour alimenter les quatre chaudières à haute pression. Lorsque l'aiguille du manomètre atteignit le rouge, le chef mécanicien, un vieil Ecossais bourru du nom de McGeen, accrocha son chapeau par-dessus pour ne plus la voir.

McGeen avait été le premier à se ranger aux côtés de Pitt et de Giordino quand ceux-ci, après avoir réussi à poser l'hélicoptère en catastrophe près de Fort Jackson, leur avaient exposé la situation. Leur récit avait d'abord été accueilli avec scepticisme, mais ayant vu leurs blessures ainsi que celles de Jane Hogan, l'appareil criblé de balles et ayant entendu un shérif adjoint décrire le carnage subi par les agents du F.B.I. à quelques kilomètres en aval, McGeen avait fait chauffer ses chaudières, et Belcheron réuni son équipage ainsi que quarante hommes du 6e régiment de Louisiane qui étaient montés à bord avec armes et bagages, sans oublier deux vieux canons de campagne.

« Allez les gars, plus vite! » s'écria le chef mécanicien.

A la lueur des fourneaux, il ressemblait au diable en personne avec son petit bouc et ses sourcils broussailleux.

« Si nous voulons sauver le vice-président, il faut mettre toute la vapeur! »

Le *Stonewall Jackson* était lancé à la poursuite de

la barge. Il déboucha de la passe Sud à plus de 30 kilomètres à l'heure (la vitesse en navigation fluviale se compte en kilomètres à l'heure, jamais en nœuds), crachant des étincelles et de la fumée par ses deux cheminées.

Les hommes du 6e régiment de Louisiane, ces dentistes, ces plombiers, ces comptables qui défilaient et reconstituaient les batailles de la guerre de Sécession pour leur plaisir, transpiraient dans les lourds uniformes gris et or qui avaient jadis été portés par les soldats de l'armée des Etats confédérés d'Amérique. Sous les ordres d'un major, ils déplaçaient d'énormes balles de coton pour s'en faire un rempart. Les deux canons de 12 empruntés à Fort Jackson furent installés à l'avant et chargés de roulements à billes provenant des magasins de la salle des machines.

Pitt contemplait la scène depuis la timonerie. Il ne pouvait s'empêcher d'être inquiet. Du coton contre de l'acier et des mousquets à un coup contre des armes automatiques.

Le combat allait être bien inégal.

Le lieutenant Grant s'arracha à cet incroyable spectacle et appela par radio le bâtiment battant pavillon britannique.

« Ici avion de reconnaissance de l'U.S. Air Force zéro-quatre-zéro. J'appelle navire océanographique. Me recevez-vous ?

– Sûr, Yankee, je vous reçois cinq sur cinq, répondit une voix au plus pur accent anglais. Ici le navire de Sa Majesté *Pathfinder*. En quoi pouvons-nous vous être utile, zéro-quatre-zéro ?

– Un hélico a pris un bouillon à 3 milles à l'ouest de vous. Vous voulez essayer de repêcher les survivants, *Pathfinder* ?

– Mais certainement. Nous ne pouvons pas laisser ces pauvres garçons se noyer, n'est-ce pas ?

– Je vais tourner au-dessus de la zone de l'accident, *Pathfinder*. Mettez le cap sur moi.

– Mais naturellement. Nous arrivons. Terminé. »

Grant prit position au-dessus des hommes qui se débattaient au milieu des vagues. L'eau, heureusement, était chaude, mais la moindre blessure ne manquerait pas d'attirer les requins.

« Tu n'as pas dû être très convaincant, fit soudain le copilote.

– Qu'est-ce que tu racontes?

– Les rosbifs ne viennent pas. Ils partent dans la direction opposée. »

Grant vira sur l'aile pour vérifier. Son copilote avait raison. Le *Pathfinder* s'éloignait pour foncer droit sur le *Stonewall Jackson*.

« *Pathfinder*, ici zéro-quatre-zéro. Que se passe-t-il? Je répète. Que se passe-t-il? »

Pas de réponse.

« Je dois avoir des hallucinations, fit Metcalf, contemplant les images vidéo avec stupéfaction. Mais il me semble bien que cette vieille relique sortie de *Tom Sawyer* a l'intention d'attaquer le pousseur!

– Il en a tout l'air, affirma Sandecker.

– D'où peut-il bien venir? »

L'amiral, les bras croisés, paraissait exulter.

« Pitt, murmura-t-il. Espèce de crapule!

– Vous avez dit quelque chose?

– Je ne faisais que réfléchir à haute voix.

– Qu'est-ce qu'ils peuvent espérer?

– Je pense qu'ils comptent éperonner et aborder le pousseur.

– C'est de la pure folie! s'exclama le général. Les mitrailleuses vont les réduire en pièces! »

Sandecker, apercevant soudain quelque chose en

arrière-plan sur l'écran, tressaillit. Ni Metcalf ni les autres n'avaient rien remarqué.

Il saisit le général par le bras.

« Le bateau anglais!

— Quoi, le bateau anglais? fit Metcalf, surpris.

— Mon Dieu, regardez! Il va couper le vapeur en deux! »

Metcalf vit la distance entre les deux bâtiments diminuer rapidement tandis que le *Pathfinder* fonçait à pleine vitesse, creusant un profond sillage.

« Grant! rugit-il.

— Oui, monsieur.

— Le bateau anglais, pourquoi ne se dirige-t-il pas vers les hommes à la mer?

— Je l'ignore, mon général. Son capitaine a accusé réception de mon message mais s'est lancé à la poursuite du bateau à roues. Je n'ai pas réussi à le recontacter. Il semble ignorer mes appels.

— Mettez-le hors de combat! intervint alors Sandecker. Ordonnez une attaque aérienne et coulez ces fumiers! »

Metcafl hésitait, déchiré d'incertitude.

« Mais enfin, il bat pavillon britannique!

— Je suis prêt à parier tout ce que vous voulez que c'est un bâtiment des Bougainville et que sa nationalité est bidon!

— Vous ne pouvez pas en être sûr.

— Effectivement. Mais, par contre, je suis sûr que s'il éperonne le vapeur, c'est notre dernière chance de sauver Vince Margolin qui s'envole. »

73

Une rafale tirée par les commandos avait endommagé la console de navigation, obligeant le capitaine à réduire sa vitesse.

Lee Tong ne lui accordait pas un regard. Il donnait ses ordres par radio au commandant du *Pathfinder* tout en surveillant l'approche du bateau à roues.

Il finit par se tourner vers Pujon :

« Vous ne pouvez pas aller plus vite?

– Non. C'est le maximum que je puisse faire en gardant à peu près mon cap.

– C'est encore loin? demanda alors pour la dixième fois peut-être l'héritier des Bougainville.

– D'après la sonde, le fond commence à descendre. Plus que 2 milles et nous y serons.

– Deux milles, répéta pensivement Lee Tong. Il est temps d'installer les détonateurs.

– Je vous préviendrai en actionnant la sirène quand nous arriverons à 200 mètres de fond. »

Le Coréen contempla la mer polluée par les rejets du Mississippi. Le faux navire océanographique n'était plus qu'à quelques encablures du fragile *Stonewall Jackson* qu'il allait bientôt couper en deux. Les gémissements du calliope, portés par le vent, parvenaient jusqu'à lui. Il secoua la tête, encore incrédule, ne comprenant pas comment ce vieux paquebot fluvial avait bien pu entrer en scène.

Il était sur le point de quitter la timonerie pour monter sur la barge quand il vit l'un des avions qui les survolaient se détacher brusquement de sa formation en piquant.

Le chasseur F/A 21 de la Navy rasa les flots et lâcha deux missiles. Lee Tong, horrifié, suivit des yeux les ogives guidées par laser qui fendaient l'eau et allaient frapper de plein fouet la coque rouge du prétendu bâtiment britannique dont la superstructure s'effondra aussitôt en un amas grotesque de tôles tordues. Puis il y eut une seconde explosion, plus violente encore, qui transforma le navire tout entier en un gigantesque geyser de feu.

Le Coréen, impuissant, serra les poings tandis que le bateau moribond se retournait et sombrait, s'abîmant dans les profondeurs de l'océan. Il n'avait maintenant plus aucun moyen de s'enfuir après le sabordage de la barge et du pousseur.

Des débris enflammés du *Pathfinder* s'abattirent sur le *Stonewall Jackson,* déclenchant de petits foyers d'incendie vite maîtrisés par l'équipage. La surface de la mer se couvrit de taches d'huile tandis qu'un nuage de fumée et de vapeur s'élevait en sifflant dans le ciel.

« Par tous les saints du Mississippi! s'exclama le capitaine Belcheron avec stupéfaction. Ces pilotes de la Navy connaissent leur boulot!

– Quelqu'un veille sur nous », constata Pitt avec soulagement.

Son regard se reporta sur la barge qui n'était plus qu'à trois quarts de mille. Il distingua une minuscule silhouette sautant à bord depuis l'avant du pousseur et disparaissant par une écoutille.

Un homme corpulent, de la carrure d'un Oliver Hardy, grimpa l'échelle du pont supérieur et entra dans la cabine de pilotage. Il portait l'uniforme gris et les galons dorés d'un major de l'armée sudiste. Sa chemise sous sa tunique déboutonnée était trempée de sueur et il était hors d'haleine. Il s'arrêta, s'épongeant le front avec sa manche.

Il finit par lancer d'une voix essoufflée :

« Dieu du ciel! Je me demande si je vais mourir d'une balle dans la tête ou d'une crise cardiaque! »

Leroy Laroche dirigeait une agence de voyages durant la journée, passait pour un bon mari et un bon père durant la soirée et jouait à commander le 6e régiment de Louisiane de l'armée des Etats confédérés durant le week-end. Il était très populaire parmi ses troupes et était chaque année réélu pour prendre la tête de son régiment lors des reconstitutions historiques des combats de la guerre de Sécession. Il ne semblait pas le moins du monde troublé à l'idée que la bataille, cette fois, allait être bien réelle.

« Heureusement pour nous que vous aviez ces balles de coton à bord », dit-il au capitaine.

Celui-ci sourit.

« Nous en avons toujours sur le pont, comme au bon vieux temps. »

Pitt se tourna vers Laroche :

« Vos hommes sont en place, major?

– Oui. Prêts au combat.

– De quelles armes disposent-ils?

– De mousquets Springfield calibre 58. Comme la plupart des rebelles pendant la guerre. Ils vous expédient une balle Minié à 500 yards.

– Ils tirent vite?

– La majorité de mes gars arrivent à trois coups par minute et quelques-uns à quatre. J'ai disposé mes meilleurs éléments sur la barricade pendant que les autres rechargeront.

– Et les canons? Ils marchent vraiment?

– Et comment! Ils vous abattent un arbre avec un bidon de ciment à plus d'un demi-mile.

– Un bidon de ciment?

– Oui. C'est moins cher à fabriquer que de vrais boulets. »

Pitt sourit.

« Bonne chance, major. Dites à vos hommes de ne pas s'exposer inutilement. Les armes automatiques sont quand même plus meurtrières et plus rapides que vos mousquets.

– Ne vous inquiétez pas, ils savent très bien se mettre à l'abri. Quand devrons-nous ouvrir le feu?

– Je vous laisse le soin d'en décider.

– Pardonnez-moi, major, intervint Giordino. L'un de vos hommes n'aurait pas une arme de trop? »

Laroche tira un long pistolet de l'étui accroché à sa ceinture et le lui tendit en précisant :

« Un revolver Le Mat. Barillet à neuf cartouches calibre 42, canon rayé. Et aussi un autre, lisse celui-là, pour la chevrotine. Prenez-en soin. Il a appartenu à mon grand-père qui s'en est servi aussi bien à Bull Run qu'à Appomattox. »

Giordino était très impressionné

« Je ne veux pas vous en priver. »

Laroche empoigna son sabre et lança :

« Il me reste ça! Eh bien, je pense qu'il faut que j'aille rejoindre mes hommes à présent. »

Après le départ du jovial major, Pitt se baissa pour sortir la Thompson de l'étui à violon. Il inséra un chargeur plein et se redressa avec une grimace de douleur en se tenant les côtes.

« Ça ira pour vous? demanda-t-il au capitaine Belcheron.

– Ne vous en faites pas, répondit celui-ci avec un signe de tête en direction d'un gros poêle en fonte. J'ai de quoi m'abriter. »

« Merci, mon Dieu! s'exclama Metcalf avec ferveur.

– Merci pourquoi? » demanda Sandecker.

Le général lui montra un papier :

« La réponse de l'amirauté britannique. Le seul bâtiment du nom de *Pathfinder* en service à la Royal Navy est un destroyer. Il n'y a pas de navire océanographique de ce nom et de toute façon aucun ne se trouve en ce moment dans la région du golfe du Mexique. »

Il lança un regard reconnaissant à Sandecker en ajoutant :

« Bien joué, Jim.

– Finalement nous avons quand même eu un peu de chance.

– Ce sont ces pauvres diables à bord de ce vapeur qui vont en avoir besoin à présent.

– Nous ne pouvons rien faire? Vous êtes sûr que nous avons tout envisagé?

– Absolument, répondit le général. Le garde-côte est encore à quinze minutes et le sous-marin nucléaire juste derrière.

– Ils n'arriveront jamais à temps.

– Les hommes du steamer parviendront peut-être à retenir le pousseur jusqu'à... »

Metcalf ne termina pas sa phrase.

« Vous ne croyez tout de même pas aux miracles, Clayton?

– Non. Pas trop. »

74

Un déluge de feu accueillit le *Stonewall Jackson* lorsqu'il arriva à environ 300 yards du pousseur. Les balles miaulaient, arrachant des éclats de bois blanc au bastingage, dévastant les cabines et ricochant sur la cloche de cuivre du vieux steamer. L'immense vitre de la timonerie se désintégra. Le capitaine Belcheron fut à demi assommé par un projectile qui lui effleura le crâne, traçant un sillon sanglant au milieu de ses cheveux blancs. Sa vue se brouilla mais il s'accrocha à la roue avec une détermination farouche, lâchant un jet de salive au jugé.

Le joueur de calliope, protégé par une forêt de tuyaux de cuivre, se mit à taper *Yellow Rose of Texas* avec de plus en plus de fausses notes au fur et à mesure qu'apparaissaient des trous dans les sifflets à vapeur.

Sur le pont principal, le major Laroche et son régiment, ainsi que Pitt et Giordino, étaient accroupis à l'abri des balles de coton qui formaient un solide rempart protecteur. La zone découverte des chaudières, située derrière le grand escalier, fut la plus touchée. Deux des chauffeurs furent blessés tandis que des jets de vapeur brûlante s'échappaient des conduites transpercées. McGeen ôta son chapeau du manomètre. L'aiguille était toujours dans le rouge. Il poussa un profond soupir de soulagement. C'était un miracle que rien n'eût explosé. Les rivets des chaudières semblaient sur le point de lâcher et il s'empressa d'ouvrir les valves pour diminuer cette énorme pression en prévision de la collision toute proche.

Les larges roues à aubes du *Stonewall Jackson* l'entraînaient encore à plus de 30 kilomètres à l'heure. S'il devait disparaître, il ne finirait pas comme les autres à pourrir dans quelque bayou oublié. Il était né dans la légende et mourrait dans la légende.

Ignorant les vagues qui fouettaient son étrave, le torrent de plomb qui martyrisait ses fragiles superstructures, il fonçait, courageux et fier.

Lee Tong, médusé, regardait approcher ce vapeur d'une autre époque. Il se tenait devant une écoutille ouverte et lâchait rafale après rafale en direction de l'assaillant dans l'espoir de toucher quelque partie vitale. Mais autant essayer d'arrêter un éléphant qui charge avec une carabine à air comprimé.

Il posa son Steyr-Mannlicher pour saisir ses jumelles. Il ne vit personne derrière les balles de coton. La cabine de pilotage, criblée de balles, paraissait elle-même abandonnée. La plaque portant en lettres d'or le nom du navire était toute tordue et il ne put en déchiffrer qu'une partie : *Jackson.*

L'avant camus était pointé sur le flanc bâbord du pousseur. Lee Tong s'efforçait de réfléchir. Tout cela n'était qu'une manœuvre futile, désespérée, une dernière tentative pour gagner du temps, rien d'autre. Bien qu'imposant par sa taille, ce vieux steamer ne parviendrait jamais à endommager la coque en acier de son bateau.

Il reprit son arme, inséra un nouveau chargeur et concentra son tir sur la timonerie.

Sandecker et Metcalf regardaient eux aussi.

Ils étaient fascinés par la noblesse de ce geste vain et superbe. On avait essayé de contacter le vapeur par radio, mais sans résultat. Le capitaine Belcheron était trop occupé pour répondre.

Metcalf appela le lieutenant Grant.

« Descendez un peu », ordonna-t-il.

Le pilote s'exécuta et passa plusieurs fois au-dessus des bateaux en virant sur l'aile. Les vues du pousseur étaient très nettes. Ils comptèrent près de trente hommes en armes. Le paquebot fluvial, par contre, était entouré d'un nuage de fumée et de vapeur.

« La collision va le réduire en miettes, fit l'amiral en secouant la tête.

— C'est courageux, mais inutile, murmura le général.

— Il faut reconnaître qu'eux, au moins, ils tentent quelque chose.

— C'est juste. Nous ne pouvons pas leur retirer cela. »

Sandecker se leva brusquement de son fauteuil.

« Regardez! s'exclama-t-il le bras tendu. Là où le vent a dissipé la fumée!

– Qu'est-ce que c'est?

– On dirait des canons, non? »

Metcalf s'avança.

« Bon sang, vous avez raison! Ils semblent sortis tout droit d'un musée. »

A 200 yards, Laroche brandit son sabre en s'écriant :

« Batteries une et deux, pointez et chargez vos canons!

– Batterie une en place.

– Batterie deux également, major.

– Feu! »

Les artilleurs actionnèrent les cordons tire-feu et les deux antiques canons crachèrent leur chargement de roulements à billes dans un tonnerre assourdissant. La première bordée transperça littéralement la coque du pousseur, ravageant les cuisines. Quant à la seconde, elle atteignit de plein fouet la timonerie, emportant la tête du capitaine Pujon ainsi que la moitié de la roue. Surpris par cette attaque inattendue, les hommes de Lee Tong hésitèrent quelques instants puis, se reprenant, réagirent avec une férocité accrue, concentrant leur tir sur les bouches des canons qui dépassaient d'entre les balles de coton.

Les servants reculèrent en hâte les pièces pour les recharger. Les projectiles passaient en sifflant au-dessus d'eux. Un homme fut touché au cou, mais en moins d'une minute, ils furent prêts.

« Visez les câbles! » cria Pitt.

Laroche acquiesça. La salve balaya l'avant du pousseur, provoquant d'importants dégâts, mais sans réussir à détacher la barge.

Calmement, avec un mépris presque total du

danger, les soldats amateurs levèrent leurs mousquets à un coup.

Moins de 200 mètres séparaient les deux bâtiments quand Laroche brandit à nouveau son sabre :

« Premier rang en position! Feu! »

Un torrent de flammes et de fumée jaillit du *Stonewall Jackson* et une nuée de balles Minié s'abattit sur le pousseur. L'effet fut dévastateur. Les vitres de tous les hublots explosèrent, des éclats métalliques furent projetés dans les airs et plusieurs hommes tombèrent tandis que le pont se couvrait de sang.

Sans laisser le temps aux tueurs de Lee Tong de récupérer, Pitt les arrosa d'une rafale de sa Thompson. Giordino, accroupi derrière une balle de coton, attendait d'être à bonne distance pour faire usage de son revolver et, fasciné, regardait les deuxième et troisième rangs recharger les mousquets par le canon.

Les Confédérés provoquaient des ravages. Les salves se succédaient avec rapidité. Une épaisse fumée donnait un caractère presque irréel à la scène tandis que les cris des blessés ponctuaient le fracas des armes. Laroche, grisé par la fièvre du combat, tonnait et jurait à pleins poumons, exhortant ses hommes à viser plus juste et à tirer plus vite.

Une minute passa, puis deux, puis trois. La bataille faisait rage. Un incendie éclata sur le *Stonewall Jackson*.

Les flammes dévoraient les boiseries et, dans le poste de pilotage, le capitaine Belcheron, le visage en sang, actionnait comme un fou la sirène en hurlant ses ordres à McGeen par le porte-voix qui le reliait à la salle des machines. Les hommes, soudain, cessèrent le feu pour se préparer à la collision imminente.

Un étrange silence régnait sur le paquebot fluvial. Le calliope s'était tu et plus personne ne tirait.

Le *Stonewall Jackson* éperonna le pousseur par le milieu. Le choc renversa la barricade de balles de coton tandis que l'avant du vapeur s'écrasait dans un enchevêtrement de planches et de poutres. Les deux cheminées oscillèrent puis s'effondrèrent, projetant une pluie d'étincelles et un épais nuage de suie sur les combattants à nouveau engagés dans une lutte sanglante. On faisait feu à bout portant. Les cordes soutenant les passerelles brûlaient et celles-ci s'abattaient sur le pont du pousseur pareilles à des griffes géantes unissant les deux bateaux dans une même étreinte.

« Baïonnettes au canon! » rugit Laroche.

Un homme brandit le drapeau du régiment. On rechargea les mousquets et on fixa les baïonnettes. Le joueur de calliope avait repris son poste et les notes de *Dixie* retentissaient à nouveau.

Pitt était stupéfait. Personne ne paraissait éprouver la moindre peur et tous cédaient à une véritable folie meurtrière collective. Il avait l'impression d'avoir fait un brusque saut dans le passé.

Laroche mit son chapeau d'officier sur la pointe de son sabre puis le leva en criant :

« 6e de Louisiane! En avant! »

Hurlant tels des démons surgis du centre de la terre, les diables en uniforme gris se précipitèrent à l'abordage. Laroche fut touché au menton et au genou, mais cela ne suffit pas à l'arrêter. Pitt les couvrit avec la Thompson puis, quand il se trouva à court de munitions, il abandonna la mitraillette sur une balle de coton et se lança derrière Giordino qui bondissait sur une passerelle, soulageant sa jambe blessée et tirant dans toutes les directions avec son revolver. McGeen et ses chauffeurs suivaient, brandissant leurs pelles comme des massues.

Les hommes de Bougainville ne ressemblaient en

rien à leurs assaillants. C'étaient des mercenaires, des individus impitoyables qui ne faisaient pas de quartiers et qui n'en espéraient pas pour eux-mêmes, mais ils n'étaient pas préparés à cette furieuse attaque des Sudistes et ils commirent l'erreur de quitter la protection des cloisons en acier pour les affronter.

Le *Stonewall Jackson* était en flammes. Les artilleurs lâchèrent une dernière bordée sur le pousseur. La charge sectionna les câbles de la barge. Les deux bateaux d'acier, sous le choc de la collision avec le vapeur, s'étaient mis en travers de son avant épaté.

Le 6e de Louisiane combattait à la baïonnette tout en continuant à tirailler. Les corps à corps étaient de plus en plus nombreux. Aucun de ces soldats de fortune ne flanchait; ils allaient à la bataille avec une sorte de témérité aveugle, trop pris dans cette incroyable aventure pour avoir seulement peur.

Giordino ne sentit rien. Il pénétrait résolument dans les quartiers de l'équipage, visant une silhouette qui s'enfuyait quand il tomba soudain à plat ventre, le tibia de sa jambe valide fracturé par une balle.

Pitt le saisit sous le bras et le traîna dans une coursive déserte.

« Je te rappelle que tu n'es pas en acier blindé, fit-il.

– Où étais-tu passé? demanda son adjoint avec une grimace de douleur.

– Je restais un peu en arrière. Je n'ai plus d'arme. »

Giordino lui tendit le Le Mat.

« Tiens, prends ça. Moi, je suis sur la touche pour un petit bout de temps. »

Pitt prit le revolver, lançant avec un sourire d'excuse :

« Désolé de t'abandonner, mais il faut que j'aille voir ce qui se trame sur cette barge. »

Giordino ouvrit la bouche pour répliquer par quelque remarque désinvolte, mais son ami avait déjà disparu.

Dix secondes plus tard, Pitt enjambait les débris à l'avant du pousseur. Il arrivait à temps. La barge s'était déjà éloignée de quelques mètres. Une tête apparut par une écoutille et une rafale claqua. Pitt entendit les balles siffler à ses oreilles. Il se baissa et se laissa tomber à l'eau.

Vers l'arrière, les marins de Bougainville luttaient encore, mais ils finirent par succomber sous les assauts des tuniques grises. Les cris et les coups de feu s'espacèrent pour cesser tout à fait. Le drapeau confédéré fut hissé au mât de radio. La victoire était totale.

Les soldats amateurs du 6e régiment de Louisiane s'étaient conduits en braves. C'était sans doute étonnant, mais aucun d'eux n'avait péri au cours de la bataille. Il y avait dix-huit blessés, dont deux assez gravement. Laroche s'avança en titubant sous les vivats de ses hommes et s'assit lourdement sur le pont à côté de Giordino. Les deux valeureux combattants se serrèrent la main.

« Félicitations, major, fit Giordino. Vous avez gagné la partie. »

Un large sourire illumina le visage ensanglanté de Laroche.

« Nom de Dieu, on les a drôlement eus! »

Lee Tong vida son chargeur en direction de la silhouette dressée à l'avant du pousseur. Il la vit tomber à l'eau puis, accroupi devant l'écoutille, il regarda le drapeau sudiste se déployer dans le vent.

Il acceptait avec une sorte de détachement ce

désastre imprévisible qui avait ruiné un projet si soigneusement conçu. Ses hommes étaient soit morts, soit prisonniers et le bateau sur lequel il avait compté s'enfuir avait été coulé. Il n'était pourtant pas disposé à céder devant ces ennemis inconnus et il demeurait bien déterminé à exécuter le marché que sa grand-mère avait passé avec Moran. Il réfléchirait plus tard aux moyens d'évasion possibles.

Il descendit l'échelle de la cage d'ascenseur menant au laboratoire puis longea le couloir principal jusqu'à la pièce où se trouvaient les caissons d'isolation. Il entra puis examina le corps reposant dans le premier par le panneau transparent. Vince Margolin lui rendit son regard, trop assommé par les drogues qui lui avaient été administrées pour réagir ou comprendre.

Le Coréen se dirigea alors vers le second cocon et se pencha sur le visage endormi de Loren Smith. Bourrée de sédatifs, elle était plongée dans un profond sommeil. C'était dommage de devoir la supprimer, mais il ne pouvait pas se permettre de la laisser vivre pour témoigner. Il ouvrit le couvercle et lui caressa les cheveux, la contemplant à travers ses paupières mi-closes.

Il avait tué d'innombrables hommes, oubliant aussitôt leurs traits. Mais ceux des femmes, par contre, persistaient dans son souvenir. Il se rappelait la première, il y avait si longtemps sur ce tramp au milieu du Pacifique, et son expression horrifiée qui le hantait encore tandis que, nue et enchaînée, elle passait par-dessus bord.

« C'est pas mal chez vous, lança une voix depuis le seuil de la pièce. Mais vous devriez faire réparer l'ascenseur. »

Lee Tong pivota et, bouche bée, fixa cette apparition dégoulinante d'eau qui braquait sur lui une arme d'un autre âge.

« Vous! » s'exclama-t-il avec stupéfaction.

Le visage de Pitt, hagard, creusé de fatigue, couvert d'une barbe de plusieurs jours, s'éclaira d'un sourire moqueur.

« Lee Tong Bougainville. Quelle surprise!

— Vous êtes vivant!

— Bravo pour vos dons d'observation!

— Et c'est vous qui avez organisé tout ça, ces fous dans leurs vieux uniformes, le vapeur à roues...

— C'est le mieux que j'ai pu trouver sous l'inspiration du moment », fit Pitt d'un ton d'excuse.

Lee Tong s'était déjà remis du choc initial et il posa lentement son doigt sur la détente du Steyr-Mannlicher qu'il tenait toujours à la main, pointé vers le sol.

« Pourquoi vous êtes-vous acharné contre ma grand-mère et moi, Mr Pitt? lança-t-il pour gagner du temps. Pourquoi avez-vous décidé la mort de la Bougainville Maritime?

— On croirait entendre Hitler demandant pourquoi les Alliés ont envahi l'Europe. En ce qui me concerne, c'est parce que vous êtes responsable de la mort d'une amie.

— Qui?

— Peu importe, répondit Pitt avec indifférence. Vous ne l'avez jamais rencontrée. »

L'Asiatique releva le canon de son arme et pressa la détente.

Pitt fut plus rapide que lui, mais Giordino avait utilisé la dernière cartouche et le chien claqua sur le vide. Il se figea dans l'attente de la balle qui allait le frapper.

Elle ne vint pas.

Lee Tong avait oublié d'insérer un nouveau chargeur après avoir vidé le précédent sur la silhouette de Pitt. Il abaissa son fusil, les lèvres étirées sur un sourire énigmatique.

« Il semble que nous soyons à égalité, Mr. Pitt.

– Pour le moment, du moins, répliqua celui-ci en réarmant Le Mat toujours braqué sur Lee Tong. Mes hommes vont arriver d'une minute à l'autre. »

Le Coréen soupira.

« Dans ce cas, il ne me reste plus qu'à me rendre et à attendre mon arrestation.

– Vous n'aurez pas l'honneur d'un procès. »

Lee Tong ricana :

« Ce n'est pas à vous d'en décider. De plus, vous n'êtes pas en position de... »

Il fit brusquement pivoter son arme et, l'empoignant par le canon, la brandit comme une massue. La crosse s'abattait déjà vers le crâne de Pitt quand celui-ci pressa la détente de son revolver, hachant littéralement la gorge de son ennemi d'une décharge de chevrotines. L'homme vacilla un instant puis, lâchant son fusil, recula jusqu'à la cloison avant de s'effondrer lourdement au sol.

Pitt ne s'occupa pas de lui. Il arracha le couvercle du caisson où reposait Loren, puis il la souleva doucement pour la porter vers l'ascenseur. Il rétablit les coupe-circuits, mais les moteurs refusèrent de répondre lorsqu'il appuya sur le bouton.

Il ne pouvait pas savoir que les générateurs fournissant l'électricité de la barge étaient en panne de carburant et que seule fonctionnait la batterie de secours assurant l'éclairage. Il fouilla dans une armoire métallique et trouva une corde qu'il passa sous les bras de la jeune femme. Puis il entra dans la cabine, ouvrit la trappe, s'y glissa et commença à grimper l'échelle, tenant la corde dans une main.

Ensuite, lentement, avec un luxe de précautions, il hissa Loren toujours évanouie jusqu'en haut de la cage puis l'étendit sur les tôles rouillées du pont. Hors d'haleine, il prit un instant pour récupérer avant de regarder autour de lui. Le *Stonewall Jackson* continuait à brûler, mais l'incendie était maintenant combattu avec les lances du pousseur. A environ 2 milles à l'ouest, une vedette blanche des gardes-côtes fendait les vagues dans leur direction tandis qu'au sud apparaissait le kiosque d'un sous-marin nucléaire.

Pitt attacha Loren à un taquet pour qu'elle ne risquât pas de glisser à la mer, puis il redescendit. Lorsqu'il pénétra de nouveau dans la salle d'isolation, Lee Tong avait disparu. Une traînée de sang courait dans le couloir jusqu'à une écoutille ouverte conduisant aux cales. L'Américain ne vit aucune raison de perdre de précieuses minutes à se lancer à la poursuite d'un criminel agonisant et il s'occupa du vice-président.

Il n'avait pas fait deux pas qu'une énorme explosion le soulevait et l'envoyait s'écraser contre une cloison. Le choc lui coupa le souffle et, à demi assommé, il n'entendit pas la mer s'engouffrer par une large brèche creusée dans la coque de la barge.

Il se remit péniblement debout ne sachant plus très bien où il était. Puis, tandis que le voile qui lui brouillait la vue se déchirait, il comprit ce qui s'était passé. Lee Tong avait fait sauter une charge d'explosifs avant de mourir et l'eau arrivait déjà à hauteur de la coursive.

Il s'avança en titubant dans la pièce. Le vice-président leva les yeux à son approche et tenta de dire quelque chose mais, sans lui en laisser le temps, Pitt le souleva, le jeta en travers de ses épaules et se dirigea lourdement vers l'ascenseur.

Il avait de l'eau jusqu'aux genoux et savait que la barge risquait maintenant de sombrer d'une seconde à l'autre. Lorsqu'il atteignit la cage, le niveau avait encore monté et il était obligé de nager autant que de marcher. Il était trop tard pour répéter l'opération de la corde qui avait si bien réussi avec Loren. Il hissa Margolin par la trappe, le saisit sous les aisselles et se mit à grimper les barreaux de fer en direction du petit carré de ciel bleu qui lui paraissait à des kilomètres de là.

Il se rappela soudain qu'il avait attaché Loren sur le pont pour l'empêcher de tomber à la mer. Il réalisa avec horreur que la barge en coulant l'entraînerait vers une mort certaine.

L'écume, implacable, le talonnait. Il puisait dans ses dernières forces, faisait appel à toute sa volonté pour sauver la vie de Loren et de Margolin. Il avait l'impression qu'on cherchait à lui arracher les bras. Des taches noires dansaient devant ses yeux et des éclairs de souffrance fulgurante lui traversaient la poitrine.

Sa main glissa sur la rouille d'un barreau. Il faillit lâcher prise et se laisser engloutir par les flots qui bouillonnaient sous lui. Il aurait été si facile d'abandonner cette lutte désespérée pour plonger dans l'oubli et soulager les tortures infligées à son corps. Mais il tenait bon. Centimètre par centimètre, il progressait tandis que Margolin se faisait de plus en plus pesant.

Un bruit sourd s'éleva soudain. Certainement le sang qui lui battait les tempes. La mer enserrait maintenant ses chevilles. La barge frémit. Elle allait sombrer.

C'était l'enfer. Une silhouette noire, menaçante, se dressait au-dessus de lui. Il tendit le bras. Une main se referma sur son poignet.

ÉPILOGUE

LE LIFTONIC QW-607

75

Un sourire satisfait aux lèvres, Alan Moran arpentait la salle est de la Maison Blanche, échangeant quelques mots avec ses secrétaires et son petit cercle de conseillers en attendant l'issue du procès qui se déroulait au Sénat.

Il salua un groupe d'élus puis les quitta en s'excusant lorsqu'il vit entrer le secrétaire d'Etat Douglas Oates et le secrétaire à la Défense Jesse Simmons. Il s'avança vers eux, la main tendue. Oates ignora son geste.

Moran ne s'en offusqua pas. Après tout, il pouvait se le permettre à présent.

« Eh bien, libre à vous de ne pas célébrer les louanges de César, se contenta-t-il de dire. Mais vous ne pouvez plus rien contre lui.

— Vous me rappelez justement un vieux film de gangsters que j'ai vu dans ma jeunesse, fit Oates d'un ton glacial. Le titre vous va à merveille.

— Vraiment? Et de quel film s'agit-il?

— Du *Petit César.* »

Le sourire de Moran s'effaça.

« Vous m'avez apporté votre démission? » demanda-t-il sèchement.

Oates tira une enveloppe de sa poche.

« La voici.

— Gardez-la! cracha Moran. Je ne vous donnerai

pas la satisfaction de partir avec les honneurs. Dix minutes après avoir prêté serment, je dois tenir une conférence de presse. J'ai l'intention d'annoncer, notamment, que vous étiez à la tête d'une conspiration qui avait pour but d'instaurer la dictature et mon premier acte en tant que chef de l'exécutif sera de me débarrasser de la bande de traîtres que vous formez!

– Nous n'en attendions pas moins de vous. L'intégrité n'a jamais été votre vertu dominante.

– Il n'y a jamais eu de conspiration et vous le savez très bien, ajouta Simmons avec colère. Le Président a été victime d'un complot des Soviétiques qui cherchaient à prendre le contrôle de la Maison Blanche.

– Peu importe, répliqua hargneusement Moran. Quand la vérité apparaîtra, les dommages causés à vos précieuses réputations auront déjà été faits et vous ne pourrez plus jamais occuper de fonctions officielles à Washington. »

Oates et Simmons n'eurent pas le temps de réagir. Un secrétaire de Moran s'avança pour lui parler à l'oreille. Il lança alors un regard sarcastique en direction de ses ennemis et les quitta pour se rendre vers le centre de la salle. Il leva la main pour réclamer le silence.

« Mesdames et messieurs, annonça-t-il. On m'informe à l'instant que le Sénat vient de voter la culpabilité à la majorité requise des deux tiers. Notre Président en titre est destitué de ses fonctions et la vice-présidence est vacante. Le moment est venu de remettre un peu d'ordre dans les affaires de l'État. »

Comme sur un signal, Nelson O'Brien, le président de la Cour suprême, se leva en défroissant sa robe noire. Il toussota et tout le monde vint se presser autour de Moran tandis que son secrétaire produisait une bible.

A cet instant, Sam Emmett et Dan Fawcett entrèrent. Ils s'immobilisèrent puis, repérant Oates et Simmons, se dirigèrent vers eux.

« Des nouvelles? » demanda anxieusement Oates.

Le directeur du F.B.I. secoua la tête.

« Aucune. Le général Metcalf a ordonné un blackout total. Je n'ai même pas pu le joindre au Pentagone pour en savoir la raison.

— Tout est donc perdu. »

Ils se turent et, étouffant leur rage, virent Moran qui, la main droite levée et la gauche plaquée sur la Bible, s'apprêtait à prononcer le serment qui allait le consacrer Président des Etats-Unis.

« Répétez après moi, commença à réciter d'un ton monocorde Nelson O'Brien. Moi Alan Robert Moran, jure solennellement...

— Moi, Alan Robert Moran, jure solennellement...

— De remplir fidèlement la fonction de Président des Etats-Unis... »

Un lourd silence s'abattit soudain sur le fond de la salle. Moran ne répéta pas les paroles que venait de prononcer le président de la Cour suprême. Douglas Oates, étonné, se retourna. Tous les regards étaient braqués avec stupéfaction sur le vice-président Margolin qui franchissait le seuil, précédé d'Oscar Lucas, flanqué du général Metcalf et de l'amiral Sandecker.

Moran, livide, abaisa lentement le bras. On aurait pu entendre une mouche voler tandis que Margolin s'avançait vers le président de la Cour suprême et que les personnalités présentes, abasourdies, s'écartaient sur son passage. Il lança un regard glacial à Moran et sourit aux autres.

« Merci pour la répétition, fit-il avec chaleur. Je pense qu'on peut reprendre à partir de là! »

76

13 août 1989,
New York.

Sal Casio attendait Pitt dans le vaste hall du World Trade Center. Lorsqu'il arriva, le détective privé ne put s'empêcher de sursauter. Il n'avait jamais vu quelqu'un d'aussi épuisé.

Pitt avançait avec une lenteur extrême et la démarche d'un homme qui avait été au-delà des limites de ses forces. Il portait un blouson trop petit qu'on lui avait prêté. Son bras droit pendait tandis que le gauche était pressé contre sa poitrine et qu'une étrange expression de souffrance mêlée de triomphe se lisait sur son visage. Ses yeux brillaient des feux de la colère et de la vengeance.

« Je suis content que vous ayez pu venir, l'accueillit Casio sans faire allusion à son aspect.

– C'est à vous de jouer. Je ne suis plus là qu'en simple spectateur.

– Il est normal que nous inscrivions ensemble le point final.

– Merci, Sal. J'apprécie beaucoup votre geste. »

Casio conduisit Pitt vers un ascenseur privé. Il tira de sa poche un petit émetteur à touches et tapa un code. Les portes s'ouvrirent. Dans la cabine gisait un garde inanimé, ligoté avec une corde à linge. Le détective l'enjamba, dévissa une plaque de cuivre sur laquelle était gravé *Ascenseur Liftonic QW-607*, effectua quelques réglages du circuit électrique puis appuya sur le bouton marqué *100*.

La cabine s'éleva à la vitesse d'une fusée. Les oreilles de Pitt bourdonnaient lorsque les portes coulissèrent sur le hall richement décoré de la Bougainville Maritime.

Avant de sortir, Casio reprogramma l'ascenseur à l'aide de son émetteur, puis il s'avança sur l'épaisse moquette.

« Nous désirons voir Mme Min Koryo », annonça-t-il avec une parfaite courtoisie.

La réceptionniste les considéra d'un œil soupçonneux, Pitt en particulier, puis feuilleta un agenda relié de cuir.

« Je ne crois pas que Mme Bougainville ait des rendez-vous prévus pour ce soir. »

Le détective prit un air étonné.

« Vous êtes sûre? » fit-il en se penchant au-dessus du bureau pour regarder le carnet.

La jeune femme désigna la page blanche :

« Il n'y a rien... »

Casio la frappa à la nuque du tranchant de la main et elle s'abattit sur le bureau. Il la fouilla rapidement et la délesta d'un minuscule automatique calibre 25 dissimulé dans son soutien-gorge.

« On ne le croirait pas à la voir, mais c'est l'un des gardes chargés de la sécurité », expliqua-t-il.

Il passa le pistolet à Pitt et se dirigea vers un couloir dont les murs s'ornaient de tableaux représentant des navires de la flotte des Bougainville. Pitt reconnut le *Pilottown* et son visage se durcit. Il suivit le détective dans un escalier en bois de rose menant aux appartements privés. Sur le palier, ils se heurtèrent à une ravissante Asiatique qui sortait d'une salle de bain, vêtue d'un kimono de soie.

Ses yeux s'agrandirent de surprise puis, vive comme l'éclair, elle projeta son pied vers le bas-ventre de Casio. Mais celui-ci avait anticipé et il se contenta de pivoter imperceptiblement pour recevoir le coup sur la cuisse. La jeune femme se mit alors en position classique de judo et attaqua en passes rapides.

Casio para les assauts puis, brusquement, se

baissa pour charger comme un taureau furieux. Elle bondit sur le côté avec une grâce féline, mais il parvint à la déséquilibrer de l'épaule. Il se redressa et lui décocha un terrible gauche qui faillit lui arracher la tête. La fille fut projetée en l'air et retomba sur un vase de la dynastie Song qu'elle réduisit en miettes.

« Vous savez vous y prendre avec les femmes », lui lança Pitt avec un petit sourire.

Le détective, sans répondre, désigna une imposante double porte sculptée de dragons, puis il l'ouvrit avec précaution. Min Koryo était assise dans son grand lit, étudiant une pile de dossiers. Les deux hommes s'immobilisèrent, attendant de la voir lever les yeux et prendre conscience de leur présence. Elle avait l'air si pathétique, si fragile, que beaucoup auraient hésité. Mais pas Pitt. Ni Casio.

Elle finit par ôter calmement ses lunettes pour examiner les intrus, ne manifestant pas le moindre signe de peur. Son regard n'exprimait qu'une franche curiosité.

« Qui êtes-vous? se contenta-t-elle de demander.

– Je m'appelle Sal Casio et je suis détective privé.

– Et l'homme qui vous accompagne? »

Pitt fit un pas en avant et vint se placer à la lumière des spots installés au-dessus du lit.

« Je crois que vous me connaissez.

– Mr. Dirk Pitt. »

Il y avait une trace de surprise dans sa voix, rien d'autre.

« Effectivement.

– Pourquoi êtes-vous venu ici?

– Vous êtes un monstre qui a bâti son empire avec le sang d'innocentes victimes. Vous êtes responsable de la mort d'une de mes amies et de la fille de Sal Casio. De plus, vous avez essayé de me tuer. Et vous osez me demander pourquoi je suis ici?

– Vous vous trompez, Mr Pitt. Je ne suis coupable d'aucun de ces crimes dont vous m'accusez. J'ai les mains propres.

– Vous jouez sur les mots. Vous vivez dans votre musée d'antiquités, à l'abri du monde extérieur, pendant que votre petit-fils accomplit les sales besognes à votre place.

– Vous avez dit que j'avais provoqué la mort d'une de vos amies?

– Elle a été tuée par l'agent S que vous avez dérobé à notre gouvernement et abandonné à bord du *Pilottown*.

– Je suis désolée, fit-elle avec une sincérité dépourvue de tout sarcasme. Et vous Mr. Casio, j'ai causé la mort de votre fille?

– Elle a été assassinée avec l'équipage de ce même bateau, seulement il s'appelait alors le *San Marino*.

– Oui, je me souviens, reconnut Min Koryo. La fille à l'argent volé. »

Pitt dévisagea la vieille femme. Ses yeux bleus ne cillaient pas et sa peau ivoirine était lisse, à peine marquée par les ans. Elle avait dû jadis être très belle. Mais sous ce vernis, il percevait toute l'horreur d'un être diabolique pour lequel il ne ressentait que haine et mépris.

« Je suppose que vous avez ruiné tant d'existences que vous êtes devenue insensible à la souffrance humaine, dit-il. La seule question que je me pose, c'est comment vous vous êtes débrouillée pour demeurer si longtemps impunie.

– Vous êtes venus m'arrêter? demanda-t-elle, négligeant sa remarque.

– Non, répondit froidement Casio. Vous tuer.

– Mes gardes vont arriver d'une seconde à l'autre.

– Nous avons déjà éliminé celle de la réception et celle devant votre porte. Quant aux autres... (il s'interrompit et désigna une caméra de télévision montée au-dessus du lit)... j'ai reprogrammé les bandes. Ceux qui surveillent les écrans de contrôle voient ce qui s'est passé dans votre chambre la semaine dernière.

– Mon petit-fils vous poursuivra jusqu'au bout du monde et votre agonie sera longue, très longue, et douloureuse.

– Lee Tong est mort », fit Pitt, martelant bien chaque syllabe.

Les traits de la vieille femme s'altérèrent. Le sang reflua de son visage qui prit une teinte jaune sale. Mais ce n'était pas sous le coup de l'émotion ou du choc. Pitt se rendait compte qu'elle attendait quelque chose. La lueur d'espoir qui était un instant apparue dans ses yeux s'éteignit.

« Je ne vous crois pas, fit-elle enfin.

– Je l'ai moi-même abattu et il a coulé avec la barge-laboratoire. »

Casio s'approcha du lit.

« Vous allez nous accompagner.

– Puis-je vous demander où vous avez l'intention de m'emmener? »

Sa voix était toujours douce et aimable.

Aucun des deux hommes ne remarqua sa main qui se déplaçait lentement sous les couvertures.

Pitt ne sut jamais ce qui l'avait poussé à ce geste instinctif qui lui sauva la vie. Peut-être la révélation soudaine que la caméra de télévision n'avait pas tout à fait la forme d'une caméra. Peut-être l'absence totale de peur chez Min Koryo, ou bien l'impression qu'elle semblait maîtresse de la situation. En tout cas, lorsque le rayon laser jaillit de l'objectif, il se jeta au sol.

Il roula sur lui-même en tirant son automatique de sa poche. Du coin de l'œil, il vit le mince trait lumineux balayer la pièce, découpant les meubles, brûlant rideaux et tentures. Il fit feu à quatre reprises sur la caméra. Le rayon, enfin, s'évanouit.

Casio était resté debout. Il tendit le bras vers Pitt, fit un pas en avant et tomba. Le laser lui avait littéralement sectionné la taille avec la précision d'un scalpel. Il parvint à se remettre sur le dos. Il n'y avait plus rien à faire pour lui. Pitt aurait voulu dire quelque chose, mais les mots ne venaient pas.

Le vieux détective endurci leva la tête et lâcha dans un murmure :

« Ascenseur... code... quatre-un-un-six... »

Il eut un dernier sursaut et mourut.

Pitt prit l'émetteur dans la poche de Casio, puis il se redressa et braqua son automatique sur la poitrine de Min Koryo. Un sourire arrogant jouait sur les lèvres minces de la vieille femme. Il détourna son arme et, sans un mot, souleva l'infirme pour la déposer dans sa chaise roulante.

Elle ne chercha pas à résister. Silencieuse, ratatinée sur son fauteuil, elle se laissa pousser vers le couloir puis dans un petit ascenseur qui les amena à l'étage des bureaux. Dans le hall, elle vit la réceptionniste toujours sans connaissance et se décida à parler :

« Et maintenant, Mr. Pitt?

— Fin de la Bougainville Maritime. Demain, votre entreprise criminelle n'existera plus. Votre collection d'objets d'art sera dispersée dans les musées. Vos bureaux et appartements seront redessinés par leur nouveau propriétaire. En fait, c'est votre flotte tout entière qui va être vendue. A partir d'aujourd'hui, le nom de Bougainville ne sera plus qu'un lointain souvenir consigné dans les archives microfilmées des journaux. Personne ne pleurera votre mort et je veillerai moi-même à ce que vous soyez enterrée dans la fosse commune. »

Il avait enfin réussi à l'atteindre et elle le dévisagea avec des yeux brûlants de haine.

« Et votre avenir à vous, Mr. Pitt?

– Je vais commencer par reconstruire la voiture que vous avez fait sauter », répondit-il d'un ton gai.

Elle se souleva péniblement sur son fauteuil et lui cracha à la figure. Il ne fit pas le moindre geste pour s'essuyer la joue. Il se contenta de la regarder avec un petit sourire narquois, la dominant de toute sa taille, tandis qu'elle le maudissait dans sa langue maternelle, ayant abandonné toute retenue.

Pitt composa le code que Casio lui avait confié dans son dernier souffle. Les portes du Liftonic QW-607 s'ouvrirent.

Il n'y avait pas de cabine, seulement la cage béante.

« Bon voyage, vieille sorcière. »

Il poussa la chaise roulante dans le vide et l'entendit rebondir contre les parois comme une pierre lancée dans un puits pour aller s'écraser cent étages plus bas.

Loren l'attendait sur un banc. Lorsqu'il sortit du World Trade Center, elle se leva pour aller à sa rencontre et ils s'étreignirent. Ils restèrent un long moment enlacés, sans parler.

La jeune femme devinait son épuisement et sa souffrance. Et autre chose aussi. Une étrange paix intérieure qu'elle ne lui connaissait pas. Elle lui couvrit le visage de baisers puis le conduisit vers un taxi.

« Sal Casio? demanda-t-elle enfin.

– Il a rejoint sa fille.

– Et Min Koryo Bougainville?

– Elle a rejoint Lee Tong en enfer. »

Elle surprit son regard. Un regard lointain.

« Tu as besoin de repos. Je vais t'amener à l'hôpital. »

Brusquement, il retrouva son expression malicieuse :

« J'avais prévu un autre dénouement.

— Puis-je savoir quoi?

— Une semaine dans une suite du meilleur hôtel de Manhattan. Champagne, soupers fins dans notre chambre et toi me faisant l'amour. »

Une lueur de coquetterie s'alluma dans les yeux de Loren.

« Et pourquoi serait-ce à moi de faire tout le travail?

— Parce que je ne suis pas en condition de prendre des initiatives. »

Elle appuya sa tête sur son épaule.

« Je suppose que c'est le moins que je puisse t'accorder pour te récompenser de m'avoir sauvé la vie.

— *Semper paratus*, fit-il.

— *Semper* quoi?

— La devise des gardes-côtes. *Toujours prêt.* Si leur hélicoptère était arrivé au-dessus de la barge une seconde plus tard, nous reposerions tous les deux au fond du golfe du Mexique. »

Ils atteignirent le taxi et la jeune femme ne lâcha pas la main de Pitt tandis qu'il s'installait sur le siège arrière avec une petite grimace de douleur. Elle s'assit à côté de lui et l'embrassa.

« Z'allez où? lança le chauffeur avec impatience.

— Au Waldorf Astoria », répondit Pitt.

Loren leva les yeux :

« Tu as réservé une chambre au Waldorf?

— Pas une chambre, une suite, la corrigea-t-il.

— Et qui va payer pour ce luxueux intermède? »

Il la considéra avec une feinte surprise :

« Mais le gouvernement, bien sûr! »

Table

Thrillers

Parmi les titres parus

Karl ALEXANDER
C'était demain
H.G. Wells à la poursuite de Jack l'Éventreur.

M. BAR-ZOHAR
Enigma
Fils d'escroc, voleur lui-même, « le Baron » oppose son charme et sa bravoure à la Gestapo.

Arnaud de BORCHGRAVE et Robert MOSS
L'Iceberg
La face cachée du K.G.B., l'hydre qui sort ses têtes par tous les médias.

Bernard F. CONNERS
La Dernière Danse
Vingt ans après, le cadavre d'une jeune fille remonte à la surface du lac Placid...

Robin COOK
Vertiges
Des expériences criminelles à donner la migraine.

Robin COOK
Fièvre
Seul contre un empire : pour sauver sa fille, un homme s'attaque à toute l'industrie médicale.

Martin CRUZ SMITH
Gorky Park
Dans ce fameux parc de culture, des cadavres poussent soudain sous la neige...

Robert DALEY
L'Année du Dragon
Chinatown : une ville dans la ville, une mafia d'un tout autre type.

Ken FOLLETT
L'Arme à l'œil
1944. Chasse à l'espion pour un débarquement en trompe-l'œil.

Ken FOLLETT
Triangle
1968. Seul contre tous, un agent israélien emporte sous son bras 200 tonnes d'uranium.

Ken FOLLETT
Le Code Rebecca
1942. Le Caire. Lutte à mort contre un espion allemand armé... d'un roman !

William GOLDMAN
Marathon Man
Quand on n'a pas de tête, il faut avoir des jambes... et du cœur au ventre.

Michel GRISOLIA
Barbarie Coast
Du balai chez les marginaux. Clochards de tous les pays, dans le placard !

Michel GRISOLIA
Haute mer
Des hommes et des femmes sur un bateau : tempête sous les crânes.

Michel GRISOLIA
Les Guetteurs
Rien ne sert de courir, même à l'autre bout du monde.

Jack HIGGINS
L'aigle s'est envolé
L'opération la plus folle qui soit sortie du cerveau d'un dément célèbre : Hitler.

Jack HIGGINS
Solo
L'assassin-pianiste a fait une fausse note : il a tapé sur la corde sensible d'un tueur professionnel.

Jack HIGGINS
Le Jour du jugement
Le piège était caché dans le corbillard...

Jack HIGGINS
Luciano
Lucky Luciano et la mafia embauchés par les Alliés... Une histoire ? Oui, mais vraie.

Mary HIGGINS CLARK
La Nuit du renard
Course contre la mort, tragédie en forme de meurtre, de rapt et d'amour.

Mary HIGGINS CLARK
La Clinique du Dr H.
Sous couvert de donner la vie, le Dr H. s'acharnerait-il à la retirer ?

Patricia HIGHSMITH
L'Amateur d'escargots
Gastéropodes géants, oiseaux humains, des récits en forme de cauchemars.

Patricia HIGHSMITH
M. Ripley (Plein soleil)
Pour prendre la place d'un autre, il faut non seulement étouffer ses scrupules, mais étouffer sa victime, cogner, frapper...

Patricia HIGHSMITH
Le Meurtrier
Le silence n'est pas toujours d'or. Il pourrait bien conduire Walter au silence éternel.

Patricia HIGHSMITH
La Cellule de verre
Au trou. Six ans. Pour rien. Par erreur. Mais quand il en sort...

Patricia HIGHSMITH
Le Rat de Venise
Ne réveillez pas le furet qui dort, ni le chameau, ni le cochon... ni surtout le rat.

Patricia HIGHSMITH
L'Inconnu du Nord-Express
Échange de très mauvais procédés auquel, comme chacun sait, Hitchcock lui-même n'a pas résisté.

Patricia HIGHSMITH
Eaux profondes
Mari complaisant ou assassin tranquille ? Patricia Highsmith se fait une joie diabolique de remuer l'eau qui dort.

Patricia HIGHSMITH
Le Cri du hibou
Robert Forester porte-t-il la mort en lui ? Celle des autres, en tout cas.

Patricia HIGHSMITH
Ripley s'amuse
Où Ripley, cette fois, se joue d'un mourant et lui confisque son âme.

Patricia HIGHSMITH
La Rançon du chien
Mission accomplie, mais à quel prix !

Patricia HIGHSMITH
L'Homme qui racontait des histoires
Réalisation d'un rêve criminel ou l'imagination au pouvoir ? Allez savoir...

Patricia HIGHSMITH
Sur les pas de Ripley
Où Ripley nous apparaît, ô stupeur, sous les traits du bon Samaritain.

Patricia HIGHSMITH
La Proie du chat
Chat, vieillards, couple ou homme seul, tremblez tous sous le regard de Patricia Highsmith !

Robert LUDLUM
Osterman week-end
Privé de son repos dominical par de redoutables espions soviétiques.

Robert LUDLUM
La Mosaïque Parsifal
Des agents très au courant, branchés pour faire sauter la planète.

Nancy MARKHAM
L'Argent des autres
Les basses œuvres de la haute finance.

Laurence ORIOL
Le tueur est parmi nous
Grossesses très nerveuses dans les Yvelines : un maniaque sexuel tue les femmes enceintes.

Francis RYCK
Le Piège
Retour à la vie ou prélude à la mort ? Un père, sa fille, une autre et des ciseaux...

Francis RYCK
Le Nuage et la Foudre
Un homme traqué par deux loubards, bien décidés à lui faire passer le goût du pain et du libertinage.

Brooks STANWOOD
Jogging
Sains de corps, mais pas forcément sains d'esprit...

Edward TOPOL et Fridrich NEZNANSKY
Une disparition de haute importance
Toutes les polices de l'U.R.S.S. à la poursuite d'un journaliste disparu. Du sang, de la « neige » et des balles.

IMPRIMÉ EN FRANCE PAR BRODARD ET TAUPIN
Usine de La Flèche (Sarthe).
LIBRAIRIE GÉNÉRALE FRANÇAISE - 6, rue Pierre-Sarrazin - 75006 Paris.

ISBN : 2 - 253 - 03941 - 1　　　　　　　⊕ 30/7507/4